近代日本漢学資料叢書2

柿村重松

松南雑草

解題 町泉寿郎

研文出版

刊行の辞

研究代表者　町　泉寿郎

二松學舍大学私立大学戦略的研究基盤形成支援事業（略称ＳＲＦ）「近代日本の「知」の形成と漢学」の研究成果公開の一環として、ここに「近代日本漢学資料叢書」を発刊することとなった。

明治一〇年開校の漢学塾を起源とする二松學舍大学では、これまで日本漢学の研究と教育によって建学の精神の闡明化をはかってきた。平成一六～二〇年度には二一世紀ＣＯＥプログラム「日本漢文学研究の世界的拠点の構築」を推進し、日本漢文資料のデータベース化、若手研究者の養成、国際的ネットワークの構築、漢文教育の振興を柱として活動を展開した。前近代日本において、書記言語としての漢文と、それを通して学ぶ知識（漢学）が極めて重要な意義を持っていたことに鑑み、漢文を通して日本の学術文化を通時的に捉え直そうとする研究プロジェクトであった。八つの研究班を組織し、その成果としては倉石武四郎氏の日本漢学に関する講義録や江戸明治期の漢学と漢詩文の書目等によって当該研究領域の輪郭を示すとともに、雅楽や漢方医学に関する資料集、朝鮮実学に関する論文集、古漢語語法と漢文訓読に関する概説書、三島中洲研究会の報告書、二松漢文と銘打った漢文テキスト等によって、多様な広がりを明示しようとした。

現在のＳＲＦはその後継事業であり、我々の一貫した研究姿勢は、「日本学としての漢文研究」である。今回の研究プロジェクトでは、西暦一八〇〇年頃から現在に至る近二〇〇年に対象を絞り、「学術研究班」「教学研究班」「近代文学研究班」「東アジア研究班」の四つの班を組織して研究を推進している。

一般に、漢学は一九世紀を通して洋学に席を譲って衰退したと考えられているが、実際には近代教育制度の整備とともに、学術面では中国学・東洋学に脱皮し、教学面では漢文が国語と並んで言語と道徳に関する教学として再編されて今日に至っており、更にこの学術教学体制が東アジア諸国にも影響を及ぼしてきた歴史がある。幕末開国以来、今日まで続くグローバル化の渦中にあって、日本の近代化は一定の成功をおさめたが、同時に何度もの挫折を経験した。近代日本の歩みと共に漢学もまた正負両面を持つが、今こそその両方を見据えた研究を東アジア各国の研究者と十分な連携をとりつつ進める必要がある。

我々は、漢学が再編された過程を、経時的、多角的に考察することにより、漢学から日本および東アジアの近代化の特色や問題点を探っていきたい。また、多角的で広範な視点に立つために、地域ごとの特性や個別の人物・書籍・事象に関する、具体的できめ細やかな視点を保持していきたいと考えている。

目下、「近代日本漢籍影印叢書」「近代日本漢学資料叢書」「講座 近代日本と漢学」等を計画し、順次刊行していく予定である。我々のささやかな試みが上記の抱負を網羅することは到底不可能であるが、これらの刊行物が、一九～二〇世紀の交に成立し今日に至る日本・中国等に関する人文系諸分野の学術のあり方を相対化する一助となること、また東洋と西洋の接触のあり方について材料を提供できること、そして何よりも日本漢学が魅力ある研究分野であることを一人でも多くの方に知ってもらうきっかけとなることを願って、刊行の辞とする。

平成二八年八月六日

目次

柿村重松『松南雑草』

目次

第二冊 （自大正七年至大正十三年）……65

第三冊（自大正十四年至昭和六年）

柿村重松『松南雑草』影印

底本の書誌

各冊の表紙はボール紙で、右肩の墨書による「一（至四）」と第一冊目の「永久保存」は柿村重松の自筆にかかる。中央左寄りのマジックインキで書かれた「松南雑草一（至四）」「１（至４）」は重松の嗣子柿村峻の筆跡である。右下には重松使用にかかる蔵書印「柹村氏／圖書印」を捺す。

四つ目綴じで、綴じ位置は中央がやや濶い。紙縒りは用いず、糸だけで綴じている。

書型は縦二三・三糎、横一五・八糎。罫紙用箋半丁の匡郭は縦一八・七糎、横一二・二糎。

第一冊は、本文の前に重松の知友から寄せられた題辞・題画が八丁に亘って収録され、白紙一丁の副紙を附す。本文は半丁十二行、四周双辺、上魚尾の縹色の罫紙用箋に墨書されている。各行二十一字詰。第一丁より第六十九丁に至る。首題「松南雑草第一冊」、末題「松南雑草第一冊畢」。次に第七十丁より第百十二丁まで「松南雑草第一冊附録」（末題「松南雑草第一冊附録畢」）として「留魂録注」を収録する。巻末に白紙一丁の副紙を附す。

第二冊も、本文の前に白紙一丁の副紙、題辞・題画八丁、白紙三丁の副紙を附す。本文は罫紙用箋に墨書され第一丁より第百丁に至る。首題「松南雑草第二冊」、末題「松南雑草第二冊畢」。巻末に白紙一丁の副紙を附す。

第三冊は本文の前に白紙九丁の副紙を附す。本文は罫紙用箋に墨書され第一丁より第九十七丁に至り、第九十八丁から第百三十丁の罫紙には何も記されていない。首題「松南雑草第三冊」、末題「松南雑草第三冊畢」。

第四冊は本文の前に白紙三丁と罫紙一丁の副紙を附す。本文は罫紙用箋に墨書され第一丁より第百二十九丁に至り、第百三十丁から第百七十一丁の罫紙には何も記されていない。首題「松南雑草第四冊」、末題はなく、ただ第四冊の巻頭から収録する論説「漢音漢語対国語影響論」の最終丁にあたる第八十七丁の末行に末題を擦り消した痕跡が残る。第百七十二から第百七十六丁まで「松南雑草第四冊附録」（末題「松南雑草第四冊附録畢」）を収録し、巻末に何も記されていない罫紙四丁の副紙を附す。

全体的に見て本紙の状態は良好であるが、各冊表紙には虫損痕が甚だしく、第三冊末にも若干の虫損が見られる。

影印の凡例

影印にあたって、原本の六五％程度に縮小し、上下二段に一ページあたり二丁分ずつ収録した。

白紙部分、及び何も記されていない罫紙部分は基本的には収録しなかった。

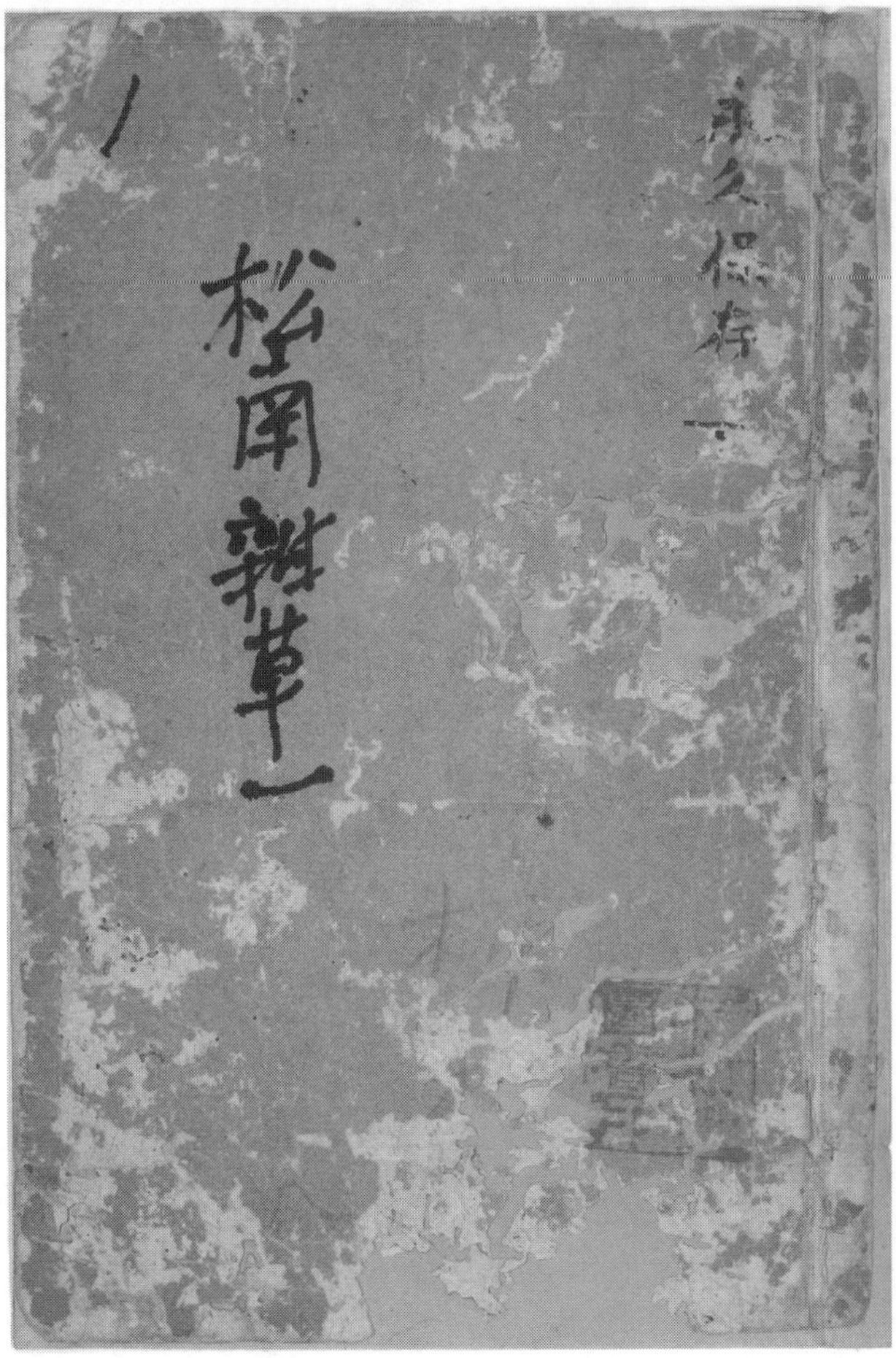

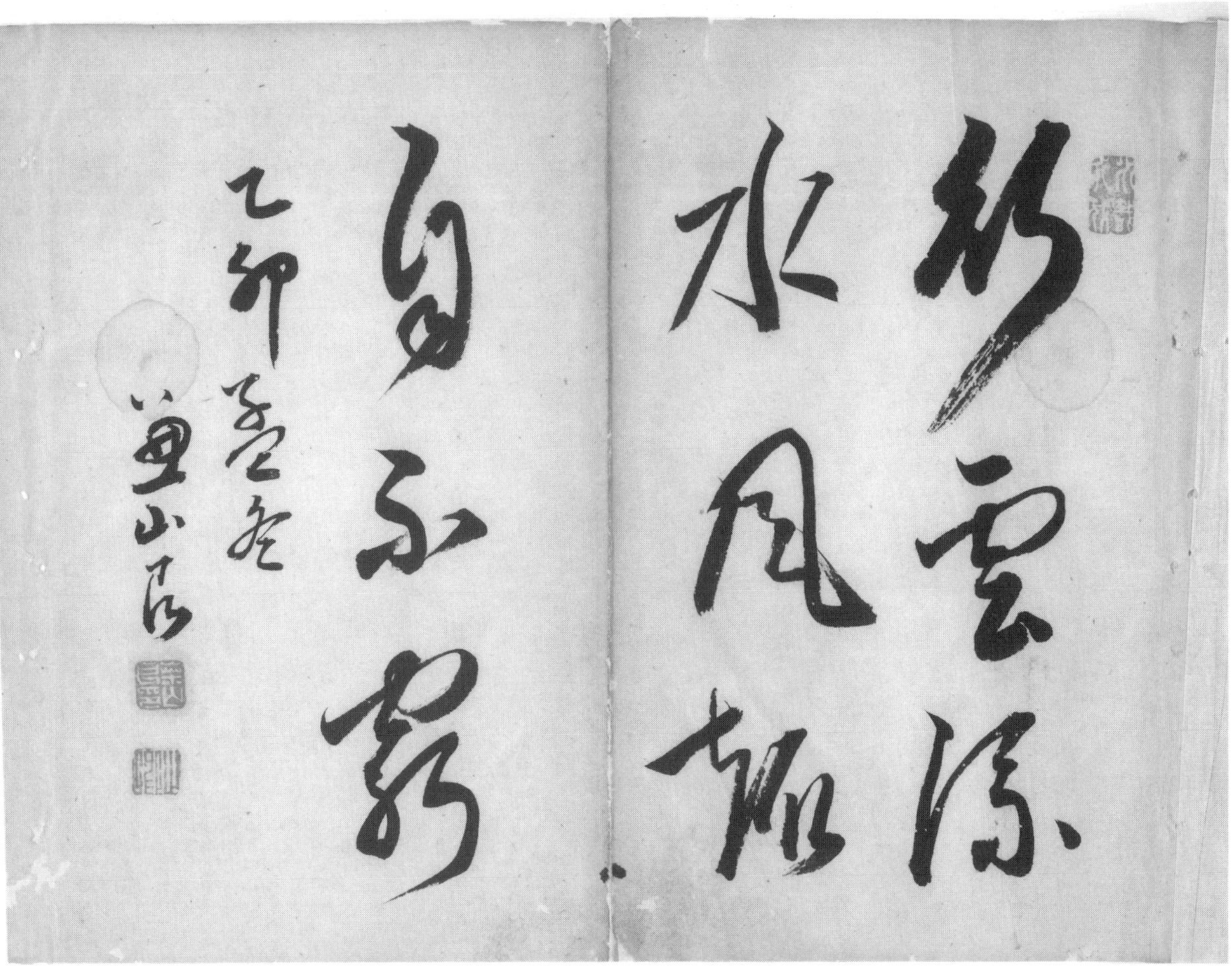

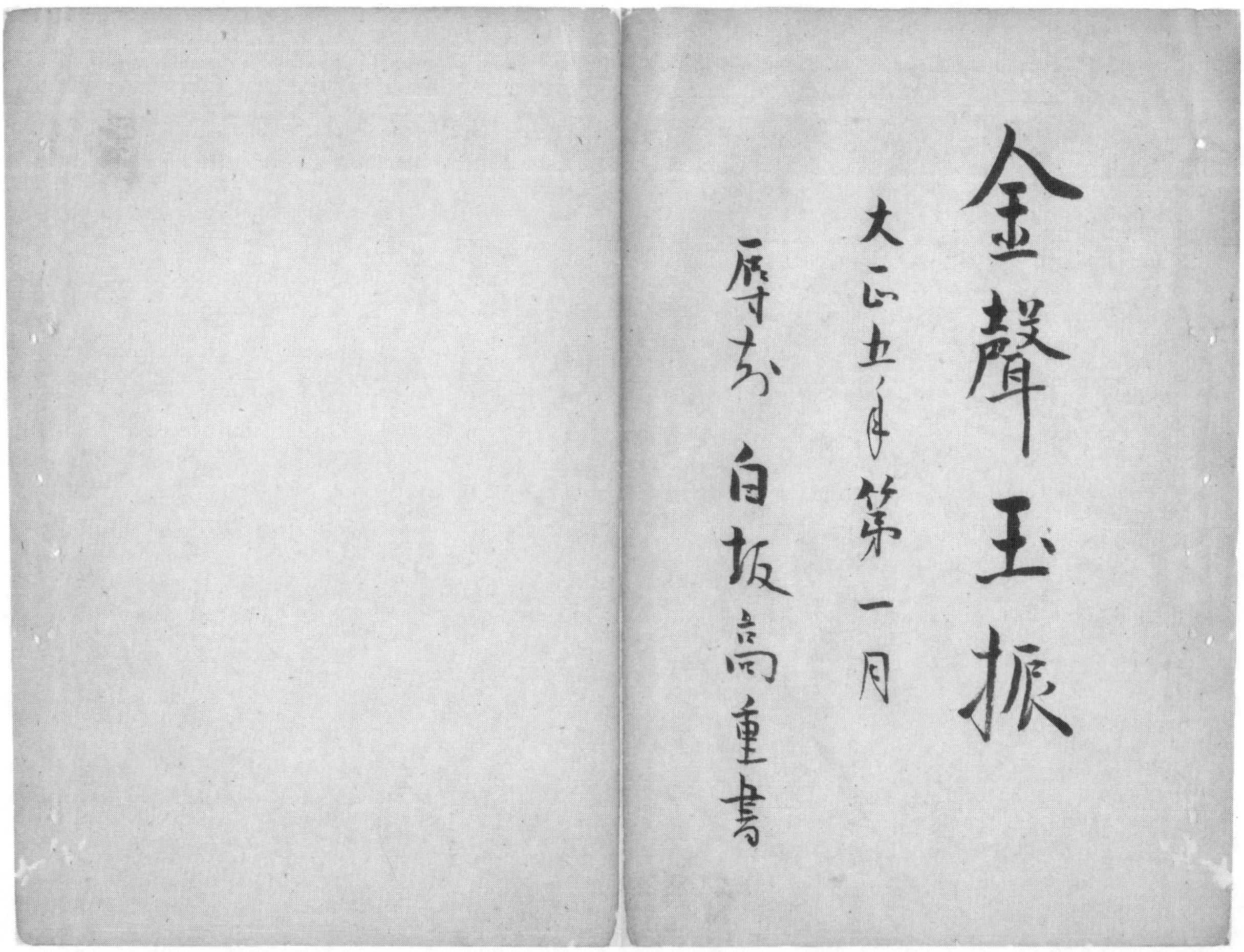
金聲玉振
大正五年第一月
辱知 白坂高重書

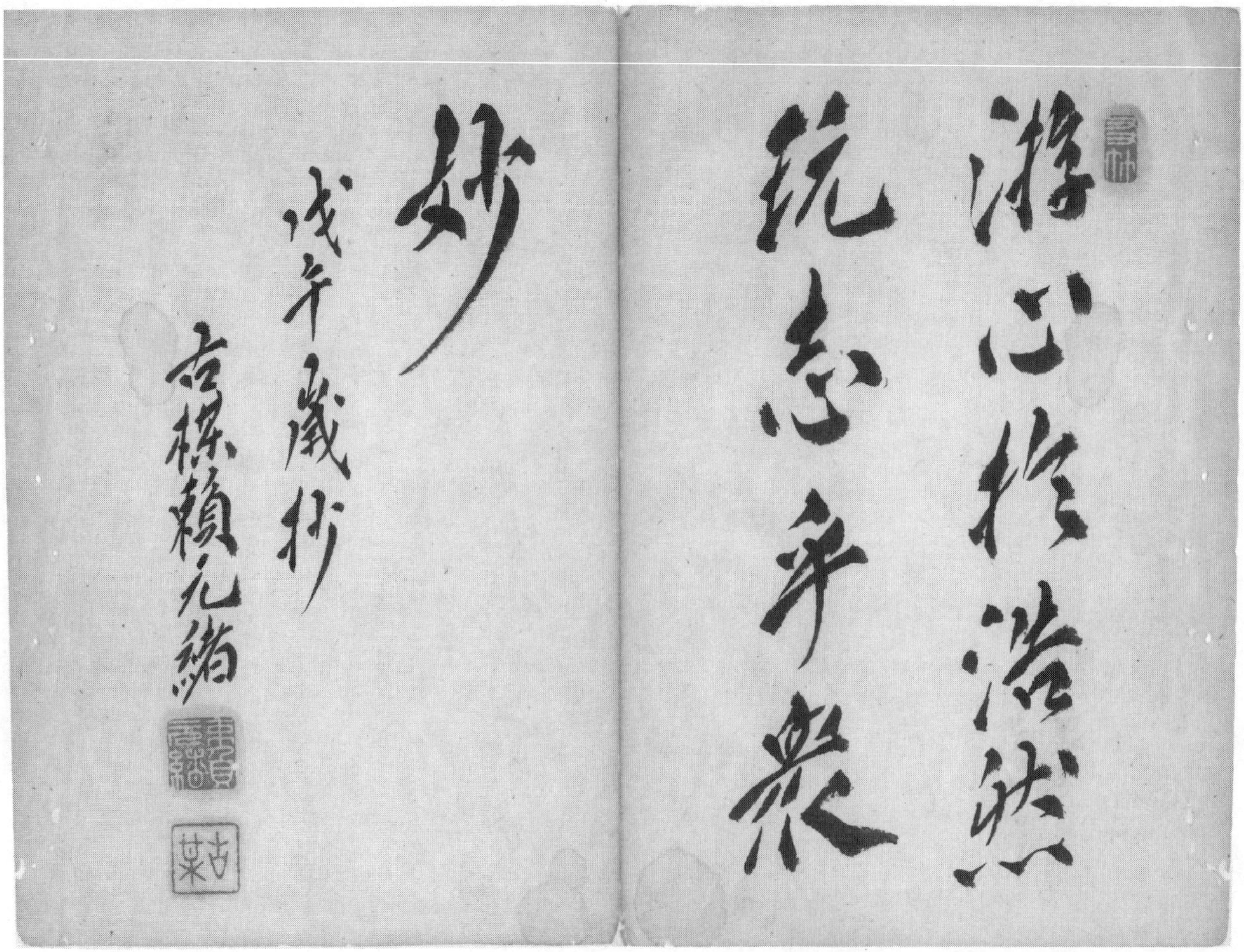
游心於浩然
玩志乎衆妙
戊午歲抄
古楳頼元緒

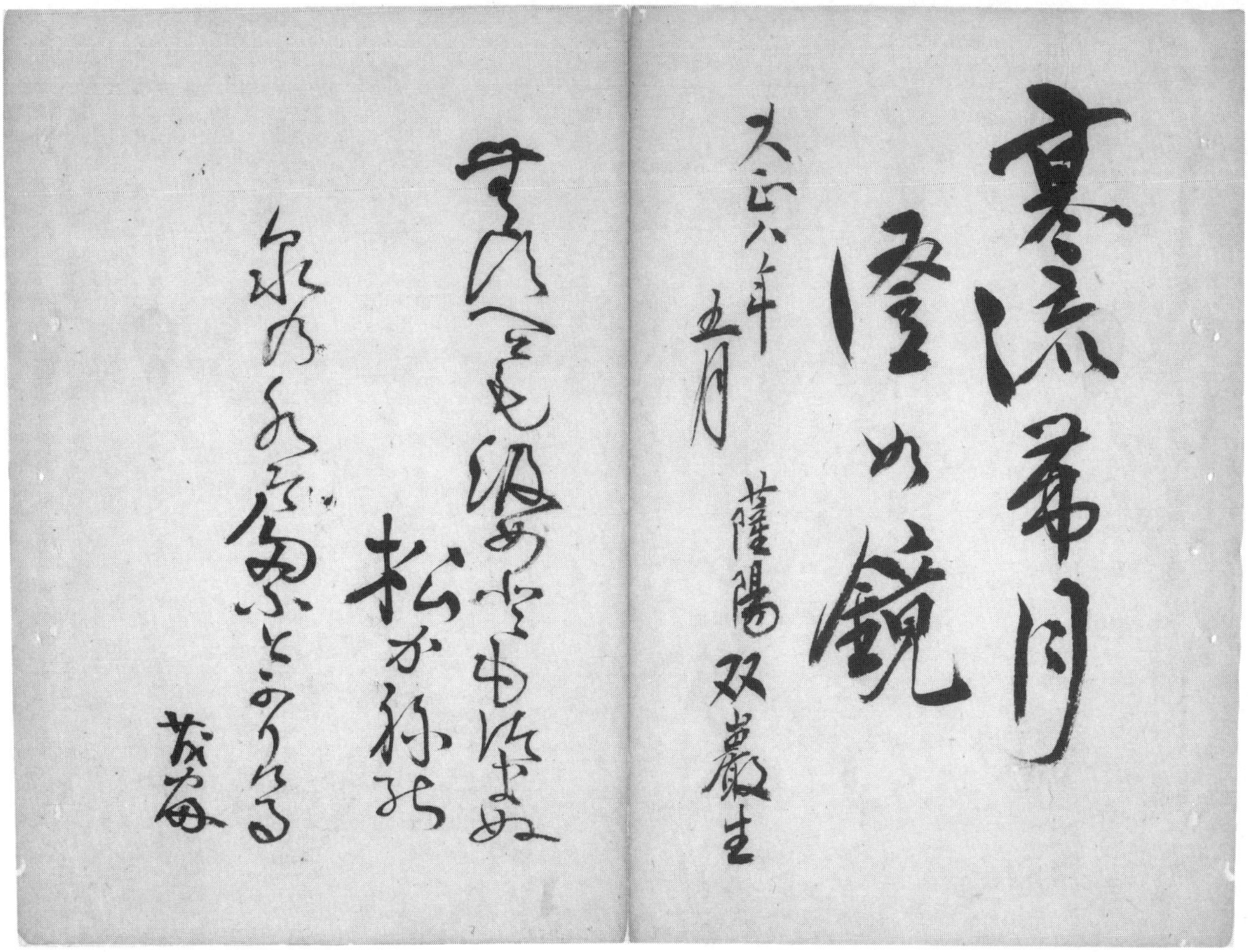
寒流帯月澄如鏡
大正八年五月
薩陽双巌生

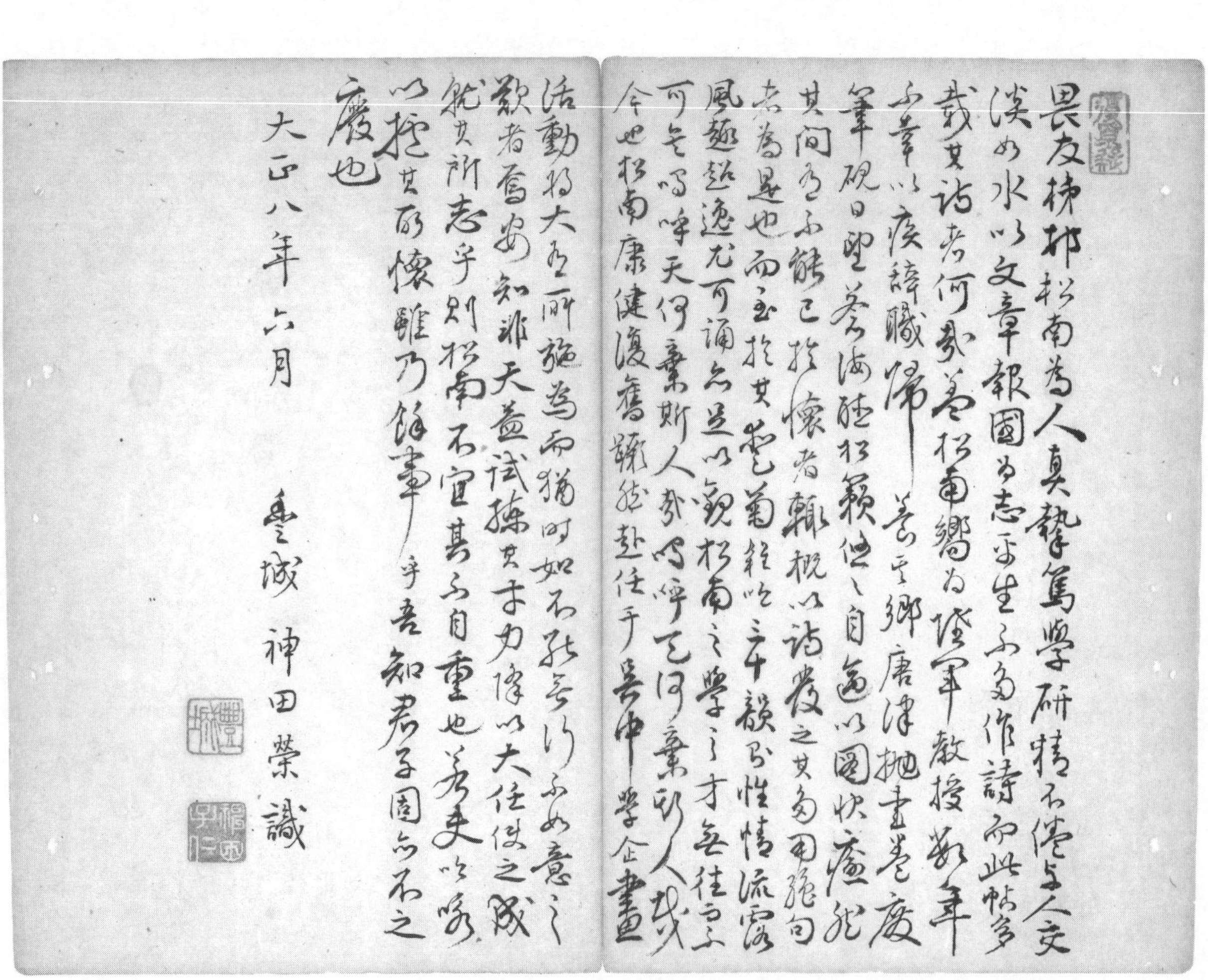
大正八年六月

神田榮識

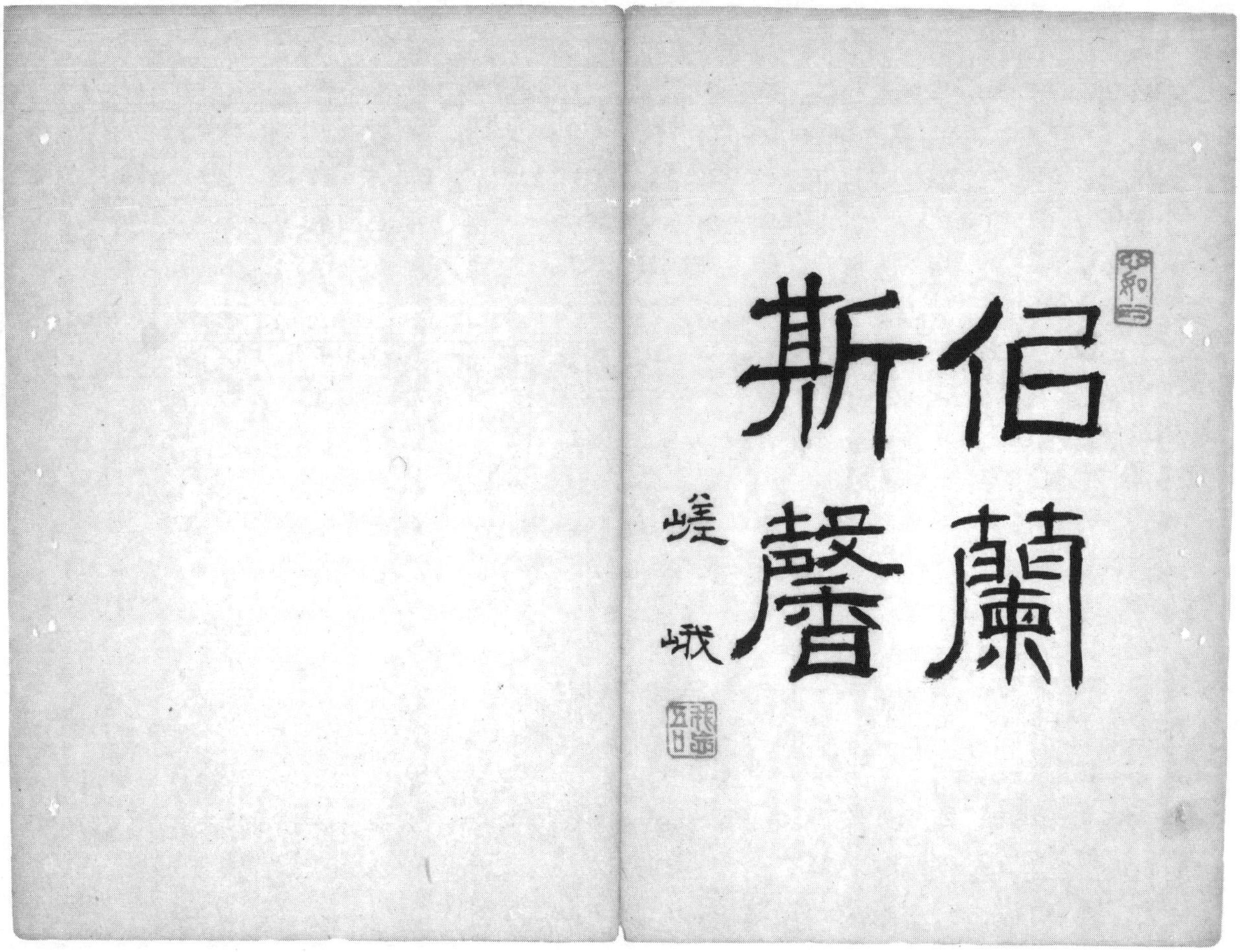

侶蘭斯馨

嵯峨

松南雜草第一冊

日向神山記 明治三十五年後加改削

八女郡有山焉曰日向神山景行天皇嘗巡狩筑紫抵
八女見山奇水異謂曰是山亦有神乎水沼縣主對曰
有焉曰八女津媛曰向神山全身悉巖挾水而立其聳
左岸者崎嶇崢嶸有峭乎不可覊束之勢鋭者如劍直
者如鋒或如楯或如錐皆挺出雜樹之間矗矗數百尋
松栢冠其頂蘚蘿纏其隙偃蹇綢繆帶千古之色右者
蟠蜒跨踞有巖乎不可逼迫之觀恰如列城若其長連
者爲壁其高峙者爲樓又有狀頗圓滑者水滴點點而
落聞之一旦大雨巨瀑直瀉轟轟之響傍耳其當寒風
襲谿岩面悉氷日光射之玲瓏皎潔奇觀不可言谿水
則接左巖而流清澄透徹激石飛沫紛紛噴雪湛窪爲
潭紺碧如藍水中谿底悉石有圓者有方者最奇者爲
男石女石傳云洪水或移之復歸其所一條經路沿水
而通隨山而廻數十步而沒峰巒之間不知其所窮村
民旅客之過此徑者必仰而觀其峨峨俯而聽其淙淙
而世人知此谿者不甚多何乎八女於南北朝交爭之
際五條氏據以防山徒之地也嘗征西將軍懷良親王
薨於八代良成親王代之糾合菊池阿蘇諸族以謀南
朝興隆初五條賴元從懷良而西於是賴元子孫奉良
成以據八女高屋城時南風不競所在勤王之士相次
覆沒而獨持孤節不以盛衰變志善防敵破賊當是時

今之奇巖怪石實爲金城鐵壁矣夫以六國之軍猶不
能抜秦關然况鼠賊狗盜何能破我險阻且以忠烈之
士守天造之關一絕其徑雖千軍萬馬不能奈之何也
然當時義士吞怨殞命滿谿之間者亦幾許而今之語
山談水者非稱其奇怪之狀則莫非爲荒唐之言余獨
悲焉五條氏裔在大淵列男爵大淵距日向神殆二里
第宅憑山臨水余訪之見其所藏文書中有後醍醐天
皇遺詔又有懷良親王親翰男爵爲余語其世系所出
且曰我祖賴元西下以來多居高屋城中世或移豊後
或轉肥後後終歸于今地歷世二十有二幸逢聖代以
辱斯優典且曰從此而東四里有良成親王墳塋在矢
部山奧子諳否曰未也唯觀途中巖石甚奇者男爵乃
起携一卷來示余曰故北白川親王嘗巡行八女村民
啓曰日向神之山足以資吟詠而其名不雅願賜美名
親王乃命曰八女津媛山松南子曰人之知日向神山
者甚少知五條氏者亦不多至其知八女津媛山之名
者百千中蓋一人耳美名未著樵夫徒嘯名家久隱志
士空過數百年來獨見山之高而水之淸爾且五條氏
之義日向神之山孰高孰卑觀此山以想五條氏之義
亦足以發忠愛之志若又詠之吟之使天下之人徧知
其巍峩之狀凛烈之節其鼓舞激勵之效有更大者也
此行余既歷覽山水之奇又諳五條氏聽其祖之忠烈
感慨不能止作文以記之五條氏裔綿綿不絕又有文
獻可徵見吾文者往而訪之必懷古追遠慨然而奮興

也

秋懷呈印具伯父

孤村茅屋倦書時一片羇懷欲寄誰空對庭前秋葉㞧
蕭條細雨灑如絲

上梶尾先生書 三十六年後加改削

弟子頓首白梶尾先生弟子聞之育英之道難矣抑有更難者鞭其駑啓其蒙使其所向無迷非循循誨而不倦者不能焉孔子曰唯上知與下愚不移移者其唯中者乎中者易移未聞移之無差唯先生善導昂者抑之退者進之進退制抑有度不替弟子駑駘漸移者先生之賜也伏惟先生多久人多久以文學著於西海碩學輩出宿儒不乏先生夙與此等諸士揖讓趨進講經論史其文有煒其詩最純或出遊四方或入事鬼神逐末教吾校事神則神享教人則人樂其德高矣自古風之廢師道漸衰朝爲子弟夕則道路之人唯以先生之教弟子幸得聞尚師之道且先生之導弟子溫而感是以弟子之慕先生猶赤子於慈母豈止弟子唐津之人莫不思先生之德唐津教化之地也城山特峙松江玄洋南湛北闕城山之下吾校在焉海風拂塵山氣滿庭學者浩然足以免斧斤牛羊之害唯師無其人弟子往往迷其途先生教於吾校前後二十載常執論孟說道或闡聖賢之微旨或述古人之嘉言據古諷今使學者力服其心學風於是乎漸美先生既移我以道化我以德養我以學弟子仰鑽有欲罷不能者以弟子不敏有聞未盡行之先生遂去臥於故山弟子惜之先生德高不求聞而名益喧不好著而聲愈馳先生其厭塵俗惡囂而退乎先生今吟風月伴猿鶴望山之蒼然聽水之潺然懷往迎來悠悠以自適古之隱者不少然大抵有所怨懟是以或爲采薇詩或爲歸去來辭其詩哀其辭傷皆無優游之情先生則不然時逢聖世職任育英盡其道而退襟胸灑然高臥以樂乃觀世之營營者亦應憫之嗚呼先生之風何其高弟子亦當仰而自戒弟子器小道未純德未成學未全何况庭幾先生之高哉然學而不厭或得企及其萬一乎獻花瓶一器聊表景仰之志也言之蕪陋先生恕之弟子頓首

謝唐津諸彥被惠銀花瓶 瓶刻舞鶴故及　柁虛舟

一別徒然思秀才偶忝芳器似親陪深哉諸彥壽台意舞鶴蹁躚入室來

奉和梶尾先生

夙志未酬恥菲才故山何日復追陪寒窓一夜思師切髣髴温容入夢來

止々書屋記 三十七年後加改削

崎陽之地山高水深深之水可以繫巨船高之山靜可以釀雲雨船之未發雲之未起其形容與其貌崔巍似無動者而一旦颱波而發乘風而起則瀾狂渦叫黿鼉怒海若驚駭於萬里而且不止電光閃閃雷霆殷殷金蛇走天鼓震晦於天地而猶不靜其動大矣是以君子止止小人數數然人之所仰而瞻者豈不君子風化德

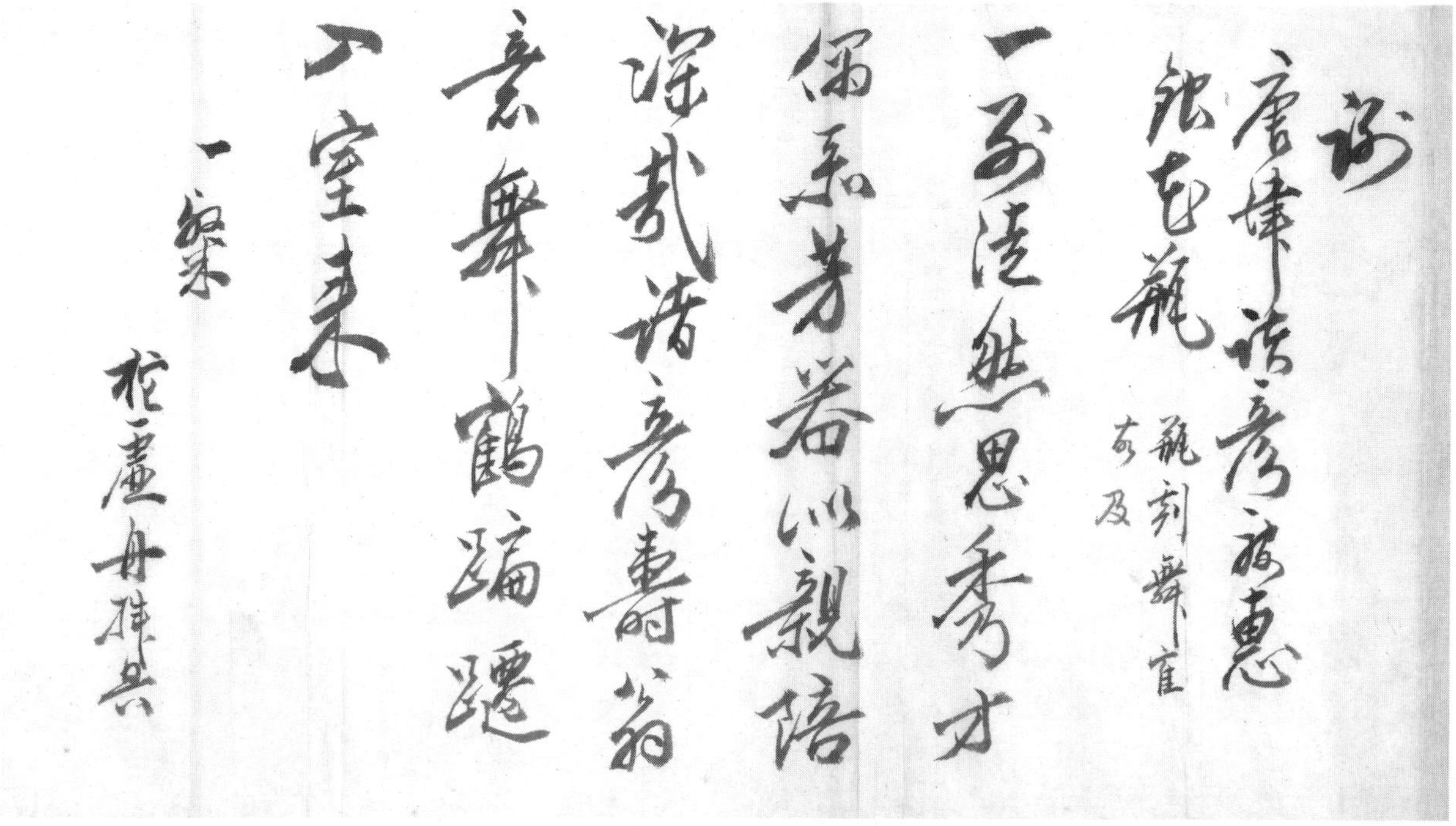

澤乎君子眞止有時乎動其動必大故天下聳然而傾耳也崎陽之地在西海之隅地僻俗敦人安其業民樂其生而外人合還百貨輻湊泰西文物之所由入古來偉人傑士多出焉有征南蠻者有創活字者至其航于清韓通于西洋者頻頻接踵若以育英自任者或於醫或於儒蓋亦不爲少豈不盛乎是以有爲者處靜欲動在止謀進靜而不動止而不進於是乎道廢彼飽食煖衣逸居而無爲者非君子所傳也崎陽之地有老儒曰龍江深浦先生先生好遊山水興臻則吟哦以遣懷或慨然思古人之蹟頃修其書屋額曰止々先生其諷世乎先生須髮既頒謙退自持不肯與世爭弄文彩書悠悠樂化其書屋雖在市井無喧囂雜沓之累非文士騷[illegible]來訪門內常開所謂止々者非乎先生教於櫻黌[illegible]挾書以講道循循而無倦弟子自奮弟子之辭黌先生每爲文以送之曰小學教化之礎不可不愼故弟子受先生之教而在四方者克訓蒙云則佃漁樵蘇解字知道者亦先生餘澤也先生之動大哉德若先生可以諷世余嘗讀莊子而歎鯤之未化在北冥至靜也化而爲鵬背若泰山翼若垂天之雲搏扶搖羊角而上者九萬里絕雲氣負青天然後圖南能動者皆如是夫啁哳鷽鳩何足復語嗚呼崎陽之人不鷽鳩者幾人仰而望山俯而臨水其高且深者依然而古人逝矣而無繼者爲余憂之先生亦憂之而命曰止々乃知先生之果諷世或曰子讀莊子未精莊不言乎吉祥止止先生之命書屋

亦不外於此若子説是荘言儒意余對曰然而先生儒者也先生豈儒服而荘行者耶余辱先生之知殆周歳而先生命余爲記余知先生之意余言固妄然其意則先生必笑而首肯也以爲記

止基と首鼠　三十九年

那珂博士に就きて考信録を讀みしをり同窓の宮澤甚三郎氏詩の取厲取鍛止基迺理につきて問ひしに博士は解しかたしと答へ給ひきげにこの句ことに止基の二字は解しかたき語なりけり鄭箋大雅公劉には止基作宮室之功也とあり疏には宮室既備民得居處公劉止此宮室之基乃疆里民之田畝とあり集註には止居基定也といひ又取厲取鍛而成宮室既止基於此矣乃疆理其田野といひ而して補傳には范處義の説を引きて乃理其居止之基といへりみな牽強の説たるを免れずかくて年を經て明治三十八年の夏おのれ肋膜を患ひて打ち臥しけるをりつれ〳〵のあまり文のことなと考へをりしにふと止基のこと思ひつきぬそは孟子の鎡基の語なり孟子の公孫丑篇の上に雖有鎡基不如待時とありその注に鎡基田器耒耜之屬とあり此の鎡基と詩の止基とは字こそ異なれ語は一なり止基を鎡基とみればこの詩の意は聊もとゞこほる所なく明かなり是れ確として動かすべからざる説なりおのれ此の解を得てうれしきこと限なく一たひ博士に謁して之をたゞさんと思ひしにあはれ一朝にして幽明境を隔てをはんぬ口惜しきことのかぎりにこそ

首鼠兩端といふ語正字通に鼠性多疑出穴觀望前郤不果故持兩端者曰首鼠と解き世多く之に從へり偶後漢書を讀むことありしにその鄧禹傳に雖首施兩端漢亦時收其用とあり注に首施猶首鼠也とあり其の他にも後漢書にはみな首施に作れりきさては正字通の解は同じく附會の説なりけりおのれ思ふに首鼠首施みな假借にて字に意義なし趦趄などと同じ意なるべしこれにつきて思ひ合せらるゝは猶豫狼狽などの義なり世に説く所はみなとるに足らずと知るべしすべて經書その他古き書には假借の字多し文字まだ多からぬときの書なれば今の世の字知らぬもの、誤字あて字などかくやうに別の字をかりて用ひしなるべし古書をよむもの、心すべきことなり

盛者必衰と陳か

平家物語の發端に祇園精舎の鐘の聲諸行無常の響あり娑羅雙樹の花の色盛者必衰の理をあらはすとあり諸行無常の一句は涅槃經聖行品の四句の文なること誰れしも知る所なれど盛者必衰の四字に至りては其の出典を知れるもの蓋し多からず抄には周易の理など説きて糊塗を事とし考

證には此語未及管見但興衰之義見出曜經無常品と疑はしきを闕けり余一日仁王經を讀む其の下巻護國品に盛者必衰實者必虚とあり此れかの語の出典なること疑ふべくもあらず何となれば此の經は仁王會などありて古來最も普く行はれたるもの、一なればなり

太平記三主上笠置御沒落事に晝は道の傍なる青塚の陰に御身を隱させ給ひて寒草の疎かなるを御座の褥としとあり其の疎かといふ語或は疎らの誤まはあらざるかと思ひしに白氏文集三縛戎人に晝伏宵行經大漠雲陰月黑風沙悪驚藏青塚寒草疎倫度黄河夜氷薄とあり「疎カナリ」と送り假名を附しあるを見且つ朗詠には皆「オロソカ」と訓めるを思ひて當時はすべておろそかと讀みしことを知りぬ古書の訓點の輕視すべからざること亦以て見るべし

梅

忘らゆきのまなくいまなくふるにはにそこともしらぬうめかうてする

贈槌間君在東都　四十年

張氏池邊洗筆時龍頭鶴爪墨淋漓懐君藝苑聲名播應憫書生徒守雌

金峯神社經箧文

金峯神社經箧ノ文ハ文學上史學上大ニ參考トナルモノナレバ搨本ニヨリテ左ニ之レヲ寫シ置ケリ

南贍部洲大日本國左大臣正二位藤原朝臣道長百日潔齋率信心道俗若干人以寛弘四年秌八月上金峯山以手自奉書寫妙法蓮華經一部八巻无量義經觀普賢經各一巻阿弥陀經一巻弥勒上生下生成佛經各一巻納之銅篋埋于金峯其上立金銅燈樓奉常燈始自今日期龍華晨於是弟子焚香合掌白藏王而言法華經者是爲奉報釋尊恩爲値遇弥勒親近藏王爲弟子无上菩提元年奉書欲賣叅之間依世間病惱事与願違爲恐浮生之不定且於京洛供養先了今猶所以埋於茲者蓋償初心後始願之志也阿弥陀經者此度奉書是爲臨終時身心不散乱念弥陀尊往生極樂世界也弥勒經者又此度奉書是爲除九十億劫生死之罪證无生忍遇慈尊之出世也仰願當慈尊成佛之時自極樂界往諸佛所爲法華會聽聞受成佛記其庭此所奉埋之經巻自然涌出令會衆成隨喜矣弟子得宿命通知今日事如智者之記靈山於前會文殊之識往劫於須臾者歟嗚呼發菩提心懺無量罪運東閣之匪石加南山之不騫埋法身之舎利仰釈尊之哀愍藏信心之手跡馮龍神之守護願根已固我望已足抑愬一樹之蔭飲一水之流猶不是小縁況此之道俗若干人或有以香花手足與此善者或有以翰墨工藝

從此事者南无教主釋迦藏王權現知見證明願与
神力圓滿弟子願法界衆生依此津梁皆結見佛聞
法之縁弟子道長敬白 寫弟子得宿命通云云文 襲用白居易洛中集記
寛弘四年丁未八月十一日
參考 日本紀畧一條天皇寛弘四年八月二日乙
未左大臣被參詣金峯山權中納言源俊賢卿相
從之同十一日參著中略十四日丁未中略今日左大
臣自金峯山還向
箕面 四十四年
箕山紅葉錦紗幃裹錦排紗素練飛知是天仙機織窟
一蹊誰鑿碧巖扉
命名說 四十五年
詩云崧高維嶽駿極于天駿峻也極至也維是二兒名
長曰峻名少曰極非敢比之周家甫與申也私祝其能
任吾家之翰而已且夫少之生時在極月則極亦所以
記其時也嗟呼極哉至哉至極而已蹉跎中坂非乃命
也
文殊會詩稿七首
松上鶴
日出東嵎映紫煙陽禽來舞影蹁躚昂昂不伍鷄群裏
矯矯唯棲蚪幹顚雲盡縞衣裝益潔雪晴靑蓋色添妍
高標同是仙鄕物一唳一聲聞九天
梅花
疎影月前寒笛聲終宵吹動幾人情空閨驚夢褰珠帳
高會催歡酌玉觥花落閑庭飄素雪枝臨淺水宿黃鶯
江南尋興能徊去曲斷寥寥香獨清
早春
山無宿雪水無氷日日東風度野塍林外鳥鳴煙淡淡
池中魚躍浪澄澄梅花當砌磨紅玉蘆筍穿沙剪碧綾
到處自今春色好漫思劉白唱酬朋
折楊柳
折盡年年楊柳枝春回橋畔復蓼絲翠煙郊水曾遊思
暗雨關山遠別悲日暮聲聲簫管咽燈寒滴滴漏音移
問君明旦那邊去正是風頭飛絮時
春日山行
尋來獨怪澗潭幽洞口斜橫一葉舟路遶懸崖行欲盡
溪開別境望更悠山中山外桃花簇水北水南春草稠
此地仙源人不見唯聞雞犬碧雲頭
春日偶成
居近高津宮址邊閑遊終日掬春煙草荒籬外殘紅散
苔滑碑陰新綠鮮簷雀倦飛知有託林鶯忘老欲無遷
和風誰憶仁皇澤鳥哢花開幾百年
綠陰讀書
淸苔滿地綠成叢孤榻看書林下風梅實摽來微有韻
詩篇解去自無窮窓帷矻矻非吾事腹笥便便在此中
堪笑董生多苦思閑眠又是夢周公
送津田中佐
綠酒紅燈宴別時絃歌聲怨幾人思風雲再會期何日

欲折不堪楊柳枝

修學旅行中作四首

木津川途上

雨後千山遲時聞呼呼聲曉風吹不盡村外野煙清

望笠置山

春水一條流不窮行行且説景光同山涯小逕徐回去
笠置峯青淡靄中

多武峯

十三重塔碧巒中塔外花飛樹樹風何處幽溪寒玉韻
聲聲振去日昇東

謁村上義隆墓 于時春雪

芳山之奥閟寒雲此地空留古碣文忼慨何人堪讀盡
落花飛雪亂紛紛

和岡田生 中央幼年學校本科生徒

人生何事枉云云終古乾坤道自分南望皇城松柏鬱
磨成此節奉明君

記念帖序

何謂記念記往資來也壬子七月吾第十三期生徒卒
業乃寫其講學之處與起居之状以成記念帖囑予作
序予謂之曰嗚呼諸子前途邈焉達之何如固持初志
黽勉不懈屑之無方也崒乎泰山豈不險乎累歩而登
可以極其高矣諸子勉之若夫中坂氣屈宜披斯帖顧
其切磋之初而作其勇奮之志峻嶺大岳何阻之有則
斯帖之有資將來蓋大矣是爲序

正倉院文書 大正元年

正倉院の御物を拜觀せしは大正元年十一月のは
しめつかたなりき樂器鏡鑑さては劒鉾など世に
二つなきめでたきもの多かる中にとりわけ遺文
の目を惹くもの若干ありき今之れを記録するこ
と左の如し
文書に三種あり一は獻物帳の類にして古文書と
していとも貴きもの一は詩文集の類にして寫書
として最も古きもの一は屛風又は樂器などに書
かれたる箴銘の類にして當時文學狀態の一面を
うかゝふに足るもの是れなりこの中獻物帳の類
は大日本古文書にも録せられたれは此にはしる
さず詩文集の類も其の全文をしるすを止め箴銘
の類のみ全文を載せんとす
詩文集又は書法の類にしてそのはじめ此に納め
給ひしは甚だ多かりき今獻物帳にしるされたる
をみるに

納物

雜集一巻 白麻紙 紫檀軸 紫羅褾 綺帶
右平城宮御字 後太上天皇御書
孝經一巻 麻紙 瑪瑙軸 滅紫紙褾 綺帶
右平城宮御字 中太上天皇御書
頭陁寺碑文并杜家立成一巻 麻紙 綺帶 紫檀軸 紫羅褾
樂毅論一巻 白麻紙 瑪瑙軸 紫紙褾 綺帶

右二巻
以前四巻裹衣香二袋 一重六兩二分 一重十二兩二分 皇太后御書 並納白葛
箱（中畧）
書法廿巻 こは下の文によるに王羲之の書を摸りしものなり
とありこの中現在のものは雜集杜家立成及び樂
毅論のみなり雜集は佛教に關する文を集めあり
奥に天平三年九月八日寫了とあり杜家立成は蓋
し杜氏の尺牘を集めたるものなり又獻物帳に載
せざる王勃の集あり奥書に慶雲四年七月廿六日
とあり文字婉美優雅他の諸集と似ず
次に箴銘の類には先づ世に名高き鳥毛屛風あり
其の他琴鏡なとの銘あり人勝の殘缺にも文あり
すなはち左の如し
鳥毛屛風 其一（篆書六扇）
主無獨治　臣有賛明　箴規苟納　咎悔不生
明王致化　務在得人　任愚政亂　用哲民親
近賢無過　親佞多惑　見善則遷　終爲聖德
鳥毛屛風 其二（六扇）
穡好田良易以得穀　君賢臣忠易以至豐
諂辞之語多悦會情　正直之言倒心逆耳
正直爲心神明所祐　禍福無門唯人所召
父母不愛不孝之子　明君不納不益之臣
清貧長樂濁富恒憂　孝當竭力忠則盡命
君臣不信國政不安　父子不信家道不睦

金銀平文琴
琴之在音盪滌邪心雖有正性其感亦深存雅却
鄭淫侈是禁條暢和正樂而不淫
八角鏡
隻影嗟爲　孤鳴復幾春　初成照膽鏡　遙憶畫眉
人舞鳳歸林　近盤龍渡海　新緘封待還日　披拂鑒
情親
圓鏡
勿相思勿相忘常貴宜樂未央
人勝
令節佳辰福慶惟新爕和萬載壽保千春
その他物名年月なとを刻せる多々あれど文學の
上にはさしたる關係なければ之れを畧しつ
日本逸史の缺
日本逸史巻十二 延暦二十二年の條 に日本紀畧を引きて曰
く
三月丁巳詔曰入唐大使贈從二位藤原朝臣河清
銜命先朝修聘唐國既而歸舳迷津漂蕩物故於他
鄉可贈正二位河清贈太政大臣房前之第四子也
本名清河唐而改 而改二字日本紀畧作改爲 河清天平勝寶四
年以參議民部卿爲聘唐大使天寶十二歲 日本紀畧作載
與留學生朝衡同舟歸朝海路逢風漂泊安南天平
寶字三年遣散位助外從五位下高元度等於唐國
迎河清唐朝亂故元度等久不得朝見敕云河清是

本國貴族朕所鍾愛故且留之不許放還待國家寧定差使發遣尭度等經年不歸本朝爲怪宜取南路早歸命於是河清悲傷流涕遂以大曆五年正月薨時年七十三贈潞州大都督

このうち以大曆五年正月薨以下は仲麿のことなりされば其の上に仲麿の贈位及び傳が脱漏せること推知するにかたからず是を以て大日本史阿倍仲麻呂傳の注にも本書以此爲清河事蓋本條脱缺清河仲麻呂事混爲一也今據續日本後紀承和三年詔文古今集鈔引國史及帝王系圖定之といへり（本書とあるは日本紀畧をいふ）今之を考ふるに所謂古今集鈔引國史こそは紀畧の脱缺卽ち後紀の佚文なること知られたれ其の文は古今和歌集目録によるに實に左の如し

國史云本名仲麿唐朝賜姓朝氏名衡字仲滿性聰敏好讀書靈龜二年以選爲入唐留學問生時年十有六十九年京兆尹崔日知薦之下詔褒賞超拜左補闕廿一年以親老上請歸不許賦詩曰慕義名空在愉忠孝不全報恩無有日皈國定何年至于天寶十二載與我朝使參議藤原清河同船溥歸任風掣曳漂泊安南驩州山横逆羣盗蜂起而夷獠放横劫殺衆類同舟遇害者一百七十餘人僅遺十余人以大曆五年正月薨時年七十三贈潞州大都督

之れを彼の紀畧逸史と相對するに後紀の殘缺なることは甚だ明かなるにあらずや況んや當時國史といふはみな六國史をさせるに於てをやされば逸史之を引きて紀畧の脱缺を補はざるは亦遺漏のそしりを免るゝこと能はざるなり且つ古の文にして果して後紀の佚文なりとせば大日本史の疑へるが如く仲麿の從二位を贈られしは延曆二十二年にあること論せずして明かなり

賀陸軍教授小出君在職十五年

講學春秋十五回翺翺育得羽林材家風三世眞揚烈師道一身還赦頽懷憶舊恩人醉德遭逢佳會我酬杯歡蓮今日徵陽動催發南園老樹梅

萬年青舎唱和

名萬年青舎説

吉野　芳山

好花卉者愛其色之艶麗也好種樹者愛其容之古雅也艶麗者易于凋落而古雅者動失其性不失其性又不凋落而四時青青無變者其獨萬年青歟余性甚愛之因自名其廬曰萬年青舎抑萬年青之爲物其性不好地之腴不欲培之厚唯不過置之於瓦瓶封以清砂而朝夕與一杓水也然而舊葉未衰新芽既生奕奕終始如新或春夏之交雖着花無色無香平平凡葩耳而其實則如綴紅玉鮮美可愛也夫不好膏地而甘清砂者可以比君子之安清貧也其舊葉未衰而新芽既生者可以比君子之自彊不息也其吝花而豊實者可以比君子之訥於言而敏於

行也由是觀之此草也則可謂備君子之徳者夫余生來雖口唱於六藝之文手披於百家之編而無一所成矣夫青者物未熟之稱也然則余性徒愛此草者豈非無成熟期之兆哉遂記以自警

呈萬年青舎主人芳山吉野君

聞君獨愛萬年青仙葉參差種玉庭好詠此間終日夕
原頭秋色奈凋零

柿村詞兄讀余名萬年青舎說見寄一首因
賦而酬之

吉野　芳山

頭呈銅色眼呈青日伍群童戯校庭退食怡顏千歳
色不關春綺與秋零

重酬芳山君　二年

君子風流眼正青慇懃酬句立階庭孤懷豈不思相見
欲駕羸驢雨雪零

瑞光寺を訪ふ

瑞光寺は深草村にあり詩僧元政の草庵を設けしところなり二月十八日は元政の忌日なれは例年陽曆三月十八日之が法會を行はる是の日元政の遺物遺墨など多く陳列せらるゝよしきゝたれば今茲暇を得て之を訪ふ千竿の修竹煙を籠めて當年のことども忖ちしのばるゝ小徑をすぐれば草盧二字あり卽ち瑞光寺なり稱心庵と元政自筆の額揭けたる一室には多く遺物を列し他の各室には遺墨をならべたり其の奥の室に堅三尺に横四尺ばかりなる板の額あり息心銘といふを書せり草山集にもなき文なれば此にうつし出しぬ

息心銘

法界有如意寶人焉九緘其身銘其膺曰古之攝心人也誠之哉誠之哉無多慮無多知多知多事不如息意多慮多失不如守一慮多志散知多心亂心亂生惱志散妨道勿謂何傷其苦悠長勿言何畏其禍鼎沸滴水不停四海將盈纖塵不拂五嶽將成防末在本雖小不輕關爾七竅閉爾六情莫窺於色莫聽於聲聞聲者聾見色者盲一文一藝空中小蚋一伎一能日下孤燈英賢才藝是爲愚弊捨棄淳樸躭溺淫麗識馬易奔心猿難制神既勞役形必損斃邪逕終迷脩塗永泥莫貴才能是曰惛情誇拙羨巧其德不弘名厚行薄其高速崩徒舒翰卷其用不恒內懷憍伐外致怨憎或談於口或書於手邀人令譽亦孔之醜凡謂之吉堅以之咎賞悅暫時悲憂長久畏影畏迹逾走逾劇端坐樹陰迹滅影沈猒生患老隨思隨造心想若滅長死長絕不死不生無相無名一道虛寂萬物齊平何勝何重何劣何輕何賤何辱何貴何榮澄天愧淨皎月慙明安夫岱嶺固彼金城敬貽賢哲斯道利貞

次に同じく横長き額に霞谷十二景及び稱心庵七處といふを彫れるものあり亦以てこの詩僧の雅懐を窺ふに足るべし其の目左の如し

霞谷十二景
南峯曉色　稲山凝翠　霞岡遠眺　谷口春游
小橋流水　澗底夜月　艸野虫聲　寺門夕照
陶家曙煙　西嶺雪霽　鶴林暮鐘　蘇社蒼松
稱心庵七處
慈堂　禪居　棲霞軒　漱雲觀
藉煙窻　蒙堂
又鷲山常にすむてふみねの月かりにあらはれかりにかくれてといふ歌を軸にしたるありこの歌は元政寂滅三日前の作なりといふ即ち元政の辭世なり其の他めづらしきもの多くあれど多くは草山集などに載せあるなれば省きつ

修學旅行中作二首
詩僊堂　石川丈山
眞仙謫落在人間戯把霜刀逐鹿還洛北如今風色好
思詩嘯月入梅關
義仲寺
龍蛇蟠屈蘇軾山中一旦起雲天地蒙蛇死雲消年漸
漸古松空咽粟津風
次松南詞兄見示韻　神田豊城
詩僊堂
昔賢仙去白雲間雲影悠悠空往還逸韻高風千古
在四明山下舊柴關
義仲寺

龍變雲蒸指顧中一朝湖畔將星蒙雄心千載孤墳
在野寺夕陽花外風
題櫻井寺堂柱鐵痕搨本　并引　三年
是五條櫻井寺堂柱鐵痕也初天誅組之殲代官鈴
木源内也躍突亂斫之餘槍身或欲脱乃相率入寺
壯士手把槍柄向柱睨而撞者數回其痕迄今歴然
住持僧某搨寄吾校大阪陸軍地方幼年學校因題一絶曰
貫戟拿來血髑髏天誅不漏此君讐當年鐵鏃痕猶在
似有英雄餘憤留
昭憲皇太后奉悼文
舜之巍巍娥皇維配文之穆穆大姒實基毎瞻　乾戚
之外輝乃仰坤德之内茂伏惟　昭憲皇太后仁[illegible]凡
生如玉之瑩聰順是體如蘭之芳播徽聲于八極道軼
二妃正柔位于九重則垂億庶烈哉赫哉我　帝之載
休焉美焉我　后之化四十餘年豐功懿範古往今來
誰知儔匹自從　龍馭仙去梧岫雲慘竊感斑竹之前
躅切祈　掖闈之遐齡豈圖司命難晰　椒房弛衛普
天率土孺慕何禁　桃山之陵遷座之夕遠近麇至泣
拜　靈輿玄幕連延神路森肅松柏夜長而寂簫管聲
咽而秋送祖旆之不還傷幽都之鎭閟嗚呼　日月奄
藏叩心哀絶空仰淑儀之曠前敢訴旻天之不弔虔陳
微衷伏祈　靈照
楊椒山の學と其の影響　四年
心力の修練は東洋道德の精髓なり道德理論の精

を穿ち微を極めて復た餘蘊なからしひるは東洋の道徳固より西洋倫理の深邃なるに如かずと雖も此の心を修めて此の道に合せしめんとする實際修練の方面は我が道實に宇内の光輝たり而して此の實際修練の學はもと孔孟の教に出づと雖も其の能く之れを理解し體得したるの徒は彼土に於ては甚だ多しとなさず寧ろ我が日本に傳はりて一層の光輝を放つに至りたりと謂ふべし彼土に於ても固より全く其の人なきにあらず豪傑の士は能く之れを理解し體得し千古不朽の氣魄を留め後世人心を鼓舞し延いて我が士道に影響を與へたること尠少ならずとす而して今此に述べんとする楊椒山の如きは實に其の一人なり

楊椒山名は繼盛字は仲芳椒山は其の號なり明の世宗嘉靖二十六年進士に擧げられ南京吏部驗封主事を授けられ同三十年兵部車駕員外郎に遷る是の時に當りて仇鸞といふもの兵政を掌握せり而も心俺答を憚り利を以て之れに啖はし以て兵を緩うせんと欲し與に馬市を爲すと許されんことを請ふ椒山以爲へらく讐恥未だ雪がずして和を議し弱を示すは國家の大辱なりと乃ち上疏して十不可五謬を論ず鸞大いに怒り其の邊計を撓ますと誣りて之れを獄に下し遂に狄道縣典史に貶す狄道は陝西臨洮の山中に在り椒山狄道に在り暇を以て邑の諸生を教ふ諸生日に衆く吏民は之れを愛して楊父と呼び諸生は之れを稱して關西夫子と謂へり已にして鸞が奸發覺し戮せらるるに及び椒山漸く擢用せられ刑部員外郎に至り尋いで兵部武選に調せらる是の時に當りて嚴嵩僭竊事を專らにし上下之れを忌まざるなし椒山天下の爲めに奸を除かんと欲し三十二年正月上疏して嵩の十罪五奸を論ず嵩誣奏して復た之れを獄に投ず椒山獄に在ること三年三十四年十月を以て西市に棄てらる時に年四十後七年にして嵩果して敗す穆宗立ち直諫の諸臣を卹み椒山を以て首となし大常少卿を贈り忠愍と謚せらる

椒山の學は初め擧業を事とす其の間徐階に從ひて學びしことあり然れども亦主として擧業のためなりされど椒山は豪傑の士なり單に擧業を以て吾が學卒れりとするものにはあらざるなり其の任に南京に在るや音樂天文地理太乙兵陣の學に至るまで皆之れを究めざるなし而して聖賢の學に至りては講論益〻力め其の堂に上らざれば止まざるの概あり其の自著年譜に曰く

庚戌年三十五歳(中畧)時本部考功郎中何子吉陽殷子白野張子龍山余子九厓楊子明石塗子任齋劉子蘇涯爲五日之會會則講論終日予一一力行之吉陽謂人曰椒山之果誠可語進道矣故予死生

利害義利之關見之甚明皆講學之力也

又曰く

自南之北由山東路乃特趨曲阜謁孔顔廟又枉道登太山至極頂因題絶句云志欲小天下特來登泰山仰觀絶頂上猶見白雲還未庠云予讀孟子書以爲天下惟泰山爲高也今陟其頂而觀之則知所謂高者特高於地耳而山之上其高固無窮也予於是而悟學之無止法矣

是れ等の語を見て椒山が如何に學に力めしかを知るべし而して其の學は程朱性理の學を以て歸とせしなり椒山が狄道に於て超然書院を興し先師を祭れるを見るに道統祠を爲り上の九位を伏義神農黄帝堯舜禹湯文武とし前側の左を周公とし右を孔子とし兩壁の側には顔曾思孟漢の董仲舒隋の王通唐の韓愈宋の周程張朱元の許衡劉靜修明の薛文清を列せり以て其の歸依せし所を察すべし其の他左の諸語の如き亦椒山が程朱を以て正學とせしの大概を知るに足るものあり

我國家道學之統自薛文清諸大儒出講明正學後先相望斯道之興也久矣自是而明道學者或口談性命之言而身冒貪汙之行或外飾溫厚嚴肅之貌而中藏毒忌闇濁之心或始而卓越峻潔凜不可犯終而喪其所守流於汙下而不羞者則其所學不過欺世之機械釣名之筌蹄耳不知得有於道焉否也

(壽苑洛韓公七十一序)

日與舊會友數十人講擧子業會文之中因寓性命之談初若不相入迺來則浸浸然動矣(與少司寇吉陽河公書)

世の性理を談ずるものは多くは空言を弄するに止まれども椒山は決して然らず全く實行に資せしことは右の諸言にて明らかなり而して是れ一は其の天性に出でしこと爭ふべからず椒山は孝友至性に出で忠義肝肺に徹す其の賊臣を誅せんことを請ふ疏に臣狂直之性生于天而不可變忠義之心痒于中而不可忍といへるもの決して自ら譽むるにあらざるなり椒山已に此の至性を具へて而して更に切磋琢磨の功を怠らず性理義利の學を以て知を致し心を正し而して之れを行にあらはさずんば已まず是に於て其の心已に道と一となり纔に義利の去就すべく生死の取舍すべきを見るに於ては斷斷乎として其の去り舍つべきと去り取り就くべきを取りしなり其の年譜に故予死生利害義利之關見之甚明皆講學之力也といひ少司寇吉陽河公に與ふる書に有一時之富貴有萬世之功業有目前之榮辱有身後之褒貶不惟以義言之其輕重分明雖以利言之其輕重亦較然可懼也といへる以て見るべし蓋し椒山の心は已に一點の道に逆ふことなく義に反くことなく浩浩熒熒とし

て萬物を照らし天地に塞がるの域に進めりといふべく孟子浩然の氣椒山已に之れを體得せるを知るなり

椒山の學既に是に至れり故に其の爲す所の事業皆この學の發現にあらざるはなし椒山の事蹟として見るべきものは仇鸞及び嚴嵩の奸を發きて之れを劾せしに過ぎざるなり而れども之れを劾せし所以の精神を觀るに至りては實に高尚雄大何物も比すべからざるものあり是れ椒山の天下後世の人心を動かし之として景仰止む能はざらしめし所以なり

椒山の文詞亦一々此の學の發現なり而して其の兩兒に諭す言及び臨刑の詩の如きは尤も其の精神と觀るべき大文字なり今は煩をさけて唯臨刑の詩二首を掲げ他は皆姑く割愛に附せんとす

臨刑詩二首

浩氣還大虛丹心照萬古生前未了事留與後人補

天王自聖明制度高千古平生未報恩留作忠魂補

此の詩明史には合して一首とし浩氣還大虛丹心照萬古平生未報恩留作忠魂補に作る未だ其の何の故たるかを知らず

椒山の仇鸞に抗せしは攘夷に當り嚴嵩を劾せしは尊王に當る卽ち椒山の事業は此の二者に過ぎずと雖も其の蹤は尊攘の結晶といふも不可なし

而して其の精神は純然たる道義に根す是れ我が尊王攘夷の志士に喜ばれたる所以なり且つ椒山は遂に其の志を達せず三年の間牢獄に呻吟し二絕を遺して刑場の露と化しぬ我が志士の寃と抱いて幽囚の厄にあるもの其れ何ぞ椒山の文詞を誦して悲憤慷慨せざるを得んや宜なり椒山の我が志士に偉大なる影響を與へしや椒山の臨刑の詩は文文山が正氣歌と共に尤も我が志士に愛誦せられたるものなり

椒山が我が志士に喜ばれたる所以かくの如し而して其の根源は水戸學者にあるものゝ如し之れに次ぎて松下村塾に於て松陰尤も之れを景仰し之れを研究せしと見るなり其の他江戸京師の諸士の如き之れが感化と受けしものも亦少なからず今便宜關東京畿及び防長の別によりて之れを略述せんとす

楊椒山全集の初めて我が國に刊行せられしは嘉永四年にして水戸の豐田松岡其の家塾に授くる爲めにせしものなり是れより先き藤田東湖は十六七歳のとき二三同志と此の集を讀みたりと言へば想ふに東湖の父幽谷忠烈の遺文を好愛するの故を以て又此の集を獲其の子弟をして之れを講讀せしめしものなるべし東湖及び松岡の序に曰く

始余十六七豐君長余一歲嘗與二三同志讀斯集
君悲憤痛恨且泣且誦一座悚然感動距今三十年
遭遇或殊合散不齊要之皆困阨流離備嘗艱苦而
君忠憤之氣確乎不磷著述之暇收錄斯集欲以磨
勵名節蓋氣類之相感固有不能已者而憂君憂國
之意可謂至深切矣（東湖序）
今茲同社諸子治刷椒山集屬余作之序嗟乎在上
君子有感於椒山之擧其能以表忠義振頽俗爲務
有志之士亦有感於椒山之擧以其所謂遂過死生
利害之關皆講學之力者爲念則世道人心之復淳
素者將於是乎在矣豈唯揄揚異邦千古之人而已
哉（松岡序）

此くの如くにして椒山の全集は飜刻せられき是
れより東湖と松岡との塾と問はず水戸學士の間
に此の集は普及せらるゝに至りぬされば水士の
尊攘を遂げんとして罪に逢い奸佞を斬らんとし
て獄に陷りしもの皆平生攻究せし處の椒山の節
を以て己れの節とし從容義に就きしもの其の幾
なるかを知らず東湖の門下として其の學を紹ぎ
能く後進を扶掖せし茅根寒緑の如き又櫻田烈士
の一人たりし關錦堆及び蓮田市五郎の如き其の
遺篇に徵して之れが一斑と知るべし
安政己未四月廿六日以幕府之命與安島大夫
及大竹儀兵同抵評定所受審此行禍殆不測將

出得詩二篇乃把筆一揮留以與兒熊太郎他日
成立則可有以知余之志也時屬天明曉雲慘澹
杜鵑悲鳴如訴冤者然　錄一首　茅根寒緑
長鯨橫海驕妖氛蔽日昏奈何春秋義譽世付空論
簧言入左腹羅織到宗藩飜辯訴無地痛哭聲每呑
忽値紫泥詔遠傳自天閽我公感且奮禍福寧遑掄
修攘翼幕府正將答至尊皇天悔禍逮捕驚禁垣
誰拉鼠蟲輩螽粉可除怨嗟予眞不肖學術無淵源
壯歲得虛名要地沐殊恩感遇不自揣欲挽狂瀾翻
報效無涓埃踈漏忽禍根今日逢究鞫我豈望平反
此心有所誓斷欲雪君冤生前恩未報竊與椒山言
絶句　關錦堆

欲踏椒山轍慨然終不眠妻兒上牀後練膽坐牌前
初夏朔有感而作壬戌四月五日南山　同
南州嶺海豈難攀鎖鑰窓間夢始開請看古今忠烈
跡前文山又後椒山
無題　蓮田市五郎
身嬰叙銑志愈雄剛肝擬學椒山風生前恩澤報無
處除奸聊知效寸忠
同
欲明大義正華夷碩鈍豈圖失事宜身死功名難共
得業空忠孝兩相虧一念至此欲腸斷淋漓只看血
淚垂二十八年夢乍覺一片清氣大空歸　同
水藩以外に於ては藤田幽谷と心交ありし蒲生君

平凡に椒山を尊崇しき其の皇和表忠録序に朱明有一奇忠烈烈其臣曰楊繼盛成仁取義名垂春秋雖明爲墟尚爲不朽と言へる以て其の景慕の概を觀るべし其の他君平の學並びに水戸學の影響を受けし關東の志士にして椒山を言ふもの猶ほ少なからず大橋訥庵兒島强介の如き其の一例なり而して此の二人は關蓮田諸士の櫻田の擧を繼ぎて安藤閣老を斬らんとせし坂下の擧に關係あるものなるを思へば亦何等かの因縁なきにあらざるかを疑はしむ殊に兒島强介は宇都宮の人にして且つ東湖寒緑等に學びしものなるを知るに於ては益〻其の因縁の深きもののあるを信ぜざるを得ざるなり

逸題　　大橋訥庵

蒼皇屈膝拜夷蠻苟且誰知釀後患恨殺滿朝林立士一人無復似椒山

獄中作　　兒島强介

上安聖主下安民誓與奸臣不戴天一笑椒山胡詮輩空將疏奏逆豪權

佐久間象山は水戸學と深き關係あるにあらざれど亦多少の關係なきにしもあらず東湖が眞田侯を推賞し象山が水戸侯及び東湖に據りて下田開港に就いての意見を貫徹せんとしたる事實に徴するも以て其の一班を察するに足るなり左の一律は象山の門人小林虎三郎が象山の開港の意見に就いて象山の爲めに長岡侯に上書し爲めに罪を獲て長岡に歸るを送るもの而して小林を比するに椒山を以てす亦一奇と謂ふべし

次小林炳文留別韻甲寅三月炳文論國事獲罪歸長岡

久知天道易推移家國興衰將問誰伯紀遠謀人所惜椒山抗疏世徒悲一方却敵未知計四顧稱雄何有期不揆又遭今日別傷心萬事付新詞

若し夫れ京畿の志士に至りては梅田雲濱賴鴨厓の如き之れに激勵せられし一人ならずんばあらず鴨厓の水士櫻任藏に贈りし書に楊椒山全集御送り下され御厚情痛入候とあれば是等の志士の椒山を知りしは實に松岡の刊本に據れること推測するに難からざるなり鴨厓の作に左の如きものあり

偶成

世俗從來不知機漫言和議是上謀（振氣篇作策恐非今訂之戰勝三班岳飛恨馬市一開繼盛憂神國爲蠻誰不恥衣冠歸左又如猴世間若願天下淨先斬姦徒示旁酋

楊椒山の全集は水戸より京師に傳へられしのみならず又更に防長の間に傳へられたり而して之れを傳へしものは周防の海防僧清狂其の人なりとす清狂は此の集を以て之れを吉田松陰に贈り

全集
四ノ二七一

き松陰の椒山を知りしは實に此に始まりしなり而して是れ恐らくは安政五年頃なるべし松陰は清狂より此の集を得て一讀大いに喜び其の翌年卽ち安政六年正月野山の獄に在りて復たこれを讀みき時に題楊椒山集の文あり卽ち左の如し

明楊椒山先生集一帙吾方外亡友清狂師所贈清狂奇節高於一時顧推重余曰子能爲椒山者故吾以此集爲贈也今清狂病亡一年余進不能擊奸權于當路退不能伏斧鑕從吾師于九原猶尚靦顏視息偷生于岸獄其負吾師見推之意多矣何況對楊先生其人于黃卷中乎楊先生初劾仇鸞謫狄道鸞已敗一歲四遷得還燕京先生深感主恩卽疏誅嚴嵩嵩怒論死西市云然先生之四遷實出嵩之汲引則其舍私殉公非人情之所甚難乎如余則不然入海狂擧吏議繫獄吾公特恩已脫之又密旨求言甚切而怯懦畏避言不竭其愚奸權見憎而不至置諸死惟公家忠厚萬非朱明酷薄之習之比是其所以僅止繫諸獄而已抑吾之忠言有愧于楊先生不甚多乎余既入獄復讀此集一週顧余重被餽食居獄與居家無大異也則以比明錦衣獄萬萬多福矣則下獄已可愧焉何獨不死而已哉書此近以謝清狂師于九原遠以問楊先生于黃卷云爾

清狂の寂は安政五年五月なり然らば清狂の此の集を松陰に贈りしは其の前にあらざるべからず

吉田松陰全集
四ノ三三五

松陰が間部詮勝を京師に斬らんとし藩主の駕を伏見に要せんとせしが如く其の態度の俄に强梗に變ぜしもの實に其の後に在り果して然らば松陰此の集に激發せられし所亦尠少なりとすべからざるに似たり松陰が祭亡友方外清狂師文に公貽一集椒山之楊彈鸞劾嵩子有其膓所以割愛助子鋒鋩吾時展閲思公難忘といへるに見るも吾は此の推測の必ずしも妄斷にあらざるを斷ずるものなり且つ椒山が鸞を彈じ嵩を劾して志を遂せず獄に下りて專ら節を勵まし自ら年譜を作りて一に天下の人心を刺戟し以て其の志を後來に成さんと期せしが如き蓋し亦松陰が私に淑しとせし所にあらざるなからんや松陰が後進に囑望せし所以蓋し大なり而し其の後進を刺戟する所以の法亦至れり其の鞫問に答ふると刑戮に死すると皆之れが爲めにせしにあらざるはなし松陰每に思を此に存し志己に我が身に於て成すこと能はざる上は同志後進の力に待つの外なしとし操守嚴厲對揚激越一時も其の志を明らかにすると忘れざりき而して是れ皆實に椒山が行ひし所なり清狂が松陰に向って子其の膓ありと言ひしもの誠に宜なり松陰が椒山に私淑せし誰れか然らずとせんや今更に松陰が自ら言へる所に就いて其の如何にこれを景仰せしかを明らかにせん安政

四/四六三

六年三月十三日家兄に贈れる書に曰く

楊椒山集送り候に付塾中にて岡部作間其外と御會讀奉願候（中畧）楊椒山が狗死でなき譯行狀碑銘等に相見え候椒山が狗死でなきこと分り候へば同志の人なり

松陰の照顔録は是の歳の五月東行前に成りしものなり其の中に左の語あり

椒山自有膽豈必蚺蛇哉　楊繼盛（案年譜語）

故らに豪語となすに非ず自ら一死と期す他人温慰の語却て肝膽に合せず富弼の家事を顧みざる心と思合すべし因て思ふ古の豪傑皆眞情直に露る丶もの也大事に臨み無情なるが如きは多情の極と知るべし

岳正倒好只是大膽　岳正

八字知己の主に非ざれば云ふこと能はず感激の涙豈已むを得んや楊繼盛の雨疏岳正の一贊字字血涙是を讀で泣かざる者は豈有情の人とせんや二公亦好て許直をなすに非ず知己の主に遇ふ感激の餘自ら然らざることを得ず

又松陰の東行前日録に左の語あり

夫人之一身於親則謂之子於君則謂之臣均之無所逃焉者也然方其事君也鮮有不忘其親及其事親又鮮有不忘其君者是忠於君而孝衰孝於親而忠廢又焉得謂之忠與孝乎

右楊椒山先生語（案望雲思親圖引語）吾與清太兄並有深感故録以爲永訣之贈

次に松陰が東行後傳馬町の獄に在りしときの詩に左の如きものあり前者は七月の作にして後者は十月の作なり殊に前者の繼盛倉公の一聯は松陰が留魂録にも引用せり

獄中盂蘭

七歳不攀先墓樹又將幽室迓盂蘭菜羹麥飯享常廢懷古憂時詩自刪繼盛唯應甘市戮倉公寧復望生還艱辛嘗盡丹心在冤魂仍舊附故山

次長谷川君韻

明嵩宋檜世知賊繼盛施全史褒忠龍畫本咍葉公事讀書曾慕古賢風

最後に松陰の留魂録は又椒山の臨刑の詩の精神に出づといふも不可なし留魂録の初めに歌あり曰く

身はたとひ武藏の野邊に朽ちぬとも留めおかまし大和魂

と是れ卽ち留作忠魂補の意にあらずや松陰の留魂録は松陰の精神なり後來の志士殊に松陰の子弟は此の留魂録の精神に奮起して回天の大業を成したるにあらずや果して然らば椒山の忠魂は七歳の後よし嚴嵩を斃したるのみならず後世の亂臣賊子の心膽を寒からしめ更に幾多の忠臣義

士を奮起せしめ遂に我が回天の大業を成就せしむるに大功ありきといふべし我が國今日皇威の赫赫たるを頌するもの顧みて其の由來する所を思ひ其の忠魂を天下に留めて大義を萬世の下に維持する我が楊椒山を追憶する亦徒爾ならざるべきなり

之れを要するに我が楊椒山は斯學を以て其の心力を修練し修練の極其の心よく天地と一となり浩浩乎として壓すべからず滅すべからず獨り權勢威力の之れを如何ともする能はざりしのみならず終によく之れを刈り之れを除き更に延いて幾多忠臣義士の精神となり以て天下の正氣と萬古の下に維持せり而して是れ實に我が東洋道德の精髓にあらずや東洋の道德は實に此の偉大なる力を練成するものなり世の日東帝國の使命を知り飜って社會現時の風潮を憂ふるもの其れ之れを顧みずして可ならんや

天皇陛下御位に即かせ給ふ日萬歲を唱へ奉りて

うみやまもゆるきとよめきよはふらし君をことほく萬歲のこゑ

即位大禮賜饗恭賦

赫哉天祖御高天原迺執三器迺授神孫八咫瑩鏡神靈攸存詔謀明勅大道攸根縣縣寶祚如乾如坤神孫奉勅降臨應期蠢爾妖魅是攘是夷除剪荊棘品物雍熙爰取厲鐵爰理止基穰穰嘉穀以養神祇烈哉皇祖平定中土橿原登極統御區宇列聖相承謨訓則古內敦厥敎外振厥武蠻貊歸化元元多祐霈乎厥澤如露如雨逮時屯蹇王室式微先皇哲聖毓業萬幾恢弘帝業振張邦威厥德巍巍厥功巍巍九有八極崇仰鴻徽大正乙卯吉日令辰皇謁天祖即位紫宸玄暉增麗鄉雲輪囷旛象日月鉦鼓俱陳鵷鷺霧集嘉賓雲臻厥儀仰仰前世絕倫於高御座袞冕穆矣迺下鳳詔渥哉厥旨義雖君臣歡維父子上相鞠躬南榮長跪謹奏壽詞退頌萬紀億兆嵩呼聲溢都鄙時維昌世民安年豐皇以修祭於大嘗宮芳醴清冽潔粢玲瓏報本反始致敬極崇百神感格錫福無窮王侯相輔豐樂賜酺酒盈玉爵饌傾仙廚迺舞韶武迺調笙竽盡善盡美文章煥乎蕞爾小臣大饗班席鼓腹擊壤永思帝澤爰遇大儀距躍三百亦荷寵榮趨進蹈踏迺拜天闕恭頌我皇我皇紹述神人享慶化曠遂古仁扇厥鄉膺運協極萬壽無疆

平加藤君喪令孃

一夜風摧瓊樹花寒庭蕭索使人嗟芳魂不返都如夢蒿里歌悲夕日斜

冬至文

左の一篇は同學久保田俊丈君の嘗て特に鈔出して寄せられしもの今茲に之れを錄して散佚に備

ふ

佐藤先生冬至文（●●人君ニ人牧學者ニ擔夫ノ字サテ〳〵ノカレラレ　又文字之／曽子問一貫是弘啓手足而止是毅）
道之廢而不行猶擔物之捨置地上也若有其人出
於其時則任之而使不永墜地矣今務聖學者乃擔
夫也俗學之徒則路中之游手耳何足望道之任乎
朝鮮李退溪之後欲負荷此道者吾未聞其人焉中（●中庸ノ序ニ八皐陶伊傅周召トアルニコヽハ李退溪コレヲ挑燈ニツリ鐘トミルヲ俗見ト云）
庸序所謂吾道之所寄不越乎言語文字之間正謂
此也我邦自古至于今欲任此道者幾人也耶二三
子有志於聖學矣乎無乎若果有其志則堅立脊梁
骨可以願學孔孟矣曾子不云乎士不可以弘毅任（●顔子鑽仰亦不休此）
重而道遠仁以爲己任不亦重乎死而後已不亦遠（●コレカラテトヲ任ズルハ併）
乎豈悠悠徘徊終歳月與夫游手浮浪之徒爲伯仲
哉享保丙申冬至日直方書之與鈴木正義野田德（●天保二迄百十六年）（●三子皆當仁不讓師）
勝永井行達以勵其志云
先師送先君子適唐津文曰竊謂先生既没學道
漸衰異學跋扈邪説肆行此道日湮塞學術幾絶
矣有志之士當寢薪嘗膽夜以繼日堅苦刻勵儒
正排邪直負荷此道以使不永墜於地之秋也先
生嘗以擔夫望於兄遺訓猶新傳道之責兄豈得
辭哉君子求道無所而不在焉兄而今雖不遑啓
處其志勿忘焉雖到于唐津其志勿怠焉雖在君
所其志勿忘焉雖居燕處其志勿怠焉而其所以
自明者日新又新而後推以覺來裔傳道學於無
窮慰先生在天之靈則非斯文之大幸吾黨之榮

耀哉享保戊申二月二十八日野田德勝謹書
永井先生病革不能執筆使先君子書之之言曰
不資孔孟程朱之訓則病中殆失平生今且得如
此可謂幸也然病苦至劇提撕之功最難可警哉
元文五年庚申閏七月二十五日稲葉正義記之
先君子諭學者曰夫博文約禮聖門之教而下學
上達則造之之方也學者得其門者或寡矣於是
踰等陵節終身埋首於書冊而終不能入德者天
下滔滔故其所爲日誦五車月巧文辭亦誇多鬪
靡之媒何足謂之學乎入我門者深絶此意以實
致爲己之學焉則得寸者己之寸得尺者己之尺
各自隨分不可以無益也不然則爲人之弊噫不
如無學也二三子其思之寛延二年己巳正月朔
旦迂齋識
佐藤子卒既六十八年先君下世亦實二十七（●今年戊午八十天保二迄百十三年）（●今年三十九天保二迄七十三年）
年學者漸失其眞惑他岐投俗論日歸卑陋之
域而初學可西可東之徒遂受以爲此誠道學
宗旨也是則可歎矣因表章冬至文附三子之
言於其後以峻門風嚴心術云
天明丙午正月稲葉信謹書
天保二迄四十六年先生卒既三十二年

参考　久保田俊夫君の知人染屋保藏氏曰く淵
源紀聞といふ書あり其の中に迂齋先生唐崎
先生幸田先生及び默齋先生の傳ありと默齋

傳の一節に曰く先生姓越智稲葉氏名正信號
默齋父迂齋先生名正義仕土井侯職爲教授道
學聞于世母武井氏以享保十七年壬子十一月
十三日生先生於武藏江戸城東濱町山伏井幼
學父膝下長師事野田剛齋先生純以道學自任
と。又曰く始在江都受新發田侯之俸既而隱于南総と
又曰く先生之學早明道體而通事情尤長無極
大極性理之談而業既成矣爾後吾黨諸老尋而
逝焉明和以來西京獨有訂齋先生東武有幸田
先生及我先生蓋道學之衰未有甚於此時者而
闇齋佐藤子之學不絶如綫況復天下益厭道學
而僅學焉者亦非第一等之人乎君子雖仕道之
切而衰世之運可如之何哉先生終隱而日々録
所以自發揮之旨訣又善筆諸先達之遺言事實
多出乎一手之業而空候後之子雲而已是故今
日東方之學傳于世者蓋先生之功也と以上の
事實により迂齋の學は主として東國に傳は
りきと雖も我が唐津にも亦土井侯の時傳へ
られたることを知るべし

獲病歸郷留一絶別同僚諸賢　五年

國學元來誤此身十年爲客老風塵家郷憂疾雙親在
悵別錦城楊柳春　両恵助 睽炎

柿村詞兄獲病將辭職歸郷示一詩即和其韻
以送之　久保田白灣

研學多年忘此身潛思教育外風塵錦城一夜歸心
切悃悵送君楊柳春

學兄臨去見寄告別之詩詞意誠款感動人謹
和韻以表惜別之情　石谷貴矩

育英十歲竭心身養氣一時避世塵別涙添波汀柳
下滿城花濕雨餘春

送別　次韻　山上與平

斯道由來尚獻身休言講學老風塵病痾豈君所煥
憂請爲奴親計壽春

重和久保田君韻

世事抛來閑一身微風三徑拂衣塵松川滉漾松林碧
吾愛吾郷萬古春　松林初作城山今有故改之

柿村詞兄更示一絶因復和之賦一詩以呈
久保田白灣

重責解來輕一身　一作山水含情迎此身　如今任拂旅衣塵故
山　一作郷　景色眞堪慕況復東風萬里春

臨去告生徒諸子

天之賦命參差不齊盡其心受其正君子之所尚諸子
亦當無貳矣我獲病命也去官亦命也於我心何慼焉
柳講道義者我之所志也訓子弟者我之所職也我聞
之道之於國家明則俗醇政美否則綱紀敗頽上下顚
覆古之聖賢有憂於此是以棲棲遑遑奔走東西以明
斯道孔子説道曰仁孟子曰義且孟子曰我善養吾浩
然之氣蓋生而知者鮮矣苟無所養何以達道養而達

道其氣浩浩耀耀可以拯俗之澆醨可以張國之綱紀
可以賛天地之化育矣何以言之蓋浩然之氣也者道
義之所集至誠之所貫不爲威屈不爲利移收之在於
方寸擴之塞乎天地之間是以其發也如火之烈如雲
之騰邃徹金石磅礴宇宙雖有拔山之力蓋世之勇不
能阻之也甚哉道義之與天下國家相關深且切也且
我誦古今之史益知國之盛衰每本道之消長也道而
不講於是有亂臣賊子弑君虐父之禍禍達其極人反
其正加之先王之教未全泯滅也志士仁人往往而出
殺身成仁舍生取義遂能揭道義於千古豪傑之士知
其如此因以興學延師文教於是鬱起人人講明道義
砥礪氣節近世志士憤外夷之寇邊憂國威之不振忘
身捨家以決囘天之策以成中興之業者皆存養之效
也雖顧當今學徒競新衒奇以釣利一世者有焉講道
養氣以志士之心爲心者少矣我深憾焉獨我幼年生
徒誠實剛健服膺聖諭以國家干城自任我以爲尊此
生徒啓發其浩浩者因以振起天下之士風庶幾足以
發揮國華於千萬世矣乃不自量孜孜攻究且以訓子
弟而未全酬其志之一端遽獲病矣雖云命也豈無少
憾乎諸子亦當憫吾志嗟乎吾去矣諸子而憫吾志乞
記吾臨去此言

箏銘

鳳絃調節雁柱裝瓊激流水韻和入松聲風晨月夕交
歡閑情仁智之器有取此箏

梅雨初晴逸興五首

梅雨初晴月在天蒼茫遠樹抹餘煙新衣浴後東樓上
領略清光夢謫仙
涼風光露雨晴天開望青巒出素煙洗盡都門塵俗氣
胸中別畫古神仙
繞屋緑陰宜暑天幽禽頻躍葉間煙出門時見霜髯叟
疑是南山採藥仙
松江之水碧浮天此處垂綸叢角煙未獲片鱗吾樂足
人間誰是釣魚仙
十里霓林雨後天清風謖謖罩輕煙老柯多是生松實
服食何人學僊仙

次韻三首　神田豊城

唐津之海水連天龍幹囘濱緑若煙一擲人間萬般
事個中遊息任神仙
澱江橋下水連天月上東方晴夜煙一棹中流清興
足兼凉羽化欲登仙
恰是甑中三伏天午時風絶熱塵煙聊呼玉杭一杯
雪忘暑暫作靜坐仙

七夕詩歌　爲子女修乞巧奠而作

秋風此夜莫揚波悵望仙姿周歲過月下鵲鳴雲自散
霞裳初見渡天河
天の川波をな立てそ七夕の歳に一たひ渡るてふ
夜は
わきもことちきりおきにしこよいかも雲間に見

ゆる鵲の橋

送池田小一郎遊學

男兒吾愛氣之豪睥睨乾坤著眼高枳棘何堪棲孔鳳
滄溟自委躍鯨鼇英雄功業非籠絡賢哲經營在苦勞
此別病夫徒切切待君成志酌村醪

送小林大尉之臺灣

一擧搏風駕大鵬圖南萬里氣稜稜蒼波雲外須回首
舊友家山獨曲肱

立儲禮日恭賦

孤叢又見菊花香佇立籬邊惹感長鶴駕風清飜錦旆
龍樓煙靄映朝陽重離增曜儀無匹三善丕規道有光
沐浴聖恩逢此日瓦樽呼酒對芬芳

栽菊

新拓後園栽菊花一枝芬郁著寒葩紅英紫蘂都凋落
清操凌霜處士家

佐用姫傳說考

佐用姫の傳說は之れを三種に分つことが出來る其の一は風土記の傳ふる所其の二は萬葉集の傳ふる所其の三は俗傳である今之れを一々列擧して見ると

其一　風土記所傳

肥前風土記の鏡渡の條に

昔者檜隈廬入野宮御宇武少廣國押楯天皇之世遣大伴狹手彥連鎭任那之國兼救百濟之國奉命到来至於此村即娉篠原篠謂志奴弟日姫子成婚日下部君等祖也容貌美麗特絕人間分別之日取鏡與婦婦含悲啼渡栗川所與之鏡緒絕沈川因名鏡渡

とあり又褶振峯の條に

大伴狹手彥連發船渡任那之時弟日姫子登此用褶振招因名褶振峯然弟日姫子與狹手彥連相分經五日之後有人每夜來與婦共寢至曉早歸容止形貌似狹手彥婦抱其怪不得忍默竊用績麻繫其人襴隨麻尋往到此峯頭之沼邊有寢蛇身人而沈沼底頭蛇而臥沼壅忽化爲人即誥云志努波羅能意登比賣能古袁佐比登由母爲禰弖牟志太夜伊幣爾久太佐年也手時弟日姫子之從女走告親族親族發衆昇而看之蛇幷弟日姫子並亡不存於茲見其沼底但有人屍各謂弟日女子之骨即就此峯南造墓治置其墓見在

とある又仙覺抄に引いてあるのは文句が大分異つて居る即ち

肥前風土記曰松浦縣之東三十里有帔搖岑帔搖此曰比禮布理最頂有沼計可半町俗傳曰昔檜前天皇之世遣大伴紗手比古鎭任那國于時奉命經過此墟於是篠原村篠資農也有娘子名曰乙等比賣容貌端正孤爲國色紗手比古便娉成婚離別之日乙等比賣登此峯擧帔招因以爲名

とあつて以下の記事は必要がないから畧してあ

るこの弟姫は即ち妹の姫で自ら美しい年少い娘の意がある佐用姫は小夜姫の意であらう弟姫が果して佐用姫と同一人であるかは疑へば疑はれる節も無いではないが今は便宜同一の人と見て論じようさて佐用姫が生い立つた處は小城郡と東松浦郡との境篠原に佐用媛屋敷といふのがあるそれである松浦紀行に記せりを今松浦記にはトウノ川村之内にありを記しありといふことであるが佐用姫の屋敷はそんな處であつたらうか風土記の文によつても恐らく領巾振山から餘り遠くない處であつたらしく思はれる風土記の所謂篠原は今の篠原とは異つて當時篠が茂つて居た平地を廣く稱し今の梶原なども其の中であつたらしく思はれる又佐用姫を埋めたといふ墓は風土記の標註に青柳某の説と引いて鏡社の南五丁許にして褶振山の西南の麓にて鏡村と梶原村との境にありとある多分狭手彦が佐用姫追善のため不建立し三韓から持つて來た古鐘までも寄附したといふ恵日寺の附近にある古墳を指したのであらう以上の説に據ると佐用姫は領巾山下篠原に生れたもので狭手彦外征の途次其の愛する所となつた己にして狭手彦が發するに臨み山上に走り登り領巾を振つて招いたがそれも力及ばず一旦家に歸るは歸つたものゝ猶ほ狭手彦の面影が夢に現にあらはれ戀々の情禁じがたく遂に山上の池の中に入水するに至つたのである村人等之れを聞いて大に驚き其の屍を捜して山下に埋葬したといふことになつて頗る人情に近い話になる

其二　萬葉集所傳

萬葉集巻五に筑前國司山上憶良が佐用姫と詠んだ歌と並びに後人が追和した歌とがある其の歌を列記すると次のやうである

大伴佐提比古郎子特被朝命奉使藩國艤棹言歸稍赴蒼波妾也松浦佐用嬪面嗟此別易歎彼會難即登高山之嶺遥望離去之船悵然斷肝黯然銷魂遂脱領巾麾之傍者莫不流涕因號此山曰領巾麾之嶺也乃作歌曰

得保都必等麻通良佐用比米都麻胡非爾比例布利之用利於返流夜麻能奈

後人追和

夜麻能奈等伊賓都夏等可母佐用比賣可許能野麻能閉仁必例遠布利家無

最後人追和

余呂豆余爾可多利都夏等之許能多氣仁比例布利家良之麻通羅佐用嬪面

最々後人追和二首

宇奈波良能意吉由久布禰遠可弊禮等加比禮布良斯家武麻都良佐欲比賣

由久布禰遠布利等騰尾加禰伊加婆加利故保斯
苦阿利家武麻都良佐欲比賣

三島王後追和松浦佐用嬪面歌一首

於登爾吉佐目爾波伊麻太見受佐容比賣我必禮
布理伎等數吉民萬通良揚満

億良の序と歌とよりして佐用姫の傳説は遂に歌道の典故となり屢後人の著作に見え且つ歌はれるやうになつた即ち古今著聞集や十訓抄さては源平盛衰記などに見えるばかりでなく奥義抄袖中抄及び八雲御抄等にも記されてある然して此れ等の書物に見えて居るのは多くは億良が序の引用に過ぎないのである一例として奥義抄の文を引いて見ると

松浦さよひめは大伴の佐提比古のめ也おとこおほやけの御使にもろこしにゆくにすでに舟にのりてゆくときわかれをおしみてたかき山のみねにのぼりてはるかにはなれゆくを見るにかなしひにたへすして領巾をぬきてこれをまねく見るものなみたをながさぬはなしこれよりこの山を領巾麾の嶺と云この山は肥前國にあり

全く億良の序其の儘である億良は佐用姫傳説については領巾を振つた傳説ばかりと聞いて其の他の事は聞かなかつたか抑、又佐用姫の傳説に於ては此の事のみが詩的であつたから歌つたのであるかさもなくば風土記の傳説は弟姫の傳説と佐用姫の傳説とが一所になつたのであるか今俄かに考へ定めることは出來ないが萬葉の歌を傳へて居る後世の歌人は佐用姫傳説といへば領巾を振つて夫を招いた事のみと思つて居たらしいさうして之れに色々な傳説が附け加へられて後世の所謂俗傳なるものをなした

其三　俗傳

俗傳に據ると佐用姫は山に登つて領巾を振つて夫を招いたが舟はだん／＼沖に出て行くのでたまらなくなり遂に山から一足飛びに松浦川の岩上に飛び此處に其の足痕を留め執念凝つて遂に石になつたといふことである此の俗傳は印度の傳説や支那の傳説が日本在來の傳説に附け加へられて出來たものらしい以上の俗傳の外古い書物を見ると色々な傳説がある又口碑にも色々ある附け加へた上に附け加へて益々複雑となつたのである左に古今松浦記の載する所を引いて其の一斑を示さう

一小夜姫ほうし石は杢浦岩にありしと今に田嶋ニ末社ト崇ム

一座主北堂平原村にあり小夜姫菩提寺之本尊観世音則椿の立木ニて奉作りし也

一こがれ石鏡村之内にあり今は金石と云之小
夜姫夫の佐手彦名殘をおしを阿ぶれ給ひ
し石と云なり
一小《神田畑》夜姫杢奥村にあり名木之植置給ひしナリ
夫より奥村と申なりあかし文字は違ひ之
一小《在日新》夜姫屋鋪とてトウノ川村之内とあり小夜
姫はならひ無美女なり賢女之と云
一衣《唐津》干山唐津村之内小夜姫衣を干給ふ山成と
云
一呼《赤木》子と云も小夜姫舊跡之
其の他領巾麾山上の袖懸松は佐用姫の衣を懸け
た樹といふなど俗傳甚だ多しさて是れ等枝葉の
傳説は別として佐用姫が石となつたといふ傳説
は何時の時代に何人が附け加へたのであらうか
是れ到底今日に於て精確に考定することは出來
ないが大體の推測は出來ないこともない古人も
此の傳説の附け加へについては大分頭を惱まし
たと見えて色々な説を立てゝ居る今其の一二を
擧げて見ると傍廂前には次のやうに言つてある
大伴狹手彦をから國へことむけにつかはされ
し事書紀にあり妾佐用姫わかれとをしみてひ
れふりしこと萬葉集にもかの國の風土記にも
あり夫をしたひて石となりし事は據なし按ず
るに風土記に擧帔招因以爲名とあるは帔を擧
げて振りし故に其山帔振峯と號けしよしなり
爲名といふ二字を爲石と見誤りて慕夫石の故
をつくりしなるべし
是の説は頗る穿ち過ぎた説である又石川雅望は
ねざめのすさび卷二に於て次の樣に言つて居る
いづれもさよ姫が石となれることはいはず夫
木にたのめつゝきがたき人と待ほどに石に我
身ぞなりはてぬべきといふ歌も詞書に武昌北
山とあればからくにの故事なり考るに古今著
聞集また十訓抄に幽明錄とひきて望夫石の故
事をあげつぎにさよ姫がことをしるしたりこ
れにも石となれりとはあらねどはじめの望夫
石の故事と事もよくかよひてあれば佐用姫の
ことゝ望夫石の故事と混じてひがおぼえの人
の物語せしが世にひろごりたるなるべしとお
もはる 是の説是なり後の補正を見よ
是の説は較穩當のやうであるが果して著聞集や
十訓抄を讀んだ人の傳へたことか猶ほ疑はしい
節もないではない瀧澤馬琴は松浦佐用媛石魂錄
の卷首に領巾麾山考を附して次のやうに言つて
居る
後生推量の説をもていふときは當初漢土の望
夫石を思ひよして領巾麾山の名を設たる歟又
和漢同日の談歟思ひわきまへがたし彼望夫石

といふものは貞婦その夫の役に行に戀死して化して石となりしにはあらず江山の自然石人の立望がごときものを仆て望夫と命くることは詩文者流のわざくれなるよし程伊川の說を引て鎌倉志にいへり愚按ずるに望夫石のことは幽明錄に出づ又石ならでも望夫と名づくるもの忠州に望夫樓又望夫臺あり大明一統志に見ゆ又述異記に見ゆる相思草五雜俎に見えたる石雄風みな望夫石の故事の如し亦是小說者流の寓言のみ怪むに足らずおもふに我邦西國の海濱にも望夫石と稱るもの聞これあり又鎌倉龜谷の石切山に望夫石あり志に云く畠山六郎重保由比が濱にて戰死すその婦この山に登り望見て戀死し終に化して石となりたりといひ傳るとぞ枯骨の化石もなきにあらねど和漢の貞婦化して石となりその全體を遺す事いよ〳〵思ひわきまへがたし

馬琴は望夫石を疑つて遂に斷案を下さなかつた是れ賢いやり方である又馬琴は佐用姫が領巾を振つたことを伊企儺の妻大葉子が歌に本づいて居るであらうと言つて居るが是れは亦穿鑿にすぎて居るやうである最後に西遊雜記卷七には

巾振山は相傳ふ松浦佐用姫夫宿禰狹手彥渡唐を悲み此山に登り漕行船を志たひて終に石となりしといふ說を傳へて今望夫石と號し婦人の被して伏たる形の凡四尺計もあらんと覺しき石あり昔は谷底にありしを小堂を建其中に入れて今有る所に移しあり旅人此石を見んと思ふ時は麓の寺に詩說行て開帳代として三十銅にても五拾銅にても出して鍵をかりて戶を開き見也中華にも望夫石の事蹟有夫を聞傳て此所にも似像石の有しを幸として埒もなき說を傳へし者成へし婦人の化して石となりしとはあまり成異說を云傳しものなり

と言つてある此の說尤も穩當である幽明錄の望夫石の事は王朝時代以來一般に有名となつて居たと見えて諸書に載せてある歌にも詠まれて居る其の本文は次の如しである

幽明錄曰武昌北山上有望夫石狀若人立古傳云昔有貞婦其夫從役遠赴國難携弱子餞送此山立望夫而化爲立石因以爲名焉(初學記地理部所引)

女が化して石となるといふ傳說は支那では古くからあることで隨つて望夫石の傳說も自ら生じて來たのであらうこの支那の望夫石の傳說を傳へ聞いて居た俗僧どもが偶〻人形に似た石があつたのを見つけて奇貨居くべしとなし佐用姫の傳說があるのを幸に佐用姫の化石であるなど、言ひ出だし之を大切に堂内に安置して五十文も三十文もせしめるやうになつたのでもあらう去かし以上の論説だけでは何人が何時言ひ出したかは依然未解決であるが王朝時代乃至鎌倉時代には佐用姫が領巾を振つたといふ萬葉集の傳説のみが普く知られ徳川時代になつては石になつたことがやかましく論ぜられ而も馬琴は小説の種子にまでして居る所を見ると鎌倉時代以後徳川時代の初めまでに出來た傳説らしい序に馬琴が石魂録の趣向は佐用姫の化身たる秋布といふのを主人公としたる復讐譚である時代は鎌倉時代で場所は鎌倉と肥前とを主にして居る

次にかう考へて見ると佐用姫の足痕の事も思ひ合はされる節がある、といふのは處々の寺にある佛足石である佐用姫が石になつたといふ傳説と作つた俗僧どもは此の佛足石の傳説に思ひついて序に佐用姫の足痕の傳説をも作つたのであらう此の時代は得てこんな傳説が澤山に作られた時代である

以上の所説果して眞なりとすれば佐用姫の傳説は實に日本支那印度三ヶ國の傳説を一つに纏めたものであるこれをなした俗僧どもの俗意は笑ふべしとするも松浦の天地に幾多の名所を加へて大にしては自ら大國民の包容力を示し小にしては我が自然の佳景と此の優美な傳説を以て修飾したこと決して無意味ではないと思ふ

吾已著佐用姫傳説考仍爲長句歌之歌曰

松浦山望玄海波海波洶湧躍黿鼉水師古來幾向北
雞林于今不息戈風濤復解征船纜船影入雲雲影暗
悵望不及涙縦横一別萬里奈吾憾山村有女顔如花
羅裳空立水之涯鸞鏡沈水郎亦去妾也薄命誰思家
涉水登山振巾泣孤鴻哀鳴日漸斜千載相傳化爲石
頗似武昌北山迹北山携兒送夫行芳魂銷盡塞雲隔
誰道女子稟性柔古今貞烈在載籍偶述往事獨慨然
嗟我懷人風雨夕

題五味晃華所畫佐用姫圖 余寄右歌 囑作図

纖手振巾招者誰悄悄送別渺嶔歳征人不見烟波浩
獨對悲風血涙垂

丙辰歳杪所感

欲駕風雲躍在淵此間長臥送流年昨非今是誰看取
獨讀南華齊物篇

次歳杪所感瑤韻　神田豊城

誰言世事瀨兼淵畢竟是非身後年風雪滿天夜寒
寂寞燈孤影閲陳篇

丁巳歳旦　六年

世外迎春在舊郷雞聲何處靜山房閑居又有清安樂
先拜慈顔奉壽觴

丁巳歳旦　神田豊城

洪鈞一轉入新正億兆熙熙樂太平自古金甌無缺

損于今國運愈昌榮東瀛浮旭波光麗北嶺呈祥雲
色明聞説歐洲未收戰砲聲何日作歌聲
次豐城兄歳旦韻
紫門無客賀新正元旦微醺頌太平雲白連峯迎獻瑞
松青寒澗自知榮仙霞晩凌三壺近旭日曈曨四海明
天外戰雲雖未盡環球早晩溢歡聲
大雪寄人
昨夜遥聞折竹聲曉來天地盡晶瑩雲包北嶺仙宮漢
日照南峯玉闕明十二所樓摩碧漢三千里境繞瑤城
人蹤不及崑丘下嘯詠凭欄憶舊盟
稿浩然氣論了有感
羌笛何和白雪絃夜寒懷古不成眠一生榮辱抛身外
百代文章在眼前涕涙感時唐子美布衣憂國宗龍川
世人歡樂吾長慨臥病猶論養氣篇
懐松南兄　五味晃華
春色東風天一涯花開花落不勝悲歸鴻聲斷朋何
處空眺烟霞獨賦詩
暗香歸筆墨香新寫出江南雪後眞千里東風旁驛
使郵筒直贈一枝春
次韻却寄
開封一喜在天涯回憶舊遊還一悲分手去年花已落
今年花發誦君詩
昨夜幽姿入夢新氷肌玉骨見天眞茫茫姑射誰尋得
獨占神仙境裡春

梅花
與子相期日已昏此心惆悵倚紫門羅浮縹緲那邊覓
月下寒梅夜夜魂
わかやと北軒端によほふ梅の花きみかかさしに
よそへてそみる　妻の乞にまかせて
達摩　次林竹涯翁韻
面壁何爲碧眼翁本來蹤迹任西東非賢非聖惟貧衲
默念其眞癡似童
又
渡江而北達摩翁鼇海何妨一葦東行脚已勞應默坐
吹螺説法有兒童
春夜　同右
冠纓風解只微吟不問囊中無一金疎影在庭花數點
寒香淡月是吾心
又
誦翁春夜醉餘吟音韻鏘鏘字字金髣髴此時仙子聘
幽姿有影月無心
梅田三郎ぬしか婚禮の筵にて
姫小松きみか園生にうゑそへて千代の榮をかけ
てまねはん
讀大阪附近古戰場寄鈴木教授
中原頻逐鹿此地騁馳場鵯嶺驅獰虎駒峯饑餓狼錦
城唯塹壁千窟自金湯月黑三軍走風腥萬馬僵枯骸
曾亂草碧血有誰藏斷石寒苔蝕殘墟雜草荒討探感

素志載録在縑緗披閲書窓下徘徊柳渚傍舊遊都作
夢嘆息憶河梁

春曉

輕烟淡雨罩前峰一路春風絲正濃綺帳未褰人未起
紅桃花外聽踈鐘

和韻　神田豊城

黛色依稀隔水峯白鷗浮處碧波濃故人家在松灣
上清曉夢回花外鐘

産湯祠邊散策　同

東郊處處絳霞屯昔日桃林幾樹存歌舞醉狂人不
見狐王廟外又黄昏

和韻

桃林如畫絳雲屯下有幽蹊別境存此處訪春春却寂
佳人不見近黄昏

春日漫歩

廿年唯看異郷花山里春回麗彩霞羸脚不妨移緩歩
徘徊投暮未還家

孱王作多謝生四月二十二日自丹之龜岡下
保津川入京偶成二首録呈其一用瑶韻乞恕　神田豊城

沸白急湍深碧淵輕舟下峡疾如箭料知溪水回旋
去背指奇峯忽現前

春風京洛已飛花東嶺西山罩翠霞唯有祇園歌舞
女能教遊客忘歸家

寄神田豊城

湍狂溪裂碧成淵離峡花飛草似烟從此行歌入京洛
寰中勝槩在君前

湶泉　五月二十一日　神田豊城

靈泉聞久矣素願至今酬一浴心身暢萬人效驗優
槽中春暖滿樓外緑風流安得閑三日去留任自由

次韻

豈爲勞跋渉佳景足相酬新緑山如洗靈泉驗又優詠
歸思適意行樂愛風流世上功名客誰知我自由

酬東都二友寄書

斜雨山齋舊友稀此生多病掩柴扉無端夢破懷人坐
雙鶴有聲雲外飛

謝厚貺　前韻　神田豊城

千里江山隔心知厚唱酬閑吟隨歩屨歸臥任游優
裁製陽春曲溯洄洙泗流清容徒夢寐會晤奈無由

次韻

樽有新醅酒金罍好對酬只嗟千里隔空誦五言優舊
雨孤懷在停雲暮涙流鬱陶歌亦廢託意欲何由

偶感

過雨新苗三寸長原田一碧水泱泱須知活潑生生氣
充塞乾坤萬化彰

詠懷

三逕雨過後自摘園中蔬乃伐一竿竹閑釣松川魚華
服非所望粗食飽有餘抽簪已二歳不聞毀與譽嘯傲

任我意曲肱時讀書讀書或慷慨國家今何如舉世走
名利臨節多踏跙嗟予守我拙夙志皆未舒一旦謝世
事促裝歸舊閭老父憂我疾劬勞不寧居况受國恩澤
悠悠空卧廬男兒豈無恥何以爾恬虛窮達各有命古
亦歎歸與此心潔如雲千載誰棄予出門騁望久徘徊
陟夫阻飛塵滿衢路不如伍樵漁

豐城曰蒼然千古之色落落萬牛之力押韵安帖如步坦途轉折自在似翔大虛眞個傑作一唱三歎傖父唯却走而僵而已

雨後晩望

雨後蒼茫水滿田似聆琴韻野矼邊此宵天地何清絶
風拂殘雲月照漣

看雲

綠蘋搖去有微風軒外奇峰似閬蓬閑坐看雲宜避暑
隱居何必在山中

訪松下先生卽賦一絶以呈

松江之畔舊師家修竹千竿鎖翠霞函丈問詩聽至訓
清風軒外日將斜

又呈一律

不慕虛名與世移此間眞樂有誰知良晨好醉忘憂物
閑夜應吟滿篋詩月下婆娑踈竹影庭前偃蹇老松枝
平生最愛稜稜節海内英雄似女兒

重和松下先生

偃蓋蒼蒼江上家雪晨風夕鬱蘢霞人間別境棲何物
月照苔階龍影斜

又

青青不問暑寒移千歳無求俗物知成實自充仙客服
貞霜嘗詠古人詩稜稜勁節摩天幹謖謖濤聲漏月枝
此下盤桓康且壽長生何必練朱兒

和河村蘓禪先生隱退詩四首

一世高風屬此人胸中和氣又如春功名利達同塵迹
好卧閑雲永保身
終生役役彼何人不飲安知世外春高踏傾杯時一笑
壺中天地屬吾身
和者鄉中有幾人臨風清唱是陽春隔江遙望詩天地
擊節將忘羸病身
江邊風色最宜人黃菊將開近小春懷彼清容獨延佇
誰憐零落苦吟身

寄松江所釣沙魚二首

江浦秋風絶世塵沙魚潑剌上竿頻水晶之膾紅螺酒
對此沈吟思故人
去年歸卧避風塵多歳追隨入夢頻休笑一竿何所獲
自封乾膾寄佳人

俳句　　　　高梨　敬助

秋晴やしばしなづむる友七情
秋の海釣する腕の色いかに

聞千葉良祐君海軍記念日擧第三子賦寄

赫赫當年我武揚君家此日有休祥芝蘭室裡曾驚夢

錦繡幃中又弄璋棣萼不疑添彩色鳳毛更想麗文章
本支從是彌稠茂藹藹明時揭國光
栽菊記
故大父愛菊家君亦愛菊余去年獲疾罷官歸臥二歳
未至全瘳家君殊憂之今春東籬之下別拓小園栽菊
苗若干日夕愛培灌水除草菊漸漸而挺莖莖端各著
蕾而覺我疾之日輕也霜露已降菊花正佳曉光映之
球葩淡彩如鏤精金如剪素縑清香芬郁使人聞之自
悦予家君早起觀之怡然笑曰美也矣余請家君曰盍
大父愛菊願折一枝以捧神位之前家君悦曰可也矣
乃採其花之最大而美者謹獻靈前默拜者久之幽冥
茫茫余不復疑大父之必悦而享之也余夙喪大父而
今又臥病未能致水菽之養不孝之罪何如唯幸在縣
下是以專心竭誠承懽自慰聞之菊者延齡之花也酈
縣之民七十猶以爲夭太尉胡廣嘗患風疾恒飮菊水
疾遂瘳年至八十心力克壯余栽菊家君悦之大父享
之而又知余疾之漸瘳余何望古人之壽唯家君心力
益壯而余幸得永致奉養之實以安其心余素願足矣
對菊感慨不自禁乃以爲記
愛菊雜詠三十絶 并小序
愛菊口占始于天長節終于觀菊御會之日比興任
意不費推敲押韻自東至咸凡三十首聊以言吾志
耳覽者不責其詞有取其意則幸也
天長佳日曉雲紅露菊方開小圃中陋巷對花催舊感
微臣出處此心同 十月三十一日
煌煌日出露華濃翠葉黃英錦繡重艶逸一枝堪比擬
洛川湘浦美人容 十一月一日
夜來斜雨濺寒窓早起看花心始降凝露漙漙香郁郁
淡葩如夢映殘缸 二日
闌珊菊發在東籬酷愛珍葩似彩絲昨夜無端風雨到
一枝摧折使人悲 同
三逕黃花映夕暉清香又見比隣稀翫葩終日東籬下
無酒苦吟懷白衣 同
歸來二載臥寒閭不問家無儋石儲培養正逢叢菊發
精金千鎰滿吾廬 同
風景如春他日殊黃花映發遍江湖嘉辰先帝天長節
籬下徘徊仰聖謨 三日
落木秋風百舌啼此時叢菊傲寒畦看花獨立荒籬外
縹緲疎鐘暮靄低 同
憫殺家妻多苦懷糟糠今日物情乖如雲鬒髮無他飾
漫折黃花擬玉釵 四日
閑居對菊思悠哉幽逕芳英馥郁開如是清香如是色
嚴霜況笑紫蘭摧 同
芬香日日爲誰新寂寞山村隔世塵秋菊元來高士伴
竹籬松蓋護花眞 五日
寒園白菊正芳芬曉起折枝衣亦薫記得劉生長久術
仙葩一束壽家君 同
宅邊黃菊叢蘭蓀孤節吐芳輝曉暾餐此落英騎鳳背

凌雲萬里到崑崙　六日
回憶往時堪浩歎半生多病閼承懽苦心培菊花方美
泣喜雙親帶笑看　同
淪落一身天地間晩秋寒菊慰衰顏延年畢竟無他術
高臥聞香世慮閑　七日
萬木蕭條微雨天離離黃菊色更鮮開窓不問秋晴少
半日看花半日眠　同
瘦軀尋藥伴山樵枯木寒泉奈寂寥短褐拂塵籬下坐
傲霜之菊自仙標　八日
天高秋色滿村郊底事先生長謝交採菊見山多逸興
紛紛何必解他嘲　九日
麤衣短髮氣空豪只愛黃花品絕高凜凜精神誰寫得
畫家依樣漫揮毫　十日
紅葩雨霽醉顏酡素蕊風寒鬒髮皤伍此群仙誰異彩
星冠四照特峩峩　十一日
曉月排窓淡影斜芳英日上艷相誇讀書樓外蕭蕭景
愛此園中第一花　十二日
一樣清香絕衆芳幾叢寒蕊冒嚴霜將花若比前賢迹
菊是楠家忠烈章　十三日
晩歸門外異香清弄菊欣欣稚子迎回首埃塵飛去路
籬邊坐想古人情　十四日
帶露層層仙葉青凝霜點點玉英馨誰知金氣猶生意
催發黃花近竹扃　十五日
寒菊吐葩天色澄與誰傾盡酒三升柴門無一風流客
隔萬重雲懷舊朋　十六日
壯歲男兒志未酬感時孤嘯彷林丘鳥鳴枯木秋將暮
不有黃花何解愁　十七日
小春園菊伴閑吟璀璨迎晴似點金勁節冒霜何要説
此花還有向陽心　十八日
孤松叢菊送秋庵一逕香寒混翠嵐正似淵明歸臥處
何人共醉續玄談　十九日
黃蕊高懸芳自添晩登何問夜霜嚴此花更有輕身驗
仙客餐來五美兼　二十日
山中幽菊亦非凡欲採清香滿短衫休怪愛花人未出
朝光一樣照寒巖　同

觀楓雜詠三十首　神田豐城

由來三尾説楓紅嘖嘖古今篇什中孤杖飄然畫裏
客行吟無復故人同
霜樹挾溪秋色濃日高寒霧尚重重曾游回首十年
夢水石依然舊態容　至栂尾途上
枕崖一屋未開窓山逕已逢樵婦降日午僧房放眸
坐滿溪紅葉映瓦缸　栂尾
如燃楓樹隔疎籬照我鬢邊白髮絲畢竟人生行樂
耳任他千古騷人悲　同
微曛出寺近斜暉一路沿溪客不稀佇立橋頭思句
處風飄霜葉打人衣　至高雄途上
山中生計異京閭冬禦方成室有儲少婦不關脂粉
事薪樵負戴晩歸廬　同

三尾風光三樣殊楓名此獨遍江湖千秋更有清公
節留得丹誠護帝謨　高雄
不見霜楓不鳥啼秋光已老菊花畦閑庭寂寂遊人
少老樹陰陰蒼靄低　槙尾
吟杖徘徊饒興懷秋光與我不相乖紅於亭上紅裙
客雲鬢揷來霜葉釵
白雲橋上望奇哉楓樹挾溪秋色開墜錦飄飄點流
去斜陽紅影與波摧
山中風氣自清新洗我肺腸無點塵何日悠悠謝人
事春猿秋鶴養天眞
紅於亭上藻華芬神護寺中香火薰未詣寒雲雲外
墓貪看霜葉負斯君　寺中有和氣公墳故云
苦心往昔護蘭蕙能使芬芳發曉暾今日高雄山下
路上人仙去遠崑崙　憶文覺上人
錦繡楓林費賞歎僧房日夕未充歡欲需一宿窮吟
興冷露不堪秉燭看
俯仰白雲紅葉間晩來風冷拂酡顏風流未必上乘
事終日索詩心不閑
東籬已過菊花天青女機中錦繡鮮取次秋光動吟
興不敎騷客學閑眠
僧房辭去伴歸樵鯨吼聲收山徑寥回顧楓林斜照
外孤松晩翠秀仙標
蒼靄糢糊山外郊寒林晩色柹紅交竹陰一縷炊烟
起此處還宜避世嘲

不是詩豪與酒豪平生氣格慕清高陶家興復杜家
樂長短隨成漫弄毫
晩歸乘興醉顏酡一朶霜楓映鬢皤記得細蹊西轉
處曾遊杖步到崖峩
奇岩怪石碧溪斜兩岸楓林霜色誇杜句千年成斷
案夕陽紅葉勝春花
無如春艷發芳香紅色千重費晩霜萬樹爛然何所
似錦心繡口大文章
重得宵宵霜氣清滿山楓樹錦衣迎閑行漫作畫中
客棘口枯腸恥俗情
霜楓方旺不存青三尾遊人鮮服馨買醉何須交俗
客溪邊去叩佛庵扃
雲盡一天紺碧澄霜消山野日高升古都風物何邊
是塔影先迎似舊朋　車窓望東寺塔
報國文章志未酬惜君歸臥故園丘西山今日觀楓
興斯人不伴此心愁
歸來三日未成吟惜字吾豈敢若金忽被故人嘉貺
促悪詩卅韻謾隨心
一路寒山古佛庵楓溪秋老濕紅嵐看臻夕照不知
返主客恍然忘對談
秋老騷人幽興添且佽夜夜累霜嚴千林楓色挾山
水三尾風光三美兼
斯生處世計愚凡送過三秋唯一衫最喜溪山探勝
事草鞋破帽渉雲嵒

附書

敬啓久絶音耗伏惟萬福所恵愛菊詩三十韻盥手
捧誦首首眞情流露氣格高逸無一字浮泛無一語
虚構陶家清興三逕幽趣可想也弟僑居狭隘無地
可栽菊可歎可歎昨遊于三尾歸来未成一詩會有
此貺乃援筆妄汚瓊韻卒賦觀楓三十首首尾無章
蕪雜冗漫且知苦澀牽強不成句也然聊雞肋之情
敢錄呈以供一粲若賜斧正幸甚不宣十二月一日

復豐城詞兄

復啓辱拜高和柳三十絶唱酬豈非一代之風流手朗
誦則字字有金玉之聲雖興公之詞子建之才何以過
之如僕一日一絶沈吟成之不得不忸怩也報國文章
之句雖不敢當亦知己之言可用銘于我座側者非此
語而何耶僕抱志歸臥與樵漁相伍二載于此餐霞養
氣膏肓之疾于今漸瘳亦故人之恵也回顧志學以来
殆死而復生者再三已經行路之崎嶇深察窮通之有
數竊謂此心不渝皇天照鑒何憂區區蹉跌當樂命之
自然漸致報國之至誠也僕雖駑駘無過人之能胸中
自有一片熒熒之心焉僕何望世之聞達唯得考覈古
今之文章闡明前賢之遺旨以指後進之所嚮以資國
家興隆之運僕願足矣僕以羸虚一閑人卒然爲此大
言壯語不知我者必也以爲狂愚笑之故平生深藏諸
臆而不言不圖疾瘳之日接此知己之言感慨不禁遂
以吐露衷情不知君亦以爲狂否君苟憫僕狂僕別有
所望南岳先生海内巨匠也僕僑居十年之間欲一接
其謦欬以質平生所懷抱而未果今也僻陬之郷無師
友之足以請益者終日兀坐所私淑者不在百代之上
則在千里之外矣當是時若得勞一巨匠之揮毫以揭
報國文章四字于壁間旦夕對之猶親炙師友戒怠策
駑庶得成所志之一端乎君從容侍坐之日以僕此意
聞之先生吾憚何物尚之不堪懇欵之至頓首

重寄豐城詞兄

如今秋色屬詩家元白風流又耐誇千里唱酬三十絶
君歌紅葉我黄花

過松南詞兄舊宅邊有感次瓊韻寄却

神田　豐城

難波宮址址邊家君去更無人足誇今日秋光何所
見野烟籬落老黄花

佐用姫傳説考補正

佐用姫化石の事は曽我物語箱王祐經に逢ひし事
に「かの松浦佐用姫が雲居の船を見送りて石とな
りけん」云々とあり又同山彦山にての事にも「かの
松浦佐用姫が領巾振る姿は石になる」とあるによ
つて見ると、曽我物語の作者などが十訓抄等によ
り佐用姫の事と望天石の故事とを混同しひがお
ぼえして石川雅望の説の如く物語に記し物語が流布する
に従つて佐用姫化石の傳説も漸く成立流傳したのであらう

松南雜草第一冊　畢

松南雜草第一冊附録

留魂録注 爲大阪陸軍地方幼年學校生徒所注

身はたとひ武藏の野邊に朽ぬとも留置まし大和魂

十月念五日　二十一回猛士

一余去年已來行蹟百變擧て數ヘ難し就中趙ノ貫高ヲ希ヒ楚ノ屈平ヲ仰く諸知友ノ知ル所ナリ故ニ子遠カ送別ノ句ニ燕趙多士一貫高荊楚深憂只屈平ト云モ此事也然ルニ五月十一日關東ノ行ヲ聞シヨリハ又一ノ誠字ニ工夫ヲ付タリ時ニ子遠死字ヲ贈ル余是ヲ用ヒズ一白綿布ヲ求テ孟子至誠而不動者未之有也ノ一句ヲ書シ手巾ヘ縫付携テ江戸ニ來リ是ヲ評定所ニ留メ置シモ吾志ヲ表スル也去年來ノ事恐多クモ天朝幕府ノ間誠意相孚セサル所アリ天苟モ吾カ區々ノ悃誠ヲ諒シ給ハヽ、幕吏必吾説ヲ是トセント志ヲ立タレ𪜈蚊蝱負山ノ喩終ニ事ヲナスヿ不能今日ニ至ル亦吾德ノ菲薄ナルニヨレハ今將誰ヲカ尤メ且怨ンヤ

〔趙ノ貫高〕貫高ハ趙王敖ガ漢ノ高祖ヨリ侮辱セラレシヲ憤リ之レヲ殺サント謀リ謂ツテ曰ハク「事成ラバ王ニ歸シ事敗レナバ獨リ身之レニ坐セン」ト松陰ハ實ニ此ノ義氣ヲ希ヒシナリ〔楚ノ屈平〕屈平ハ楚ノ懷王ガ秦ヨリ欺カルヽヲ憂ヒ屢諫メタレドモ用ヒラレズ却リテ讒言ニ逢ヒ終ニ汨羅ニ投ジテ死スルニ至リキ松陰ハ屈平ガ獨リ國ヲ憂フル深カリシヲ仰ギ且ツ汨羅ノ投ヲ以テ忠義顯ナリト言ヒヤルセナキノ餘リニ狂顚トナリテ江ニ投ジタルナリ是非當否ヲ論ズベキニ非ズト言ヘリ貫高及ビ屈平ニツキテ史記ノ原文ヲ引ケバ左ノ如シ

〔史記張耳陳餘列傳〕漢立張耳爲趙王、漢五年、張耳薨、謚爲景王、子敖嗣立爲趙王、高祖長女魯元公主爲趙王敖后、漢七年、高祖從平城過趙、趙王朝夕袒韝蔽、自上食、禮甚卑、有子壻禮、高祖箕倨詈、甚慢易之、趙相貫高、趙午等、年六十餘、故張耳客也、生平爲氣、乃怒曰、吾王孱王也、説王曰、夫天下豪傑並起、能者先立、今王事高祖甚恭、而高祖無禮、請爲王殺之、中畧謂曰中畧令事成歸王、事敗獨身坐耳中畧漢九年貫高怨家知其謀、乃上變告之、於是上皆并逮捕趙王貫高等十餘人、皆爭自剄、貫高獨怒罵曰、誰令公爲之、今王實無謀、而并捕王、公等皆死、誰白王不反者、乃檻車膠致、與王詣長安、治張敖之罪、上乃詔趙群臣賓客、有敢從王皆族、貫高與客孟舒等十餘人、皆自髡鉗、爲王家奴從來、貫高至、對獄曰、獨吾屬爲之、王實不知、吏治、榜

笞數千、刺剟、身無可擊者、終不復言、中略上乃赦趙王、上賢貫高爲人能立然諾、使泄公具告之曰、趙王已出、因赦貫高、貫高喜曰、吾王審出乎、中略今王已出、吾責已塞、死不恨矣、且人臣有簒殺之名、何面目復事上哉、縦上不殺我、我不愧於心乎、乃仰絶肮遂死、

〔史記屈原賈生列傳〕 屈原者名平、楚之同姓也、爲楚懷王左徒、博聞彊志、明於治亂、嫻於辭令、入則與王圖議國事、以出號令、出則接遇賓客、應對諸侯、王甚任之、上官大夫與之同列、爭寵而心害其能、中略讒之、中略王怒而疏屈平、屈平疾王聽之不聰也、讒諂之蔽明也、邪曲之害公也、方正之不容也、故憂愁幽思、而作離騷、中略時秦昭王與楚婚、欲與懷王會、懷王欲行、屈平曰、秦虎狼之國也、不可信、不如無行、懷王稚子子蘭勸王行、奈何絶秦歡、懷王卒行入武關、秦伏兵絶其後、因留懷王、以求割地、懷王怒不聽、亡走趙、趙不内、復之秦、竟死於秦、而歸葬、長子頃襄王立、以其弟子蘭爲令尹、中略屈平既嫉之、雖放流、睠顧楚國、繫心懷王、不忘欲反、冀幸君之一悟、俗之一改也、其存君興國、而欲反覆之、一篇之中、三致志焉、然終無可奈何、故不可以反、卒以此見懷王終不悟也、中略令尹子蘭聞之、大怒、卒使上官大夫短屈原於頃襄王、頃襄王怒而

遷之、屈原至於江濱、行吟澤畔、顏色憔悴、形容枯槁、中略遂自投汨羅、以死、

〔子遠〕 松陰ノ門人入江九一ナリ九一名ハ弘毅、字ハ子遠、其弟和作ハ即チ子爵野村靖ナリ兄弟共ニ松陰ノ門ニ在リ特ニ其ノ愛スル所トナル松陰ノ野山獄ニアリ要駕ノ擧ヲ策スルヤ之レガ實行ノ任ニ當リシモノハ實ニ子遠兄弟ナリ而モ事遂ニ成ラズシテ囚繫セラレ又其ノ後子遠ハ元治元年京師ノ變ニ鷹司邸ニ於テ銃丸ニ斃レキ時ニ年二十七〔送別ノ句〕 松陰ノ江戸ニ檻致セラルヽヲ送ル句ナリ其ノ全詩ハ左ノ如シ

奉送二十一回田先生東行田ハ吉田ノ畧

久唱尊攘只此行、聊當畿道拜皇京、燕趙多士一貫高、楚國深憂獨屈平、宿昔丹心不朽志、祇今青史百年名、孤懷雖痛寧須泣、知己生離萬古情、

此ノ詩ノ燕趙多士ハ韓愈ノ送董邵南序ニ「燕趙古稱多感慨悲歌之士」トアルニ本ヅク楚國ハ留魂錄ニ荊楚ニ作レルヲ是トスベキニ似タリ荊ハ即チ楚ナリ貫高屈平ハ以テ松陰ニ比セシナリ〔關東ノ行〕 松陰ハ幕府ノ嫌疑ヲ受ケ安政六年五月二十五日檻輿萩ヲ發シ江戸ニ向ヘリ〔冤字ヲ贈ル〕 入江九一ガ送

別ノ歌ノ序ニ「死の一字誠に失言失言先生へ死といふは實にも愚なることになん先生を知らぬ人のいふことにこてあらめさはあれとこのわかれは餘程に名残をしくて死の字が我恨にこてあれ是も又眞情かもしらす」トアリ以テ參考ニ資スベシ　〔孟子至誠ノ句〕孟子離婁上篇ニ曰ク「誠者天之道也思誠者人之道也至誠而不動者未之有也不誠未有能動者也」ト是レナリ　〔評定所〕　幕府高等ノ裁判所ナリ三奉行列席シテ裁判ヲ行フ　〔誠意相孚〕　孚ハ期セズシテ信アルナリ誠意相孚スト ハ両者ノ誠意相感合スルヲ言フナリ　〔區々〕　李陵答蘇武書ニ「區々之心竊慕此耳」トアリ區々ハ小ナリ　〔悃誠〕　王褒聖主得賢臣頌ニ「陳見悃誠則上不然其信」トアリ悃ハ信ナリ　〔蚊䖟負山〕　莊子應帝王篇ニ「其於治天下也猶渉海鑿河而使蚊負山也」トアリ䖟ハアブナリ　〔菲薄〕　史記封禪書ニ「維德菲薄不明於禮樂」トアリ菲モ亦薄ナリ

一七月九日初テ評定所呼出アリ三奉行出座尋鞫ノ件兩條アリ一曰梅田源次郎長門下向ノ節面會シタル由何ノ密議ヲナセシヤ二曰御所内ニ落文アリ其手跡汝ニ似タリト源次郎其外申立ル者アリ覺アリヤ此二條ノミ夫梅田ハ素ヨリ奸骨アレハ余與ニ志ヲ語ルヿヲ欲セサル所ナリ何ノ密議ヲナサンヤ吾性光明正大ナルヿヲ好ム豈落文ナントノ隱昧ノ事ヲナサンヤ余是ニ於テ六年間幽囚中ノ苦心スル所ヲ陳シ終ニ大原公ノ西下ヲ請ヒ鯖江侯ヲ要スル等ノ事ヲ自首ス鯖江侯ノ事ニ因テ終ニ下獄トハナレリ

〔三奉行〕　寺社奉行町奉行勘定奉行ノ三奉行ナリ其ノ中ノ二名ハ後ニ出ヅ又松陰ノ七月十九日獄中ヨリ高杉晉作ニ寄セシ書ニ「奉行三人皆不知其人一人は石谷因幡守ならん」トアリ　〔尋鞫ノ件〕　尋鞫ハ猶ホ尋問ト云フガ如シ尋問ノ件ニツイテハ右ノ高杉晉作ニ寄セシ書ニ一層詳カニ記シアレバ其ノ一節ヲ左ニ附載スベシ

前略奉行猶欲援余入梅田黨、余慨然曰、源二亦奇士、寅相知非淺、然源二妄自尊大、視人如小兒、寅心甚不平、故不欲與源二同事、寅則別有爲也、因詳陳丑寅以來事、奉行亦傾耳曰、是非難問所及也、然汝一箇心赤、爲汝細聽、不厭縷述也、余乃感謝再拜、因諳誦應接書、逐一辯駁、奉行亦動色曰、汝蟄居、詳知國事、可怪也、余曰、寅親戚有讀書憂國者三數人、常感寅志、爲寅百方捜索、以致報知、是寅所以知國事也、寅有死罪二、皆當自首、但連及他人、心甚惧之、不敢陳

也、奉行温慰曰、是無大罪也、陳之不妨、余謂奉
行亦有人心、吾見欺可、因擧玄瑞清太二人名、
奉行亦不甚詰也、已而奉行問曰、所謂死罪二
者何也、余曰、當今之勢、天子將軍與列諸侯萬
々不做得、寅明知其不做得、故欲自做、故再致
書大原三位、請西下吾藩、三位果下吾藩、則欲
與三位謀、諭諫吾公、三位無確報、吾疑其不足
有爲、會聞間部侯上京惑亂朝廷、同志連判、欲
上京詰侯、二事未果、藩命捕寅下獄矣、於是、坐
罷後再召余、奉行曰、汝欲詰間部、間部不聽、將
刃之歟、余曰、事未可圖也、奉行曰、汝心誠爲國、
然間部大官、汝欲刃之、大膽甚矣、覺悟しろ、吟
味中揚屋入を申付る、

〔梅田源次郎〕梅田源次郎名ハ定明雲濱ト號
ス若狹ノ人夙ニ尊攘ノ志アリ京師ニ來リ梁
川星巖頼三樹三郎等ノ志士ト交ハル水戸密
勅ノ事起リ幕府志士ヲ羅織スルニ及ビ捕ヘ
ラレテ江戸ニ檻致セラレ安政六年九月十四
日病ミテ小倉邸ニ死ス時ニ年四十四其ノ長
門ニ來リ松陰ヲ訪ヒシハ安政三年冬ナリ然
レドモ松陰ハ初メヨリ雲濱ヲ喜バザリキ

〔御所内〕京都ノ御所ノ内ヲイフ　〔光明正大〕
朱子語類ニ「有得於天而光明正大者謂之明德」
トアリ又楊繼盛諭應尾應箕兩兒書ニ「心地自
然光明正大、行事自然不會苟且、便爲天下第一
等人矣」トアリ松陰ノ士規七則ニモ亦光明正
大ノ語ヲ用フ以テ松陰平素ノ心術ヲ見ルニ
足ル　〔六年間幽囚〕松陰安政元年三月二十
七日夜禁ヲ犯シテ米艦ニ搭セントシ爲メニ
罪ヲ獲テ十月藩ノ野山獄ニ入リシヨリ茲ニ
至ルマデ六年ナリ其ノ間松陰ハ道學ヲ攻究
シ正議ヲ鼓舞シ未ダ嘗テ一日モ國事ヲ忘レ
ザリキ　〔大原公ノ西下ヲ請フ〕大原公姓ハ
源名ハ重德宇多天皇第九皇子敦實親王ノ後
ナリ重德夙ニ皇室ノ式微ヲ慨キ幕府ノ專恣
ヲ憤リ日夜勵精力ヲ王事ニ竭ス時ニ正三位
左衛門督タリ松陰公ノ西下ヲ請ヒ藩論ヲ一
決シ西海ノ諸侯ニ檄シ有志ノ士ヲ募リ以テ
大節大義ヲ天下ニ建明セント欲セシナリ

〔鯖江侯ヲ要ス〕鯖江侯ハ越前鯖江ノ城主間
部詮勝ヲイフ詮勝時ニ幕府ノ老中タリ大老
井伊直弼擅ニ條約ヲ結ビ通商ヲ約スルヤ朝
廷大イニ怒リ大老及ビ親藩諸侯ヲ京ニ召ス
直弼應ゼズ代ハリテ詮勝ヲ遣ハス詮勝已ニ
京ニ至リテ本能寺ニ館シ病ト稱シテ朝セズ
譎詐百端巧ニ朝廷ヲ欺罔シ且ツ吏ヲ四方ニ
縱チテ小林良典梅田雲濱等勤王ノ士ヲ捕ヘ
正議ノ諸公ヲ退ケ乃チ入リテ奏シテ曰ハク

「主上夷狄ヲ拒絶セントシ給ハヾ幕府固ヨリ之レヲ奉戴セン然レドモ公武一致シ上下同心スルニアラザレバ功ヲ奏スルコト能ハズ伏シテ機宜ヲ緩ウセラレンコトヲ望ム」ト朝廷勤王ノ士悉ク捕ヘラレ復タ如何トモスベカラザルヲ以テ敢テ問フ所ナシ時ニ安政五年十二月ナリ松陰幕府ノ此ノ不臣ヲ悪ミ一身ヲ捨テ、奸邪ヲ除キ君國ニ致サントス其ノ志左ノ文ヲ讀ミテ之レヲ知ルベシ

上家大人玉叔父家大兄書

頑兒矩方泣血再拜白家嚴君玉叔父家大兄之膝下、矩方稟性虚弱、嬰孩以來、連罹篤疾、而不幸遂不死于病、制行狂暴、弱冠而還、屢犯重典、而不幸遂不死于法、回顧二十九年間、皆死者極多、迄今未死、復致父兄今日之累、不孝之罪、何以尚焉、然今日之事、關皇家之存亡、係吾公之榮辱、萬々不可休止、古人所謂忠孝不兩全者、此類是也、天下之勢、滔々日降、以至于今、其由蓋非一日矣、且以近言之、墨使入幕府、上假條約、天子聞之、下勅停之、幕府不遵、定假爲眞、列侯之議、士民之論、一不容幕府、天子又下勅、召三家大老、大老不至、三家則蒙幕責矣、幕府又使老中間部侯上京、侯已上京、稱病不朝、僞言交復、謂水戸與堀田、西城之議合、以故阿附朋比、遂爲違勅之擧、不斬水戸堀田、夷事不可理也、當今幕府幼冲、無所辨識、自非大老主之上、間部輔之下、天下之事、安至于此哉、然則二人者之罪、上違天子明勅、下害幕府大義、内背列侯士民之望、外飽虎狼溪壑之欲、極天窮地、俯仰無容、然而天下士夫、安然默然、無一礮一艦往問其罪、神州正氣、既已爲邪氣所消蝕也歟、頑兒一念至此、食不下咽、寢不安蓐、唯悲一死之不蚤而已、頃忽得江戸之報、尾水越薩、將襲誅彦根大老、頑兒聞之、距躍三百、曰、神州正氣、遂未消蝕也、政府之議、固當合從四家、鎭壓邪氣也、然兒猶有憾焉、事出于四家、吾因人成功、不免于公等碌々之數也、是以兒私不自量、糾合同志、神速上京、獲間部之首、貫諸竿頭、上以表吾公勤王之衷、且振江家名門之聲、下以發天下士民之公憤、而爲擧旗趨闕之首魁、如是而死、死猶生也、然事固不可私爲、而亦不敢公請、趙貫高所謂事成歸王、不成獨身坐耳、是兒等之志也、是以、兒等將以某日偕同志詣益田行相之門、告故而發、不敢求許允、政府待以逋亡可也、事捷則師旅當繼進、不幸不捷、他人或死、兒則投身就捕、明志士憤懣所發、決非公家所知也、頑兒虚弱狂暴、本不在人數中、天下又有謬聽虚名、認爲豪傑者、向以愚論數道、

致之梁川緯、緯窃瀆上青雲之上、蓋經乙夜之覽云、一介草莽、區々姓名、蒙聖天子垂知、何榮加之、兒死何晩也、近日正三位源公、以七生滅賊四大字見賜、且傳其世子詩數章、望高德、望博浪鐵椎、其意甚切、兒豈可不死哉、不孝之子、唯慈父愍之、不弟之弟、唯友兄恕之、定省怡々、不能復罄膝下之歡、願割愛抑友、以兒爲死已久矣、尋常之親肢、身體髮膚、併以見賜、頑兒之願何以加焉、泣血漣々、不能竭所思也、頑兒矩方泣血拜白、十一月六日、

一吾性激烈、怒罵ニ短シ務テ時勢ニ従ヒ人情ニ適スルヲ主トス是ヲ以テ吏ニ對シテ幕府違勅ノ已ムヲ得サルヲ陳シ然ル後當今的當ノ處置ニ及フ其説常ニ講究スル所ニシテ具ニ對策ニ載スルカ如シ是ヲ以テ幕吏ト雖甚怒罵スルヿ不能直ニ曰ク汝陳白スル所悉ク的當𪜈思ハレス且卑賤ノ身ニシテ國家ノ大事ヲ議スルヿ不届ナリ余亦深ク抗セス是ヲ以テ罪ヲ獲ルハ萬々辭セサル所ナリト云テ已ミヌ幕府ノ三尺布衣國ヲ憂ルヿヲ許サス其是非吾曾テ辯爭セザルナリ聞ク薩ノ日下部以三次ハ對吏ノ日當今政治ノ缺失ヲ歴詆シテ如是ニテハ往先三五年ノ無事モ保シ難ト云テ鞠吏ヲ激怒セシメ乃曰是ヲ以死罪ヲ得ルト雖𪜈悔サルナリト是吾ノ及サル所ナリ子遠ノ死ヲ以テ吾ニ責ムルモ亦此意ナルヘシ唐ノ段秀實郭曦ニ於テハ彼カ如クノ誠悃朱泚ニ於テハ彼カ如クノ激烈然ラハ則英雄自ラ時措ノ宜シキアリ要内省不疚ニアリ抑亦人ヲ知リ幾ヲ見ルヿヲ尊フ吾ノ得失當サニ蓋棺ノ後ヲ待テ議スヘキノミ

〔幕府違勅〕幕府が攘夷ノ勅ヲ奉ゼザリシヲイフナリ〔對策〕對策ハ策問ニ對スルナリ今ハ松陰藩公ノ問ニ對シテ作レルナリ此レニ據レバ松陰ハ固ヨリ開國進取ヲ是トスレドモ外夷ノ侮辱ニ甘ンじテ之レニ屈伏スルヲ國體ヲ辱ムルモノトシテ極力排セシナリ

其ノ文左ノ如シ

對策一道

謹對、弘化初、蘭使至、上變、於是、天下紛々言兵時主和者少、主戰者衆、其後十年、墨魯暗捕、驟々來問、而墨夷之患最深矣、於是、言兵者益盛、而向之主戰者、多變主和、主和者衆、而主戰者寡矣、夫主戰者、鎖國之説也、主和者、航海通市之策也、以國家大計言之、欲振雄畧馭四夷、非航海通市、何以爲哉、若乃封關鎖國、坐以待敵、勢屈力縮、不亡何待、且神后之平韓、定貢額、置官府、時、乃有航海焉、有通市焉、德川氏任征夷時、固航海而通市矣、其後、天下已平、苟偸無事、

寛永十三年、乃盡禁絶之、然則航海通市、固雄
略之資、而祖宗之遺法、鎖國固苟偷之計、而末
世之弊政也、雖然、言之有難焉、今之言航海通
市者、非能資雄畧、苟免戰耳、其志固不如鎖國
者之不以戰爲憚也、故世之言和者、心實畏戰、
内有自恧、一聞吾言、將有藉口而不恧、於是、排
和主戰者、又從而攻之、吾説躓矣、是其所以難
於言也、嗚呼神州之不振久矣、一旦敕諭震發、
正論鬱興、誠曠代之盛事也、凡爲臣子者、不能
爲之承順、其謂之何、況墨夷脅嚇、幕府懾而聽
之、不復顧國體、凡爲士民者、不能爲之匡救、亦
謂之何、今墨夷欲置相縱市、蓋置相所以馭吾
國也、縱市、所以誘吾民也、又欲立天主堂、除吾
國妖禁、及建商館、傭吾民而用之、其爲馭國誘
民也甚矣、夷謀如此、而幕府方且講和爲謀、其
果資雄畧耶、抑苟免戰耶、畏戰而講和、是聖天
子之所以軫念也、一旦幕問及吾公、吾公宜答
言、天勅不可不奉也、墨夷不可不絶也、如是而
已矣、幕問必重及曰、天勅固不可不奉也、然何
已與墨夷條約、今何辭絶之、吾公答之易々耳、
今墨夷之禍心、洞如觀火、然其辭乃曰、統領爲
日本謀耳、非統領自爲也、使臣爲日本慮耳、非
使臣自爲也、吾從爲之答辭曰、大統領爲吾國
謀深矣、貴使臣爲吾國慮厚矣、吾固拜其辱矣、

但吾國三千年來、未曾爲人受屈、稱於宇内、爲
獨立不羈國、今受貴國命、乃爲其臣屬、今奉貴
國敎、乃爲其弟子、勢不得已也、三千年獨立不
羈之國、一旦降爲人臣屬弟子、豈大統領貴使
臣爲人謀慮之意也哉、果爲吾謀慮、願幸引去、
待吾往答焉、近日之約、奏諸天子、天子震怒、敷
諸四國、四國憤懣、僉謂、貴國非爲人謀慮者也、
甘言美辭陷人陷阱者也、吾爲貴國謀慮、不去、
禍將及焉、如是而不去、其禍心已著矣、正名責
罪、暴白於宇内、其孰謂不然、然墨夷猶謂、吾欲
合宇内而同之、貴國獨梗而不從、不得不尋兵
也、吾對之曰、方今未同貴國者、非特吾國、今與
汝約、亜細亜諸國盡同貴國、而吾未有所答、吾
甘受其曲矣、諸國而未同、吾之不同、何獨爲梗
焉、辭令如是、墨夷不得不退、不退、擒之誅之、吾
皆有名矣、苟吾有名、於戰何有、雖然、空言遂不
可以懲驕虜、宜自今日決策、上遵祖宗之遺法、
下尋徳川之舊軌、以遠謀雄畧爲事、凡爲皇國
士民者、不拘公武、不問貴賤、推薦拔擢、爲軍帥
舶司、打造大艦、習練船軍、東北而蝦夷唐太、西
南而流虬對馬、憧々往來、無有虚日、通漕捕鯨、
以習操舟、曉海勢、然後、往問朝鮮滿洲及清國、
然後、廣東咬𠺕吧、喜望峯、豪斯多辣理、皆設館
置將士、以探聽四方事、且征互市利、此事不過

三年畧辨矣、然後、往問加里蒲爾尼亜、以酬前
年之使、以締和親之約、果能如是、國威奮興、材
俊振起、決不至失國體也、又不至空言以懲驕
虜之不可也、然前之論、可以御墨夷、而後之論
不擧、何以強國本、國本不強、虜患何時而止哉、
後之論可以強國本、而以鎖國爲謀、以航海互
市爲非古、衆咻攻之、後之論何以擧哉、然則天
下之事、非吾公自任、斷然遂不可爲也、吾雖駑
劣、平生讀書、重皇室、憤夷虜、具如明問所及、今
日之事、言何盡之、聊對其百一如右、

「幕府ノ三尺布衣國ヲ憂ルヿヲ許サス」 三尺
ハ史記酷吏列傳ニ「君爲天子決平不循三尺法」
トアリ古ハ法律ヲ三尺ノ竹簡ニ書セシヨリ
法律ノコトヲ三尺トイフ布衣ハ庶民ナリ幕
府ノ法律ハ庶民ノ國事ヲ議スルヲ許サゞリ
シナリ 「日下部伊三次」 日下部伊三次名ハ
信政九皐ト號ス薩摩ノ藩士ナリ初メ父ニ従
ヒテ水戸ニ在リ後薩侯ノ召還スル所トナル
安政五年八月鵜飼幸吉ト密勅ヲ奉ジテ東下
ス事覺ハレ逮捕セラル鞠問ニ當リテ天下ノ
得失ヲ辯論シ一座爲メニ悚動ス十二月十七
日栲苦ニヨリ病ミテ死ス 「歴誑」 漢書息夫
躬傳ニ「論議亡所避上疏歴誑公卿大臣」トアリ
片端ヨリソシルナリ 「段秀實」 段秀實ハ唐
ノ名臣ナリ郭晞ノ其ノ部下ノ暴ヲ制セザル
ヤ懇喩其ノ非ヲ悟ラシメ朱泚ノ叛ヲ謀ルヤ
激罵笏ヲ取リテ之レヲ撃チ遂ニ殺サルヽニ
至リ又後柳宗元其ノ逸事ヲ狀セリ今ハ便宜
唐書ヲ左ニ引ク

「唐書段顔傳」 段秀實字成公、中略白孝德爲節
度使邠寧節度使、中略孝德薦爲涇州刺史、封張掖郡
王、時郭子儀爲副元帥、居蒲、子晞以檢校尚書
領行營節度使、屯邠州、士放縱不法、邠人之嗜
惡者、納賄竄名伍中、因肆志、吏不得問、白晝羣
行、丐頡於市、有不嗛、輒擊傷市人、椎釜鬲甕盎、
盈道、至撞害孕婦、孝德不敢劾、秀實自州以狀
白府、願計事、至則曰、天子以生人付公治、公見
人被暴害恬然、且大亂若何、孝德曰、願奉敎、因
請曰、秀實不忍人無寇暴死、亂天子邊事、公誠
以爲都虞候、能爲公已亂、孝德卽檄署付軍、俄
而晞士十七人、入市取酒、刺酒翁、壞釀器、秀實
列卒取之、斷首置槊上、植市門外、一營大譟、盡
甲、孝德恐召秀實曰奈何、秀實曰、請辭於軍、乃
解佩刀、選老躄一人、持馬至晞門下、甲者出、秀
實笑且入、曰、殺一老卒、何甲也、吾戴頭來矣、甲
者愕胎、因曉之曰、尚書固負若屬耶、副元帥固
負若屬耶、奈何欲以亂敗郭氏、晞出、秀實曰、副
元帥功塞天地、當務始終、今尚書恣卒爲暴、使

亂天子邊、欲誰歸罪、罪且及副元帥、今邠惡子弟、以貨竄名軍籍中、殺害人、藉々如是、幾日不大亂、亂由尚書出、人皆曰尚書以副元帥不戢士、然則郭氏功名、其與存者有幾、晞再拜曰、公幸教晞、願奉軍以從、即叱左右皆解甲、令曰、敢譁者死、秀實曰、吾未晡食、請設具、已食、曰、吾疾作、願宿門下、遂臥軍中、晞大駭、戒候卒、擊柝衛之、旦與俱至孝德所、謝不能、邠由是安、案以上蓋原柳宗元段大尉逸事状、中略召爲司農卿、朱泚反、以秀實失兵、必恨憤、且素有人望、使騎往迎、秀實與子弟訣而入、泚喜曰、公來、吾事成矣、秀實曰、將士東征、宴賜不豐、有司過耳、人主何與知、公本以忠義聞天下、今變起倉卒、當諭衆以禍福、掃清宮室、迎乘輿、公之職也、泚默然、秀實知不可、乃陽與合、陰結將軍劉海賓、姚令言、都虞候何明禮、欲圖泚、中略翌日泚召秀實、計事、源休、姚令言、李忠臣、李子平皆在坐、秀實戎服與休並、語至僭位、勃然起執休腕、奪其象笏、奮而前、唾泚面、大罵曰、狂賊可磔萬段、我豈從汝反邪、遂擊之、泚擧臂捍笏、中顙、流血礣面、匍匐走、賊衆未敢動、而海賓等無至者、秀實大呼曰、我不同反、胡不殺我、遂遇害、年六十五、海賓、明禮、靈岳等皆繼爲賊害、中略興元元年詔贈大尉、謚曰忠烈、

〔時措〕中庸ニ「故時措之宜也」トアリ時ニ随ヒテ適當ニ事ヲ處置スルナリ　〔内省不疚〕論語顔淵篇ニ「子曰、内省不疚、夫何憂何懼」トアリ疚ハ病ナリ自ラ己レノ心ニ省ミテ聊カタリトモ病マシキ處ナキナリ　〔蓋棺〕晉書劉毅傳ニ「丈夫蓋棺事方定」トアリ身死シテ棺ニ納メ其ノ蓋ヲスルコトニテ死後ヲイフ

一此回ノ口書甚草々ナリ七月九日一通リ申立タル後九月五日十月五日兩度ノ呼出モ差タル鞫問モナクシテ十月十六日ニ至リ口書讀聞セアリテ直ニ書判セヨトノ事ナリ余カ苦心セシ墨使應接航海雄畧等一モ書載セス唯數ヶ所閑港ノ事ヲ程克申延テ國力充實ノ後御打拂可然ナト吾心ニモ非サル迂腐ノ論ヲ書付テ口書トス吾言テ益ナキヲ知ル故ニ敢テ云ハス不満ノ甚シキ也甲寅ノ歳航海一条ノ口書ニ比スル時ハ雲泥ノ違ト云フヘシ

〔口書〕罪ヲ白状シタルヲ書キ留メタルモノ之レニ罪人ヲシテ自ラ署名シ其ノ相違ナキヲ證セシム　〔墨使應接航海雄畧〕米國ノ使者ニ應接スル法及ビ航海ヲ奬勵シテ國威ヲ四方ニ發揮スル雄畧ニシテ並ニ松陰ノ持論ナリ其ノ説具ニ前ニ引ケル對策ニ見ユ　〔甲寅ノ歳航海一条ノ口書〕安政元年三月米艦ニ搭セントシテ成ラス江戸傳馬町ノ獄ニ送

ラレ鞫問ヲ受ケシトキノ口書ナリ回顧録土屋矢之介ニ答フル書ニ「八月十何日か慥には不覺口書相定り候其の日の次第奉行目附如例出座余澀生、象山吉村鳥山三郎兵衛其他留守居輩孰も被召出與力口書並御擦當書共讀知了奉行云口書の通り相違はないかなくは書判せよ追て沙汰に及とて退座其跡にて余以下名下へ書判を致す」トアリ此ノ時ノ口書八百六枚アリキト云フ其ノ調ノ綿密ナリシコト以テ想フベシ

一七月九日一通リ大原、公ノ事鯖江要駕ノ事等申立タリ初意ヨリ是等ノ事幕ニモ已ニ諜知スヘケレハ明白ニ申立タル方却テ宜シキナリト已ニシテ逐一口ヲ開キシニ幕府ニテ一圓知ラサルニ似タリ因テ意ラク幕ニテ知ラヌ所ヲ強テ申立テ多人數ニ株連蔓延セハ善類ヲ傷フヿ少ナカラス毛ヲ吹テ瘡ヲ求ムルニ齊シト是ニ於テ鯖江要撃ノ事モ要諫トハ云替タリ又京師往來諸友ノ姓名連判諸士ノ姓名等可成丈ハ隱シテ具白セス是吾後起人ノ爲メニスル區々ノ婆心ナリ而シテ幕裁果シテ吾一人ヲ罰シテ一人モ他ニ連及ナキハ實ニ大慶ト云フヘシ同志ノ諸友深ク考思セヨ

〔株連蔓延〕唐書酷吏傳ニ「慎矜兄弟皆賜死、株連數十族」トアリ株ノ連リ蔓ノ延フル如ク相連及スルヲイフ〔善類〕子華子ニ「旌善類而誅鋤醜厲者法之正也」トアリ善人ノ類ナリ〔毛ヲ吹テ瘡ヲ求ム〕韓非子大體篇ニ「不吹毛而求小疵、不洗垢而察難知」トアルニ本ヅク殊更ニ自ラ疵ヲアバキ出スナリ〔連判諸士ノ姓名〕松陰ノ嚴囚紀事ニ「欲糾同志上京、誅殺間部侯、作血盟書、得十七名」トアル是レナリ

一要諫一條ニ付事不遂時ハ鯖侯ト刺違テ死シ警衞ノ者要蔽スル時ハ切拂ヘキトノ事實ニ吾カ云ハサル所ナリ然ルニ三奉行強テ書載シテ誣服セシメント欲ス誣服ハ吾肯テ受ンヤ是ヲ以テ十六日書判ノ席ニ臨テ石谷池田ノ兩奉行ト大ニ爭辯ス吾肯テ一死ヲ惜マンヤ兩奉行ノ權詐ニ伏セサルナリ是ヨリ先九月五日十月五日兩度ノ吟味ニ吟味役マテ具ニ申立タルニ死ヲ決シテ要諫ス必シモ刺違切拂等ノ策アルニ非ス吟味役具ニ是ヲ諾シテ而モ且口書ニ書載スルハ權詐ニ非スヤ然圧事已ニ爰ニ至レハ刺違切拂ノ兩事ヲ受ケサルハ却テ激烈ヲ欠キ同志ノ諸友亦惜ムナルヘシ吾ト云圧亦惜シマサルニ非ス然圧反復是ヲ思ヘハ成仁ノ一死區々一言ノ得失ニ非ス今日義卿奸權ノ爲メニ死ス天地神明照鑑上ニアリ何惜ムヿカアラン

〔成仁ノ一死〕論語衛靈公篇ニ「子曰志士仁人無求生以害仁有殺身以成仁」トアルニ本ヅク

〔義卿〕松陰ノ字ナリ

一吾此回初メ素ヨリ生ヲ謀ラス又死ヲ必セス唯誠ノ通塞ヲ以テ天命ノ自然ニ委シタルナリ七月九日ニ至テハ略一死ヲ期ス故ニ其詩ニ云継盛唯當甘市戮倉公寧復望生還其後九月五日十月五日吟味ノ寛容ナルニ欺カレ又必生ヲ期ス亦頗ル慶幸ノ心アリ此心吾此身ヲ惜シム爲メニ發スルニ非ス抑故アリ去臘大晦朝議已ニ幕府ニ貸ス今春三月五日吾公ノ駕已ニ萩府ヲ發ス吾策是ニ於テ盡果タレハ死ヲ求ムルヿ極テ急ナリ六月ノ末江戸ニ來ルニ及ンテ夷人ノ情態ヲ見聞シ七月九日獄ニ來リ天下ノ形勢ヲ考察シ神國ノ事猶ナスヘキモノアルヲ悟リ初テ生ヲ幸トスルノ念勃々タリ吾若シ死セスンハ勃々タルモノ決シテ汨沒セサルナリ然𪜈十六日ノ口書三奉行ノ權詐吾ヲ死地ニ措ントスルヲ知リテヨリ更ニ生ヲ幸ノ心ナシ是亦平生學問ノ得力然ルナリ

〔誠ノ通塞ヲ以テ天命ノ自然ニ委ス〕通ハ感通スルナリ塞ハ否塞スルナリ唯我ガ誠ヲ致シテ終ニ能ク感通スルカ或ハ否ズシテ死ヲ致スカハ天命ノ自然ニ任セタルナリ即チ我ガ誠ヲ盡シテ天命ヲ俟ツノ意ナリ　〔繼盛倉公〕繼盛ハ明ノ楊繼盛ナリ嚴嵩ヲ劾シテ遂ニ棄市セラルヽニ至リキ倉公ハ蓋シ漢ノ淳于意ナリ人ノ誣告ニ遇ヒテ長安ニ傳送セラレキ松陰此ノ二人ヲ以テ自ラ比シ必死ヲ期セシナリ松陰ノ詩及ビ繼盛倉公ノ事ハ左ノ如シ

獄中孟蘭

七歳不拳先塋樹、又將幽室迓孟蘭、菜羹麥飯享帝廢、懷古憂時詩自刪、繼盛唯應甘市戮、倉公寧復望生還、艱辛嘗盡丹心在、冤魂仍舊附故山

〔明史楊繼盛傳〕楊繼盛字仲芳、容城人、畧俺答躪京師、咸寧侯仇鸞以勤王故有寵、帝命鸞爲大將軍、倚以辦寇、鸞中情怯畏寇甚、方請開互市市馬、冀與俺答媾、幸無戰鬪、固恩寵、繼盛以爲讐恥未雪、遽議和示弱、大辱國、乃奏言十不可五謬、中畧鸞中畧密奏、乃下繼盛詔獄、貶狄道典史、中畧已而俺答數敗約入寇、鸞奸大露、疽發背死、戮其屍、帝乃思繼盛言、稍遷諸城知縣、月餘、調南京戸部主事、三日遷刑部員外郎、當是時、嚴嵩最用事、恨鸞凌己、心喜繼盛首攻鸞欲驟貴之、復改兵部武選司、而繼盛惡嵩甚於鸞、且念起謫籍、一歲四遷官、思所以報國、抵任甫

一月、草奏劾嵩、爾三日乃上、中略疏入、帝中略大怒、下繼盛詔獄、中略然帝猶未欲殺之也、繫三載有為營求於嵩者、其黨胡植鄢懋卿怵之曰、公不覩養虎者耶、將自貽患、嵩頷之、中略遂」以三十四年十月朔、棄西市、年四十、

「史記扁鵲倉公列傳」太倉公者、齊太倉長、臨菑人也、姓淳于氏、名意、少而喜醫方術、中略為人治病、決死生、多驗、然左右行游諸侯、不以家為家、或不為人治病、病家多怨之者、文帝四年、中人上書言意、以刑罪當傳西之長安、

「去臘大晦朝議幕府ニ貸ス」去臘ハ昨年十二月郎チ安政五年十二月ナリ大晦ハ十二月末日ナリ是ノ日朝議遂ニ幕府ノ處置ヲ認容セシナリ前ノ鯖江侯ノ註ニ參照スヘシ「三月五日吾公ノ駕萩府ヲ發ス」吾公ハ毛利敬親ナリ安政六年三月五日敬親ノ駕幕府ニ參勤ノ為メ萩ヲ發セシナリ松陰ハ幕府ヘノ參勤ヲ止メ專ラ勤王ノ志ヲ致スベキヲ主張セシナリ故ニ松陰ハ更ニ之レヲ伏見ニ要シ直ケニ入京セシメンコトヲ策シ入江和作ヲ遣ハシタレドモ途ニテ捕ヘラレ遂ニ其ノ志ヲ果サヾリキ「勃々」韓愈ノ薦侯喜狀ニ「今胸中之氣勃々然」トアリ氣ノ盛ンナルヲイフ「汨沒」李白ノ日出入行ニ「羲和羲和、汝奚汨沒於荒淫之波」トアリ沈ミ没スルナリ「平生學問ノ得力」松陰生死ノ念ヲ斷ジ了レルヲ以テ平生ノ學問ノ力トナス實ニ松陰ハ其ノ幽囚中ニアリテモ講學修養ヲ廢セズ遂ニ此ノ從容死ニ就クノ心ヲ養ヒ得タルナリ學ニ志スモノ思ハザルベカラズ

一今日死ヲ決スルノ安心ハ四時ノ順環ニ於テ得ル所アリ蓋シ彼禾稼ヲ見ルニ春種シ夏苗シ秋苅冬藏ス秋冬ニ至レハ人皆其歳功ノ成ルヲ悅ヒ酒ヲ造リ醴ヲ為リ村野歡聲アリ未タ曾テ西成ニ臨テ歳功ノ終ルヲ哀シムモノヲ聞カス吾行年三十一事成ルヿナクシテ死シテ禾稼ノ未タ秀テス實ラサルニ似タレハ惜シムヘキニ似タリ然𪜈義卿ノ身ヲ以テ云ヘハ是亦秀實ノ時ナリ何ソ必シモ哀シマン何トナレハ人壽ハ定リナシ禾稼ノ必ス四時ヲ經ル如キニ非ス十歳ニシテ死スル者ハ十歳中自ラ四時アリ二十ハ自ラ二十ノ四時アリ三十ハ自ラ三十ノ四時アリ五十百ハ自ラ五十百ノ四時アリ十歳ヲ以テ短トスルハ蟪蛄ヲシテ靈椿タラシメント欲スルナリ百歳ヲ以テ長シトスルハ靈椿ヲシテ蟪蛄タラシメント欲スルナリ齊シク命ニ達セストス義卿三十四時已備亦秀亦實其秕タルト其粟タルト吾カ知ル所ニ非ス若シ同志ノ士其微

衷ヲ憐ミ繼紹ノ人アラハ乃チ後來ノ種子未タ絶ヘス自ラ禾稼ノ有年ニ恥サルナリ同志其是ヲ考思セヨ

〔西成〕書經堯典ニ「寅餞納日平秩西成」トアリ萬物ノ秋ニ成熟スルヲイフ　〔秀テス實ラス〕論語子罕篇ニ「子曰苗而不秀者有矣夫秀而不實者有矣夫」トアリ禾苗ノ生ジテ穗秀デズ穀實ラズシテ終ハルヲイフ　〔蟪蛄〕荘子逍遥遊ニ「朝菌不知晦朔蟪蛄不知春秋」トアリ疏ニ云フ「蟪蛄夏蟬也」ト夏ノ蟬ハ春秋ヲモ知ラヌホド短命ナリ　〔靈椿〕荘子逍遥遊ニ「楚之南有冥靈者、以五百歳爲春以五百歳爲秋、上古有大椿者以八千歳爲春以八千歳爲秋」トアリ靈椿ハ非常ニ長壽ノモノナリ　〔有年〕春秋桓公三年ニ「冬有年」トアリ穀梁傳ニ云フ「五穀皆熟爲有年也」ト穀物ノヨク實ルヲイフナリ義御三十四時已ニ備ハル亦秀テ亦實レリト曰ヒ自ラ禾稼ノ年アルニ恥チサルナリト曰フ是レ松陰其ノ爲スベキヲ爲シ盡シテ死スルヲ以テナリ已ニ爲スベキヲ爲シ盡ス猶ホ禾稼ノ年アリ種子アルガ如キナリ已ニ種子アリテ存セバ後ノ其ノ志ヲ繼クモノ萬世ニ絶エザラン是レ松陰ノ安ンジテ刑ニ就キシ所以ナリ

一東口揚屋ニ居ル水戸ノ郷士堀江克之助余未タ一面ナシト雖𪜈眞ニ知己ナリ眞ニ益友ナリ余ニ謂テ曰昔シ矢部駿州ハ桑名侯ヘ御預ケノ日ヨリ絶食シテ敵讐ヲ詛テ死シ果シテ敵讐ヲ退ケタリ今足下モ自ラ一死ヲ期スルカラハ祈念ヲ籠テ内外ノ敵ヲ拂ハレヨ一心ヲ殘置テ給ハレヨト丁寧ニ告戒セリ吾誠ニ此言ニ感服ス又鮎澤伊太夫ハ水藩ノ士ニシテ堀江ト同居ス余ニ告テ曰今足下ノ御沙汰モ未タ測ラレス小子ハ海外ニ赴ケハ天下ノ事總テ天命ニ付センノミ但シ天下ノ益トナルヘキ事ハ同志ニ托シ後輩ニ殘シ度ヿナリト此言大ニ吾志ヲ得タリ吾ノ祈念ヲ籠ル所ハ同志ノ士甲斐々々シク吾志ヲ繼紹シテ尊攘ノ大功ヲ建テヨカシナリ吾死ス𪜈堀鮎二子ノ如キハ海外ニ在𪜈獄中ニ在𪜈吾カ同志タラン者願クハ交ヲ結ヘカシ又本所龜澤町ニ山口三輶ト云醫者アリ義ヲ好ム人ト見ヘテ堀鮎二子ノ事ナト外間ニ在テ大ニ周旋セリ尤モ及フヘカラサルハ未タ一面モナキ小林民部ノ事二子ヨリ申遣タレハ小林ノ爲メニモ亦大ニ周旋セリ此人想フニ不凡ナラン且三子ヘノ通路ハ此三輶老ニ托スヘシ

〔東口揚屋〕諸例類纂ニ「揚屋ハ御目見以下陪臣其外出家山伏醫師等入牢いたし候」トアリ

卽チ諸藩ノ士ハ此ノ揚屋ニ入牢セシムルナリ江戸傳馬町ニアリ東ト西トニ分レ東西孰レモ更ニ口ト奥トニ分レシナリ〔堀江克之助〕堀江克之助克又芳ニ作ルハ水藩佐原村大字左貫ノ人世〻農ヲ業トセリ克之助幼ヨリ學ヲ好ミ藤田武田等ノ諸名門ニ出入シ遂ニ鄕士ニ列セラル安政四年十月將軍家定米使ハリスヲ接見セントスルヤ蓮田東三信太仁太郎江戸ニ潛行シ事ヲ擧ゲントス克之助乃チ之レニ加ハリ二十一日ハリスヲ登城ノ途ニ要擊セント通路ニ之レヲ待チシガ警戒嚴密ニシテ果サズ遂ニ幕吏ニ探知セラレ傳馬町ノ牢獄ニ收禁セラレキ三人ノ中蓮田東三ハ翌年正月四日病死シ信太仁太郎モ亦六月九日獄死セシガ克之助ノミハ其ノ後赦ニ遭ヒ京師ニ適レ以テ大義ヲ唱フル所アリ爲メニ重ネテ縛ニ就キ水戸ノ獄ニ繫ガル王政維新赦ニ會ヒ明治四年二月十五日歿ス時ニ年六十二〔矢部駿州〕矢部駿河守名ハ定謙彥五郎ト稱ス幕府ノ能吏ナリ堺奉行大阪町奉行勘定奉行等ヲ經テ江戸町奉行トナル到ル處政績アリ天保十三年春駿河公職ヲ處シテ不正アリ且ツ裁判未ダ決セザルニ己ガ不辜ヲ知人ニ告ゲ官吏ヲ批判セシ罪ニ坐シテ籍ヲ除キ桑

名ニ禁錮セラル是ニ於テ駿河憤惋シテ食ヲ絶ツ幕府醫員ヲシテ之レヲ視シム時ニ駿河憔悴骨立醫ニ謂ツテ曰ハク吾レ既ニ死ヲ決セリ何ツ藥餌ヲ用ヒン唯吾レハ三月二十一日ヲ以テ罪ヲ獲タリ必ズヤ此ノ日ヲ以テ吾レヲ構陷セシモノニ報ゼント遂ニ死シヌ明年三月二十一日老中水野忠邦等果シテ敗ヲ取リキト云フ藤田東湖詩ヲ作リテ駿河ヲ哭ス後幕府恩命アリ駿河ノ養子鶴松ヲ祿セリ〔鮎澤伊太夫〕鮎澤伊太夫名ハ國維字ハ廉夫水戸ノ藩士ナリ安政五年密勅ノ水戸ニ下ルヤ速ヤカニ之レヲ奉行センコトヲ主張シ爲メニ幕府ノ忌ム所トナリ遂ニ獄ニ下サル既ニシテ一旦豐後佐伯ニ謫セラレシカ三年ニシテ赦サレテ國ニ歸リ戊辰十月奸黨ト弘道館ニ戰ヒ銃丸ニ中リテ死ス時ニ年四十五松陰ノ高杉晉作ニ與フル書ニ「水戸の臣鮎澤伊太夫鷹司の臣小林民部權大輔兩人遠島の命にて揚屋預け也」トアリ留魂錄ニ「海外に赴く」トアルハ遠島ニ處セラル、コトナリ〔小林民部〕小林民部名ハ良典京師ノ人世〻鷹司家ノ諸大夫タリ良典安政ノ初メ正四位下ニ叙セラレ民部權大輔ニ任ゼラレ筑前守ヲ兼ヌ有志ノ士ト大イニ尊攘ノ說ヲ唱ヘシガ安政

五年九月捕ヘラレテ江戸ニ至リ翌年八月遠島ノ刑ニ處セラレ未ダ配所ニ至ラズシテ十一月十九日幕吏ノ毒手ニ斃ル時ニ年五十二

一堀江常ニ神道ヲ崇メ天皇ヲ尊ヒ大道ヲ天下ニ明白ニシ異端邪説ヲ排セント欲ス謂ラク天朝ヨリ教書ヲ開板シテ天下ニ頒示スルニ如カスト余謂ラク教書ヲ開板スルニ一策ナカルヘカラス京師ニ於テ大學校ヲ興シ上天朝ノ御學風ヲ天下ニ示シ又天下ノ奇材異能ヲ京師ニ貢シ然ル後天下古今ノ正論確議ヲ輯集シテ書トナシ天朝御教習ノ餘ヲ天下ニ分ツ時ハ天下ノ人心自ラ一定スヘシト因テ平生子遠ト密議スル所ノ尊攘堂ノ議ト合セ堀江ニ謀リ是ヲ子遠ニ任スルヿニ決ス子遠若シ能ク同志ト謀リ内外志ヲ協ヘ此事ヲシテ少シク端緒アラシメハ吾ノ志トスル所モ亦荒セスト云フヘシ去年勅諚綸旨等ノ事一跌スト雖モ尊皇攘夷苟モ已ムヘキニ非レハ又善術ヲ設ケ前緒ヲ繼紹セスンハアルヘカラス京師學校ノ論亦奇ナラスヤ

〔尊攘堂〕 松陰入江九一等ト尊王攘夷ノ趣旨ヲ明ラカニセンガ爲メニ此ノ堂ヲ興サンコトヲ計リシナリ 〔勅諚綸旨〕 綸旨ハ禮記緇衣篇ニ「王言如綸其出如綍」トアルニ本ヅク亦勅旨ナリ蓋シ安政五年水戸等ニ下サレシ勅諚ヲイフナリ

一小林民部云京師ノ學習院ハ定日アリテ百姓町人ニ至ルマテ出席シテ講釋ヲ聽聞スルヿヲ許サル講日ニハ公卿方出座ニテ講師菅家清家及ビ地下ノ儒者相混スルナリ然ラハ此基ニ因テ更ニ斟酌ヲ加ヘハ幾等モ妙策アルヘシ又懷德堂ニハ靈元上皇宸筆勅額アリ此基ニ因リ更ニ一堂ヲ興スモ亦妙ナリト小林云ヘリ小林ハ鷹司家ノ諸大夫ニテ此度遠島ノ罪科ニ處セラル京師諸人中罪責極テ重シ其人多材多藝唯文學ニ深カラス處事ノ才アル人ト見ユ西奥揚屋ニテ余ト同居ス後東口ニ移ル京師ニテ吉田ノ鈴鹿石州同筑州別テ知己ノ由亦山口三輶モ小林ノ爲メニ大ニ周旋シタレハ鈴鹿カ山口カノ手ヲ以テ海外マテモ吾同志ノ士通信ヲナスヘシ京師ノ事ニ就テハ後來必ス力ヲ得ル所アラン

〔學習院〕 仁孝天皇天保十三年朝臣子弟ノ操行ヲ矯正シ并セテ學藝ヲ教ヘン爲メニ設立セシ所ニシテ黌舎ヲ建春門前ニ置ケリ弘化二年勅シテ學習院ト名ヅケ給ヒキ 〔菅家清家〕 菅原家及ビ清原家ヲイフ 〔地下ノ儒者〕 平民ノ儒者ナリ地下ハ六位以下ヲイフ 〔懷德堂〕 享保十一年中井甃庵之レヲ大阪船場北尼ヶ崎町ニ創建ス後火災ニ會ヒシガ寛政八

年其ノ子竹山之レヲ再建セリ專ラ程朱ノ學
ヲ講ジ關西學校ノ牛耳ヲ執レリ其ノ懐德堂
トイフ額ハ靈元上皇ノ宸筆ナリ「諸大夫」
モト五位ノ通稱ナリ小林良典ハ鷹司家ニ仕
フル諸大夫ナリシナリ　松陰ノ獄中ヨリ十
月廿日入江九一ニ寄セシ書ハ更ニ詳カニ松
陰ノ思想ヲ知ルニ足ルモノアリ因テ之レヲ
左ニ附ス
兼て御相談申置候尊攘堂の事僕は彌念を
絶候此上は足下兄弟の内一人は是非僕か
志致成就被呉候事と頼母敷存候中略尊攘堂
の事は中々大業にて速成を求めては却て
大成出來不申中略尊攘堂の事に付ても一策
を得たり御聞及も候半堀江克之助と申水
戸の豪士あり羽倉の三至錄に久保善助と
あるは此人也丁巳墨使登營の節信田蓮田
と共に墨使を討たんことを計る兩田は獄
死堀江は今に東口揚屋に在此人殊の外神
道を尊い天朝を尊ふ人なり每々被申候事
に神道を明白に人々の腹に入る如く書と
著し天朝より開校して天下に御頒示被成
度と頻に祈念仕被居候僕か心得には教書
のみ天下に頒ても天下の人心一定と申樣
には難參に付京師に大學校を興し上天子親

王公卿より下武家士民まて入寮寄宿等も
出來候樣致し乍恐天朝の御學風を天下の
人々に知らせ天下の奇材英能を天朝の學
校に貢し候樣致候得は天下の人心一定仕
ろに相違なし併急に京師に大學校を興す
と申しては只今の時勢迚も〳〵出來ぬ事
と誰しも可存候へ共是に亦策あるへし小
林民部より承り候只今學習院は學職方は
公家也儒官は菅清家と地下の學者と混し
て被相務定日ありて講釋有之是日は町人
百姓まて聽聞に出候事勝手次第勿論堂上
方御出座也然れは學習院の基に依り今一
層致興隆候へは何樣にも出來可申扨學問
の筋目を糺し候事か誠に肝要にて朱子學
しやの陽明學しやのと一偏の事にては何
の役にも立不申尊王攘夷の四字を眼目と
して何人の書にても何人の學にても其所
長を取る樣にすへし本居學と水戸學とは
頗る不同あれとも尊攘の二字はいつれも
同し平田は又本居とも違い癖ある所も多
けれとも出定笑語玉襷等は好書也關東の
學者道春以來新井室徂徠春臺等皆幕に佞
しつれとも其内に一二ケ所の取るへき所
はあり伊藤仁齋なとは尊王の功はなけれ

ともに人に益ある學問にて害なし林子平も
尊王の功なく攘夷の功あり兼て御詰し申
候高山蒲生對馬の雨森伯陽魚屋の八兵衛
の類は實に大功の人なり各神牌を設くへ
し右諸家の書を聚め長所を抜取人物格別
功あるは學習院中に神牌と設くる等の評
議は中々大議に付天下の人物を聚めねは
不出來人物聚らすとも諸國へ京師より人
を遣し豪傑の議論と聞聚め京師にて大成
すへし此議論中に天下の正論大に起るへ
先朝六國 し又水府日本史の後も無之三朝之國史の
後亦缺御天皇の御諡號も光孝天皇までな
諡號 り其後の帝紀御選諡號御定等勅諚にて
學習院に被仰付度事也尤も是は書籍と人
物と大に學習院に集りたる上の事なり

學習院興隆の事

一天下有志の者出席を免し玉ふへき事（居寮 寄留を免す）
一天下有用の書籍獻上を免し玉ふへき事（古書近世書に不限）
一尊攘の人物の神牌と立て玉ふへき事
但神代の神々式内の神々も時宜を酌て
院中に祭るへし其以下菅公和氣公楠公
新田公織田公豐臣公近來ノ諸君子に至
るまて其功德次第神牌を立る也
向に御相談申候尊攘堂の本山ともなる
へし
人物集り書籍集りたる上にて神道と尊
ひ神國と尊ひ天皇と尊ひ正論計り抜取
一書として天下に頒つへし
△慶比の人清原某神代巻政松苗十八史
畧序此二篇小子深く心服仕る論なり
一院中に史局を設け六國史以下の缺を補
ふ事
右等の趣向と眼目として御工夫を御こら
し可然候

一讃ノ高松ノ藩士長谷川宗右衛門年來主君ヲ諫
メ宗藩水家ト親睦ノ事ニ付テ苦心セシ人ナリ
東奥揚屋ニアリ其子速水余ト西奥ニ同居ス此
ノ父子ノ罪科何如未タ知ルヘカラス同志ノ諸
友切ニ記念セヨ予初テ長谷川翁ニ一見セシ牛
獄吏左右ニ林立ス法隻語ヲ交ルヿヲ得ス翁獨
語スルモノ、如シテ曰寧爲玉碎勿爲瓦全ト吾
甚タ其意ニ感ス同志其之ヲ察セヨ
〔長谷川宗右衛門〕長谷川宗右衛門名ハ秀驥
峻阜ト號ス高松ノ藩士ナリ弱冠四方ニ遊ビ
一時ノ俊英ト交ハル藤田東湖會澤恒藏梁川
星巌ノ如キ皆其ノ知友タリ高松藩主ハ水戸

家ニ出ツ弘化元年水戸侯德川齊昭ノ幕府ノ嫌疑ヲ受ケ幽閉セラル、ヤ宗右衞門素ヨリ齊昭ノ知ヲ辱ウセシヲ以テ水戸ノ諸士ト謀リ申救ニ力ヲ盡ス然ルニ藩主賴胤密ニ水戸ノ奸黨結城寅壽等ノ後援ヲナス宗右衞門屢之レヲ諫ムレドモ聽カレズ安政四年ニ至リ遂ニ高松ニ屛居ヲ命ゼラレキ偶密勅ノ水戸ニ下ルアリ宗右衞門坐視スルニ忍ビズ乃チ亡命シ京ニ赴キ水戸ニ至リ大イニ盡ス所アリシガ星巖雲濱等ノ同志或ハ死シ或ハ縛セラル、ニ及ビ心頗ル沮喪シ遂ニ大阪ノ藩邸ニ自首ス乃チ其ノ子速水ト共ニ江戸ニ檻致セラレ尋イデ高松ノ獄ニ繫カル文久二年十一月朝旨ニヨリ免ゼラル其ノ後事ニヨリ獄ニ投セラル、コト二回明治三年九月二十五日歿ス年六十八

〔速水〕宗右衞門ノ第二子ナリ宗右衞門ノ亡命スルヤ之レヲ追ウテ水戸ニ至リ高橋多一郎ノ家ニ隱ル已ニシテ幕府ノ搜索頗ル急ナルヲ見身ヲ以テ父ノ命ヲ乞ハント欲シ安政五年八月亡命ノ罪ヲ自首ス明年宗右衞門モ亦自首シ父子共ニ傳馬町ノ獄ニ繫ガル尋イテ藩獄ニ移リ萬延元年八月九日獄死ス年二十五其ノ傳馬町ノ獄ニアルヤ松陰ト舍ヲ同ジクシ頗ル其ノ鼓舞スル

所トナリキト云フ〔寧爲玉碎勿爲瓦全〕北齊書元景安傳ニ「景皓曰大丈夫寧可玉碎何能瓦全」トアリ

一右數條余徒ニ書スルニ非ス天下ノ事ヲ成スハ天下有志ノ士ト志ヲ通スルニ非レハ得ス而シテ右數人余此回新ニ得ル所ノ人ナルヲ以テ是ヲ同志ニ告示スナリ又勝野保三郎早已ニ出牢ス就テ其詳ヲ問知スベシ勝野ノ父豐作今潛伏スト雖𪜈有志ノ士ト聞ケリ他日事平ヲ待テ物色スヘシ今日ノ事同志ノ諸士戰敗ノ餘傷殘ノ同士ヲ問訊スル如クスベシ一敗乃挫折スル豈勇士ノ事ナランヤ切ニ囑ス〳〵

〔勝野豐作〕勝野豐作名ハ正道臺山ト號ス江戸ノ人ナリ廣ク四方ノ士ニ交ハリ殊ニ水戸ノ藤田東湖高橋多一郎等ト善シ齊昭ノ幽セラル、ヤ周旋奔走尤モ力ム外國ノ事起ルニ及ビ潛ニ京師ニ赴キ同志ノ士ト劃策スル所アリ是ニ於テ安政五年八月密勅水戸ニ下ルニ至リキ然ルニ事遂ニ覺ハレ同志多ク捕ヘラル豐作以爲ヘラク徒ニ死スルハ智淺キニ似タリト卽チ水戸邸ナル大野謙介ノ家ニ匿ル幕吏其ノ二子森之助及ビ保三郎ヲ捕ヘ豐作ノ所在ヲ鞫問ス二子秘シテ答ヘズ已ニシテ豐作ハ六年十月十九日年五十一ニテ謙介

ノ家ニ病死シ森之助ハ三宅島ニ流サレシガ幾モナク赦ニ會ヒ歸リテ死シ保三郎ハ水戸藩之レヲ錄シテ士籍ニ列セリ

〔物色〕後漢書嚴光傳ニ「帝令以物色訪之」トアリ其ノ肖像ナドニヨリテ之レヲ捜索スルコトナリ

越前ノ橋本左内二十六歳ニシテ誅セラル實ニ十月七日ナリ左内東奥ニ坐スル五六日ノミ勝保同居セリ後勝保西奥ニ來リ予ト同居ス予勝保ノ談ヲ聞テ益〻左内ト半面ナキヲ嘆ス左内幽囚邸居中資治通鑑ヲ讀ミ註ヲ作リ漢紀ヲ終ル又獄中教學工作等ノ事ヲ論セシ由勝保予カ爲メニ是ヲ語ル獄ノ論大ニ吾意ヲ得タリ予益〻左内ヲ起シテ一議ヲ發センヿヲ思フ嗟夫清狂ノ護國論及ヒ吟稿口羽ノ詩稿天下同志ノ士ニ寄示シタシ故ニ余是ヲ水人鮎澤伊太夫ニ贈ルヿヲ許ス同志其吾ニ代テ此言ヲ践マハ幸甚ナリ

〔橋本左内〕橋本左内名ハ綱紀字ハ伯綱宗ノ忠臣岳飛ヲ景慕シ號シテ景岳ト曰フ世〻越前福井藩ノ醫ナリ左内藩主松平慶永ニ擢用セラレ機務ニ參ス時ニ國家多事而シテ將軍家定多病ニシテ子ナシ慶永等因リテ一橋慶喜ヲ立テヽ世子トシ以テ時勢ニ處セントス然レドモ幕府ハ慶喜ノ聰明ヲ憚リ寧ロ紀伊中納言慶福ヲ迎フルノ志アリ慶永乃ケ左内ヲシテ京師ニ上リ周旋スル所アラシム然ルニ大老井伊直弼衆議ヲ排シテ紀伊中納言ヲ迎立シ慶永以下ノ諸侯ヲ譴責シ事ニ與ル志士ヲ捕ヘ左内亦獄ニ投セラレ安政六年十月七日死刑ニ處セラル時ニ年二十六

〔勝保〕前ニアル勝野保三郎ナリ

〔資治通鑑〕宋ノ司馬光ノ著編年體ノ歷史ニシテ周ノ威烈王二十三年ヨリ後周ノ世宗顯德二年ニ至ルマテ凡ソ一千三百六十二年間ノ治亂興亡ヲ明ラカニセリ周紀秦紀漢紀魏紀以下ノ十六紀ニ分ル

〔獄中教學工作〕牢獄ヲシテ勸善懲惡ノ目的ヲ遂ゲシメンニハ罪人ニ職業ヲ授ケ其ノ勤怠ニヨリテ或ハ廣キ所ニ移シ或ハ狹キ室ニ入レナドシ又ハ教師ヲ迎ヘテ聖賢ノ遺訓ヲ申シ聞ケ稗史野乘ノ如キモ勸善懲惡ノ旨ニカナヘルモノハ繙讀ヲ許シサテ罪赦サレテ家ニ歸ルコトアラバ獄中作業シテ得タル金錢ヲ以テ餬口ノ資ニ充テシムベシ斯クノ如クナレバ惡人モ前非ヲ悔イテ遂ニ善人トナルベシト是レ左内ノ獄制ニ對スル所論ナリ松陰ハ六年ノ幽囚中自ラ講學修道ニカメシモノ左内ノ論ヲ聽キテ自ラ懌ブ亦宜ナリト謂フベシ

〔清狂〕清狂名ハ月性字ハ智圓清狂ハ其ノ號ナリ周防妙圓寺ノ住職タ

リ外國ノ事起リ幕府優柔決スル所ナキヲ聞
クヤ清狂奮然起ッテ防長二州ヲ巡錫シ説教
ニ交フルニ海防ノ事ヲ以テシ慷慨淋漓其ノ
感極マリ情蹙ルニ及ンデヤ聲涙共ニ下ル世
呼ンデ海防僧ト曰フ屢〻萩城ニ入リ其ノ松陰
ニ於ケルヤ傾蓋故キガ如キモノアリ其ノ著
ニ佛法護國論アリ又詩ヲ善クシ吟稿アリ安
政五年五月十九日寂ス時ニ年四十二〔口羽〕
口羽徳祐名ハ通諦字ハ希魏憂庵又ハ杷山ト
號ス松陰心交ノ一人ナリ松陰ガ十月六日獄
中ヨリ高杉晋作ニ與ヘシ書ニ「口羽病死何共
悲慟に堪不申候清狂も死ぬし口羽も死ぬし
天何不福江家此兩人皆有無二之士同等か如
く塵ためを搔き交せても出ろ士に非す殊に
口羽は清狂の比に非ず日下久保なとの痛哭
も思ひ遣られ候」アリ又同二十三日鮎澤伊太夫ニ
與ヘシ書ニ「御友に清狂名月性字知圓と申奇衲有之
尊攘の志あるものに御座候處昨年物故致候
辰年比上京梁川星巖藤森弘庵大久保要等も
大に變したる人に御座候此僧佛法護國論と申
もの一小冊有之上梓仕る筈に御座候上梓出
來候はゝ關東の一向宗信者に與へ度奉存候
中略又清狂吟稿三巻計有之長篇に頗可誦もの
有之候乙卯の一稿尤慷慨淋漓たり又口羽德
祐と申者可頼人物に御座候處先日死去年二
十五六にて寺社奉行相勤居候此者の詩稿亦
其志を見るへきものあり何卒清狂と口羽と
の兩稿久坂玄瑞に御申遣御取寄御一誦可被
下候鄉友の姓名なりともせめて同志に傳度
愚心に御座候」トアリ以テ其ノ交情ヲ知ルベシ
同志諸友ノ内小田村中谷久保久坂子遠兄弟等
ノ事鮎澤堀江長谷川小林勝野等へ告知シ置又
村塾ノ事須佐阿月等ノ事モ告置ケリ飯田尾寺高
杉及ヒ利輔ノ事モ諸人ニ告置シナリ是皆吾カ
苟モ是ヲナスニ非ズ
〔小田村〕小田村伊之助後ノ楫取素彥ニテ松
陰ノ妹壻ナリ〔中谷〕中谷正亮〔久保〕久
保清太郎〔久坂〕久坂義助玄瑞ヲイフ亦松陰
ノ妹壻ナリ〔村塾〕松下村塾ヲイフ松陰同
志ト講學ノ所ナリ〔須佐阿月〕松陰ノ同志
ガ學ヲ講ゼシ處ノ名〔飯田〕飯田正伯〔尾
寺〕尾寺新之允〔高杉〕高杉晉作ヲイフ高
杉ト久坂トハ松陰門下ノ二駿足ト稱セラル
〔利輔〕伊藤博文

かきつけ終りて後

心なることの種々かき置ぬ思のこせることな
かりけり

呼たしの聲まつ外に今の世に待へき事のなか

りける哉
討れたる吾をあはれと見ん人は君を崇めて夷
拂へよ
愚なる吾をも友とめつ人はわかとも人と交て
よ人々
七たひも生かへりつゝ夷をそ攘はんこゝろ吾
忘れめ哉
十月廿六日黄昏書　二十一回猛士

附言三則

吉田松陰ノ刑死ハ安政六年十月二十七日ナリ然
ラハ此ノ留魂錄ノ成リシハ實ニ刑死ノ前日ナリ
シナリ魂ヲ留ムト云フ實ニ其ノ然ルヲ見ルナリ
留魂錄ニ二本アリ此ハ其ノ野村子爵ノ手ニ歸シ
因リテ以テ松下村塾ニ藏セラレシモノニシテ松
陰ノ手蹟ナリトス因ニ子爵ノ跋文ヲ左ニ示サン

書先師松陰先生手蹟留魂錄後

余曾爲神奈川縣令、一日有老鄙夫來謁、取小冊子
於懷曰、奴長藩烈士吉田先生同獄囚沼崎吉五郎
也、先生殉難前一日作此書、語奴曰、余既贈一本吾
郷、然恐或阻滯不達、又以是託汝、汝出獄之日、致諸
長人、長人皆知我、不問其爲誰、奴後處流三宅島、頃
被赦而歸、偶聞公爲長人、謹呈焉、余披而閱之則先
師手蹟留魂錄也、乃告以師弟之實、吉五驚喜、具説
先師在獄之狀、且留語諸友書及遺墨數葉而去、時
明治九年某月也、因思當時留魂錄到村塾也、中有
非先師手蹟者、衆不解其故、今就此始知爲他人所
改作、嗟吁先師臨終、從容不迫、用意縝密、此書幸存
于今、可謂其魂其文千歲不朽矣、抑吉五、一無賴徒
耳、然處於流竄顚沛之間、而保持不失、遂得全先師
之遺託、豈非至誠感人乎哉、余將奉使佛國、記此書
所由傳、併語諸友書及遺墨、藏諸村塾、
明治辛卯七月　子爵野村靖識

松陰ハ漢土ニ於テハ最モ楊繼盛ヲ尚ビ我カ國ニ
於テハ特ニ楠公ヲ慕ヘリ今此ノ錄ヲ見ルニ前後
ニ歌アリ前ナルモノハ「留置まし大和魂」トイヒ後
ナルモノハ「七たひも生かへりつゝ」トイフ前ナル
モノハ繼盛カ臨刑ノ詩ノ意ニアラスヤ後ナルモ
ノハ楠公カ七生ノ語ノ意ニアラスヤ繼盛ノ詩ハ
則チ左ノ如シ

臨刑詩二首

浩氣還大虛丹心照萬古生前未了事留與後人補
天王自聖明制度高千古平生未報恩留作忠魂補

所謂留魂ノ出處ハ此ニアルナリ繼盛ノ嚴嵩ヲ除
カントシテ得ズ獄ニアリテ自ラ年譜ヲ作リ志ヲ
後人ニ託シタルハ松陰ノ尤モ私淑セシ所而シテ
松陰ノ楠公ヲ慕ヒシハ其ノ七生説ニ視テ明ラカ
ナリ松陰此ノ二人ノ事ニ感ジテ亦其ノ志ヲ後人
ニ託ス而シテ後人能ク之レヲ繼紹シテ維新ノ大

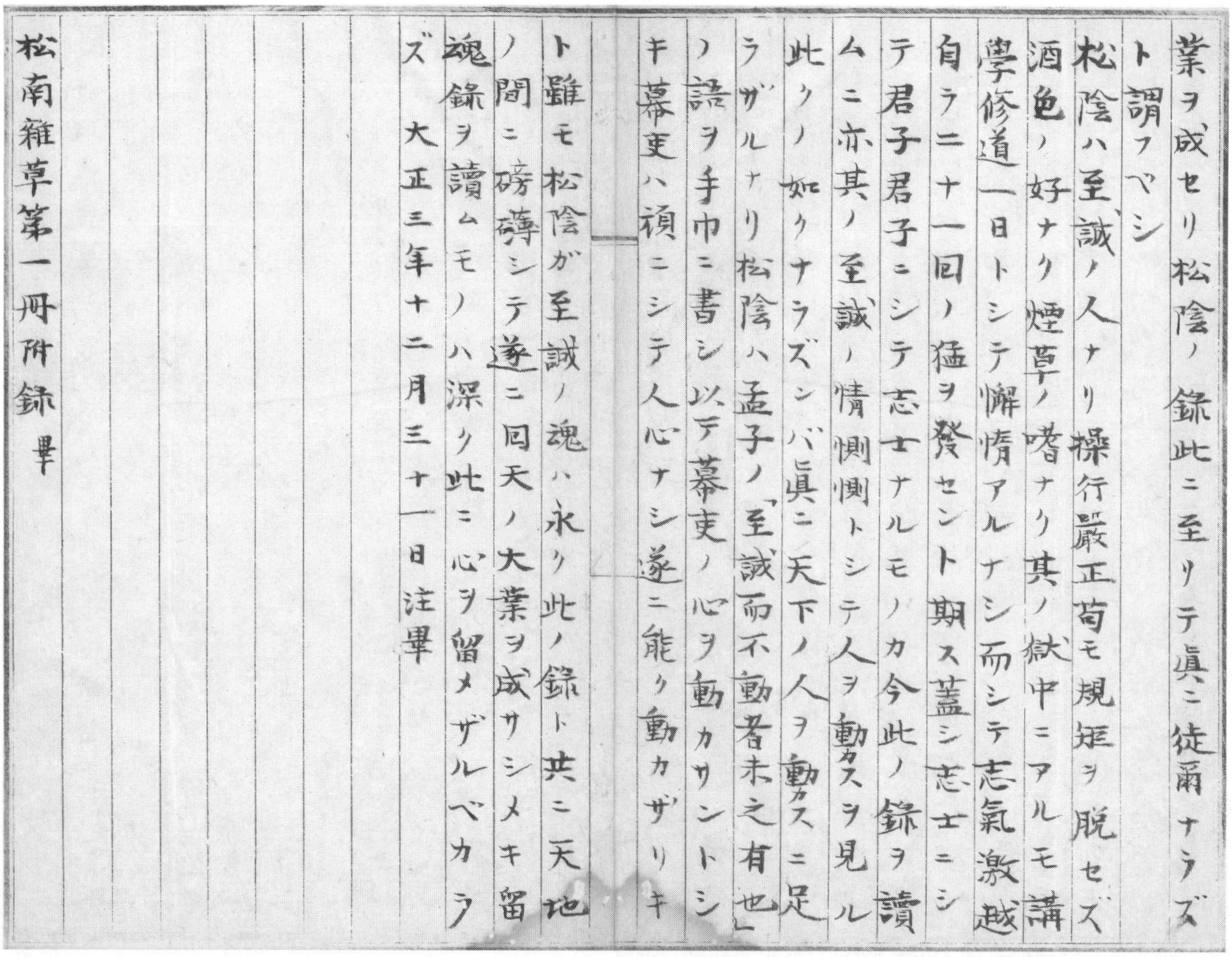

業ヲ成セリ松陰ノ録此ニ至リテ眞ニ徒爾ナラズ
ト謂フベシ
松陰ハ至誠ノ人ナリ操行嚴正苟モ規矩ヲ脱セズ
酒色ノ好ナク煙草ノ嗜ナク其ノ獄中ニアルモ講
學修道一日トシテ懈惰アルナシ而シテ志氣激越
自ラ二十一回ノ猛ヲ發セント期ス蓋シ志士ニシ
テ君子君子ニシテ志士ナルモノカ今此ノ録ヲ讀
ムニ亦其ノ至誠ノ情惻惻トシテ人ヲ動カスヲ見ル
此クノ如クナラズンバ眞ニ天下ノ人ヲ動カスニ足
ラザルナリ松陰ハ孟子ノ「至誠而不動者未之有也」
ノ語ヲ手巾ニ書シ以テ幕吏ノ心ヲ動カサントシ
キ幕吏ハ頑ニシテ人心ナシ遂ニ能ク動カザリキ
ト雖モ松陰ガ至誠ノ魂ハ永ク此ノ録ト共ニ天地
ノ間ニ磅礴シテ遂ニ回天ノ大業ヲ成サシメキ留
魂録ヲ讀ムモノハ深ク此ニ心ヲ留メザルベカラ
ズ
大正三年十二月三十一日注畢

松南雜草第一冊附録畢

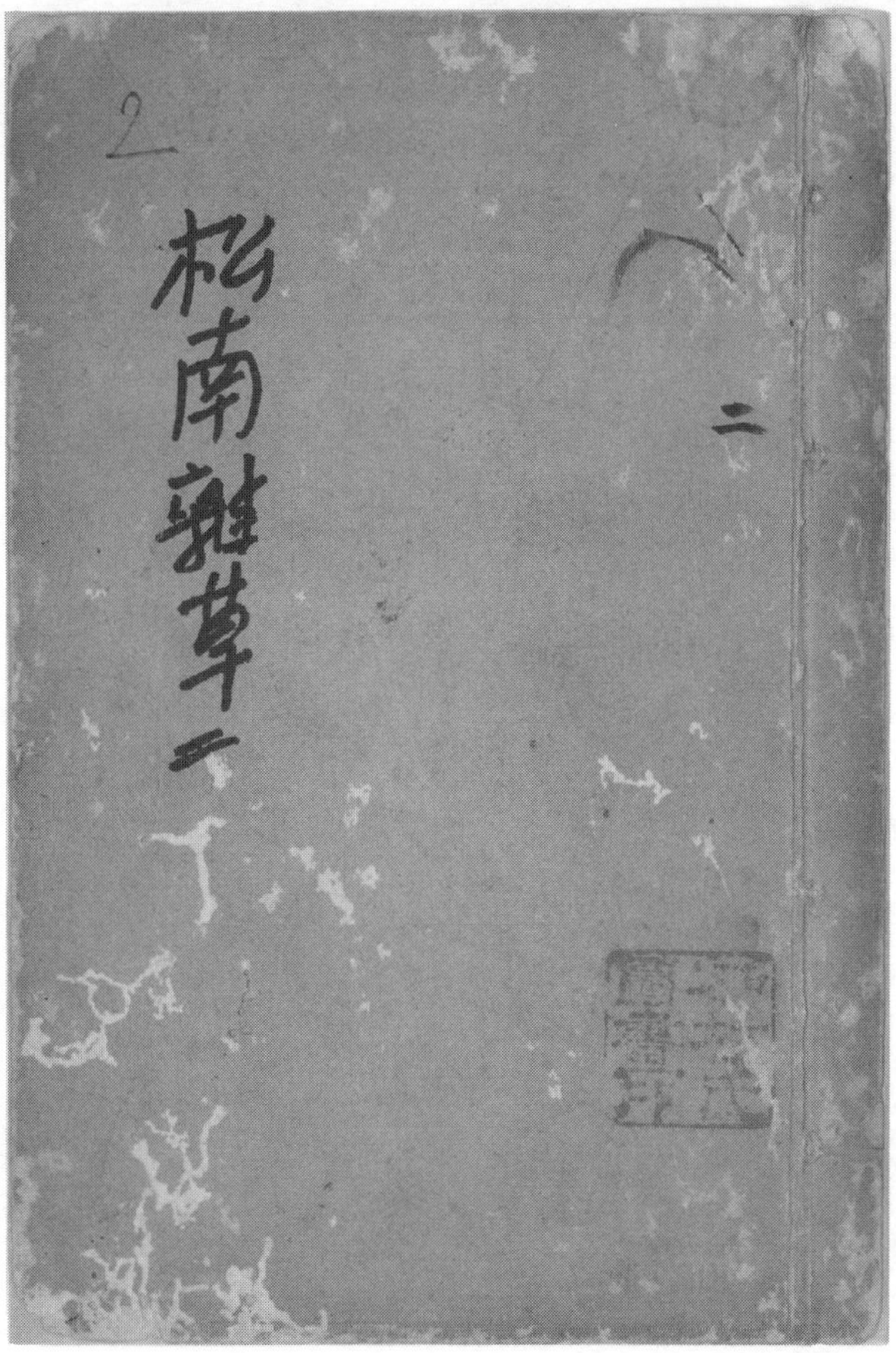
2
松南雑草 二
二

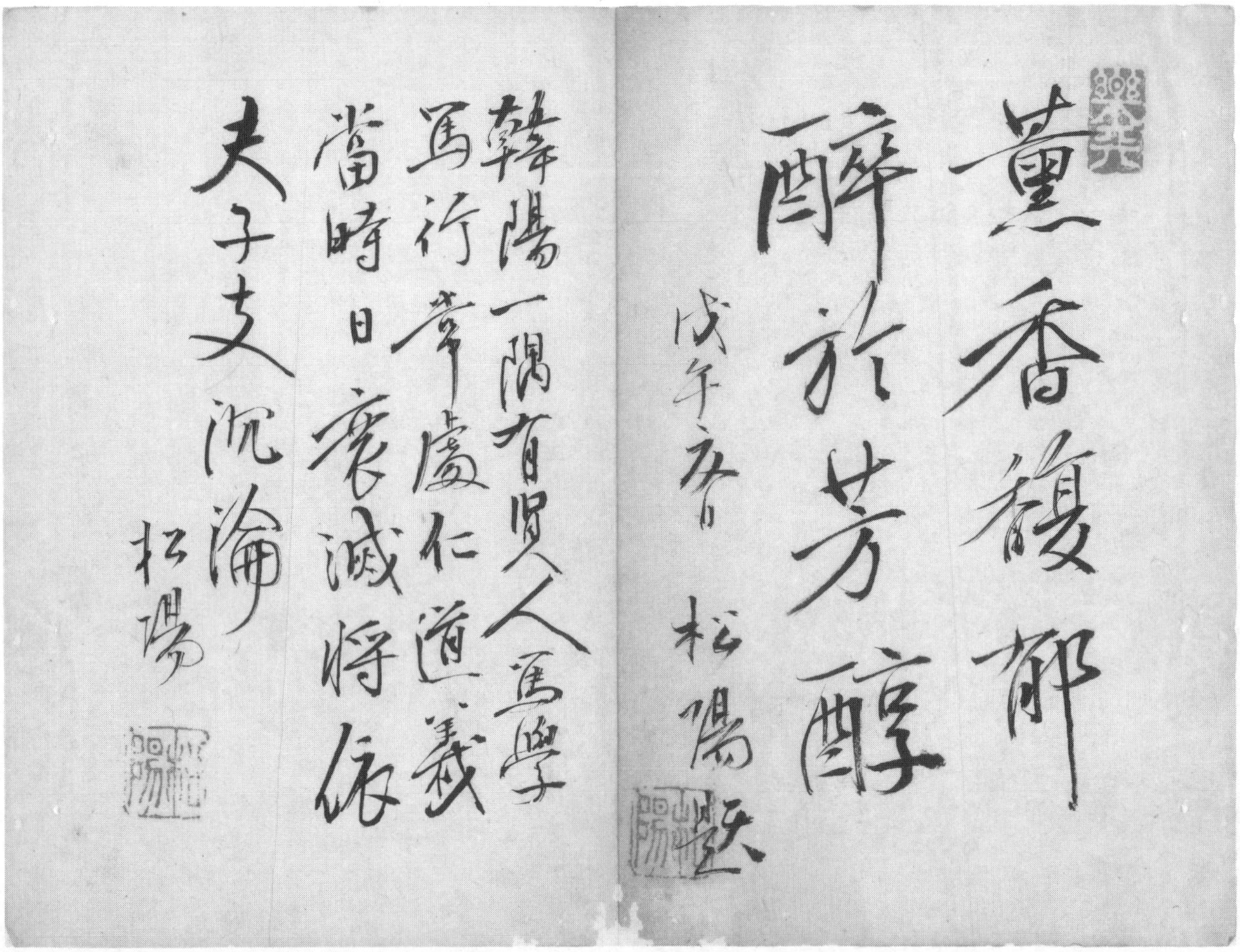
薫香馥郁
醉於芳醇
戊午夏日 松陽題
韓陽一隅有賢人篤學
篤行常處仁道義
當時日衰滅將依
夫子支沉淪
松陽

戊午夏日寫之
耕雲
舞鶴城南江水環
三年高臥謝塵埃
等身述作千秋業
吟詠人推李杜才
呈松南先生
戊午夏日 耕雲

たゞ健かに幸あれとのみ
九年四月廿
常磐軒にて
栄一
祈御多幸
大正九年六月一日
時彦

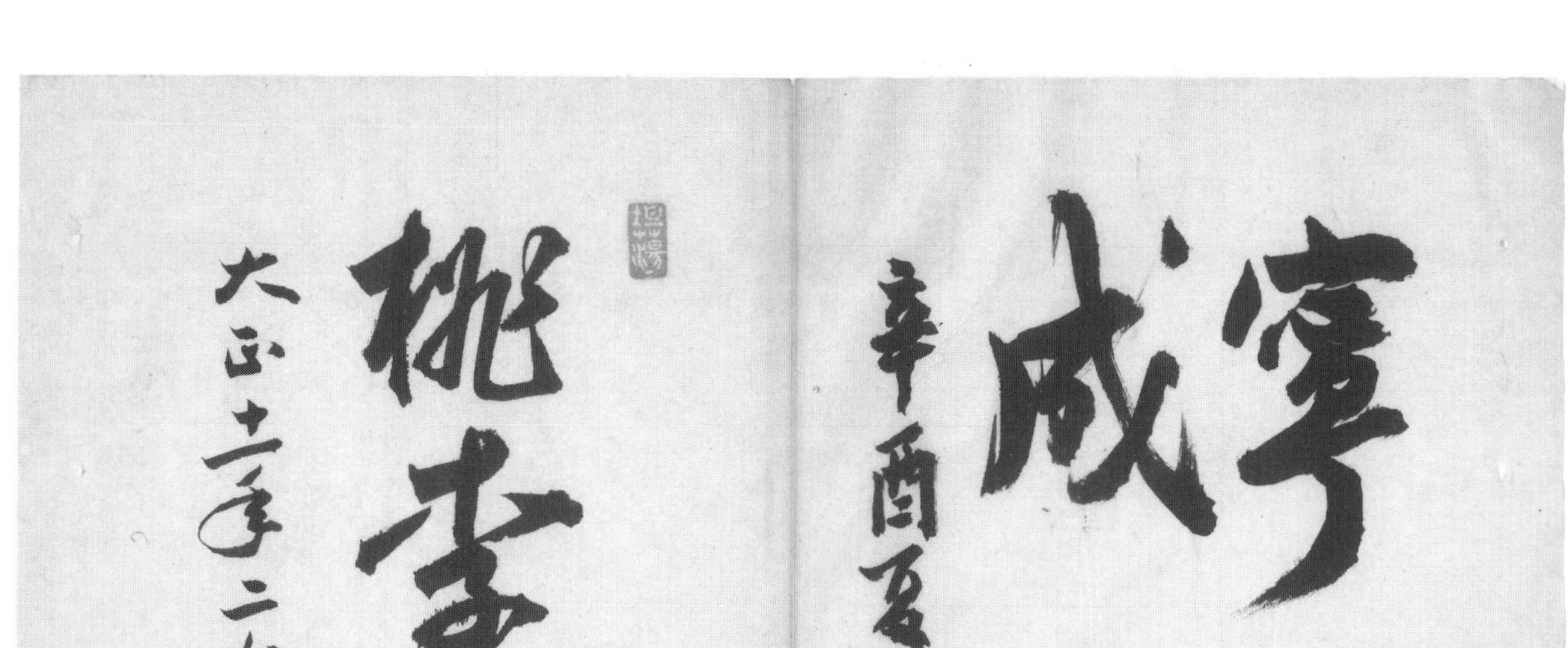
寧耐成事
辛酉夏
丘牛
桃李不言
大正十二年二月
竟三

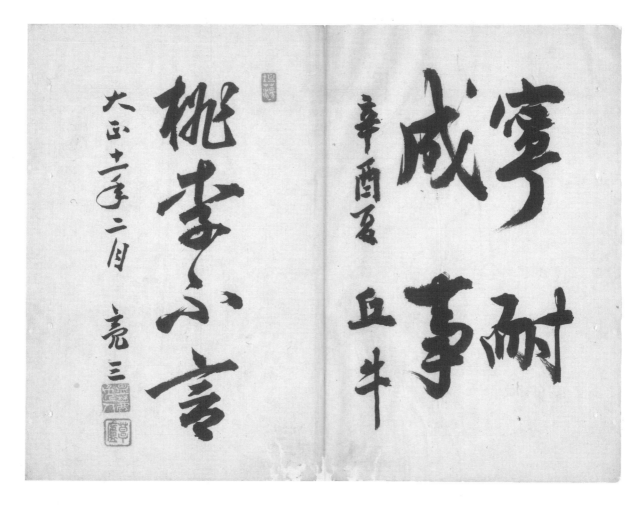

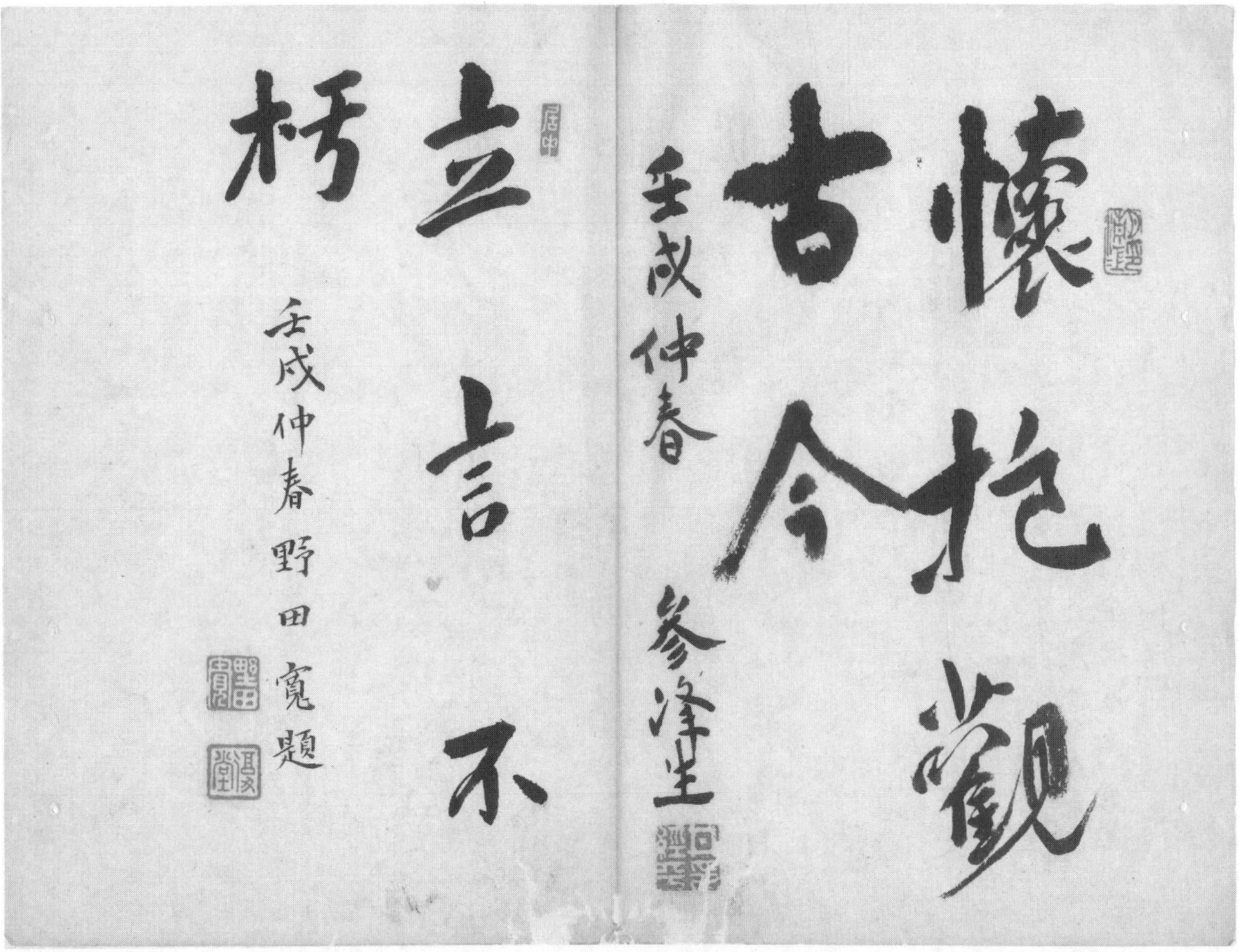
懐抱観
古今
壬戌仲春
立言不
朽
壬戌仲春
野田寛題

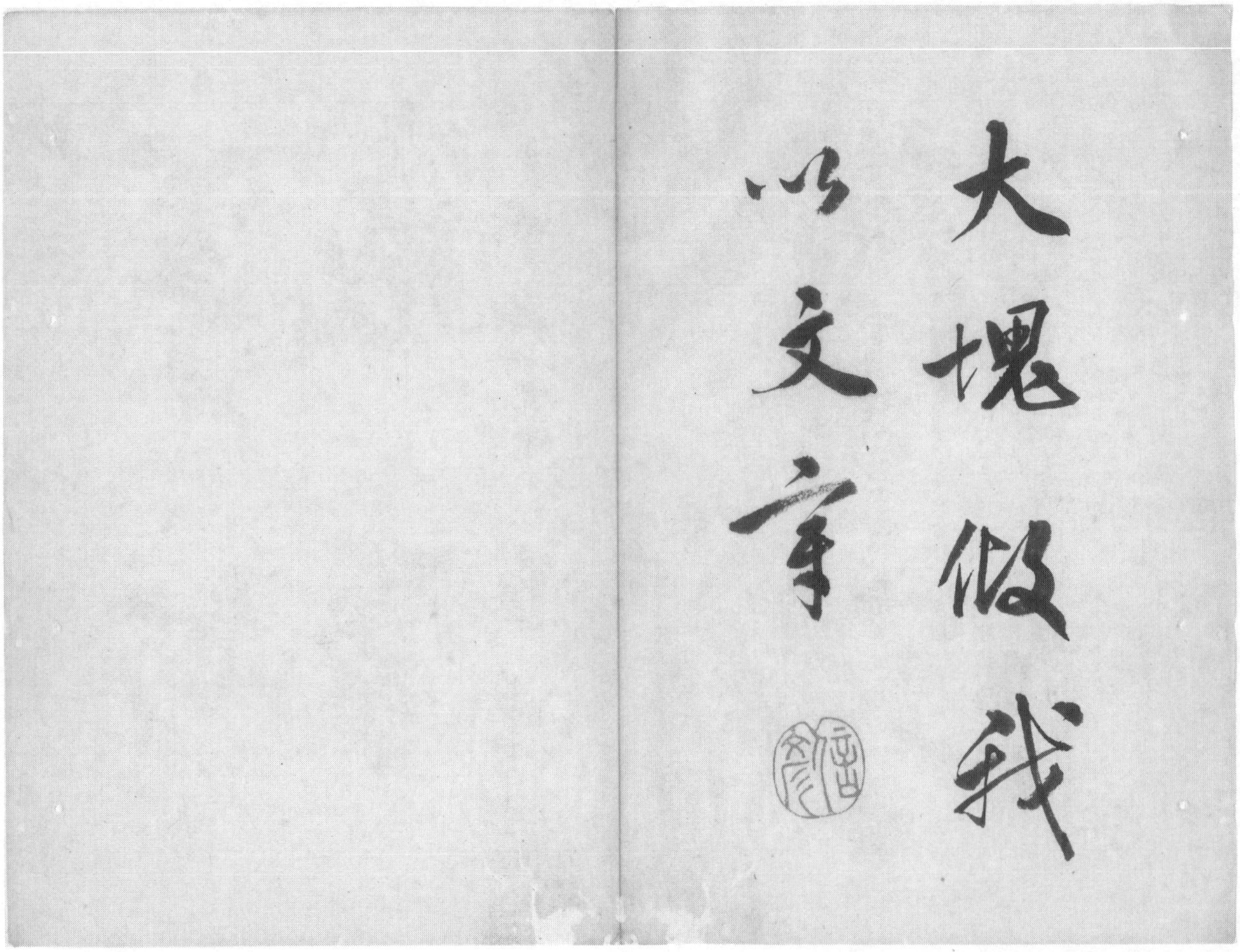
大塊假我
以文章

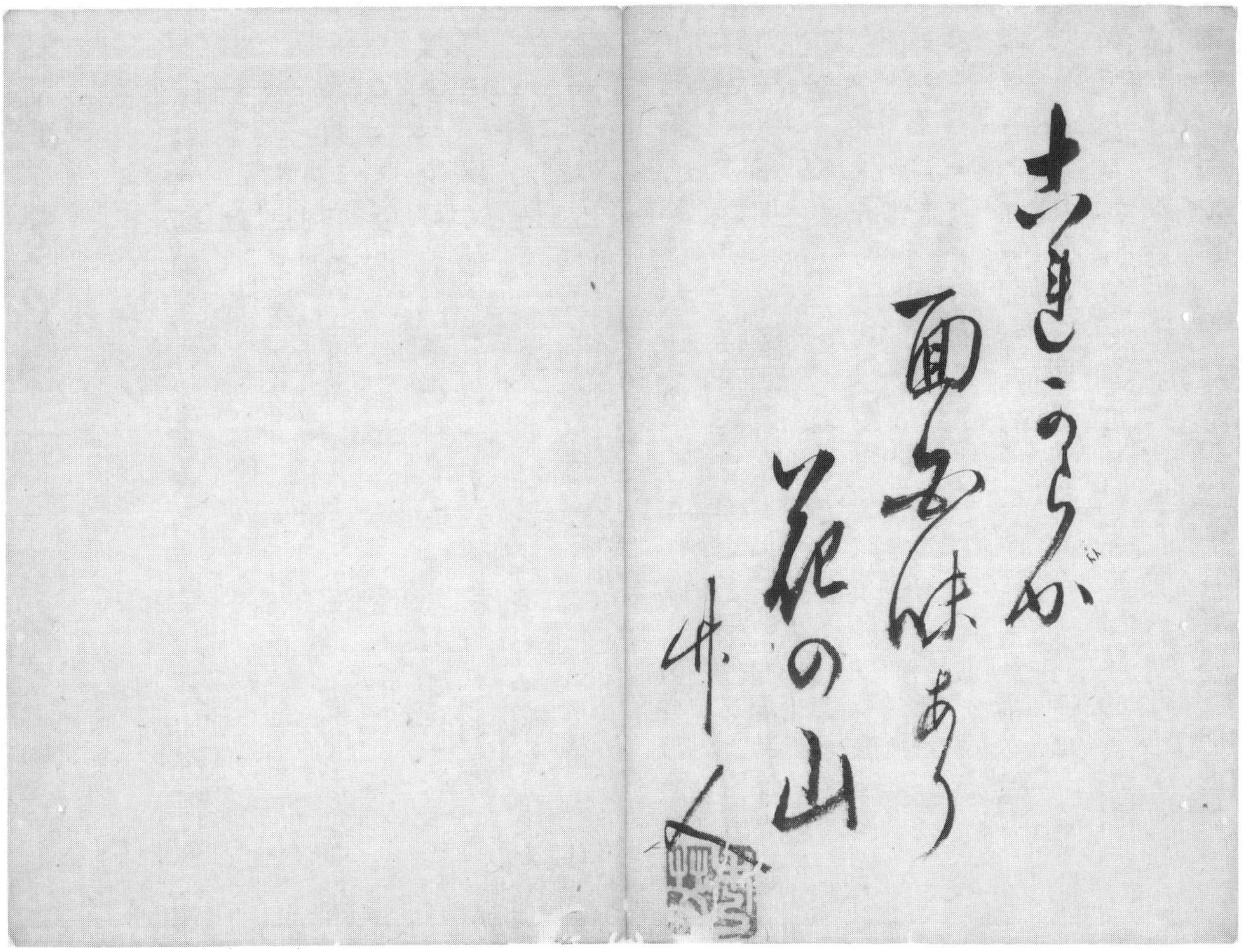

面白味あり
花の山

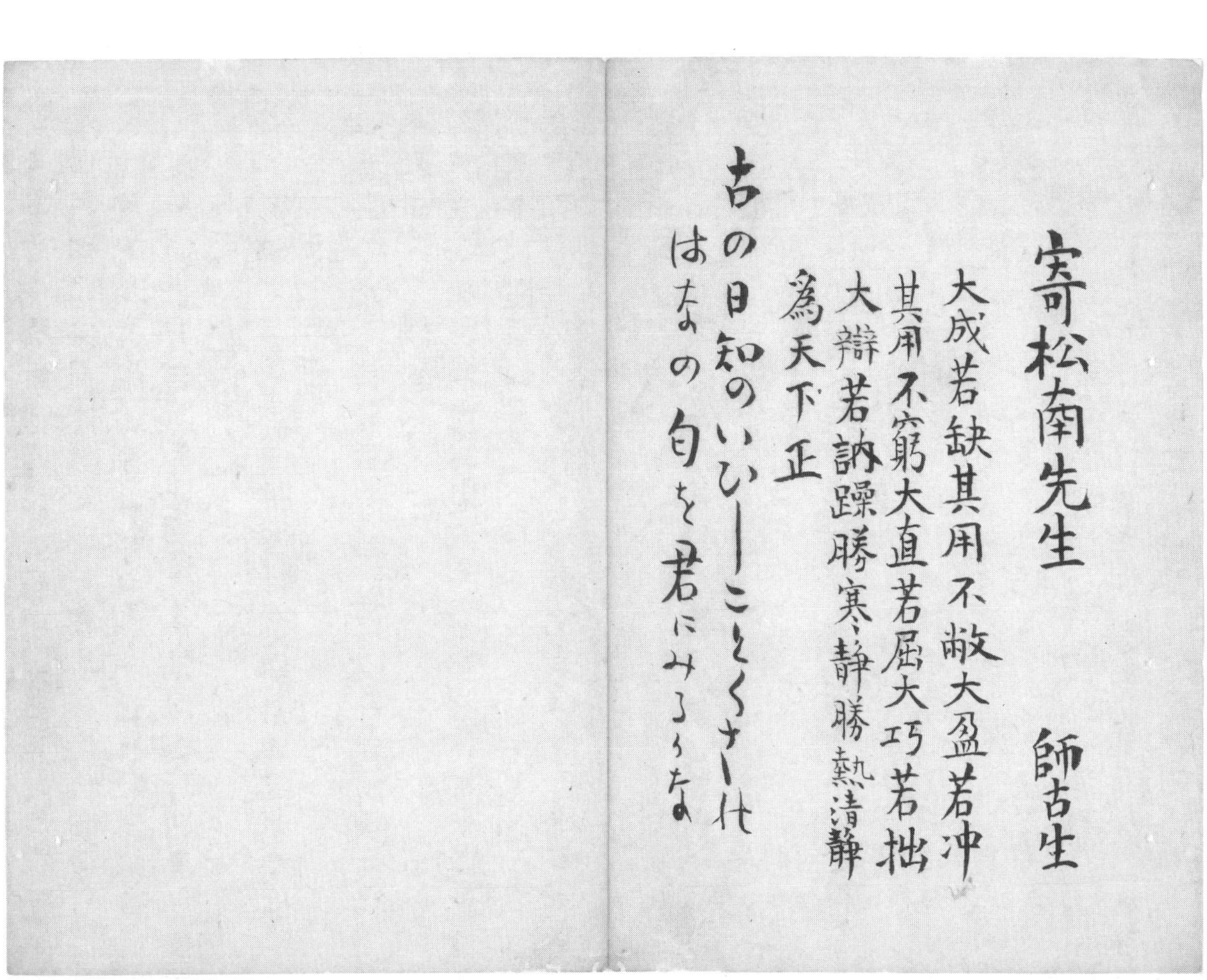

寄松南先生

大成若缺其用不敝大盈若沖
其用不窮大直若屈大巧若拙
大辯若訥躁勝寒静勝熱清静
為天下正

師古生

古の日知のいひしことくさし代
はなの句を君にみるかな

松南雜草第二册

戊午歳旦　大正七年

雪霽乾坤物象新松標奇節入正晨雄雞一唱催懐切
四十年間雌伏人

霓林十律　并小序

霓林詠御題海邊松也閑臥二載浴雨露之恩慕勁
直之節寓興永言竊擬治世之音云爾

美哉江浦景收得寸眸中松挺千秋節波浮十里虹晴
灣祥色映曉渚瑞霞籠便識昇平象如今鬱海東
天地春回節蓬瀛日上時鬱蒼凌雪影窈窕吐烟姿幹
老宜棲鶴根蟠似伏龜永標昭代瑞獨茂碧波涯
誰道寒郷臥霓林綠鬱子含烟攀旭日隔海對方壺碧
浪黐洲渚清沙絶草蕪養眞唯此地吾學赤松徒
旭日曈曨上山河曙色開東方紅靄簇北浦碧霞堆未
獻新正頌先恩舊釣臺詠懐隨所樂寒屋且銜杯
欲知霓浦勝正在歳寒晨雪霽松欑綠沙清浪碎銀境
同明石渚景想舞兒濱且隔繁華域佳哉絶粉塵
海上松林鬱負柯十里連春花徒銜艷秋月自添妍謖
謖風清夕青青雪霽天四時成趣好萬古吐祥烟
碧蘿人不見彌望寂蕭蕭沙渚連千里村煙隔一橋樹
間帆影白林外暮山遥落日堆嵐上松濤似弄簫
欑柯何鬱鬱自作絶塵郷雲氣氤氳起洲汀縹緲長望
虚張鶴翼回海洗霓裳疑是昇仙地蒼多古木傍
望夫君子樹矯矯歳寒情蟠幹凌風老喬柯負雪榮幽
涯猶積翠脩渚自懐貞忽映初陽上騰烟一様清
長汀波不激嘉樹綠森森攀日霞成彩迎春雪駁陰時
聞天地籟誰弄自然琴四海今多樂風松有雅音

題海邊松

海上龍鱗古自爲昌世標苔磯波浪靜風起不鳴條

詠雪四首

怪看寒岫起蓬雲龍戰銀鱗墜夕曛飛絮撒鹽何比得
滿天回雪忽繽紛
漠漠陰雲暮色催樓前忽見玉除開洞天神女投壺夜
電照仙方絳雪堆
高樓雪霽獨凭欄不問天風拂面寒極目層層玄圃外
羣山堆玉碧雲端
繞屋時聞點滴聲竹陰流水又鳴箏凍雲連日今初盡
夕照寒山雪色明

次韻似田中生　陸軍中央幼年學校生徒

曾記青衿選斯人氣作虹駿蹄思冀北皂帽臥遼東落
日孤牀冷寒山暮靄籠出門空悵望寄意五言中

花道紅總の位披露の會の辭　叔父瀧谷翁のために

大正の聖の大御世の七年このめも春の三月三十
日己れら斯道の紅總の位賜はりつる披露の會を
開き得しことこそうれしけれわが松浦の會の大
人たち皆ともに何はおきて西より東よりつとひ
より給ひぬる辱きことの限りにこそ思へはわか

此の位に進みしは一瓢先生并に一山先生の賜に
て時はいぬる大正二年の十二月四日坂本一德ぬ
しか一字披露の會催し給ひし折にそある先進の
人々も少なからぬものをさきたちて今日の會開
きぬる世の覺えもいかにと思はぬにしもあらね
と且つは道を思ふ心の己みかたく且つは人のす
すめもだしかねてものしつる人々深くな尤め
給ひそ抑己れは初め一瓢先生をは斯道の先達と
たのみて雲に聳ゆる高嶺の花をも尋ねんと麓の
道をふみわけしか月を重ね年を經て今の位にま
て進みぬまた道のなかはをたに辿らぬ身のか、
ること論ふはかたはらいたきわさにはあれと凡
そ花弄ふ枝としてわか東山の流はかりめてたきはあ
らしかし野に山におのかし、咲き出てぬるくさ
くさの花を求めいて、そか自らの趣を失はすわ
か天眞のこゝろもて一氣に生けこみたるこれと
弄ひ之れと觀る人にそゝろ浮世のちりを拂ひて
宇宙の本體に冥合すてふ思ひあらしむけにわか
花の道は天地の間にみちふさかる浩々の氣をや
しなふ古の聖賢の教にもかなひつとこそいふへ
けれ世の營のしけきを煩ふもの人の力の弱きを
かこつもの心あらは一たひ來りてこの流を汲み
てよかし徒に外をのみ衒ふ今の世にわか先覺の
導すと諸友の助とを仰きていよゝ此の技にいそし

み遂にかの高嶺の花とも手折り兼ねて人にも傳
へて道の光を増さんことこそ己がこの年月の願
なき一瓢先生一山先生其の他の大人たちわが志
をあはれと思召さは其の才の短きをせめ給はて
更に誘掖の力をそへさせ給へあはれ大君の恵み
の露にうるほひて百千の花咲きにほふ今日しも
披露の會催しぬる悦ひにえたへす玉鉾の道のい
よ〳〵明かならんことを祝ひつたなけれと一言か
くはものしつ

棲鶴庵記

松雪翁以挿花技成名鄉黨頃令予名其庵予以棲鶴
應之蓋鶴者靈禽也列仙控駕入緱氏之山集江夏之
樓淸唳高聞于天壽保千歲玄裳縞衣未嘗與凡羽爲
伍則以名庵不亦可乎或非之曰翁庭未嘗聞有鶴之
來棲者如名不賓其實何予曰此何病焉翁已以松雪
爲號而軒外又有貞松雖非有亭亭千丈之姿而烟葉
虬枝淸風拂之寥亮如聞華亭之鳴白雪之舞于枝間
又自有驚身矯翅之奇則雖無棲鶴猶有之也若夫前
其羽殺其翼雕籠以閉之蓋非翁之所欲也且翁風格
高邁當其挿花于瓶中也不以矯揉構體爲能事畢矣
每以發揮花木自然之致爲旨方寸之地洞通乾坤象
妙之門春草秋卉按排隨手善移深山幽壑之景置諸
几席之間使觀者自有駕蒼龍跨玄鶴陟崑崙遊蓬壺
之感焉宜哉其聲之嘖嘖漸播于四方也翁我祖父故

棋月翁之子也棋月翁高風絶倫仙骨矍鑠壽逮九秩視聽不少衰有子四人皆有令聞而翁特饒雅懷爲人恬澹不徒役役世之勢利置身清閑之地養心超俗之技其遂此壽先人老而益健可以知也嗚呼如斯之人吾號之爲松間白鶴矣則庵之棲鶴指翁其人而可也何必問有其實與無乎松雪翁業務之暇每在此庵開聽松韻靜對瓶花悠悠然銜杯而樂人乎仙乎抑亦白鶴乎則庵之名稱誰以爲不可予已爲翁名庵仍又記之以呈翁不知翁以爲實獲我意否

似松雪仙

襟懷不著世間塵絶技風流堪養神微笑雲從瓶裏動數枝花領八千春

俳句　　高梨　敬助

友の子と知らて家問ふ落椿

手つからと聞いて我から酒の醉

桃さくや古城の下に濤寄する

右三句去ぬる三月二十三日高梨君公務の爲め大阪より當地に來りて我れを訪ひ別後寄するところ

酬高梨君三絶

有朋來矣自東來何以將迎慰暫陪砌外寒梅花已謝衡門只有玉椿開（玉椿用和語）

有朋來矣自東來何以同傾鸚鵡杯采采防風筐未滿懷人嗟我獨徘徊（防風用和語）

有朋來矣自東來何以相誇江浦隈陟彼古墟春色好絳霞遥對碧烟堆

雨中椿

あたゝかに春雨ふりて苔の面に椿こほきぬ五ひら六ひら

春雨にくたくろ花をよそにして燃ゆるに似たりにほのを椿

春夜

煙鎖園林曲徑幽瓊華無蔭水閑流沈沈夜色那邊好月照山人獨嘯樓

唐津商工會表彰家君之勞感喜賦三絶

二十餘年夙夜勤勵精誰得比家君生涯知止饒天福垂範子孫名亦薫

殊愛庭前龍幹横操持又似雪中貞表旌人説鄉閭範我祝欝然千歳榮

頑兒不類我翁賢淪落江湖已幾年只喜苦心驅二豎春風今日侍芳筵

似大塚翁（翁亦唐津商工會所表彰）

市井競奔知分難勤勞投老不懷安何須曠野彈琴去三樂此翁心自寛

讀書偶感三絶

秦醫能説疾未達診精神元氣通天地丈夫非偶人

天殊生大木誰作不材歎匠石無知用牛眠樹蔭安

貧賤空懷玉山中泣者誰姑休悲失脚自有是非時

松下松陽先生登校之蓋 并詩

先生竹木場小學校長也居在唐津船宮夏日登校之途毎戴大蓋得得然而行見者或指以爲仙云蓋上又書所自作一絶詩意頗奇余感其所爲出人意之表圖寫且戲作和韻云

和韻二首

先生不伍俗人間好酒好《ハ》詩眞《マコトニ》大《オホ》關《ゼキ》外出同行三介《スケ》耳《バカリ》
飄飄戴蓋到仙圜 先生酒量不必大作詩不必求巧然至其好詩酒眞大關決非虛妄
何憂極樂遠人間億土元來無一關《ゼキ》天蓋著頭心是佛
善哉忘却在塵圜 樂三界即極樂也極樂雖在十萬億土之西戴蓋則近在頭上所以爲佛也先生又樂天自居樂三界所謂樂天之意乎

再出鄕詠懷 赳吳

親老豈欲遊遠方懶孥不慣從耕桑強仕如今逐二豎出廬千里方假裝梅雨未晴濕衣袖極目雲暗吾心傷我有大璞似楚璞琢磨何日添彩光欲賣里人不知價閑臥三載韞匱藏君不見擧世滔滔走名利異端陋說擴陸梁願以斯璞託俊傑仍資萬古皇運昌問膝幸有阿妹在椿萱何復疑壽康好向天下求知己皇天不聽

吾鄕

呈山本君 廣島縣師範學校長

乾坤知己有斯人西海勞棲淪落身契闊遭逢何所悅向君初瀝肚中眞

自吳駕舶歸省途遭風浪

巨舶滄溟一葉微中宵海若未收威濤狂鼇背山流盡雲暗鵬程國見稀艙裡氣蒸人似病舷邊風急鐵應飛驚眠對此荒凉景缺月無端皎照衣

次松南詞兄玄海 非玄海周海也 遭風浪之瑤韻 神田・豐城

誰謂難窺天意微玄洋一夜挾風威行舟簸弄龍王躍乘客號呼人色稀獨有丈夫安定坐更無魂魄震驚飛君家實學於茲在不怪淸光皎照衣

偶感

避暑家山謝世交夜凉明月照林梢閑人有感君知否七月蟲聲已滿郊

悼亡

連宵雨打不留香蘭蕙花摧轉斷腸從此後園寒寂寞遺苗何以避風霜

天長節祝日恭賦

秋天雨霽麗朝陽歷歷山川氣自祥已見妖雲銷朔漠又知皇澤被南疆銜杯好醉黄華酒祝聖先昇講學堂幸享明時隨分樂謳歌齊仰國之光

秋興二首

如今處所菊花香仍憶故山方吐芳懶向他家尋艷麗
秋風寂寞臥寒房
也有郊村垂釣磯他鄉風物愜心稀收竿緬想松江樂
碧水清沙鼓枻歸

佐久間大尉記念石柱歌

澔澔淅淅挺翠烟美哉石柱高指天背峭壁而俯九陌
映日玲瓏鯛丘巔時維大正戊午夏我來此地初税駕
仰視悅乎訊傍人傍人目我怪且訝大尉之烈君不知
潜航鼇波不顧危豈圖艇沒海風慘萬事皆休猶何爲
大尉從容援筆坐披瀝肺肝身後遺臣實不敏事到此
死生何以報天子唯有乾乾憂世情一蹶不屈誰繼起
刻刻細故留意記氣息已絶記未止書出言言泣鬼神
英雄不死面目新當時已入乙夜覽恩命且下自帝宸
我曹常講偉人節僑居丘下感慕切青紫紆帶彼何人
武臣愛錢最陋劣際此世風漸澆時一誠殉職眞俊傑
登丘聘望吳港中艨艟鬪艦壓海雄國威遠揚非偶爾
赳赳武夫渾羆熊仍想今古興亡迹傾頽多由道義毀
寄語行路凡百子功名利達欲何擇嗚呼臣子之鑑近
在此千秋長冗記念石

晴雪二首　大正八年

寒風坐想遠人情穹窒猶聞淅瀝聲恰好太平新歳旦
初陽映雪紫烟生
日出山川雪色新渡頭回棹彼何人僑居無一風流客
枉學袁公且樂貧

送榎本松永諸君

二河橋畔柳梦絲客舍歌驪去者誰暫合暫離還是好
莫空過此百花時

近畿雜詠　修學旅行途上

湊川神社

旦朝虔拜仰公忠苦節千秋維世風此地誰知陵作谷
墓邊松柏獨葱葱

嵐山

渡月橋頭花謝枝青山碧水雨如絲已無軒騎揚塵去
嵐峽風光初覺奇

伊勢太廟

清流不盡御裳川神路山杉矗指天伏拜廟前何所禱
縄縄皇統億斯年

南都

古塔雲端爍寶光吹臺歌閣燭煌煌春宵一夢花飛盡
猿澤池邊樂未央

吉野

碧樹芳山春已深殘花何處惹斯心雲中別有名區在
行弔南朝宿竹林

送稻井君歸鄕

尺身南望淚空流不是尋常離別愁漂浪一生阿父老
羨君歸養志初酬

賛二首

大正八年二月廣島縣立吳中學校校友會表彰銓

木梶村両教諭在職滿十年呈以銀杯杯刻賛詞詞曰

誨而不倦厥學如淵秉心謙抑任重率先悠哉君子何日息肩銜此杯酒華祿全天　鈴木教諭賛

思厥風儀粹茂挺質乾乾自彊終始惟一迺酌銀罍以頌貞吉百年忘憂餘慶如溢　梶村教諭賛

聞安藤翁歸省甲州詠懷以呈

曾仰芙蓉峯上雲欲排閶闔帶眞文摶風忽折凌霄翼飲啄甘歸雞鶩群

海軍大佐松下芳藏墓銘　有故不刻

君名芳藏松下氏父曰規諧母來村氏幼游鄕黌弱冠入海軍兵學校尋入水雷學校砲術學校才學優秀業卒之日並受恩賜之賞征露之役初在旅順港外奮戰累月日本海之戰健鬭尤力役罷敘功五級君不安小成鋭意切劘進入海軍大學校究韜畧之奧旨爾來每在樞要之地衆皆屬望會歐洲大亂我皇乃宣戰于獨國水陸之師進攻青島君爲水雷艇隊司令冒風濤襲敵艦又將率敢死士暗夜突入港內一擧覆其巢窟有命止之既而青島陷進功四級尋補驅逐艦隊司令游弋池中海屢凌危險驅除獨艇以夷航路七閲月而還轉補舞鶴鎭守府參謀君筋骨如鐵識度卓犖加之屢出入生死之境大剛之氣充在其內從是將大展其驥足豈圖一旦遇疾而卒于時大正七年十一月十七日也其疾革也朝廷特錄積年之功陞任大佐敘從五位勳三等功三級茶毘之後二分遺骨其一歸葬諸鄕之先塋配小田氏有一男三女男名規矩嗣後君有二兄伯曰達太郎君仲曰東治郎君頃胥謀建墓石姪房五郎君亦與焉達太郎君予舊師也特命撰銘予不可辭乃敘其梗槩係以銘銘曰

鯨鯢是戮　屢奏偉功　丹心一片　報效未終　寂莫蒿里　長埋英雄

題華嚴瀑布圖　嘉村耕雪囑

絶壑轟轟吼百雷華嚴瀑布勢雄哉天台紫蓋兒孫耳直下千尋地欲摧

寄神田豊城

所思千里隔浮雲孤鴈秋風意緒紛恥我駑才猶伏櫪寒窓泣誦故人文　文指松南雜草第一冊序

七言詩の起源

七言の詩を漢の武帝の栢梁臺聯句に起源すと説くは已に陳腐に屬して採るに足らず蓋し七言詩は遠く周末に起源するものゝ如く而して其の形は四言二句の融合に成れるものゝ如し先秦の詩形は大概四言にして五言七言は漢以後に於て典籍の上に見はるゝに至りき固より四言必ずしも漢以後に行はれざるにあらず五言七言必ずしも秦以前に存せざりしにあらずされど大體の上より之れを觀れば四言は先秦の詩五七言は漢以後の詩と做すことを得べし然らば此の四

言の詩が二句融合して七言となりたりと斷するは如何なる理由に據るかといふに先づ其の押韻の法に向つて觀察を下せば呶々を須たずして自ら明らかとなるべし今四言及び七言詩の押韻法につきて本論の證明に必要なる程度に於て觀察を下さん

最初に四言詩の押韻を觀るに四言詩の最も古きものは書の益稷に載れる帝舜股肱の歌及び皐陶の賡歌なりとす　其の歌は

股肱喜哉　元首起哉　百工熙哉　帝歌
元首明哉　股肱良哉　庶事康哉　賡歌
元首叢脞哉　股肱惰哉　萬事墮哉　同上

即ち毎句第三字を韻字とし第四字はこれに接して助辭を連用せり語を換へて言へば毎句第三字の尾韻と第四字とが音聲を同じうして詩調を作せり此の詩は果して帝舜及び皐陶が作りしものなるか否かを確むるに由なしと雖も措辭朴素にして其の上古の作なることは何人も否定せざる所なりこれに前後して帝王世紀の擊壤歌列子の康衢謠孔子家語の南風歌尚書大傳の卿雲歌の如き將た呂氏春秋の塗山有娀夏甲の如き書の五子之歌の如きあれど皆後代の偽作なるべければ以て韻法の證とするに足らず禮記郊特牲に載れる伊耆氏の蜡辭土反其宅水歸其壑昆蟲毋作草木歸其澤は句毎に韻を押し詞に古質あり決して後代の作にはあらざるべけれど猶ほ其の何の時代になりしかを知ること能はず其の時代の明確なるものは股肱歌の後單に商頌五篇の存するあるのみ然れども商頌の韻法は周詩と大差なく特別に論すべきもののあるを見す周詩の韻法は風雅頌の別によりて多少の異あり特に其の國風にありては頗る複雜を極め一朝一夕の克く論じ得る所にあらず今は總て簡要に從ひ大體上よりこれを分類して次の四種となさんとす

甲の一　股肱の歌と同じく毎句末に助辭を用ひ其の上に接せる文字を韻とするもの　例へは

陟彼砠矣　我馬瘏矣　我僕痡矣　云何吁矣　周南卷耳
猗嗟昌兮　頎而長兮　抑若揚兮　美目揚兮
巧趨蹌兮　射則臧兮　齊風猗嗟
有酒湑我　無酒酤我　坎坎鼓我　蹲蹲舞我
迨我暇矣　飲此湑矣　小雅伐木

甲の二　毎句末に押韻せるもの所謂連句韻　例へば

陟彼崔嵬　我馬虺隤　我姑酌彼金罍　維以不永懷　周南卷耳
考槃在澗　碩人之寬　獨寐寤言　永矢弗諼
衛風考槃

我車既攻　我馬既同　四牡龐龐　駕言徂東
小雅車攻
乙の一　隔句に「甲の一」の韻法を用ひたるもの
例へは
參差荇菜　左右流之　窈窕淑女　寤寐求之
周南關雎
野有蔓艸　零露漙兮　有美一人　清揚婉兮
邂逅相遇　適我願兮　鄭風野有蔓艸
乙の二　隔句に押韻せるもの　例へは
采采卷耳　不盈頃匡　嗟我懷人　寘彼周行
周南卷耳
野有蔓艸　零露瀼瀼　有美一人　婉如清揚
邂逅相遇　與子偕臧　鄭風野有蔓艸

其の他隔句交互に二種の韻を押せるあり助辭を種種に利用せるあり韻法の變化極りなしと雖も之れを要するに大抵以上四種の應用變化に過ぎざれは此には別に贅せず

春秋戰國の代又は尚は連句押韻の四言詩あるを見れども漢代に至りては四言といへば大抵隔句押韻なり啻に四言のみならず五言に於ても亦然りとす今四言の例一二を擧ぐれば

史記曹相國世家云參爲漢相國出入三年卒謚懿侯子窋代侯百姓歌之曰
蕭何爲法　顜若畫一　曹參代之　守而勿失
載其清淨　民以寧一
漢書溝洫志云名曰白渠民得其饒歌之曰
田於何所　池陽谷口　鄭國在前　白渠起後
擧臿爲雲　決渠爲雨　涇水一石　其泥數斗
且漑且糞　長我禾黍

以上の事實によりて更に四言詩韻法の變遷を一顧すれば吾人は上代にありては句毎に韻を押せしもの商周の際に至りて隔句押韻の法起り兩者混用せられしが漢以下に至りては遂に隔句押韻のみとなりたりと斷じても强ち臆測の見にあらざるべきを信ずるものなり而して此の連句押韻が次第に隔句押韻となりしは蓋し歌辭の謠ひ方によれるなるべく古代四言づゝ截りて歌ひしもの後には四言二句を一氣に歌ふに至り二句の中上句の韻が無意味となりてさては省畧せられて隔句押韻となりしなるべし

然るに漢代の七言詩を見れば四言五言が皆隔句押韻なるに拘らす悉く連句押韻の法を用ひたり例へば

史記項羽本紀云項王乃悲歌忼慨自爲詩曰
力拔山兮氣蓋世　時不利兮騅不逝　騅不逝兮可奈何　虞兮虞兮奈若何
史記高祖本紀云高祖擊筑自爲歌詩曰
大風起兮雲飛揚　威加海內兮歸故鄉　安得猛

士兮守四方。

史記司馬相如傳云卓王孫有女文君新寡好音故相如繆與令相重而以琴心挑之注云其詩曰

鳳兮鳳兮歸故鄕　遊遨四海求其皇。有一艷女在此堂　室邇人遐毒我腸

又曰

鳳兮鳳兮從皇栖。得托孳尾永爲妃。交情通體心和諧　中夜相從別有誰。

史記河渠書云天子武帝既臨河決悼功之不成乃作歌曰

瓠子決兮將奈何。皓皓旰旰兮閭殫爲河。殫爲河兮地不得寧。功無已時兮吾山平。吾山平兮鉅野溢。魚沸鬱兮柏冬日。延道弛兮離常流。蛟龍騁兮方遠遊。歸舊川兮神哉沛。不封禪兮安知外。爲我謂河伯兮何不仁。泛濫不止兮愁吾人。齧桑浮兮淮泗滿。久不反兮水維緩。

以上の詩皆毎句韻を押せり四言五言の法式に反して七言のみ此くの如くなるは明に四言の二句が融結して此の七言の句となりたることを證せるにあらずや此くして押韻の法よりして之れを觀れば七言の詩の成立は實に四言二句の融合に基くを知るなり唯此に尚は解決を要するもの兩條あり其の一は四言二句の連結が何故に將た如何にして七言となりしか其の二は句中に多く兮字を挿めるは何故なるか是れなり

其の一の問題は全く音調の關係によるの語を以て之れに答ふべし蓋し四言二句即ち八言よりも四言三言即ち七言の方詠吟に適合せるを以てなり而して四言二句が七言となりし徑路は前に示せる「乙の二」の下句が直ちに三言に短縮せられて成りたりとも視るべけれど（七言詩中まゝ八言の句を挿入せるものあるは此の形より直ちに成り立ち得ることを暗示せりといふべし）正しくは四言二句の詩形が一旦「乙の一」の形を取り更に其の最末の助辭が脱落して成りたりといふを妥當とすべしさて七言詩が多く「乙の一」の形より來りたることにつきては詩經の外博く諸書に徴して立證することを得べし詩經の詩は元來四言詩なれば證を取ること能はざれども強ひて七言の源を成せるに近き例を求むれば

交交黃鳥止于棘　秦風黃鳥

大叔于田乘乘馬　鄭風大叔于田

の如きあり是れ等は「乙の一」の形より來りたるか將た「乙の二」の形より變じたるか容易に判定すべからざるものありされど

南有喬木　不可休息。息は當に思に作るべし　漢有游女　不可求思。　周南漢廣

鳲鳩在桑　其子七兮。　淑人君子　其儀一兮。

其儀一兮　心如結兮　曹風鳲鳩

の如きは一助辭の脱落によりて忽ち黄鳥又は大叔于田の如き形となるべき傾向を有せりといふべし

荀子の賦篇は其の句形必ずしも齊一ならざれども概してこれを言へば四言にして隔句韻なり然るに其の反辭即ち小歌に至りては全く「乙の一」の如き形を成しやがて七言詩形をなすべき傾向を示せり即ち

念彼遠方何其塞矣　仁人詘約暴人衍矣　忠臣危殆讒人服矣（案ずるに塞は當に騫に作るべく服は當に般に作るべし）璇玉瑤珠不知佩也　雜布與錦不知異也　閭娵子奢莫之媒也　嫫母力父是之喜也

楚辭は其の句法に於て四六文の先をなすものなれども亦詩歌の形式を成せるもの少なからず離騒の余既滋蘭之九畹兮又樹蕙之百畝の如き朝飲木蘭之墜露兮夕餐秋菊之落英の如き遠遊の餐六氣而飲沆瀣兮漱正陽而含朝霞の如き自ら七言の形式を成せりされど是れ等は嚴密に言へば十四言又は十五言の長句を形成せるものにして前掲の荀子の句とは同一視すべからざるものあり然るに九章の橘頌及び同じく九章の渉江抽思並に懐沙に於ける亂等は何れも七言詩形の句をなせることこれを一誦して明かに會得することを得べし今一例として左に渉江の亂を示すべし

鸞鳥鳳皇日以遠兮　燕雀烏鵲巣堂壇兮　露申辛夷死林薄兮　腥臊並御芳不得薄兮　陰陽易位時不當兮　懐信侘傺忽乎吾將行兮

時代は較下れども招魂大招の大部分は皆此くの如き句法を成し唯其の助辭を異にするのみなり而して是れ等は單に誦するものにあらず實に歌ふべきものなることは其の文の性質によりて推斷することを得べし想ふに七言詩の濫觴蓋し此にあるなり

若し夫れ更に天問を取りて子細に考察する時は「乙の二」が「乙の一」となり「乙の一」より遂に七言詩をなしゝ徑路を最も明瞭に看取することを得べし元來天問は大體に於て四言より成り隔句に韻を押し凡そ四句毎に換韻せり其の中或は韻を押さざるが如きものなきにあらざれど之は恐くは錯簡脱簡のためなるべし天問は王逸の序にも其の文義次序せずと言へるが實は屈原がかゝる次序なき文を作りたるにはあらで後人轉寫の際に遂に簡策の錯亂を致したるものなるべく屈原が作りし錯簡なき原文は多分隔句押韻四句換韻の次第整然たる文なりしなるべしかくして天問は大體に於て「乙の二」の形を取れども其の間往々「乙の一」の形をなせるもの少なからず例へば

遂古之初誰傳道之・上下未形何由考之・」
阻窮西征巖何越焉・化爲黃熊巫何活焉」
蓱號起雨何以興之・撰體協脅鹿何膺之」
桀伐蒙山何所得焉・妹嬉何肆湯何殛焉」

の如し而して此の天問を誦して其の篇末に近づけば此の句末の助辭が脱落したる四言三言押韻の即ち七言連句押韻の形をなせる句あるを發見すべし即ち

簡狄在臺嚳何宜・玄鳥致貽女何喜」
遷藏就岐何能依・殷有惑婦何所譏」
師望在肆昌何識・鼓刀揚聲后何喜　武發殺殷
何所悒・載尸集戰何所急」

の如き是れなり蓋し天問は屈原が古體に擬して作りたるものなれども其の長く歌ひ續けつゝありし間に遂に何時の間にか近體の調が混じ來りかゝる純然たる七言詩の形をさへなすに至りたるなるべしかくて天問は四言詩が七言詩となりし順序を最も明かに説示せるものといふべし以上の叙述によりて吾人の例示せし周南漢廣以下荀子楚辭の句は皆一助辭の脱落によりて七言詩となり得べきこと而して助辭は一種の語調を文字もて示せるものに過ぎざれば容易に脱落し得べきものなることを知り得べく從つて七言詩は「乙の二」「乙の一」の形より出でしものなることを推

測し得べし

其の二の問題につきても亦詩經以下の句例によりて説明することを得べし其の句は乙の形の別種ともいふべきものにして四言二句の中上句の末尾が助辭即ち多くの場合に於ては兮字なるものの是れなり此の四言二句が相合して七言詩を形づくれは當然兮字を句中に插むことゝなるべし「甲の二」の上句の韻字(第三字)が其の性質を變するが如きことあらは是れ亦容易に兮字を插める七言の句をなすを得べし今詩經につきて上句に助辭を有せる句例二三を示せば

何彼襛矣　唐棣之華　召南何彼襛矣
于嗟鳩兮　無食桑葚　衛風氓
如可贖兮　人百其身　秦風黃鳥
彼候人兮　何戈與祋　曹風候人

の如きあり又

展如之人兮　邦之媛也　鄘風君子偕老
彤弓弨兮　受言藏之　小雅彤弓

の如きあり此の後の例の如きは下句末尾の助辭を省けば直ちに兮字を插める七言詩となるなり元來如上の例に於ける兮字は言辭の不足を補うて音調を整ふるためのものなれば多くは句末に用いられたり然るに七言詩に至りては句の中間に插入せられて音調を緩和するが如き作用をな

すに至りきかくして此の兮字使用の位置と意味とが四言と七言とに於て全く異なるに至りぬ是れ亦七言が四言二句の融結によりて成りしことを明にする一傍證なりといふべし（兮論四言詩にも句の中間に兮字を挿めるあり七言詩にも句末に兮字を置けるあり然れどもこれあるが爲めに右の論旨を裏切るものにあらじ）

兮字が句の中間に挿まるゝの事實は楚辭に至りて尤も顯著となりき楚辭は句の長短一定せず離騷の如きは重に長句を用び甚だしきは上下兩句合せて十六七言に及ぶものあれど九歌の如きは好んで五言六言の短句を使用せるあり然れども其の中間に兮字を挿めるは一にして彼の涉江懷沙等の亂の如く句末に兮字を置けるものとは自ら性質を異にせり而して是等の句は各皆二句の結合よりなれることは些の疑を容れざる所なりさて楚辭はかく句形概して不齊なれども其の中又自ら一定せるものなきにあらず卽ち九歌の國殤の如き是れなり元來九歌は前にいへるが如く句形短小なれども自ら詩經の句法と類似せる所もあり且つ間〻七言の形を成せるものもあり而して國殤に至りては全然七言の詩形を成せり卽ち

操呉戈兮被犀甲。車錯轂兮短兵接。旌蔽日兮
敵若雲。矢交墜兮士爭先。

の如し句毎に韻を押し上は詩經の句法を承け下は大風抜山等の歌の韻法を開けるものといふべきなり

論じて此に至れば又一二の疑問起らざる能はずその一は七言詩の初期のものは大抵國殤の如く三字兩句の間に兮字を挿めるものなるを以て四言の融結にあらず三言詩が二句接して成りたるにあらずやといふこと是れなり是れ七言詩の起源を說明するには最も簡單直截なる方法たるが如くなれとも漢文句法の全體上より觀察するときは容易にかゝる論斷を下すこと能はざるべし四言と六言と卽ち二言と三言とは漢文を構成せる基句ともいふべきものなれとも吾人は二言又は其の複合句たる四言が最も根本的なる句形にして三言は四言の變形にすぎずと見るものなり殊に詩句に於てはこれを詩經に考ふれば最も容易に此の理を看取し得べし詩經は大體に於ては四言詩なれとも中には三言の句あり五言の句あり更に短きもの長きものあり皆四言に足らざるもの餘あるものとして說明することを得べし是れ猶ほ我が和歌今様等に於て字餘り字不足のあるが如きなり且の三言の詩形は詩經以外にも間〻見る所なれども其の數甚だ少なく多くは俚諺の類に屬し假令稱して詩歌といふとも全く變則の

ものたるを免れず吾人はかかる變則なる少數の詩形よりして七言の大詩形が生じきとは到底想像すること能はず彼の漢以後に見る六言詩の如きも三言二句の連接に成れりといふよりは寧ろ七言詩の文字不足又は省畧越調と看るを至當なりとす疑問の其の二は國殤の句形は多樣不齊なる楚辭の句形が次第に一定の型を成すに至りて起りたるものと見るを得れば七言詩形も實は楚辭の句法に本づくものにあらずやといふこと是れなりされど吾人は此の見にも容易に味方すること能はざるものなり何となきは國殤の句形の如きは楚辭の全體より觀れは一特例にすぎずして楚辭の句法が次第にかゝる形に進化しつゝありし傾向又はかゝる形を分派しつゝありし事實を認むること能はざればなり蓋し國殤の句形については楚辭の句法の進化又は分派せるものといふよりは寧ろ當時社會一般にかゝる詩形が行はれはじめつゝありしを以て楚辭にも遂にかゝる句法を用いたる篇章を見るに至れりといふを至當とすべし

吾人は詩經の詩を讀んで其の句法の大體四言なれども必ずしも一定せず多樣複雜なることを認むると同時に漢の七言詩を取りて之れ披觀れは其の形式の未だ十分に固定せざるもののあることを知るなり之れに反して漢代の四言五言は漸く一定し唐代の七言詩亦自ら一定の形式をなせり己に一定の形式をなせるものは方に十分の發達をとげたるものなり詩經の詩形漢代の七言詩形の多樣複雜なるは必ず何等かの理由なかるべからず詩經詩形の複雜なるは固より他に幾多の理由あるべしと雖も吾人は其の一として此の詩形が民間に於て漸く變化を兆せんとしつゝありしことを數へんとす固より民間の詩は常に多樣なり然れとも詩經の詩は民間の詩なるが故に多樣なるの外明に一種の變化が兆しつゝあるが故に更に複雜となれることを認むるなり是れ實に一種の新體詩が其の間に生れんとしつゝあるを示せるにあらずや而して其の生れしものが漢代の七言詩なることを知らは其の詩形が未だ固定し居らざるも固より其の所なり七言詩が四言詩より出でしこと益明かなるにあらずや若しそれ詩經以後の四言詩が却つて形式一定せるは何の故ぞと問はんか吾人は之れに答へて言はん是れ己に生命を失へるが爲めなりと

四言七言の詩形が周漢の時代に於て雜多なりきと共に當時にありては此の二つの詩形が未だ明確に區別せられ居らず四言とも七言とも看らるるが如くなること亦注意すべき現象なりとす而

してこは一一例示するを要せず從來引用し來りたる詩經楚辭等の形式につきて一瞥すれは忽ちに認識せらるべきことなり天問にせよ橘頌にせよ將た國殤にせよ四言又は四言三言の詩とも見らるゝと共に詩經の或る詩も七言又は八言の詩と看ること强ち不可能ならずとす若し夫れ春秋戰國時代の民間歌謡を集めて觀察し來れば此の特徵は更に明かに認めらるべし勿論中には四言三句四言二句等の短かき形式のものにして七言とは全然關係なきものもなきにあらざれとも是れ等は前にも言へる如く寧ろ俚諺の類に屬せしむべきものにして其の較整へる形を有せるものに至りては多く四言にし七七言詩的傾向を有せるを見るなり而して漢代の大風歌以下の諸篇の如き亦皆然らざるなし是れ亦實に四言詩七言詩が密接離るべからざる關係を有せることを證せるものにあらずや

かくて七言詩は四言詩より出でたること明かなりと雖も吾人は決して詩經が楚辭となり楚辭が漢詩となりたりと速斷すべからず枯簡蠹策と生きたる詩とは何等の關係なきなり

次に風人の詩が騷人の辭となり騷人の辭が漢人の詩となりたりと觀ることも容易に首肯すべからざることとなり或は五言は風人の餘にして北方の文章に屬し七言は騷人の流にして南方の文學に屬すと見るものあらんも是れ亦深く究めざるの見たるを免れす楚人の辭に四言なしや北方の地に七言歌はれざりしか天問は四言なり天問は屈原が古體に擬したるものなりといはゞ史記留侯世家に漢の高祖戚夫人に對して「我が爲めに楚舞せよ吾れ若が爲めに楚歌せん」と言いて

鴻鵠高飛　一擧千里　羽翮已就　橫絕四海
橫絕四海　當可奈何　雖有矰繳　尚安所施

とあるは如何歌調は楚なり然れとも詩形は四言なり次に同じく史記齊太公世家に景公卒し太子荼立ちしとき萊人之れを歌つて曰く

景公死乎弗與理　三軍事乎弗與誰　師乎師乎
胡黨之乎

とあり同じく史記刺客列傳に荊軻等易水の上に至り歌つて曰く

風蕭蕭兮易水寒　壯士一去兮不復還

とあり漢書溝洫志に魏の文侯の孫襄王の時史起を以て鄴の令と爲し、に漳水を引きて鄴に漑き以て魏の河内を富まし、かは民之れを歌つて

鄴有賢令兮爲史公　決漳水兮灌鄴傍　終古舃
鹵兮生稻粱

と曰ひし如きは如何是れ等は決して南方の地に歌はれしものにあらざるなり而して亦決して楚

調にもあらざるなり固より南方の音がより緩に北方の調がより促に荊楚の歌がより女性的にして燕趙の詩がより男性的なるは爭ふべからざる所隨って句間に兮字を挿み宛轉の調を以て於悒の情を述ぶることも南方の地に最も早く流行し發達せし所なるべけれども而も之れを以て七言詩の流行が楚に始まりて次第に北しきとはいふべからず戰國の當時民間永言の調が概して短促より次第に暢達に向ひ初は四言二句を連接して歌ひしものも漸く變化して七言の今樣を生ずるに至りたるなるべし之れを要するに歌調詩形に南北の異ありといふは可なれども古今の別なしといふは不可七言詩の發達は地方的といはんよりは時代的なりと見るを至當とせん故に曰く七言詩は四言の二句が次第に融合して春秋戰國時代より一般に民間に於て漸次に發達し來りしものなりと

以上余は七言詩の起源を略述して本論文の目的を達しぬ然れども尚ほ此に一二の問題を附説するの必要あるを認むそは他なし此の七言詩の漢以後に於ける發達變化これなり之れに關しては余は他日を期して更に詳論する所あるべきも本文の關係上今はその要旨を左に一言すべし

第一　先秦に起源せる民間の新體詩が何故に漢以後に於て目立ちて流行せざりしか之れに對する答は多言を要せず曰く五言詩の勢力に壓倒せられしなり曰く民間歌謡の採録闕如せしが故なりと而して是れ正にこの七言詩に起源せし我が今樣が平安時代に於て甚だ振はざりしと其の趣を同じうせりといふべし蓋し支那の士君子は徒に古を尚ぶ詩歌に至りては必ずしも古風に泥むべきものにあらざれど後代尚ほ好んで四言の句を弄するあり其の民間に起りし新體詩に同情を寄せずして古風に近きしかも唱歌に堪へたる五言詩に赴きしは當然のことといふべし勿論所謂士君子の徒にあらざるものゝ作には多數の七言詩ありしなるべきもそは皆今日に傳はらざるなり而して其の稀に傳はる有名なるものには漢の武帝の瓠子歌秋風辭昭帝の淋池歌後漢の張衡の四愁詩魏の文帝の燕歌行宋の鮑照の行路難の如き各時代を通して諸書に散見せるを見る是れ各時代に七言詩の依然命脈を保ち來りし明かなる證據なり若し或は漢は北方に國したれば五言のみ行はれて七言は振はざりしならんと疑ふものあらば然らば江南六朝の作は何如其の五言に腐心して七言を疎かにせし點に於て決して漢魏に劣ることなきなり故に曰く七言詩の發達微微たりしは五言詩に壓倒せられしためなりと而して

七言詩の伸いんとして伸ひ得さりし潜勢力は勃然として唐代に於て顯はれしなり而して唐の士君子はいふ是れ武帝柏梁臺の作に起源すと其の民間に起りし新體詩なることは夢にだに想はざりしなり

第二　其の起りし初めに於て毎句押韻の七言詩が何故に何時の間に隔句押韻となりしか之れに對する答は亦簡單なり曰く尚ほ四言詩に於けるが如きなりと唯其の變遷の時代に於ては更に詳密なる研究を要す今日は單に余が心付きし一二のことを述べて已まんとす漢魏の七言詩を見るに多くは毎句韻なり唯樂府歌行等の五言の中に混せる七言の句は多く五言と同じく隔句韻なり然るに晋以後に及んでは南北ともに初めて純然たる隔句韻の詩あるを見るに至れり蓋し此の時代は隔句韻の詩が毎句韻の詩より次第に分離し發達しつゝある時代なりといふべしかくて七言隔句韻の定式は遂に唐代に至るまで完成せられざりしなり

七言詩の起源と漢以後に於ける其の發達の大要とは右の如し蓋し七言詩は先秦に起源し唐代に大成し其の間遲々たる變遷をなしたる長き時代を經過せしなり此の長き遲々たる變遷の時代あるがために學者多くは其の源を討ねて其の實を究め得ざりしなり是れ余がこの小論ある所以なり

田家早梅　大正九年

荒村籬落已春風催發梅花宿雪中千古氷魂茅舍曙
一枝仙骨野橋東清癯當伴林和靖厲節曾知陸放翁
偶辱聖明天子鑒寒蹊且映龍光同
囘憶歸田抱病時栽梅遲日未伸枝忽聞成趣疎疎好
定識飛香澹澹奇紅蕊寒疑仙窟雪素葩清似美人肌
承懽代我斯花在枉慰孤雲萬里悲
曝背南簷獨領春數枝梅早放香新山中高卧誰知信
野外幽情自隔塵狂舞不須追地景微吟尤好養天眞
拾霞三遷乾坤闊憫殺東西役役人
芳草池塘未放芽江南已見早梅花月前疎影徒杠水
雪後幽香負郭家凜凜精神何所匹稜稜氣骨又無加
依君悵望孤山下雲樹迢迢驛路賒
旭日江村曉色祥寒梅處所映清光喜看門外一株艷
訝訪雪中千斛香抱節遺賢應早出和羹萬種豈終藏
丘園從此恩波遍野草菲菲悉發芳

和五味晃華田家早梅之韻

斷橋殘雪徑三叉訪得當年處子家籬落蕭條梅一樹
寒香細細又何加
淸時多士我何如憫殺氏還志未舒寒風忽見疎梅發
聞香寂莫卧窮廬

題小野君所作灰峯圖

野君丹青筆描得大反峯挺拔塵烟表自作群巒宗氣
象千萬變終古無改容芭結鴻洞際天地精氣鍾秀光
落几席開君磊磊胸俯瞰人間世百歳徒憧憧不知造
化意投筆問九重

呈南海眞人 池田夏苗後稱隆亮吳中學校長突然退職求法南海

獨立海涯懷眞人欲往從此還逡巡積水連天緲浩蕩
雲閟仙洞無知津緬想秀峯隔大壑蒼崖丹壁爭嶙峋
琪樹瓊枝鬱垂蔭五芝揚彩玄澗濱層樓千仞接閶闔
群仙上下朝北宸駕雲御風得自在三山五岳渾比隣
大哉眞人細萬物心遊眇眇之無垠百氏陳篇是糟粕
手披玉牒精通神己叩玄關獨長往何將靈骨汚俗塵
唯吾寂寥不可耐一別兀坐空送春異鄕豈無眼青客
疎才窘迫憐此身斥鷃安期九霄上好入西海垂釣綸
西海茫兮南嶺杳兩地乖隔同楚秦歎息中流失底柱
大道今日眞泯泯狐狸陸梁百鬼躍眞人不出誰濟民
夜深忽見一青鳥髣髴王母降下辰靈宮雲從駕鸞鶴
火玉爲珮虹爲紳我望光容意惚怳直騎鼇背迎水濱
天上人間始歡會方內方外長作倫便見群妖悉潛影
杲杲朝日天地新

留別

賴君時撥死灰心落莫胸中託苦吟縱弄釣竿西入海
秋風應憶舊知音

贈五味晃華之東京

雝雝殊似鳳鳴岐海上來巢珠樹枝飲啄十年何所樂

首文背文人未知君不見鯤之化大鳥圖南自期海運
曉搏扶搖而羊角升垂天之翼凌緲緲琵琶湖畔秋天
高人指異禽向東翺芙蓉落日玲瓏雪綷羽或疑飛仙
袍藝圃群鳥渾翯翯眼中誰比我志卓戢翼同視忽飛
下上林苑裏伍鸞鸑

浩哉怙序

二十年前我客肥之八代今茲庚申又來爲濟濟熊本
兩中學校教諭此間終始不渝孜孜從事鄕黨子弟之
誘掖者蓋於兩校不止三四人而福岡君之敦厚忠恪
殊爲難及歳之十二月諸賢胥謀爲行賀禮嗚乎遇此
盛儀予何得無感慨邪予自去八代以來何日得寧崎
嶇轗軻幾僵而復起具嘗人生行路之辛酸而一片耿
耿之志未能達其什一比之君自靖其位一意勵精以
成今日之榮譽者其得失果爲何如竊惟先正興學遺
範孔彰熊府多士循古秉常今我君子乾乾自彊學而
無倦誨諭有方洒如斯德永譽不忘天之錫福如阜如
岡宜哉諸賢之道其平生歌之咏之而不措也而如予
尤仰慕君之德者也乃不自揣敢以蕪言弁之卷首云
爾

登科 大正十年

風雨回頭渾一時不歎岐路又分岐飄零四十三年客
折得青青寒桂枝

呈井芹三峯先生 依囑先生名經平又號凸凹熊本中學濟々黌長

才峯之秀夌金峰智水之源似白水凸凹先生天下英

神機韜在方寸裏英雄任才或誤身一朝觀得玄玄理山不必高淵不深萬物擾擾同一指君不見巍巍錯峙三峰間觸石縷縷雲絲起天地忽晦雨覆盆白水漲流齧崖駛觀其變者都如斯先生對之獨莞爾世上得失何須論安夫天命永樂只仰首雲盡天澄澄金峰明月照白水

別熊本諸君子 大正十一年

斯生不耐鼓盆歌又唱驪駒吾涙沱只喜熊城寒色謝踈梅處々送香多

本朝文粹註釋印行の始末

予か大阪陸軍地方幼年學校に奉職し居りしとき服部文學博士講演のため來阪あり予友人久保田俊夫君(相愛女學校囑託教員)と之を旅館に訪れ稿本一冊を閲覽に供せしに博士は深く之を稱美し歸京の上松井教授とも議り公刊に相當の助力と添ふへき旨語られたりき是れ本書か今日出版を見るに至りし第一の因由なり

大正九年一月上京せしとき予は博士を其の宅に訪れしに博士は予か健康の囘復を喜はれ予か今後の進路を拓くためには高等學校教員檢定試驗を受くるの得策なるを說かれ且つ本朝文粹註釋の出版は未だ其の緒を得されとも啓明會に出版費の補助を請はゝ或は其の望を達し得へしとて同會事務長笠森傳繁氏に對しての紹介狀を賜はりき是の日予は一言も出版の事には言及せさりしに博士は前年の約諾を忘れらさす此の紹介を賜ふ予は坐ろに感涙の潸たるを禁し得さりき

是のとき予は又兒島高等師範學校教授の紹介を得て當時日本漢文學史について研究を積まれつゝある學習院教授兼東京帝國大學助教授岡田正之氏に謁し予か稿本の一瞥を乞ひしに氏も大に之を稱し且つ學習院教授小柳司氣太氏か近年本朝文粹の研究に沒頭し居らるゝことを語られき予は便ち同氏の紹介を得て小柳氏を其の邸に訪ひしに氏は大に予を款待せられ予か稿本を閲し其の草本を示され相評し相談じ歡語晷の移るを知らさりき氏か草本は題して本朝文粹註疏と曰ふ假字を以て疏釋し予か撰と自ら其の類を異にせり予は兩書か永く世に並ひ行はれて互に相裨補すへきものなることを信するものなり

かくて予は服部博士の紹介狀を携へて啓明會事務所に至り補助申込に關する要旨を問いて辭去し其の寓居に歸りて左の申込書に履歷書見積書を添へて提出したり

出版費補助願

本朝文粹註釋 全十五卷

序說目次註釋凡十四卷 附錄作者列傳

一卷

本朝文粹は平安朝名家の漢文を集めたるものにて當時及ひ其後の歴史文學を研究するには是非精讀を要すへきものに御座候處古來註釋書無之學界の一大恨事に有之候に付きては不肖微力を顧みす攻究七年の星霜を經て右の一書を編し候然るに金港堂其他に出版を依頼致し候へとも多大の經費を要し且つ販路廣からさるか爲め快諾を與ふるもの無之空しく篋底に藏し置き候處此度服部博士より御會に願出てゝは如何との御話有之候に付右稿本巻十壹册及ひ見積書履歴書等相添へ出版費補助之件及御願候也

大正九年一月二十五日

右　柿村重松

啓明會御中

本朝文粹註釋出版費見積書

其一　一千部印刷ノ場合

一金　壹萬貳百拾圓也

内譯

一金　貳百圓也　原稿訂正費

一金　六千七百五拾圓也　組版及印刷費

一金　貳千壹百六拾圓也　用紙代

一金　壹千壹百拾圓也　製本代其他

其二　五百部印刷ノ場合

一金　八千六百貳拾圓也

内譯

一金　貳百圓也　原稿訂正費

一金　六千七百五拾圓也　組版及印刷費

一金　一千零八拾圓也　用紙代

一金　五百九拾圓也　製本代其他

附言

一、補助金額は其一其二何ミにても異存無御座候

一、右の見積は東京明治書院及友文社の見積に據る

一、販賣依託書肆に對する支拂、廣告料、印刷費不足額、著述費其の他雜費を控除したる外賣上け金は之を返納すへき事

三月には啓明會の評議員會あるへけれは何等かの決定あるへきを期待せしに其の消息なけれは更めて會に對し名も無き著者の微力に對して特別の同情を寄せられんことを訴へしに會より左の來書あり

拜復益ゝ御清祥奉大賀候偖四月十六日付御書面を以て御照會相成候兼て御申込の本朝文粹之件は未た本會の事業決定機關たる評議員會の決議は經す候も大體の見込に依れは目下印

刷貫暴騰し居ると本會に對し此種の申込極て多數に上れると旁當分採用困難かと被推候に就而暫く之を保留致居候が御希望に依り左記の中何れとも取計可申候間何れとも御決定の上何卒御一報被下度待上候　敬具

記

(一)不採用ト決スルトモ次ノ(即六月頃ノ)評議員會ニ附議シテ早ク採用不採用ヲ確定スルコト

(二)當分保留シ置キ形勢ヲ見ルコト(其上ニテ到底急速ニハ採用ノ見込ナキ様ナラハ不採用ト決スルトモ會議ニ附スルコト)

(三)申込書ハ當分保留シ置キ參考書ハ此際一應御返シ必要ノ場合ハ再提出ヲ乞フヿ

以上

四月二十日

啓明會事務長

笠森傳繁

柿村重松様

侍史

予は之を妻操に諮り(一)に依り速に決定せられんことを依頼したり已にして予は廣島縣立呉中學校教諭より熊本縣立熊本中學校教諭兼同縣立中學濟々黌教諭に轉し專ら補習科生徒の教授を擔當することとなれり

然るに偶、東京の芝野六助氏より左の來書あり

拜啓仕候

不幸にして未だ御目にかゝらず候が貴下之篤學は松井先生より常に承り感服いたし居る事に御座候此頃小生聊か文選の研究を企てやりをり候が貴下が本朝文粹之註釋をこしらへ、をられ候由御勉強の段驚歎至極に奉存候此頃當地の學者にして其の註釋をやりをり候人有之事を確聞いたし候貴下が既にこしらへて居らるゝ上は一日も早く公にせらるゝ方貴下の爲我若溪會之爲又學界之爲に有之かと存候に付ては乍不及其の出版の計畫は小生當地に於て御計らひ申上度と存じ斯く出抜に申上ぐる次第に御座候故に貴下には不審に感ぜられ候はんが小生は大に貴下の御苦心ニ一方ならぬ御同情を有するの餘り黙し難く斯く申上げ早く之を公にして天下ニ貴下の實力を知悉せしめんの誠意に有之貴下にして幸ひ小生を信用あらば御原稿御送り被下度松井先生他の有力者とも相談之上盡力可申上候先達より斯く申上げんと存候があまり突然にて貴下が不審に思はんかと存じ今日までのばしたる次第に有之候が同窓のなつかしさ一面識も無くして百年知己之感いたし申候　早々頓首

六月十三日　　芝野六助

柿村様侍史

予は其の厚意を感謝し直ちに原稿の全部(但二冊を闕く)を送りしに更に左の来書あり

拝啓御手紙と玉稿と正に到著玉稿十四冊確に御預り申上候小生も元から少しく研究いたしたる事有之大なる興味を以て拝見仕候處實に近來稀有不朽之名著にして君の博學大努力只ゝ驚歎の外無之君を稱して第二の李善と申上げなば小生が君の功績を不一方感心いたしをる事を御承知下さるゝならんと存候四五日前芳賀博士に面會致候處博士より偶然君の事を話されし只今啓明會へ出版申出で居るが小生も其の評議員の一人となれりと申され候ゝ付僕ハ此頃君の方へ出版の御世話をいたす故原稿の一部御送附なさるべき様ゝ申やりおきたり何分よろしく御取計を願ふ旨を申しおき候僕が出版の御世話をするに付てはやはり第一番に芳賀博士ゝ相談し啓明會から出して貰つて上げようと存じたる事ゝ有之誠ゝ天啓とか申すべきゝ付僕は精々盡力可申上候この一部出版の上は恩賜賞は物かは優ゝ學位の價値あり一つ之を貰ふ様ゝ盡力可致候間御樂しみに御俟ちをりなさるべく候先は右御受まで如斯ゝ御座候　早々頓首

六月二十一日夜　　芝野六助

柿村様侍史

拝啓仕候

芳賀博士も啓明會之委員ゝ有之ゝ付小生早速君之原稿を御目ゝかけ申候處博士も大きゝ感賞せられ服部博士が歸朝してから(九月か十月か)何とか相談すべし大部なもの故一人ゝて速答するわけゝは參らずと申され候ゝ付小生はよく依頼いたしおき原稿は紛失等を恐れて解決の附くまで南葵文庫(紀州家開設の圖書館)ゝ預かつて貰ひおきゝ候間御安心被下度候小生乍不及出來るだけの勞は取り可申候前便申上げし如く芳賀博士もこれは博士号を貰はるゝかも知れずと申され候間樂しみて御俟ちなさるべく候付ては君より芳賀博士の方へあいさつの御手紙を一本御出しおき可被成候　早々

六月末日　　東京　芝野

柿村君侍史

予は芳賀博士に謝状を呈し且つ向後の助力を請ひ置きしに尋いて芝野氏より左の來書あり

拝啓小生此度左記吉報を貴下ゝ報告する愉快を有し申候今日芳賀博士ゝ御目ゝかゝり博士より左の事を貴下ゝ傳へてくれとの事ゝ有之

申候
貴下之著述ニ對し啓明會より出版費として
金五千圓を補助いたし可申候樣ニ內定いた
し候ニ付貴下ニは直ニ都下ニ於て適當なる
書肆ニ此の金を補助してやつて出版せしめ
らるべしもし尚不足の分は又他より補助せ
らるゝ機關有之申候　以上
而して博士は又左の通り附加せられ申候
先づ其の一部を出版し之を學士院に提出せ
ば恩賜賞は確實ならん博士号も貰はれるか
も知れないが由來博士は其の研究の大部分
が獨創のものなるべき先例有之ニ付柿村氏
は先づ是ニて學士院賞を貰ひおき次ニ和漢
朗詠集なりの研究物を博士論文として提出
せられて可ならん
而して小生は不日啓明會の委員ニ南葵文庫に
保管せる貴下之原稿を見せて出版して幾頁に
なるかを計算する積ニて有之候博士の説では彼
の和文ニて書きし解尺の處は割愛せられて然
るべし該書を繙く人には彼の解尺は餘り必要
こもあらず之を省く時は餘程出版費が省かり
可申との事ニ有之候付ては小生又博士ニ相談
して書肆の適當なるものをせん定して差上げ
可申候

吉報右之通り貴下之御苦勞も近き將來ニ酬い
らるべく小生も御世話の致し甲斐有之誠ニ愉
快ニ有之申候
御よろこひ可被成候　早々不一
七月十五日夜十時　芝野生
柿村樣
侍史
尚々博士は貴下より叮嚀なる御手紙を頂
きしと申され候博士は此程松井先生ニも
御目ニかゝり右之話をいたされ候由ニ候
かくて啓明會より左の來書あり
大正九年七月二十四日
財團法人　啓明會
柿村重松殿
拜啓一月廿八日付ヲ以テ援助方御請求相成候
本朝文粹註釋出版ノ件ハ此儘ニテハ援助取計
難ク候條大体左記事項御考慮相成度右ニ御異
存無之候ハヽ援助方取計申度候間書肆ト十分
御協議ノ上何分ノ義御回報相煩度此段及御照
會候也
記
一、補助ハ參千圓位ト致度若シ余儀無キ場合ハ
五千圓迄ヲ限リトシ其以内ニ止メ度但シ此
ノ補助金ハ後日返濟セラルヽニ及ハス全ク
補助致シ切リニスヘシ尚本書ノ出版ハ普通

ノ條件ニテハ之ヲ引受クル者無カル可キヲ
以テ右補助金ノ中ヨリ書店ヘ補給セラレ該
店ハ其ノ補給ニ依ツテ採算ヲ立テ出版ヲ引
受クルコトニ其店ト契約セラレタシ
二、内容ハ充分整理セラレ度且ツ本書ノ読者ハ
相當文學ノ素養アル者ナルヘキニ付仮名混
リ文ニテ記述セラレタル(釋)ノ部分ハ不必要
ト認メラル、ヲ以テ此部分ハ之ヲ削除セラ
レタシ
三、内容ノ整理及出版ニ付テハ紹介者文學博士
服部宇之吉氏及本會委員文學博士芳賀矢一
氏ニ協議セラレタシ
四、出版部數ハ成ル可ク一千部ヲ下ラサル樣セ
ラレタシ
五、右ノ内三十部ハ無償ヲ以テ之ヲ本會ヘ提供
セラレタシ
六、尚補助金支給ノ時期及出版状況ノ報告并ニ
本會援助ノ旨ヲ序文等ニ記載ノ義務ナトニ
付テハ採用確定ノ上ニテ改メテ御通知致ス
可シ 以上
啓明會の補助は右の如く内定せり是に於て起り
來りし問題は書肆の選定なり予は啓明會へ右の
條項異存なき旨を答ふると共に芝野氏其の他に
書肆への交渉を依囑せり芝野氏は主として富山
房に交渉したれども容易に引受けず予は翌年一
月上京の際芳賀博士の紹介を以て大倉書店に依
頼したれども亦無效に了りき此の間にありて服
部博士は親ら處々へ交渉の勞を執られ一方上海
の東亜同文書院なる大村欣一氏に對して石印版
の費用を問合せられしと共に(大村氏の報によれ
は千部五百部の石印版は費用多額に上りて問題
とならす倣宋活字版ならは五百部として一部單
價八・六八五元位の割にて出來べしとのことなり)
他方理學博士小川琢治氏に對して京都方面の交
渉を依囑せられき
是れより先き東京の峯間信吉氏は余に向つて屢
高等教員檢定試驗を受くべきことを勸め來りぬ
予は予か出版の件あり到底斯くの如き餘裕を見
出すこと能はさりきと雖も知人の厚意黙止すへ
からす乃ち之に應することに決しぬかくて大正
十年一月十五日上京十七日より試驗を受け二十
二日終了(試驗官服部博士狩野博士宇野博士)其の
日の午後服部博士を訪ひしに博士は予か受驗成
績の佳良なりしことを内示せられ且つ左の一書
を示されぬ
拜啓此程上京之際拜芝後久敷御疎音に打過申
候其節御話有之候朗詠集研究印刷出版之件歸
洛後直に内外出版會社取締役永澤信之助氏呼

寄詳細御希望之点及ひ啓明會補助金額(約三千
圓但し最大限五千圓位出し得るやも知れすと
のこと)等ゝ付相談候處熟考之上御引受致度希
望ニ付原稿之見本御廻付被下度其上ゝ而印刷
費見積可申上と返答有之候
早速御報可申上之處年末ニ而小生十四日迄轉
地致居候等彼是取紛遅引致候次第不悪御海容
成下度候右次第ニ付若し今尚東京ニ而御進行
不被爲在候ハゞ同人宛御照會被下度尚亦自然
條件等ニ付双方間御取次必要ならば御申聞被
下候ハゞ重而御報被下度候(中畧)
不取敢右御取次而已　草々不一

一月十九日　小川琢治

服部老臺 侍史

嗚呼予が悦や知るへきなり予は深く博士に謝し
翌日芝野氏を訪いて此の旨を通し南葵文庫に依
託しありし原稿を受け取りて直ちに西下の途に
就き二十四日早朝小川博士を京都河原町の邸に
訪いぬ博士は微恙にて静養中なりしに拘らす快
く面接せられ便ち永澤氏を呼ひて三人鼎坐事は
終に一決し此時に博士か述へられし意見及ひ予
か自ら承諾を與へしことは大要左の如し
一、出版は大體漢文大系の様式とし凡そ二千頁
を上下二冊とすること

二、(釋は啓明會より削除すへき要求あれとも鼇
頭として保存すへきこと
三、補助金は五千圓とし全部之を會社に交付す
ること
四、賣行五百部を超えしときは會社は定價の一
割を著者に贈呈すること
五、東京京都兩大學の教授へ推薦状への署名を
依頼すること
予は轉して桑原隲藏博士の宅に詣り右の旨を通
して推薦状署名の件を依頼し歸熊の後改めて啓
明會へ此の旨を報し且つ(釋の保存と五千圓の補
助とを請ふ所ありき啓明會よりは左の回答あり
き

謹啓益御清祥奉恭賀候、十七日附御書面拝見仕
候其後「釋」の保存に付ては理事會の承認を得候
間御承知被下度此点は之にて確定致候ものゝ
て評議員會へは掛くるに不及候然るに五千圓
補給の点に付ては來月二十日過開催の評議員
會へ掛けたる上確定する事に相成居候間御含
被下度但し此点も理事會の承認を經候ものにて
且つ評議員會にも大體の承認を得候ものゝ故多
分此侭確定すること、存候も手續上今一應評
議員會へ掛くることに相成居候同會濟み次第
確定の旨御通知可申上同時に補助條件(大體は

七月二十四付御通申上候通りとも御報知可申上
候右不取敢御返事旁如此に御座候甲畧敬具
二月二十六日　啓明會事務所
笠森傳繁
柿村重松様侍史
逐て補給金五千円の支出時期は印刷完了の時
に候や其とも半額は着手の時に渡し残額は完
了の時に渡すものにや補助條件作製の都合も
有之候間参考に迄御一報奉願上候
補給時期に關しては會社の意向に隨ひ前後二期
に支給せられんことを要求し置けりかくて啓明
會評議員會の議確定し四月十一日左の通知あり

大正十年四月十一日
財團法人啓明會理事長平山成信
柿村重松殿
拜啓大正九年一月廿八日付ヲ以テ援助方御請
求相成候本朝文粋註釋ノ出版ノ件ニ付テハ同
年七月二十四日付ヲ以テ補助條件ノ大要御通
知致置候處爾來數回ニ渉リ御申越ノ趣敬承仍
テ審査ノ結果右申込書ヲ基礎トシ別記條件ニ
テ採用致事ニ確定候間御承知相成度候就テハ
別紙證書ニ御署名ノ上折返御返送相成度尚同
時ニ第一回補助金請求書御提出相成度右御通
知候也

乃ち證書及び請求書を提出せり

證

曩ニ「本朝文粋註釋ノ出版」ノ為メ經費トシテ金
五千圓補助方出願致置候處大正十年四月十一
日付ヲ以テ右申込書記載ノ事項ニ基キ別記條
件ノ下ニ御採用被成下候趣敬承依テ御申越ノ
件々何レモ嚴守可仕右御請致候以上
大正十年四月十日
熊本縣飽託郡大江村大字大江四百七十七番地
柿村重松印
財團法人啓明會理事長平山成信殿

補助條件

第一 補助ハ申込ノ通リ總額金五千円ヲ打切ト
シ之ヲ二回ニ分チ印刷着手ノ際及印刷及
製本完成ノ際ニ各金貳千五百円宛ヲ支給
スヘシ
第二 本註釋書ノ内容ノ整理及出版ニ付テハ紹
介者文學博士服部宇之吉氏及本會委員文
學博士芳賀矢一氏ニ協議セラルヘシ
第三 出版部數ハ成ル可ク壹千部ヲ下ラサルコ
トヽシ出版ノ体裁出版引受者等ハ申込ノ
通リトシ之ガ變更ヲ要スル場合及賣價等
販賣條件ヲ決定スル場合ニハ豫メ本會ノ
承認ヲ經ラルヘシ

第四本註釋書ノ出版ニハ第一版以降毎版其序
文又ハ適當ナル箇所ニ本會ノ援助ヲ受ケ
タル旨ヲ記載セラルヘシ
第五印刷及製本ハ大正十一年一月末迄ニ完成
セシメラルヘク販賣ハ出版引受者ヲシテ
遅滞ナク之ヲ進捗セシメラルヘシ
第六印刷及製本ノ成績ハ四ヶ月毎ニ販賣ノ成績
ハ販賣開始後三ヶ年間一ヶ年毎ニ各其狀
況ヲ本會ニ報告セラルヘシ
第七本註釋書ノ印刷及製本完成シタルトキハ
其中三十部ハ無償ヲ以テ之ヲ本會ヘ提供
セラルヘシ
第八第二項乃至第七項ノ事項ニ違背シタルト
キ及第六項ノ報告審査ノ結果予定ノ成績
擧ラサルモノト認ムルトキハ補助金ノ支
給ヲ中止スルコトアルヘシ

是に於て會社と契約書の交換をなすこと左の如し

契約書

著者柿村重松ヲ甲ト稱シ内外出版株式會社ヲ
乙ト稱シ本朝文粹註釋ヲ發行スルニ付雙方ノ
間ニ左ノ契約ヲ締結ス
第一條本書ノ著作權ハ甲ト乙トノ共有トス
第二條本書ノ印刷製本及廣告ニ關スル費用ハ
乙ノ負擔トス
第三條本書ヲ發賣スルニハ乙ハ毎冊甲ノ檢印
ヲ受クル事ヲ要ス
第四條本書ノ檢印料ハ五百部以上發賣ノ時ニ
限リ其超過部數ニ對シ定價ノ壹割ト定
ム
第五條檢印料ハ檢印受領後乙ハ甲ニ之ヲ仕拂
フモノトス
第六條原稿受渡期日ハ大正拾年四月中トス
第七條乙ガ本書ヲ寄贈シタル實際部數ニ就テ
甲ハ檢印料ヲ免除ス
第八條本書出版ニ付キ甲ハ乙ニ総額金五阡圓
ヲ打切トシ之ヲ二回ニ分ケ印刷ニ着手
ノ際及印刷製本完成ノ際ニ各金弐阡五
百圓宛ヲ支給ス
第九條出版部數ハ可成壹千部ヲ下ラザルコト
、シ賣價及販賣條件ヲ決定スル場合ハ
豫メ乙ハ甲ノ承認ヲ經ル事
第十條本註釋書ノ印刷及製本完成シタルトキ
ハ其中參拾部ヲ無償ニテ啓明會ニ貳拾
部ヲ著者ニ寄贈スルコト
第十一條体裁ハ菊版譯文鼇頭註釋付弐千頁以下
上下二冊トスル事
第十二條出版期日ハ原稿領收ノ日ヨリ向フ九ヶ月

トスルコト
第十三條乙ハ印刷及製本ノ成績ハ四ヶ月毎ニ販賣
ノ成績ハ販賣開始後三ヶ年間一ヶ年毎ニ各
其状況ヲ甲ニ報告スル事
第十四條乙ニ於テ出版完了ノ義務ヲ果サザルト
キハ甲ノ支出ニカヽル金五阡圓ハ乙ヨ
リ甲ニ返付スル事
第十五條甲ハ本書ト同種又ハ之ニ類似ノ内容ヲ
有スルモノヲ他ニ於テ發行スル事ヲ得
ス
本證ハ二通作成シ各自其壹通ヲ保有ス
大正拾年四月二十九日

内外出版株式會社
取締役社長大谷仁兵衛 印
柿村重松 印

啓明會より支給せられたる第一回補助金貳千五
百圓は全部之を會社に送付し五月十八日付の其
の領收書を接受せり之に關し同取締役伊庭六郎
氏は左の書状を致せり

拜啓新綠之候益御清穆奉慶賀候陳者過日は本
朝文粹出版に對する補助金金弐千五百圓也御
送附被下難有拜受仕候早速御禮申述べき筈之
處過日來東上致し居り其爲延引甚失禮仕候段
不悪御思召被下度貴下之一方ならぬ御高庇に
酬ひんか爲出版に對しては十分努力可仕尚御
氣付之点も有之候はゝ御遠慮なく御叱り被下
度候右不取敢乍略儀寸楮拜呈御挨拶申上候
拜具
五月十九日　伊庭六郎
柿村先生 硯北

小柳博士は支那にありて此の報を聞き遙に一書
を寄せて祝意を表せられき即ち左の如し

拜啓爾來御無音奉謝候小生去月廿六日東京出
發滿一年之豫定を以て支那へ出張被仰付目下
當地に於て書生的生活を營居申候
昨日東京朝日新聞の報導によれは高著本朝文
粹註釋啓明會之補助により愈出版に相成やに
承り候貴下の御名譽のみならす學海之慶事歡
抃不斜候公行之曉は兼て御覽に入候拙稿の誤
謬と不明とを訂正するに好都合かと今より樂
居申候尚其他國文學上之漢文學を闡明するこ
とに御盡力被下候はゝ是迄之日本文學上の一
缺點を補苴する上に於て有效なる結果可有之
事と奉存候
先は喜悦之餘り不取敢御祝詞申上度如此御坐
候敬具
四月二十九日夕　小柳司氣太
柿内重松殿

内外出版株式會社にては夙に印刷所の準備成り

三月下旬には已に組版に著手し爾來漸次進捗し八月及ひ九月上旬に於て予か病氣及ひ印刷所の都合により中止せし外予は校字に忙殺せらるゝ身となりぬ

校字の途中予は王子安集注及ひ太平御覽を參考することの必要を感じき(此の二書は予か著述に未た引用し居らさりしなり)然るに此の二書は熊本に於て之を見ること能はす頗る苦悶せしに偶社員來りて著作に關する用件あらは遠慮なく申し出でられよとありしかば予は先つ王子安集注と山海經とを購ひ送られんことを請へり(勿論代價は支拂ふ豫定なりしなり)社員歸洛の後諸所を捜索し幸に之を大阪の鹿田書店に得て贈與し來りぬ予の悦ひ知るへし太平御覽は高價の書なれは之を購得するの力なく暫時躊躇せしが巻三の校正に進むに到り是非參照の必要を感し意を決して會社に書を寄せ價額七八十圓のものあらは購ひ送られんことを懇望せり會社は又諸方に尋ね一部を東京の文求堂に得て之を送り來りぬ然るに價は百二十圓なりといふ予は已むなく予か藏書の若干を賣却して先つ七十圓を支拂ひ殘額五十圓は年末まて猶豫せられんことを求めしに會社は予か貧困を憫みてか殘額は支拂ふに及はさることを報し來りぬ太平御覽の研究十分なること能はさりしは予か著作の一缺點なり

十月に至り上冊の校字終りしかは會社に於ては此の際豫約販賣の計畫あり定價二十圓特價十五圓に販賣するの承認を得んことを求め來りぬ卽ち啓明會の承諾を求めしに左の答書あり

大正十年十一月十二日

財團法人 啓明會

柿村重松殿

拜復十一月七日付御書面ヲ以テ御申越相成候本朝文粹註釋豫約發賣ノ件ニ付テハ上下兩冊ニテ定價金貳拾圓トシ此際兩冊購求ヲ豫約スル者ニ對シテハ金拾五圓ニ割引スルコトヲ承諾致候間御承知相成度右及貴答候也

又會社より學者の推薦狀を得んことを要め來りしかは予は一文を草し「かやうなる文に連署を賜はるか又は他の推薦狀を賜はらんこと」を服部芳賀松井の三博士に請ひしに服部博士より左の來書ありき

前略昨朝貴簡拜受昨夜幸ひ芳賀松井兩博士に會合之序有之貴意相詣し何れも快諾せられ候卽ち別紙に連署之儀差支無之候め文字修し相改但京大小川博士に昨年相談之砌印行世に公にする場合に推薦狀を出し度其節署名を請ふべしと申たるに不敢當といふ答は有之候も一應

御相談可相成順序かと考候間至急お分り可然
若し小川博士御辭退あらは狩野博士に一應願
ふ方宜敷と存候先は右のみ匆々不乙
十一月廿三日
服部宇之吉
柿村重松殿

推薦狀

本朝文粋註釋ハ著者ガ拮据二十年博ク内外ノ
典籍ヲ渉獵シテ集大成セルモノニシテ寫誤ヲ訂シ典故
訓詁ヲ釋シムヲ考ヘ大意ヲ釋キ説キテ一事一項苟モセズ王朝時
代ノ麗文是ニ於テカ始メテ讀ムベク津ヲ問フ支那文學
ノ影響是ニ於テカ始メテ掌ヲ指スベシ蓋シ歴
以下別行史及ビ文學ノ研究ニ従事スル人士ノ必ズ參考
ニ資スベキモノナリ」右推薦ス
年　月　日　學位　氏名
（いろは順）
（細字ハ博士ノ加筆セラレシモノナリ）

予は直ちに京都の桑原狩野小川の諸博士に依頼
する所あり且つ會社員をして其の意向を伺はし
めしに小川博士は辭退せられ狩野桑原の兩博士
は承諾せられ特に桑原博士よりは左の來翰あり
き

拜啓貴書披讀いたし候愈御清康奉賀候昨日内
外出版會社員貴著印刷持來兒に角一瞥いたし
候推薦署名の件快諾を與へ申置き候不日印行
を終へて世間に公布せらるヽを期待いたし居
り候此の上とも校正を嚴密にして有終の美を
濟されんことを希望いたし候若し又今春一寸
申置き候内藤（湖南）博士を推薦者中に加へたき
御希望も有之候はヽ無御遠慮御申越有之度小
生より周旋仕るべく候その邊は貴存にて如何
樣とも御取捨有之度候
右貴答旁如斯に御座候頓首
十二月十一日
桑原隲藏
柿村重松様

内藤博士に對しては藤井乙男博士と共に會社よ
り之を依頼し且つ内藤博士には背皮文字の揮毫
を請ひ其の快諾を得たりといふ予は是等諸博士
に對し各謝禮の書を呈し置けり
かくして定價も定まり推薦狀も成りきと雖も時
年末に迫り且つ製本捗らす遂に豫約發賣の時機
を失ふに至りき
十二月に至り校正は益繁忙を極めき然るに二十
一日妻操三女を分娩せしか越えて廿三日烈しく
悪寒を感し尋いて發熱し所謂産褥熱となり熱は
四十一度に及び病勢險悪百方すれとも癒えす二
十八日較小康を得たれと翌日急轉常に昏々とし

て眠を嗜むに至りき予は初め校正の筆を執りつゝ看護に從事せしが是に至り斷然筆を拋ちて專心看病に努めぬされと事已に如何ともすへからす三十日午前一時三十分予か一滴の水を含ましむると共に永くこの世を去るに至りき病床に侍せしものは二男二女の外妻の母と予となり
操は唐津の人故鈴木敬儀の二女明治二十年二月十一日生享年三十五常に窮乏にありて克く家事を理め予をして專心學に從ふを得しめき予か著書は將に世に出でんとし予か轉任は已に內定し居りしに事終に茲に至る千秋の恨事といふべし

遺骸は三十日午後八時荼毘に付し翌年一月七日歸葬予は二男二女と孩兒との養育を老親と妹とに委し直ちに熊本の寓居に反り自炊生活を營みて其の永眠の一室に兀坐し依然校正の筆を執りぬ內外出版株式會社は予か不幸を聞き沈香一函を賻贈して靈前に供せられき尋て二月六日孩兒死亡の訃あり歸鄉して葬を營むかくて二十二日午後八時全く校正の筆を擱くに至りき予は以上の事實を跋文として著書の後に錄せんと欲せしも飜って思ふに我か書は先輩知人の恩眷に依りて世に出て廣く天下學徒の參考に資すへきもの一家の私事を錄すへき機關にあらす乃ち敢て之

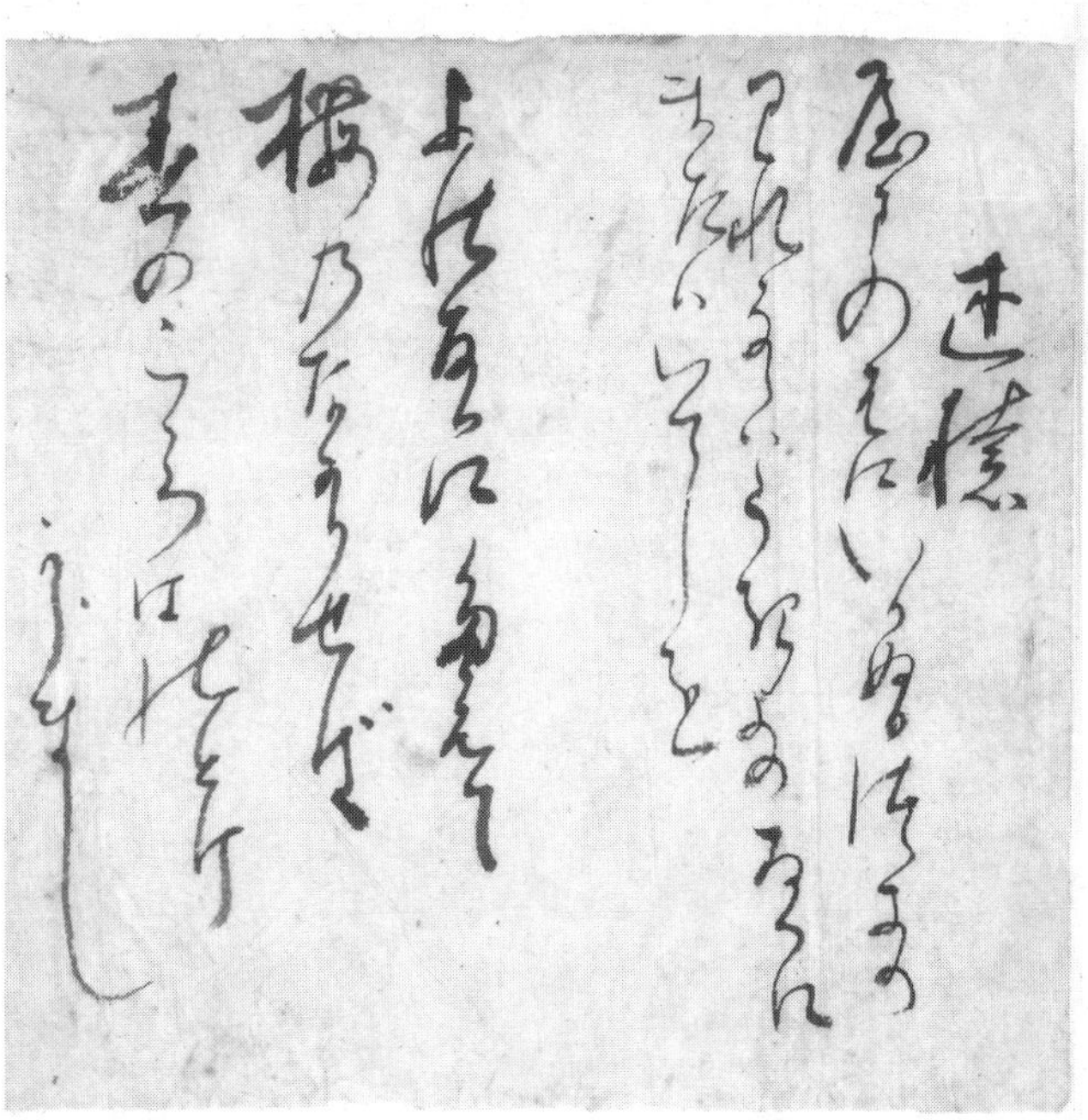

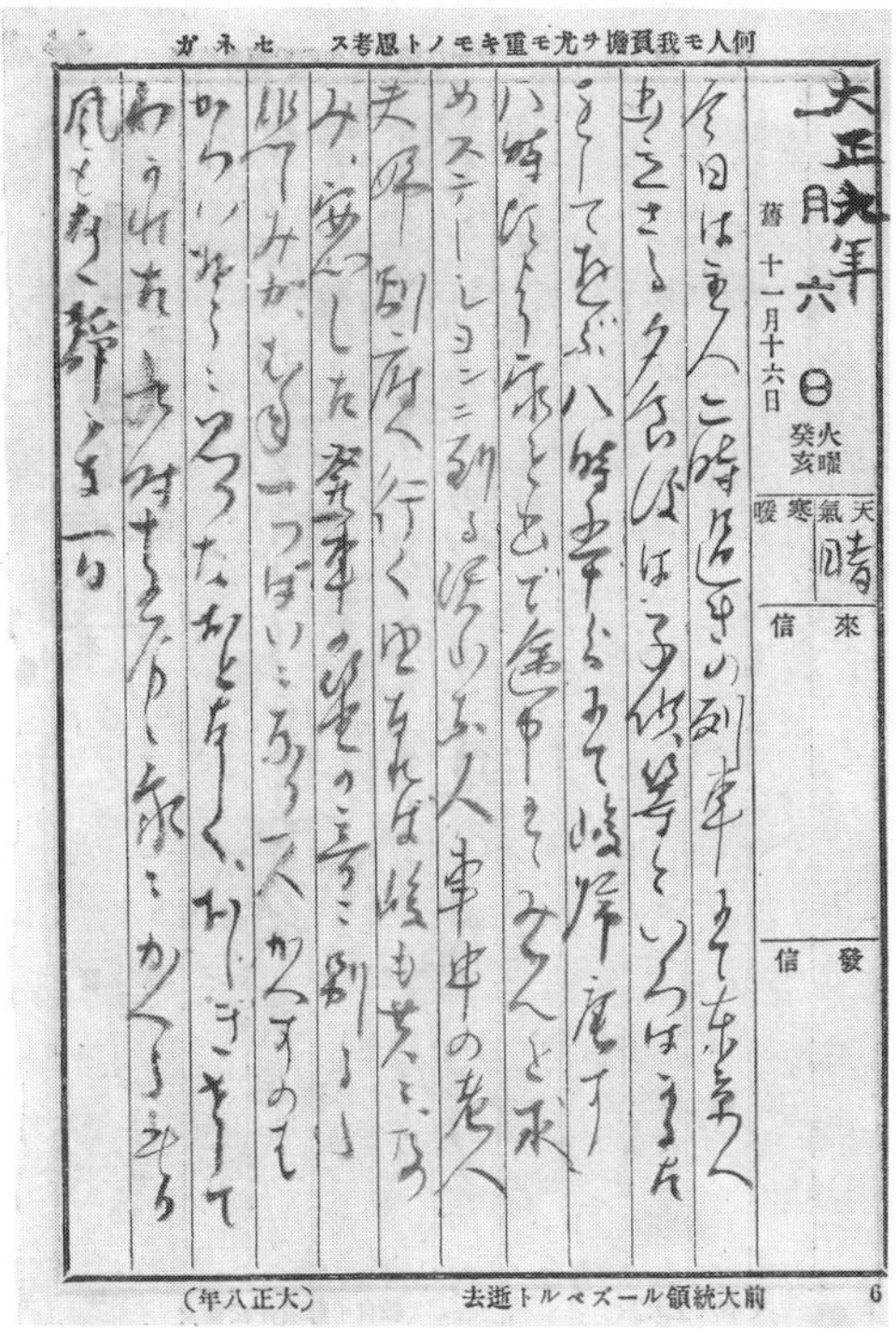

を廢めぬ

予は去る八月已を得ぬ中止と今回の事件とにより豫定の期限に完成しがたきことを啓明會に陳述し凡そ一ヶ月内外の延期につき其の承認を求めき

予は大正九年七月十五日付芝野氏の來書に本づき本書の一部を學士院に提出し其の審査をこひぬ而して予か近状と共に此の旨を服部博士に報ぜしに博士より左の答書あり

貴示拜承御不幸有りし由御心中御察し申上候身分も御定まりに相成り著述も世に出んとする際別して御殘り多きことゝ存じ候此れ亦人生不得已の事と御諦めなさる外なかるべし本朝文粹校了のよし安心いたし候帝國學士院にては請求に應じて審査する先例は無之候へば御提出の分は却下さるゝことに可相成候が寧ろ誤解之故を以て貴方より取り下げらるゝ方可然と存候先は右のみ匆々拜復

二月廿六日　　服部宇之吉

柿村重松殿

仍りて審査願書の取り下げと請求し著書は寄贈せんことを申し出でしに學士院より左の來書あり

一本朝文粹註釋　上下二册

右御寄贈相成領收致候御厚志ヲ體シ永ク本院ニ藏シ參考ノ資ニ供スヘク候御挨拶迄如此候

敬具

大正十一年三月十二日

帝國學士院長男爵　穗積陳重

柿村重松殿

二月二十八日伊庭六郎氏來訪「前に承認を求めし定價は見積の誤算に本づくを以て定價三十圓特價二十五圓に改めたし右更めて啓明會の承認を求められんことをこふ」とのことなり仍りて予は其の理由を具して啓明會に請求せしに啓明會に於ては多少の異議なき能はず予は直ちに之を伊庭氏に報ぜしに伊庭氏は再び上京し啓明會に赴きて自ら陳情し遂に其の認定を得るに至りたり予は三月二十九日啓明會より其の通知に接しき

三月十三日予は單身孤影福岡に轉じ天下の知人に左の書を發送しき

年末年始に際し缺禮仕り候向も有之候ニ付右御詫旁左に近情御通知申上候

一、大正十年十二月三十日妻産褥熱ニテ死亡
一、同十一年一月七日亡妻ヲ歸葬ス
一、同二月六日三女死亡
一、同二月二十二日本朝文粹註釋ノ校字ヲ終

了ス
一、同三月四日福岡高等學校教授ニ任セラル
以上
之に對し各方面より接受せし書翰の重なるもの
を録すれは左の如し
拜啓
此度之御端書にて御近状拜承重々之御不幸之
段誠ニ御氣之毒ニ存上候何とも御慰め之詞も
無之只ニ御氣之毒といふをくりかへすばかり
ニ有之候
翻つて本朝文粹之件校正も御すみ之由誠ニ御
結構之至ニ存上候先達之御手紙之趣ニより夫
ニ芳賀服部先生之方へ傳へおき申候出來上り
次第學士院へ御提出可被成候
又福岡高等ニ御榮轉之由是亦奉慶賀候貴下之
如き學者を得たる其校ハ幸福ニ有之申候先ハ
以麁書御弔詞と御祝詞とをかねて如斯ニ御座
候　早々頓首
三月十九日　芝野六助
柿村様侍史
拜復
昨春榮冠を獲られし以後の御様子承りたきも
のと存じなから失禮致居候處今回御葉書によ
り非常なる出來事續出御心中乍蔭御察申上候

御令閨様には一度本郷の下宿にて御目にかゝ
り候ひしが今尚朧氣に記憶いたし居り候兄を
して後顧の憂なく專心研鑽に没頭せしめられ
たることが今回御出版の本朝文粹註釋の一部
ともなり高等學校教授の基礎とも成りたるなる
べく然るに其の結果を見ずして御他界遊ばさ
れたることは如何計り御無念か誠に御慰問の
言葉を見出さゝる次第に御座候小生の義兄も
一昨年糟糠の妻を失ひ（矢張産褥熱にて）其の遺
兒か又本月十一日に亡き母の跡を追ひ非常に
悲歎いたし居り候世の中には随分類似のもの
も多きことが頷かれ申候、乍去不朽の大業を成
就せしめられたる御内助の功は永遠に殘る筈
なれはそれを責めてもの御心遣りに成され度
候、早畧敬具
三月廿一日　吉野芽
柿村學兄梧右
辱来諭承昨冬以來重遭人倫之變是决非常人之
所堪也嗚呼天何爲降此不可堪之不幸於賢契天
意冥々唯痛悼而已但賢契處於此間能了高著之
校字十數年心血之所灑將以自於天下後世眞可
悦也又拜高校教授之命是雖固當然前途洋々與
春光發天之於賢契果其有深意也歟敬復頓首
三月廿二日　神田榮吉

柿村童松様
驚き!!!驚き!!!何と云ふ驚きでしよう悲しみ!!!
悲しみ!!!何と云ふ悲しみでしようこれは此程
の御消息を拜して私と妻と両人ニて期せずし
て發せられたる驚歎の聲ニ御座候
御令閨ニは御産後の御經過面白からずついに
御逝去被遊候由誠に遺憾之至りに不堪候御令
閨ニハ極めて温良貞淑かねて御内助之御効績
不少特ニ御去阪以後之御奮闘御内助ハ一方な
らさるものありしならんと奉拜察候然るに其
の御効績漸く顕れ近く貴兄畢生之大著述も御
發刊之運びニ相成且つ御榮轉之御名譽をも得
たまひしニ此の二つながらの御よろこびをも
共にしたまわず空しく白玉樓中之客たらしめ
たまふとは返す〳〵も残念至極何と云ふ御不
幸之御身ニあらせられしぞ之れが驚愕悲嘆之
極みにあらずして他に何ものか有之間敷ト被
存候かねて御交情を厚ふせし私共何とも申上
様なき次第ニ御座候まして貴兄の御哀情さぞ
し御無念御力落しの御事ト深く奉拜察候さり
なから申上候までも無之候が逝者は逐ふべか
らず候間なるべく御諦め御身体を御大切ニ被
遊事こそ逝者に對する何よりの御供養かと被
存候間幸ニ御自愛之上後事ニ御専念之程偏ニ

奉禱候直接御面謁之上しみ〴〵御悔み申上度
候へ共遠隔之地其意を得す乍遺憾以書中御弔
詞申述度如此ニ御座候敬具
三月二十三日　五味和十
柿村童松様
爾來久濶偶々信ニ接し旧雨ゝ情禁じ難く候承
れは令室の御不幸に引續き御息女之御永眠嘸
かし御落膽御困惑之事と往ニしわが身をつみ
て同情之涙堰きあへず候忘れかたみの御子様
男女御幾人ニや目下如何御暮しなされ候や御
案し申上候一昨冬より昨春へかけ小生三ヶ月許
り滯京丁度學兄か受驗の爲御上京ありしを後
にて聞知残念之至りに候其節吉田彌平君の談
により君には狀元登第の榮を荷ひ且つ畢生の
大事業たる本朝文粹註釋は實に古今獨歩之權
威あるものなることを承知致私かに君の爲に
將た斯道の爲に祝福致候事に候今般福岡高校
に御榮轉之趣秋吉君は當地に於ける小生無二
の親友殊に爛柯之遊に於て日夕往來骨肉啻な
らざる關係有之候同君は實に高潔剛毅不識庵
流之人格者に候何卒將來十分之御輔翼なし下
され候様切望之至りニ堪へ不候(草略)敬具
三月廿四日　榮三郎
柿村學兄研北

令政御不幸の事先般の御報書て承知致しまし
たが折柄私も臥床中つい御悔もおそなはり甚
だ不本意ヽ存じます前年御大患の折と申し尚
又大著御出版と申し定めて御内助の御労苦容
易ならぬ事と想像致しまに然るに大著公刊を
御覧にならに御遠行はさぞ〳〵御遺憾の至深
く御察致します御目にはかゝりませんでした
が前年松浦潟玉島川にたり游觀の折を思ひ出
で一段御同情を深く感じますそれにつけても
金玉の御身折角御大事になさいませ（中畧）
六月二十九日　彌平
柿村重松様

本朝文粹註釋は四月十日を以て愈〻發行せらるゝ
こと、なりぬ予は予か受領せし二十部の中より
太宰府神社唐津尋常高等小學校服部芳賀松井の
三博士吉田彌平芝野六助峯間信吉井芹經平野田
寛出田猛秋吉音治武藤長平池田小一郎鈴木敬美
の諸氏及び故久保田俊夫君の靈前に呈しぬ他に
會社は予との連名をもて小川狩野桑原内藤藤井
の五博士に呈し啓明會に發送せられし三十部は
同會職員及關係者（事務室保有ノ分も含む）へ二十
二部を頒ち他は東京帝國大學圖書館上野帝國圖
書館京都帝國大學圖書館及び早稻田大學慶應大
學東京高等師範東洋大學國學院大學等の圖書館
に寄附せられきといふ

多年御苦心の高著もいよ〳〵御出版相叶ひさそ
御満足の事と存じ又學界の爲にも祝賀此事ヽ
御座候先般書肆より一部郵送に落手誠に立
派な本と尊いたし居り候まづは御禮まで匆ヽ
四月十八日　芳賀矢一
柿村重松殿

貴翰拜見御高著之印刷弥御完成ヽ相成り御恵
贈被下難有奉存候永年之御苦心之功も顯れ御
満足之段御察申上候小生も当月中旬より修學
旅行にて京阪地方巡遊只今帰宅仕り早速御著
を展觀仕り吾事之如く嬉敷感じ申上候自分も
嘗て經驗致候が印刷成りて机上に展觀致候時
は何ともいへぬ一種之感のあるものにて事は
違ひ候が杜甫の詩の兩句三年得一吟雙涙流と
いふが如く撫摩措く能はず候いき御令閨御壊さ
まの御不幸御完成を告げざる内にて嘸かし御
殘念之事と御同情に堪へず候然し文粹之注は
古來始めての事にて學者間に非常なる稗益を
與ふる事申迄も無き事に候へば御令閨の御内
助も多き事なるべく定めて地下に御満足之事
と存じ候自分も辭書第一巻之印刷少し前に心
配致し呉れた實母ヽ先立たれ之を靈前に捧げ
し時の無量の感慨は未だ記憶に殘り居り候先

ハ御大著之完成を祝する餘りにつまらぬ事ま
で申上候敬具
大正十一年四月廿二日　　松井簡治
柿村重松殿

拜啓愈御清康忻賀仕候さて一昨日ハ内外出版
會社より大著本朝文粹註釋一部送來御恵貺之
盛意ヲ傳ヘ申候幾重にも從外御禮申上候大著
ハ數十年御編摩之結果ニなり御苦心之迹も歷
々と相分り學界風潮動モスレハ輕浮ニ趨き申
候日此眞面目ナル大著出候ヿニつき心胷快ヲ
覺候次第ニ有之候先ハ不取敢書中御挨拶迄申
述度如此御座候匆々頓首
狩野直喜
四月十一日
柿村重松樣

次に予は本書の正誤表を作りて各方面に送呈し
かくて本書は一先づ完成しぬ因りて前に啓明會
に提出せし第二回補助金請求書に對し五月五日
會より金員の交付あり直ちに會社に轉送し五月
九日付の領收證を接手せり
是より先き服部博士鹿兒島より歸京の次福岡に
立寄られしかは予は其の翌日（四月二十一日）之を
名島及び香椎宮に案内せしに博士は大に悦はれ
且つ予が著書を東宮及び宮中に傳獻すべけれは
二部發送すべき旨仰せられぬ予は直ちに會社に
之を報せしに會社は即ち之を諾し且つ宮中へ獻
上すへき爲めには社長已に攜帯して上京せし旨
答へ來れり尋て服部博士より左の來書あり

貴示拜誦先日貴地に罷出て候節は種々御世話
に相成り特に香椎御案内被下候事は故令閨之
厚意に本づくことを承り感激之至御座候歸宅
の後妻に相話し妻も感謝いたし候御序に北堂
によろしく御禮願上候
先日内外出版株式會社より貴著一部　東宮御
所奉獻の爲め送り來候故正誤表の出來るまで
預り置く旨申送置候又其後社員より電話にて
宮中獻納の手續は未だ取り居らぬ故それも頼
み度旨申來候間正誤表と共に書籍を遣し候樣
申置候
肩痛の爲め執筆不如意大畧にて相止め申候
匆々
五月二日　　服部宇之吉
柿村重松殿

拜啓時下御清榮奉賀候然者大著一部去る十二
日
東宮殿下に傳獻手續を了し十九日別封拜受い
たし候ニ付差出候更に一部十九日侍從長德川
達孝伯を經て傳献昨日德川伯に出會候處即日

獻上相成候よし申され候其中に御沙汰書下り
候ことと存候
徳川伯に會社より一部寄贈叶ひ間敷や若し都
合つき候はゞ手紙を附して
芝區三田綱町
伯爵 徳川達孝殿
に宛て贈られ度候
先は右のみ匆々
五月廿二日 服部宇之吉
柿村重松殿
神經痛の爲め執筆不如意亂筆御免被下度
候

御沙汰書は左の如し
獻上者
著者 福岡高等學校教授 柿村重松
一本朝文粹註釋上下貳冊
右
皇太子殿下へ獻上願出ノ趣ヲ以テ傳獻相成候ニ
付御披露致候此段申進候也
大正十一年五月十三日
東宮大夫 伯爵 珍田捨己
東京職御用掛服部宇之吉殿

予は此旨會社に報じ且つ服部博士に深謝すると
共に左の一律を賦して博士の一粲に供せり
獻本朝文粹註釋於
東宮恭賦所懐
不向名山藏此書龍樓門下獻 皇儲車前曾侯明賢
顧牛後何期俗物嚳鉛槧多年功已畢衡茅今日志初
舒 恩光添得文章美勿道自珍糟粕餘

爲眞野總長孔子祭典祝文 福岡日日新聞社主催
維大正十有一年正値孔夫子卒後二千四百年之辰
文二等仰夫子之遺徳感人心之趨向爰卜十月二十
三日虔奠蘋藻且布微忱其辭曰伏惟尼山降神麟吐
玉冊泗水騰氣鳳舒彩翼郁郁其文巍巍其徳運當世
否道極民溺嗚乎夫子萬世之師聖睿天縱聰明生知
識包六合動律四時道其大矣一以貫之王塗失御彝
倫誰敍正法僞僻攝相樽俎赴齊過衛出宋經楚終生
棲遑何日寧處窮通信命絃誦忘憂修理禮樂筆削春
秋經藝拓圃儒術通流爰保天爵永遺大猷顧吾日東
列聖莅國尚彼文教明經分職以張皇紀以樹人極百
姓依仁四方取則秩秩常憲于今不虧平平大道何處
有岐憤悱則達彷徨者誰私淑夫子庶幾知歸乃仰聖
迹聊修禮奠時屬有年仁風正扇人是博節徳馨可見
神靈照鑒尚享我薦
大正十一年十月二十三日 九州帝國大學總長 眞野文二
因に是日展覧會及び講演會ありテは東洋道徳

に於ける修養論と題し凡そ三十分間講演せり他に福岡高等學校教授武藤長平氏の九州の儒學及び齋木延二郎氏の孔子と西哲との比較の講演ありき

爲秋吉校長福岡高等學校開校式辭

我ガ福岡高等學校ハ光輝アル地方文化ノ發展ニ促サレテ茲ニ其ノ開設ヲ見ルニ至レリ之レヲ既往ニ考フルニ大陸文化東漸ノ勢ハ遂ニ海ニ入リ北九州ニ於テ一タヒ醞釀シ更ニ蓬勃トシテ東ニ向ヒテ風靡セリ神功皇后ノ三韓ヲ征シ給フ韓人呉客ノ來リテ好ヲ修スル何レカ我カ福岡ノ地ト深甚ノ關係ヲ有セサルモノソ尋テ朝廷都督ノ府ヲ此ノ地ニ置キ給フヤ樓閣丹ヲ流シ泮水碧ヲ湛ヘ制度典章ノ美正ニ九州文化ノ中樞トナリキ乃チ此ノ地カ時代ノ文化ニ於テ毎ニ一歩ヲ進メタリシコトヲ知ルヘシ且ツ夫レ菅公ハ儒林ノ英ニシテ文學ノ神ナリ其ノ廟宇ハ儼トシテ崇仰ヲ千古ニ繫キ遺德ノ薫染スル所碩學大儒ノ此ノ間ニ出テシモノ尠シトナサス乃チ此ノ地カ學藝ノ華ニ於テ特ニ煥發ノ刺戟ヲ有セシコトヲ知ルヘシ加之藤原氏ノ文吏ヲ以テシテ能ク刀伊ノ猾賊ヲ破リ北條氏ノ陪臣ヲ以テシテ能ク蒙古ノ大軍ヲ殲ス地方人士カ敢爲邁進ノ氣象ニ富メルニアラスンハ何ソ能ク遽ニ然ルコトヲ得ンヤ乃チ此ノ

地カ教育ノ實ニ於テ已ニ碩美ノ成果ヲ收メツヽアル所以ノ理ヲ知ルヘシ既往此クノ如シ現今ニ於テハ何如之レヲ上ニシテハ夙ニ九州帝國大學ノ設置アリ規模漸ク整ヒ宛トシテ本邦文化ノ一大源泉ヲ成セリ之レヲ下ニシテハ初等中等ノ教育倶ニ其ノ盛ヲ致シ中學校ノ如キハ公私合セテ二十二校アリ其ノ生徒數二萬ノ多キニ及ヒ年々ノ卒業生蓋シ一千五百ヲ下ラス殆ント九州他縣卒業生全數ノ半ヲ占ムト謂フヘシ此ノ地ニシモ高等學校設立ノ要ナシトセハ何レノ地ニカ其ノ要ヲ見ンヤ吾人ハ今日ニ至ルマテ其ノ實現ヲ見サリシヲ異ムト共ニ今日ニ於テハ更ニ數校ヲ加設スルモ不可ナキヲ信スルモノナリ嗚呼我カ福岡高等學校ハ遂ニ開設セラレタリ此ノ地ニ於ケル教育ノ機關ハ是ニ於テカ秩秩トシテ始メテ備具セリ我カ校ノ開設ニ就テハ固ヨリ國家文政ノ規劃ニ依ルモノアリト雖モ吾人ハ之レニ關シテ本縣カ多大ノ支出ヲ辭セサリシコトヲ感謝セサルヘカラス而シテ更ニ福岡市カ特ニ其ノ大部ヲ負擔セシコトヲ記憶セサルヘカラス由來本縣ハ教育費ノ支出ニ吝ナラサルヲ以テ稱セラル本縣ノ教育カ今日ノ盛ヲ致シテ恒ニ九州文化ノ中心ヲ成セルモノ一ハ此レカ爲メナラストセンヤ今茲恰モ學制頒布五十年ニ際シ吾人ハ我カ校開校ノ式典

ヲ擧クルノ運ニ會セシヲ懌フ庶ハクハ吾人ハ斯ノ年ヲ記念スルト共ニ將來永ク我カ校學風ノ振作ト地方文化ノ涵養トニ十分ノ力ヲ致シ以テ國家士ヲ養フノ期待ニ孤負スルコトナカランコトヲ以テ式辭トナス

大正十一年十一月十八日　福岡高等學校長　秋吉音治

折にふれて　大正十二年

春雨に庭のさくらのちりしきて寂しく人を思ふころかな

池水のみぎはに匂ふあやめくさあやなく人のなとかこひしき

ありし日をしのふ軒端にたちはなの花の匂のなつかしきかな

古意十首　四月七夕歡語之意未央賦以自戒焉

古松凌霜雪鬱鬱干青雲所期在高遠抱節固不群佳人立幽岸搖曳九霞裾愛予獨延佇微波通慇懃豈無堅貞志懷之心緒紛

春來花如繡花開人如狂士也獨不樂何事永憂傷九原不可起三山水淼茫遙望金銀闕欲到無舟航沈吟牧暮反飛花已飄揚

巫山望朝雲洛浦憶回雪輕風吹羅綺月出皎彩澈顧眄何窈窕容輝世間絶佇立水一方區區抱貞烈無媒以中意於邑心如結

花謝春寂寞皎月照錦帷終宵不能寐憂思欲告誰蕙質在幽闥芳心君不知君如喬松幹妾似女蘿絲所願相纏綣死生俱不遺

連壑深且阻清泉洗岩根香草何郁郁自生長河源揭厲不可涉懷君欲斷魂君德似蘭薰妾志何得纖纖手紉細葉服佩弗肯諼

軒車馳九陌飛塵忽冥濛爽塏列臺榭璧璫光玲瓏豪奢蔑許霍不知下民窮卓哉陋巷士自甘簞瓢空美人獨識察唔言慰吾衷

此日不再來百歲亦奄忽積金竟何用虛名遂泯沒高樓飲宴酣趙歌方亮發良夜不俱會何以舒悒鬱四時冉冉移秋風吹素髮

綠樹方蓁蓁月照蔭布地嘉會難數得何以寬我思解佩已接歡無奈分手淚所願永今夕上樓學鳳吹夜深漏音疎脉脉雙眸媚

桂櫂兮蘭棹鼓舷下碧流日暄波瑟瑟風薰杜若洲遙指雙飛燕回顧思悠悠歡情苟無改可以銷百憂願君一其德妾心如柏舟

結髮爲夫婦且有遠別痛人生非金石天意又瞢瞢不致明德輝榮名何施衆百年雖云長賓餞太倥偬君子須努力歡樂如春夢

帝國學士院恩賜賞拜受の始末

大正十一年十一月十七日服部博士より左の來書あり

拜啓時下御清榮奉賀候然者文辭註釋今度帝國

學士院に授賞之申出を為し可申に付壹部至急
小生方に送られ度候又審査之参考として小生
までに(一)本書註釋に關し最も重きを置きて力を
用ひられたるものは何に在るか(二)本書註釋中
貴兄最も得意の点は何に在るかを内示願候
授賞の儀小生より提出其上にて審査委員を選
びて審査に附しそれぞれの手續を經て授賞の
決定は明春四月なるべし授賞式は五月に行は
れ授賞の榮に當る人の家族も招請され候右は
内々預め申上置候(中略)
十一月十七日　服部宇之吉
柿村重松殿

予は博士の高旨に對し感謝の深情を表し且つ(一)
本書註釋は支那の文學か王朝の詩文に影響せし
迹を闡明せんことに重きを置きて編述せしこと
(二)影響の迹を溯源的に攻究し先づ故事成語の直
接の典據を支那の詩文に索め更に其の支那詩文
の語句の本つく所を明にせしことを答へ別に著
書一部を郵送し置けり
翌年一月二十二日芝野六助氏より左の來書あり
蓋し委員の審査畧、決定せしことを知るへし
御手紙難有拝見仕候(中略)貴君の文粹之註釋も
今春はいよ〳〵恩賜賞受領之光榮に浴するこ
と、確定いたし候旨昨日服部博士芳賀博士よ
り確承いたし申候誠に慶賀之至り此旨早速貴
君に御内報いたすべく歸宅いたし候へば御手
紙か参り居り右御禮旁御内報迄如斯ゝ御座候
早々不一
一月二十二日　芝野
柿村君侍史
恩賜賞受領節ハ御上京なさるべく事と存候
其の節は茗溪會にて君之爲ゝ一宴を開きた
く存候
尋て二月及び三月に服部博士より左の來書あり
拝啓然者本朝文粹註釋に對し帝國學士院にて
恩賜賞授與之件昨日同院例會第一部々會にて
満場一致可決相成り候來三月十二日同院総會
の議を經て確定と可相成候へども無論部會の
決定通りに決議可相成候其上多分五月に授賞
式擧行さるへくその節は上京有るべく候委細
は來月総會後に御報可致候
右取急き内報候極秘に願候
二月十三日　以下署名宛名略之
拝啓然者帝國學士院授賞の件今夕總會にて満
場一致を以て可決相成候ニ付御知らせ申上候
授賞式は五月二十日か二十七日かに可相成当
日は家族も列席し得るにつき右御心構相成度
候又當日來賓等に示す爲め

貴著稿本
参考に用ゐたる文粹諸本
(松井博士藏本等を借りられてよろし)
等出陳相成様致度随つて式の一両日前に着京
さるゝ必要有るべく候右預め申入置候出京の
事は先般秋吉校長に内話いたし置候
先日秋吉校長より授賞の事に關し書信有之候
か多用ニ付今夕は認めに候間前文決定の趣貴
兄より御傳へ願候帝國學士院より秋吉校長に
も案内状を發することに取計可申候参列と否
とは任意に願候
先は右のみ匆々不乙

三月十二日

予は之に對し謝意を表すると共に陳列書は原稿三册、底本及び本朝文粹註釋に附帶して編纂せし和漢朗詠集考證稿本並に参考に使用せし書籍若干部を携行すべきことを答へ置けり又式に参列すべき家族については両親は老體にして長途の旅行には不安の念なき能はず亡妻の母は猶ほ矍鑠たれとも予か案内の下に名所の遊覽を恣にすることは能はさるへきの故を以て辭退せられしかは予は或は長女を同伴するかも知れさる旨博士に通し置けり

三月十四日帝國學士院よりの通知あり左の如し

本月十二日本院総會ニ於テ貴下ノ御著書本朝
文粹註釋ニ對シ
恩賜賞ヲ授與スルコトニ議決致候間此段御承
知相願度御通知如此御座候

大正十二年三月十四日

帝國學士院長男爵穂積陳重

柿村重松殿

追テ授賞式ハ来ル五月中ニ於テ擧行ノ豫定
ニ有之候間授賞式當日御出頭相成候樣希望
致候尚授賞式擧行期日其他詳細ノ義ハ更ニ
御通知可致候

四月及び五月に服部博士より左の通信あり

拝啓然者帝國學士院授賞式は五月二十七日と
決定いたし候就いては前日即ち廿六日午前中
に同院に出頭なされ陳列品に就きて打合され
度候先日松井博士に話置候間同博士の藏書に
て先年借覧されたるものも陳列相成り可然候
式後午餐有り家族は之に列し得ず候へば若し
令嬢御同行ならば式終れば直に歸るやうの手
筈を考置かれ度候
先は右御通知旁申進候匆々

四月十六日

拝啓帝國學士院授賞式に關し先便申上置候件
は已に御承知と存候本日同院より式に招待す

べき貴兄之父兄師友の氏名申出る様通知有之
候ニ付
三宅高師校長
松井博士
秋吉校長
小川琢治博士
狩野直喜博士
小柳博士
の外貴兄御心附の人名御知らせ願候
先は右のみ匆々
四月廿五日
拜啓来二十六日御着京之節携帯さるべき原稿等につき御注意申上候陳列の点数餘り少きも引立たず候へば嵩ばつても貴兄の原稿たけは全部御持ち願度存候松井博士には已に相談致置候間何点か借受けられ度候先は右のみ匆々
五月廿日
父兄師友に關しては佐藤正次(中學時代の舊師)五味和十(大阪幼年學校時代の同僚)渕脇邃(高等師範學校専修科同窓)峯間信吉(同研究科同窓)芝野六助笠森傳繁の諸氏舊藩主子爵小笠原長生氏及び同鄕先輩侍従武官松下東治郎内藏頭山崎四男六田邉新之助の諸氏を申出て置けり又原稿全部は唐津自宅に保存せるを以て至急老父に書を致し直ちに帝國學士院に向け郵送されんことを乞ひたれとも式日までには到着せさりき
五月十一日帝國學士院より左の案内状を送致せらる
拜啓来ル五月廿七日本院授賞式ヲ擧行可致候ニ付當日午前九時半迄ニ東京美術學校講堂ヘ御出頭相成候様致度此段御案内申上候敬具
大正十二年五月十一日
帝國學士院長男爵穂積陳重
柿村重松殿
追テ式後午餐ヲ供シ度候ニ付御承知被下度候
萬一當日御出頭難相成場合ニ於テハ代人御差出被下度候
かくて五月二十三日午後四時福岡を発し翌日午後七時東京に著す二十五日以後の日程左の如し
二十五日服部博士を訪ひて眷顧の厚恩を深謝し次に芳賀博士穂積博士を訪ひ轉して松井博士の邸に至り陳列書本朝文粋文永寫本寛永板本正保板本及ひ本朝續文粋寫本二部を借用す
二十六日午前帝國學士院に至り陳列の件につき協議すかくて翌日陳列せしものは原稿三冊刊本一部校正本(底本)本朝續文粋活字本和漢朗詠集考證稿本及び前記松井博士所藏本なりとす

午後予か爲めに特に開催せられし東京高等師範學校國語漢文學會に臨み一場の談話をなせり吉田教授兒島博士等亦予か爲めに推賞の辭を述べらる

午後六時より予か嘗て教授せし大阪陸軍地方幼年學校出身者の偕行社に於ける歡迎會に臨む會合せしものは陸軍大學校學生中尉片岡董同小堀金城同佐久間亮三同芳村正義同山本健兒同國分新七郎同磯矢伍郎歩兵學校教導隊附中尉齋藤春磨同學生中尉熊谷操工兵學校教官中尉森修三同西村金三郎戸山學校學生學生中尉一色正雄同間野俊夫砲工學校學生中尉仁井辰造同岩野順頼同勝野正之少尉校東通邦外國語學校依託學生中尉大山驥夫の諸氏なりとす

二十七日午前十時授賞式に參列す

授賞式次第

一院長演述

一授賞ノ理由説明

會員　文學博士　三上參次

同　文學博士　服部宇之吉

同　理學博士　池田菊苗

同　理學博士　長岡半太郎

一授賞　恩賜賞　德富猪一郎

同　柿村重松

同　藥學博士　朝比奈泰彦

同　理學博士　木下季吉

一内閣總理大臣祝辭

一宮内大臣祝辭

一文部大臣祝辭

授賞審査要旨

本朝文粹ハ嵯峨天皇ヨリ後一條天皇ニ至ル二百餘年間ニ於テ天皇皇族及ビ公卿大夫ノ筆ニ成レル漢詩漢文ヲ集錄セシモノナリ編纂ノ趣旨ハ主トシテ文章ノ典範ヲ示スニアリテ大體法ヲ文選ニ取リ諸體ノ詩二十八首ノ外詔勅表状賦序願文等三十七種ノ文體ニ就キ模範ト爲スニ足ルベキモノ三百九十九篇ヲ選擇採錄セリ其ノ中ニ採錄サレタル詩文ハ後代ノ法ト爲リ篇中ノ佳句ハ早ク已ニ當時ニ諷誦セラレ遂ニ後代ノ文學ニ影響セルモノ少カラズ本朝ノ文學ヲ研究セントスル者固ヨリ本書ノ研究ヲ忽ニスベカラズ然ルニ從來之ガ註釋ヲ試ミタルモノ殆ド無ク世上僅ニ一二ノ校訂本有ルニ過ギズ蓋シ書中ノ諸篇故事ヲ引用セルモノ多ク字字殆ド典據無キハ無ク而シテ當時ノ世態ヲ顧ミルニ一面ニ於テ支那文學ノ影響甚ダ大ナルト同時ニ他ノ一面ニ於テハ佛教ノ信仰上

下ニ浸潤セルヲ以テ故事ハ本朝以外支那印度ノ史實傳説ニ亙リ成語ハ支那四部ノ書ハ勿論佛書ニ典據ヲ有スルモノ亦少カラズ是ヲ以テ本書ノ註釋ヲ成サントスルニハ博ク内外ノ載籍ヲ渉獵シ兼ネテ佛典ニ及バザルベカラズ隨ツテ多クノ歳月ヲ費シ大ナル努力ヲ以テ事ニ從フニアラザレバ成功ヲ期シ難シ是レ前人ノ敢ラ之ニ指ヲ染メザリシ所以ナルベシ著者柿村君夙ニ心ヲ本書ノ研究ニ潛メ曩ニ本著ヲ公ニス其ノ業實ニ荊棘ヲ開キ榛莽ヲ伐ルノ概アリ

今本著ニ依リテ著者ノ業蹟ヲ觀ルニ嘗テ田中參氏ガ刊行セル校訂本ヲ底本ト爲シ同氏ガ未ダ検セザリヲ異本數種ニ參シ且ツ三代實錄扶桑畧記類聚三代格朝野群載政事要畧菅家文草菅家後集本朝麗藻和漢朗詠集江談抄等ニ對比シ更ニ著者ノ意見ヲ加ヘ以テ本文ノ異同誤脱ヲ校勘シ其ノ要ハ一々之ヲ本文ノ下ニ註記シ故事成語ハ群書ヲ檢索シテ一々其ノ出典ヲ考ヘ説明解釋ヲ施セリ卷末ニ附セル作者ノ小傳亦本書ヲ讀ム者ノ好參考ト稱スベシ鼇頭ノ意譯文ハ時ニ稍々安帖ナラザルモノ有レドモ該意譯ハ本著刊行援助者ガ一般讀者ノ便利ヲ圖ルノ希望ヲ容レ著者ガ急遽筆ヲ下シタルモノ

ニ係リ爲ニ本著ニ於ケル研究ノ價値ヲ動スニ足ラズ

本著ヲ通讀スルニ本邦ノ歴史法制及佛教ニ關スル方面ニ於テ若干ノ遺漏又ハ不備ノ點無シト爲サズ然レドモ此等ノ事項ハ本ト各々專門的研究ヲ要スルトコロノモノナレバ一人ニシテ兼ネ通ゼンコトハ望ミ難キ事ナルノミナラズ著者ハ專ラ文學ノ見地ヨリ本書ヲ研究シ本朝ノ漢詩漢文ガ支那ヨリ受ケタル影響ヲ闡明スルコトニ心力ヲ傾注シ本邦制度ノ歴史的考證等ノ如キハ其ノ研究ノ主眼ニアラザルヲ以テ此ノ方面ニ多キヲ望ムハ蓋シ過當ノ事ナルベシ殊ニ藍本ト爲スベキ前人ノ著述殆ド無ク著者自カラ獨力ヲ以テ一切ノ根本研究ニ從事シタル本著ノ如キモノニ在リテハ多少ノ缺點アルハ勢免レ難キトコロナリトス故事成語ノ典據ヲ檢索スル者動モスレハ原書ニ就カズシテ類書等ニ引ケルモノヲ直ニ採用スルノ弊ニ陷リ易シ著者ハ特ニ此ノ點ニ注意シ必ズ原書ニ據ルニ努メタルハ多トスベシ但地方ニ在リテ教育ニ從事セル著者ノ境遇ガ各地ニ往來シテ圖書ヲ檢討スルノ自由ヲ與フルコト少カリシガ爲時ニ類書等ニ依リシモノ有ルハ亦已ムヲ得ザルモノト謂フベシ而シテ著者ノ篤學ナ

ルヤ今猶ホ常ニ訂正増補ニ努メツヽアレハ将來必ズ前記ノ缺點ヲ除去シ研究ヲ大成スルニ至ラン

之ヲ要スルニ本著ハ著者ガ本朝文粹ニ就キ多年眞摯且周密ナル根本研究ヲ累ネタル結果其ノ本文ヲ校勘シ故事成語ノ出典ヲ明ニシ意義ヲ釋シタルモノニシテ本朝文粹ハ千載ニシテ乃チ一ノ忠臣ヲ得タリ一事一語ヲモ苟リモセザラントスル著者ノ精神ハ全篇ヲ通ジテ明白ニ認メラレ其ノ努力眞ニ推奬ニ値ス而シテ著者研究ノ結果ガ學界ニ寄與スル功績實ニ多トスベシ

賞記

帝國學士院ハ柿村重松著本朝文粹註釋ニ對シ本院授賞規則第二條ニ依リ茲ニ恩賜賞賞牌及賞金ヲ授與ス

大正十二年五月二十七日

帝國學士院長従二位勲一等法學博士男爵穗積陳重（花押）

第二十七號

目錄

一恩賜賞々牌　壹個

一恩賜賞々金　壹千圓

以上

内閣總理大臣祝辭

茲ニ帝國學士院授賞ノ典ヲ擧ケラルヽニ方リ一言スルコトヲ得ルハ予ノ欣幸トスル所ナリ顧フニ學士院ハ蘊奥ヲ究ムル篤學ノ士ヲ簡拔シテ授賞ノ事ヲ行ヒ以テ文化ノ進展ニ裨補スルコト既ニ年アリ本年亦授賞其ノ人ヲ得タルハ學界ノ爲大ニ之ヲ賀スヘキト共ニ選ニ上リシ諸君ノ光榮固ヨリ之ヲ祝セサルヲ得ス冀クハ諸君益〻研鑽ヲ積ミ今日ノ榮譽ヲシテ更ニ一層ノ光輝アラシメ以テ學士院授賞ノ本旨ニ副フ所アラムコトヲ乃チ希望スル所ヲ陳ヘ以テ祝辭ト爲ス

宮内大臣祝辭

帝國學士院ハ本日授賞式ヲ行ヒ徳富猪一郎君ノ近世日本國民史柿村重松君ノ本朝文粹註釋藥學博士朝比奈泰彦君ノ漢藥成分ノ化學的研究理學博士木下季吉君ノ放射線ニ關スル研究ニ對シテ恩賜賞ヲ授與セラル審査要旨ノ報告ニ據レハ或ハ三長ヲ發揮セル出色ノ好著ヲ以テ史學上ニ裨益ヲ與ヘ或ハ古書ヲ註釋シテ文學界ノ荊棘ヲ披キ或ハ藥用植物ヲ研究シテ濟生ノ用ニ資シ或ハ放射線ヲ實驗シテ寫眞作用ノ微ヲ顯シタルカ如キ皆能ク精蘊ヲ究メテ一層ノ發展ヲ示サレタルハ四君篤學ノ致ス所ニシテ其ノ學術ノ發達ニ貢獻スル所アルヤ大ナ

り而シテ本年推奬ノ選ニ膺リシ著書及ヒ論文ハ史學文學藥學理學ノ各方面ヨリ出テ皆恩賜賞ヲ授ケラレタルハ最モ喜フヘキコトニテ授賞範圍ノ漸ク廣キハ學術ヲ奬勵シタマフ皇室ノ至意ニ副フ者ト謂フヘク學界ノ爲ニ將又國家ノ爲ニ慶賀ニ勝ヘス茲ニ諸君ノ孜々怠ラサル勤苦ニ對シテ甚深ナル敬意ヲ表スルト共ニ其ノ益〻力ヲ學術ニ盡シテ深造自得スル所ヲ發表シ以テ昭代ノ文運ヲ裨翼セラレムコトヲ望ム

文部大臣祝辭

帝國學士院ハ學界最高ノ權威テアツテソノ推賞ニ預ルコトハ學者トシテノ最大榮譽テアリマス而シテ授賞制度ノ設立以來年々コノ榮譽アル受賞者ヲ出シ先人未到ノ研究著作カ續々紹介サレマスコトハマコトニ帝國學界ノ慶幸テアリマス本年モ亦德富猪一郎君柿村重松君藥學博士朝比奈泰彦君理學博士木下季吉君カ恩賜賞ヲ受ケラレルコトニナリマシタノハ衷心祝賀ニ堪ヘヌトコロテアリマス德富君ノ近世日本國民史柿村君ノ本朝文粹註釋ハトモニ類少ナキ勞作テアリ朝比奈君ノ漢藥成分ノ化學的研究木下君ノ放射線ニ關スル研究ハイツレモ斯界ノ新分野ヲ開拓シタ研究テアツテコレ等ヲ今日ノ學界ニ得タコトハ實ニ我カ國ノ誇テアリ世界ノ喜ヒテアリマストウオ諸君ハ此ノ上トモ學界ノタメニ自重自愛シテ文運ノ進展ニ貢獻サレルヤウ希望致シマス尚ホ此機會ニ於テ授賞制度ノ精神ヲ發揚シテ世界學術ノ進歩ニ盡サレル帝國學士院ニ對シ深厚ナル敬意ヲ表シマス

午後六時若溪會樓上に於て會員有志によりて開催されたる祝賀會に臨むもの二十八名服部宇之吉博士芳賀矢一博士松井簡治博士兒島獻吉郎博士吉田彌平教授保科孝一教授及び石塚好忠宇田四郎上田稔乙竹岩造金子彥二郎川村理助日下部重太郎佐藤正範芝野六助大島庄之助高瀨代次郎玉井幸助濱野知三郎日田權一森本角藏森本常吉諸橋轍治渡邊盛衞淵脇邊岡本作次郎荒川修一郎峰間信吉の諸氏なりとす服部博士松井博士其の他の推奬の演述あり妻操か今日の光榮を頒たるゝに及はすして歿せしは特に諸氏の感を惹く所となりき會將に閉ぢんとして服部博士は左の數語を附加せられぬ

去年四月予鹿兒島よりの歸途福岡を過ぎり福岡高等學校にて一場の講演を試みしか柿村君は切りに予に勸めて香椎宮に參拜せしむ乃ち君の東道により香椎宮に詣てわが拜終りて君

は予を一旅舎に導き晝食を薦め且つ語りて曰く「去年妻病みしとき高熱の爲めに囈語を放ちて頻りに先生を呼ぶ生乃ち就いて問へば言へらく先生東京より來らる饗膳の用意は如何にと生之に對へて已に某旅館に案内せり意を安んして可なりと言ひしに妻は快く眼を閉ぢき生が妻も亦先生の高庇に感激し居りしや必せり今日の麁羞固より大人の前に供すへきものにあらすと雖も先生にして幸に之を享け給はゞ生か妻の志も亦酬いらるゝを得んか」と語り去つて聲涙倶に降る予も亦感激禁すること能はさりき（この席にて博士は予か著書を十分審査の上帝國學士院に推薦すへきことを語られき）

二十八日正午芝離宮に於て、伏見宮博恭王殿下台臨の上賜餐あり賜餐の後拝謁の榮を荷ふ受賞者への賜餐は今回を以て嚆矢とす

二十九日午後五時久敬社（唐津出身學生塾舎）に於て表彰式あり終りて京橋區第一相互館内東洋軒に於て特に予か爲めに祝賀會を開かる會するもの掛下重次郎小田瀧三郎鈴木陽之助山崎四男六村松喜太郎中村虎之助渡邊眞掛下玉男増田侃祈尾伊勢太曾弥達藏栗田金太郎小川誠一藤生安太郎の諸氏とす皆同郷の士なり小笠原子爵は喪中の故を以て出席なかりしも特に予か爲めに記念の揮毫を賜はるの盛意を傳へらる仍りて翌日同邸に詣り感謝の意を述ふ

三十日午後七時退京す途次京都大阪に先輩知人を訪ひ六月二日福岡に歸着す

福岡高等學校に於ては是より先き二月十二日帝國學士院部會の決議新聞紙に傳へらるゝや教授諸氏予を學士會福岡支部に招きて爲めに祝賀の宴を張りしか校友會は更に六月八日を期して予か爲めに記念學藝講演會を開くことゝせり是の日講演會の開催に先ちて予は學校職員及ひ久保田未亡人池田小一郎夫妻を共進亭に招待して披露の宴を張りぬ席上校友會は予に錫製花瓶一器を贈りぬ講演會の次第は左の如し

福岡高等學校第一回學藝講演會
柿村教授の恩賜賞拝受を記念として

場所　福岡市第一公會堂

日時　六月八日（金曜日）午後六時より

講演内容　平安朝の文化に就いて
柿村教授の業績に就いて　秋吉校長
平安朝の農政　樋田教授
本朝文粋の研究に就いて　柿村教授
平安朝の社會問題　玉泉教授
源氏物語の批判　佐藤教授

是の日大雨聴衆多からさりしかとも會せしもの

は皆熱心に聴き居たり

予か鄕里唐津に於ては九日予か歸鄕するを待ちて二三の親戚相集まりて簡單なる祝賀の宴を開き翌十日は町の有志中島五十男（郡長）兼子昱（町長）中野才二（高等女學校長）丸山金治（小學校長）大島小太郎豐田稔關根歡太郎岸川善太郎三浦龍太郎宮島德太郎等三十餘名の諸氏予を自由亭に招きて歡迎祝賀の宴を張られたり是の日妻の墓に詣づ

恩賜賞拜受に關し二月以來各方面より祝賀の書狀に接せしこと數十通の多きに及へとも今は繁を避けて其の二三通を錄すること左の如し

拜啓仕候春寒料峭とは申なから嚴寒の時に比すれは何となく春めき候樣相成申候其後久敷御無沙汰に打過申譯無之候先月木村君より御消息承り御言傳之段も難有拜承致候益ゝ御元氣にて御精勵之段賀上候扨新聞紙により承れは今回學士院賞御受之由目出度御喜申上候半世の御苦心も出版となり今回之御受賞となり愈不朽之事實と相成御會心之段拜察雀躍ゝ不堪候唯今日之御名譽を知られさる亡御令室か何處までも御不幸なりし事と御同情に堪へ不申候御在世中御著完成迄にはどれ丈かの御內助有之候ひし事と存候に出版完結さへ全く見られざりし御遺憾に加へ今回の事は全く御存知なき事とも御思出御遺憾之段拜察淚之種ゝ御座候併御墓前ゝ今日之次第御報告之際は黃泉之下內助之功空しからにとの御喜有之候事と存候先は不取敢御喜迄匆々不一

二月十六日　平田信彥（熊本中學校舊同僚）

時下益御淸穆奉賀候這程新聞紙の報導によれは帝國學士院に於て高著本朝文粹註釋推選せられ恩賜賞授與に決定致候由誠に至上之御名譽と存候有志者事竟成とかや多年之御苦心無御滿足之事と奉存候尚一層此方面に御硏索の段切望之至に不堪候先は御祝詞申上度如此御座候敬具

三月十九日　小柳司氣太

拜啓其後はとんと御無沙汰申譯も無之候新綠の候益ゝ御健勝に在らせられ候や先般來一書拜呈御祝詞申上度と存しなから俗事多忙加之急に大兄と小生との間に近つくへからさる距離を生したる心地もして心中にてはかゝる友人を有せし事を大に誇りと感じつゝも失禮致し居候實に此度は恩賜賞といふ學者として無上の光榮なる榮典に浴せられ珍重の至りに存候是れ啻に大兄一家の御名譽なるのみならず貧弱なる所謂敎育者のみを輩出する若溪出身者の爲めに氣を吐くものとして實に痛快至極に

候然し其後御健康如何にや何卒御自愛専一に
存候尚御令閨没後如何遊はされ候や小生も同
境遇に候が其中何とかせねばなるまじと存候
先は甚延引ながら御祝辭申述候草々不備
五月十日　　　　穐吉（姓村山、高師同窓）

拜啓久敷御無音仕居候處益々御清祥御勵精被爲
在奉慶賀候偖貴下には多年一貫努力研究を積
まれたる御功績顯著なる爲今回御名譽なる恩
賜賞を御受けに相成候趣傳承いたし貴下の至
大なる御名譽を御祝賀申上ぐると共に學界の
爲に一大貢獻を爲されたる御功勞に對して感
謝の意を表し奉り候高等師範學校御在學時代
より篤學なる御方なりしが爾來多年一貫の御
努力が茲に一大光彩を放つに至りし事を思ひ
事の成る偶然にあらざることを今更に感佩仕
候貴下齡壯にして前途春秋に富ませらる何卒
益々御自愛御健康にて愈々益々御大成被爲在度欣快
不能措謹みて祝詞申上度如此御座候敬具
大正十二年五月廿九日　宗像逸郎（高師在學時之生徒監）

綠陰幽草之好季節彌御佳適奉賀候降而老生不
相易無異乍憚御安意被下度候扨過般は貴下御
研究多年之御成績を以而帝國學士院に於て恩
賜賞御受被遊候事貴下之御名譽は申迄も無之
隨而我等同鄕之者迄御影を以て面目を施し候
儀慶賀之至に奉存候御授賞當日特に老生に迄
御案内状頂き候儀光榮不過之候處生憎差支不
得參列遺憾に奉存候又在京唐津人に而貴下之
爲御祝賀會有之候由老生へは通知無之是又不
得參上遂に親しく拜顏御祝辭申上候機を失し
候爲乍延引茲に御悦申上候王朝之漢文と就而
は他に研究者も無之折柄益々御造詣不堪翹望候
特に近時我邦漢文之衰廢慨歎之至に御座候此
際唐津人中に貴下を出し候事快心之至に御座
候何卒御自愛奉祈候御上京之折は鎌倉弊廬へ
御枉駕願上度候是非一度拜芝高話拜聽仕度候
先は祝辭迄頓首
六月十六日　　　　新之助（姓田邉、詩人）

大正壬戌十月三十日文部大臣擧學制頒布五
十年記念祝典於東京大學　攝政殿下
台臨表彰教育功勞者百五十五名且賜物　新亦
與焉不堪感喜退私記榮
鶴駕親臨鈞樂起瀏亮音溢穹幕裡滿場起敬立禮
恭英姿凜在咫尺奉讀　勅語音琅琅清風穆穆
盈御牀頒布學制五十載文教振興國光揚　皇猷
大本存教育　　先皇軫念擧世服
今上紹述仍勞心夙加奬勵進民福更卜佳辰降
綸言特嘉勞績垂優恩恩賜銀盃大于掌彫鐫菊花
出　天閣金牌射眼光炫燿記念彰功意匠妙式畢

乃開饗讌場三千賓客擧觴醻此躬元期山澤癯不
料寵遇覃迂儒愧無涓滴酬昭代四十年間惟守愚
獨嗟邪説風靡草赤手難挽狂瀾倒秖合克體
聖旨深宣揚大東君子道
賜正　田邊　新拜具
柿村學兄　梧右

次韻

雖無文王猶興起聲名夙播皇都裡人似神仙在舟中
李門曽悦候尺咫記榮新詩響琅琅一誦清風繞坐牀
昭代出此人中端四十年勞美譽揚不才亦自任教育
當年至訓猶佩服憤悱誦習古人文樸學不問利與福
拮据纂得蠹餘言豈圖一朝傳優恩江湖淺識伍碩學
草茅微臣昇天閣離宮雲收錦筵耀仙廚之味悉珍妙
我王台臨嚴威儀一代名流齊酬醻賢能不許山中癯
聖人玄覽進真儒却笑駑駘亦一顧不附驥尾何發愚
先生德風偃野草如今不憂狂瀾倒天錫萬福壽而康
永揭日東千古道

賀松南　柿村君恩賜賞之光榮

神田　豊城

文藻王朝辨義艱千古茫研尋竭心血訓詁破天荒
精美無遺玉幽潛始發光聖明恩賞渥不朽令譽揚

次韻

曽歎詞峯險還迷學海茫從容人鼓棹屯蹇我開荒空
緝閑郊柳未遭吹杖光暗中摸索迹何價世推揚

偶感　併呈豊城兄

下筆龍蛇躍動脣金石鳴恥予無此技著作釣虛名
拙作辱高和爲添光感々謝々併別詩何啻
兄謙虛之至也所謂卑而不可踰者益加敬
服短古一首汚瑤韻賜斧正幸甚
儒學猪敬所文章頼子成全才天所吝君子恥無名

呈三浦雅兄

昧着雷同徒好奇雕龍炙輠却支離由來大道平々耳
地義天經非作爲

唐津四時詩　亦爲三浦氏

海上堆霞渾是花蒼波千里洗汀沙一痕明月誰回棹
雪霽霓林攅翠斜

避暑　鳥山内氏

繞屋蟬聲送夕陽如珠滴露已招涼嬾生避暑唯閑臥
不問年年三徑荒

松川　同上

淡粧濃沫是松川風渚潮生收暮烟月出皎兮波瀲灎
扁舟一棹載神仙

謝同學諸友贈篆牌書

肅啓諸君何愛予之深且切也所惠篆牌真是草廬之
珍翫也朱字金文配以蒼竹之刻文則千古之名言刻
亦當代之巨匠何之大貺而有過之宜傳之子孫以珍
而愛藏也顧予之所著固非驚破一世之大作只二十
年心血之所注其間以羸虛之身屢涉行路之難處貧

寠之間忽驚人倫之變漸而致有今日于今思往百感
交集于胸中鬱々然猶如不得所失也而偶接此既予
顏怡然使予有忽反青衿在學之昔時交臂歡談遺却
世事之紛紜之感焉唯歷數蘭契十人之名已闕都丸
君之瀟洒佐藤君之侃諤久保田君之醞藉三君子之
風丰依然在眼而佩環長歸于黃壤想之又發浩歎所
願諸君身如金石志如松竹克全康福于百歲勿吝杖
導于予身予亦雖不過病餘之一鰥丈尚有耿々之志
不能已于懷者若待諸君之策勵得以致涓滴之功則
庶得對諸君今日之盛意予聊述所懷以代瓊琚之報
云不宣

詠古川氏宅古梅 大正十三年

寶滿月昇踈影斜春回引恩是梅花舊根不死枝還長
歲歲香新積善家 大正十二年十一月十一日予應福岡日日新聞社之需於太宰府神社文書館九病講述菅公詩文之梗槩古川勝塋君在席乞予揮毫予不得已病間書以與之

退官口占

浮沈急轉豈無因抱病又爲長臥人鼠肝蟲臂君休問
斷絕世緣吾守真 去年患感冒尋肺患再燃荏苒不癒三月二十三日乞辭職

焚未完舊稿

寄在人間已儻來一朝拋志亦宜哉新抄舊草都投火
二十年功忽作灰 四月四日在唐津

對月

重謫仙人事事非壷中又陋欲何歸培風遐擧廣寒殿
還伴嫦娥長自依

思にまかせて

文夫のふむへき道をふみ終へて我は病みまきあ
はれ病みにき
たふれては又起きつゝもいたつきと二十年あま
りわれ戰ひき
いたつきのいえしと人はいふめれといやに强き
は生の力そ
天地にめくみのみちて親に子に幸なからめやわ
れはやむとも
すこやかに正きくあれやいとし子らてき母の名
を朽たすなよ卯
母ならぬ人を母とは呼はせまし寒けき牀にわれ
は老ゆとも
寂しさはたゝさきつまのおくつきに詣てゝこそ
はやるへかりけれ
つましあらは雨の夜ことによりそいて帚木の巻
よまゝしものを
東路の筑波のみねによちのほり妻の名よひし昔
をそおもふ
そのかみを思へはゆかし老いぬれと若きこゝろ
はかはらさりけり
この心灰とは冷めてわくらはに若きゆきひしい
も見つるかも
いたすらは神のこゝろとたのみつゝなさけもふ

かくちきりしは夢
まゝならぬ浮世をかこつ人なれやつきなしとて
も何かうらみん
無何有てふ郷にそ志はしやすらはん望もすてゝ
こひもわすれて
くさ〳〵の望はすてつおほきなる一つはゆるせ
天地の神

松南雑草第二冊　畢

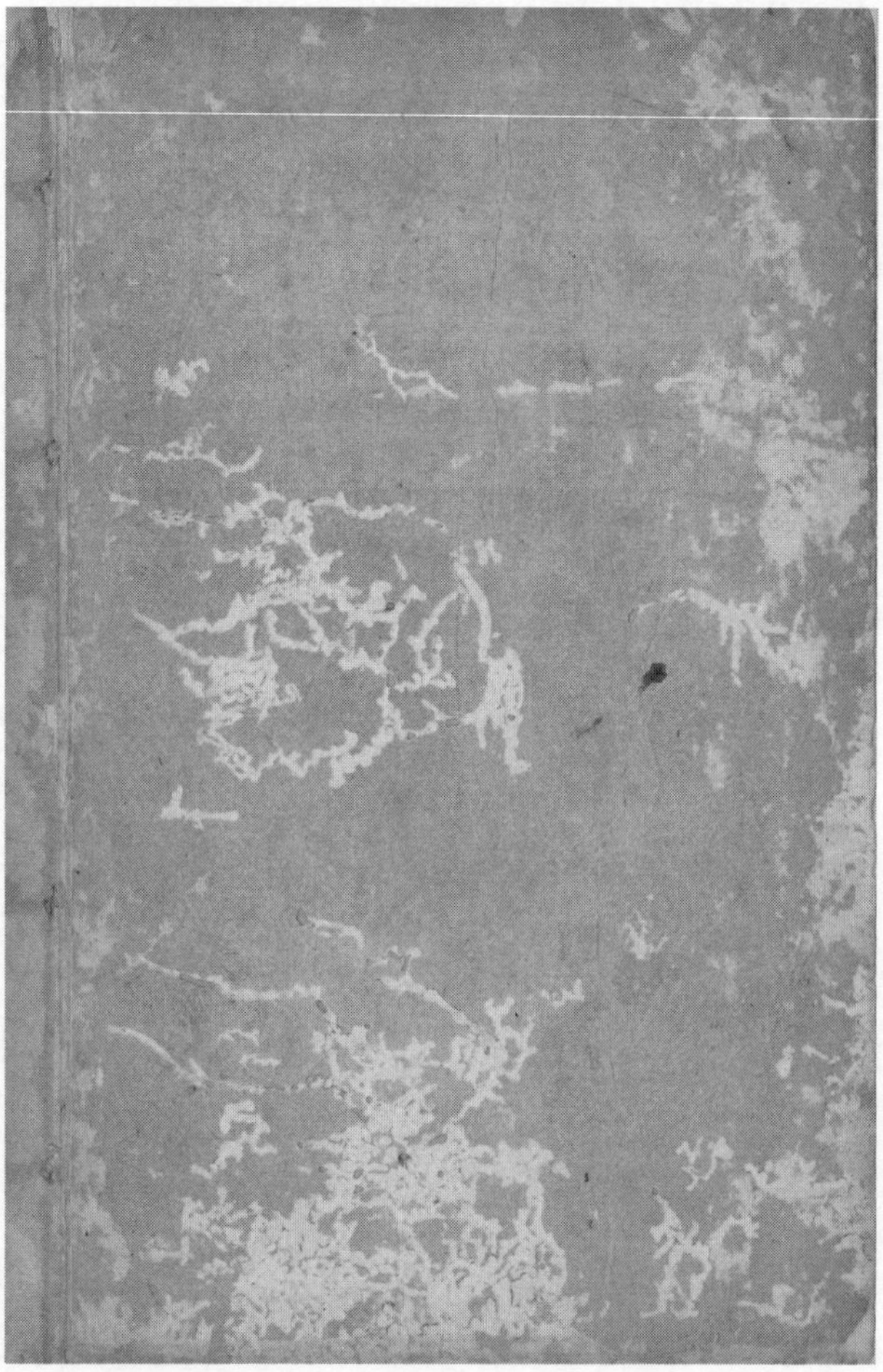

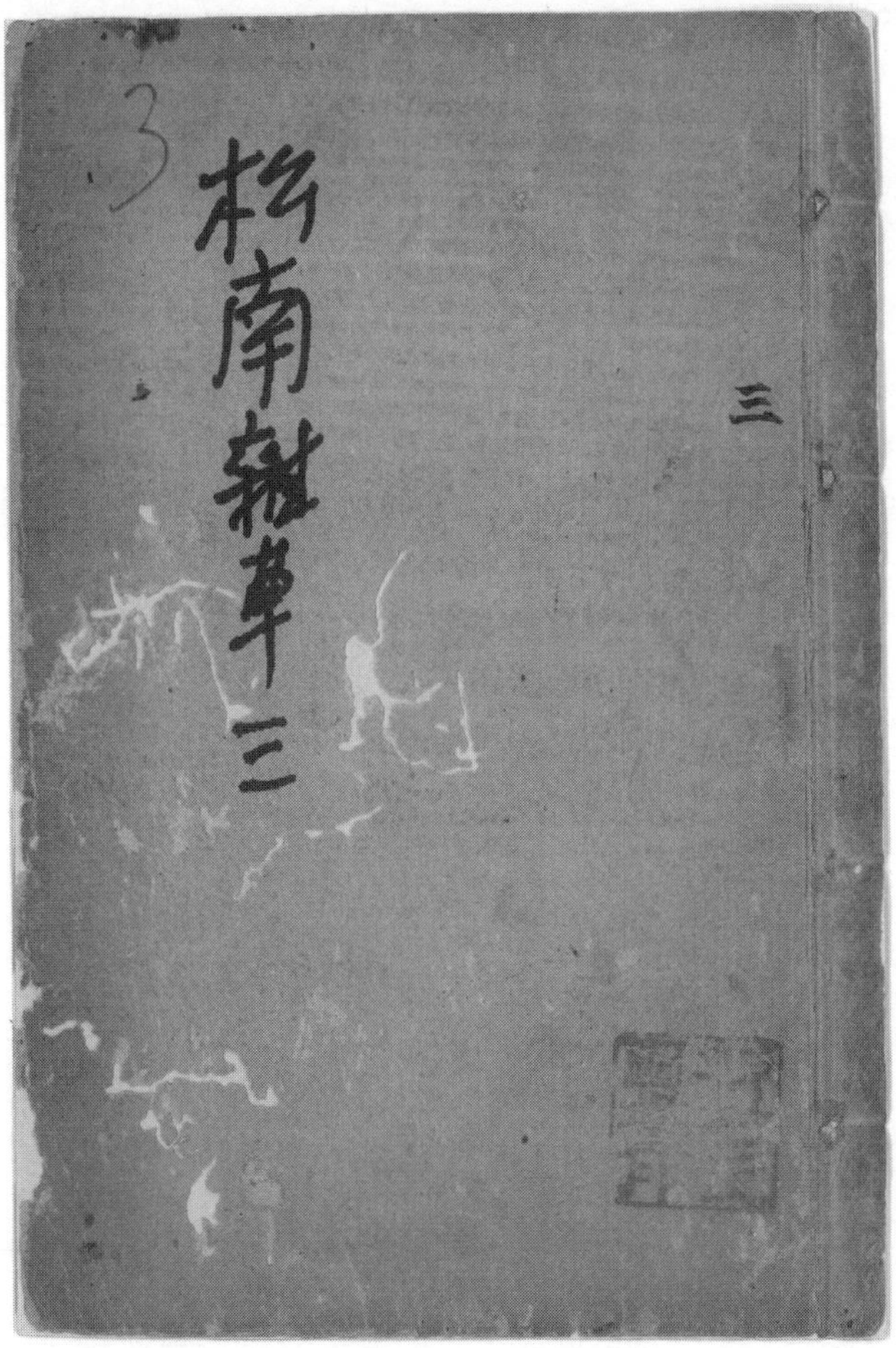
3
松南雜草 三
三

松南雑草第三冊

立春獨語 大正十四年二月四日

一切皆善須知人若行得日日之善即是至幸易曰一陰一陽之謂道繼之者善也成之者性也善之謂也愛之善者縱的發揮生生不斷大作用横的實現統一包和治機能易曰男女構精萬物化生愛之謂也天之愛物生生不殺終是始之基也是吉之始安其所遭審其所行以知其所向奉天之道也易曰樂天知命是之謂也

三教の心を

天地に塞かる浩氣養ひて小なる我れに大我をは見ん

明淨の鏡の色はうつせとも痕をとゞめぬ心みがかん

此の身をは聖の地位に据ゑ置きて浮世の中に慈眼放たん

肉身は死ぬまて生きよ一日も萬年もみな命なりけり

一を抱いて精を搖かすことなくは彭祖の齡我れも保たん

梅

ちりの世をよそにひねもすふす屋にも春音つれて梅白く咲く

風つきのあるしとあふくすかはらの大臣のめてし花ほころひぬ

山人のくすりのいろの梅の花かをたにかゝんやまひいゆやと

梅さきぬつもれる雪に月さえぬいもか面影まほろしにみゆ

おいかせに妹や來るとむかふれは月夜にしるしわかやとの梅

空さえて梅か香きよき春の夜に笛の音きこゆつまやこひしき

吾妻はや妻かかさしによそへてしのきはの梅はうつろひにけり

三月四日長崎より來りてわか家にありし鉅子か九日朝鮮に歸るとて出て立ちけれは庭の紅梅を折りて詠みて遣しける

此の花の色をそ君によそへなん心の香をは我れにしのへよ

子仙三浦君嫁女賛 并序

易以乾坤基詩以關雎始男剛女柔玉帛合二姓之好物具禮備牢卺締萬世之榮華燭夜夜送窈窕之于歸襛李朝朝感肅雝之成德嫁娶之制夫婦之倫今古同符中外齊軌也然而哲婦傾國淑女宜家褒姫寵幸周以播遷文公懷安晋豈成霸躭樂往聖之炯戒居正前修之明箴婉娩秀容韜以匪石之操綽約麗質存以厲

氷之心然後待如賓客克作君子之好逑刑于閨門乃正邦家之控御婦道所關蓋亦大矣子仙三浦君識見卓礫風神朗晶草場楮之吉君累代右族也以爲宗親山内小兵衛君閭郷英髦也以爲莫逆交游不雜雖執牙籌於市井之間清介自持高標襟懷於塵烟之表嘗言滔滔時勢風趨醲醨翩翩人情道謝庬厚文臣愛錢何張國維於未弛武人惜命誰護皇基於無窮慨男兒無腸尚女子有骨乃以其女餝嫁航空將校市丸策磨女也瓊潤粟姿蘭茂挺質桃之夭夭正儷其美蓮之的的或懃其清閑儀閨闈婦言婦容無缺問教師姆女事女功兼該洵淑德良媛脩待禮芳紀毋曰乃家者郷曲之閥族也慎順爾舅姑父曰乃夫者國軍之幹楨也無忝爾法度無誨毀勲承訓兢惕沈沈清宵攝衣出閨坦坦廣路受綏上車世之言婚求偶只問色親之愛子擇配當相人篤信因是卓行絶倫已知宴晏之爲毒何疑蒼昊之降禎嗚呼男兒之邦雖兩尊定婦隨之範尚武之俗有列女助雄飛之圖無事則翕如偕和似鼓琴瑟有事則沛然就義如決江河挹矜式於千古正彝倫于一家豈止戚里之慶柳亦神州之幸也予聞盛儀欣然作賛曰

遲遲春日于澗采蘩肌如氷雪心似蘭蓀加笄處室結褵上軒于配君子永宜子孫

武夫赳赳國之干城提兵仕重御風身輕非私求福于公輸誠言錫良配天監孔明

婚嫁惟重曷泥陳蹤行非好異事寔可宗磊磊氣寓嵒嵒風丰何以比予其人如龍

似航空人

碧漢無階不可躋搏風誰得大鵬齊鳴鑾乗鶴登仙夢鑄鼎迎龍厭世迷地上漫爭蠻觸國人間多守鷽鳩栖雄圖祗屬航空士鞭撻雷霆曳彩霓

送少子入熊本幼年學校和歌三首 并序

今茲乙丑春四月少子極爲教育総監部所簡拔入熊本陸軍幼年學校予教授大阪幼年學校自明治丙午至大正丙辰前後十年辛亥之歳臘月少子生焉夙齡立志自進應試事莫不如意矣其辭膝下予慨然贈言曰恭惟皇祖以武建國列聖承繼文武輔翼之臣恢弘鴻謨國運駸駸如王良造父之攬六轡驅騄騮乎坦途然何其盛也哉及漢土之學流傳於我煥發藻華於上世維持名教於中世而發揮義氣於近代其於國家決不爲無少補予嘗有所感私選維新志士所作詩文衍述其義以授生徒使之知志士義氣所由來且編一書名曰國士遺韻乙卯之夏乃母之歸寧其郷也予與汝留在寓居炎熱如燬之日尚且兀坐一室屬稿不輟而汝常侍几側列甑具以嬉戲倦則仰呼曰阿父阿父想之宛然在眼越明年予獲病罷官乃母常憂予善病嘗謂曰吾兒願育之爲軍人今也乃母亡矣乃父亦復病然國士遺韻一書幸在汝手雖稿本未至完備而乃父當年所懷抱可以概見也嗚呼世情推移不可逆睹二十

年前我儕所不夢想頃來頻頻駭耳爲之不覺發浩歎獨我皇祖大業嚴如山嶽君臣名分炳如日星歴億斯年無有微變斷斷乎可知矣而崇仰之擁護之增發其暉者舍汝等軍人其誰哉幹我家事者乃兄在焉汝則以身奉國若夫予志載在遺韻汝他日誦之可知也予不復多言嗟夫予病矣無能爲所冀唯在汝兄弟不撓不屈各成其所志而已矣臨別聊攄所懷云爾

春乃日能光遠負比天與呂古靡仁満知天出立豆望之郷邊

踐美志女天真直仁道遠進美奈波頗天著幾奈武望之郷仁

丈夫乃踐武邊幾道遠踐美遂計與皇御國乃御楯登奈利天

退職所感　白坂高重

啼く鳥も流るゝ水も笑ふなり彌生は十日世はうるはしき

山見れは山しうつくし海も川もほゝゑむかこと紫けふる

三十年を踊らす泣かすすきこしかな嬉しとや見むうれたしと見む

東流の水は返らすあたら日を枯野の原におそやさまよふ

酬白坂君

遲日涓涓水晴郊恰恰禽世間歌舞外天地有清音

花朝山色紫風日水波光負此三春景閑居獨坐忘

詹頭羣雀噪孤鵠總飛鳴各自安其所行藏了一生

東流流不盡花鳥又年年去日如來日浮休付自然

明治十三年一月曾生

追憶　二月稿了　以後加改削　六月載録

小序

終日几に隠つてゐると南郭子を學びつゝもよしなきことか次から次へと憶ひ出される四十餘年の生活單調てはあるか可なり曲折もある懺悔の代にもと一切を赤裸裸にしてつれつれのまゝに書きつける

鈍物

月給五圓の村吏で袴を著けた父に伴はれて得々然として入學したのは一月生れの八歳の春てあつた先生は前御家老職松澤訓導てある恭しく父の手から自分を受け取られた

授業か始まった小學讀本の讀方てある

「神は天地の主宰にして人は萬物の靈長なり」し其讀め

一向覺えない

大きな體をして、まだ覺えないのか

教鞭でピシャり、古參の生徒は馬鹿にして頻りと悪戯をする極端に內氣て而も負嫌ひな自分はすつかり學校がいやになった近所の女の兒なとか皆嬉々として朝から遊んてゐるのか羨ましくて

ならん
學校に行かない色々と駄々を捏ねて親を手古摺
らせるけれと行かないと大切な机や本籍を取り
あげられるのか苦しい餘儀なく行つては他の生
徒らが讀むのを聞いて譯もわからずに諳誦した」
試驗か來た
先生が三人儼然として控へて居られる一々呼び
出して讀まされる
幸に豫て諳誦してゐた處が出た得意になつて讀
んだ
然るにそこはどうかすると四五行程脱して諳誦
して居た處だ今度も果して脱して讀んだ
先生怪訝な顔をして
こゝはどう讀むか
一向出ない
こんな鹽梅で三年に至つて遂に落第した
新三年になつては席か上つたと云つて喜んて居
た教科書か變つたので始めて解るやうになり以
來常に上席を占めることか出來た
尋常初年での鈍物は上級で普通となり高等の三
四年で嶄然頭角を見はすやうになつた
かくて自分か一角の秀才として大成學校に入つ
たときは松澤先生はそこの小使をして居られた
侮蔑

遊技運動なとに於て先天的不具な自分は衆人環
視の中に於てその拙技を演するに忍びなかつた」
正課の體操は負嫌ひの故を以て眞面目にやつた
から何時も普通以上の成績を收め得たがその他
の遊技に於ては凡て駄目であつた
已むなく引張り出されて野球などをやる
投球の姿勢、疾走の態度、級友嗤笑の的となつてゐ
た
啻に男生ばかりでないこの點に於ては女生から
さへ侮蔑されて居た
高等二年の時擔任の大川謙治先生は感する所あ
つて男生女生の席次を混同して敎へられた大島
さん宮地さんなとの才媛と腰掛を共にして坐ら
せられた學科に於ては自分は頑として首席の地
位を是等の才媛に讓らなかつたか共同遊技に於
ては全く駄目て何時も回避した嫉妬の焔を燃や
して居た一お顚婆女生は
何時も机にばかり齧り著いて、ちつと外に出て
活潑に遊びなさい
先生になつてからも同樣てあつた長崎の師範で
先生が女生徒と一緒に仲善く遊ぶことか折々あ
つた舞踏や鬼事なとか行はれる自分は例の回避」
美しい女生徒か
先生、元氣に踊りませうよ

若い未婚の先生顔色なしてである
運動嫌ひの故に一生一度の非行を敢てして今日
なほ慙愧に堪へないことがある
時は明治二十七年の夏わが大成學校の生徒は曠
古の大戰に涓滴の報效を致さんとて石炭運びを
やつて所得の賃銀を義捐せんと同志を募つた
自分は之に加はるべく勸められて承諾したが
しいやでいやで仕方がない遂に祖母が許さない
と言つて加盟を脱した
自分は今日改めて祖母に對して此の不孝を謝す
ると共に報國の至誠は心に抱きつゝも之を果し
得なかつた怯懦について深く懺悔するものであ
る

○

運動遊技ばかりでない自分は話すことも歌ふこ
とも頗る拙であつた唯文を讀むことと作ること
のみを自ら得意としてゐた
大成學校某會の發開式に演説を爲すべく指名さ
れたとき自分は豫てかゝることもやと用意して
居た祝辭を朗讀して大喝采を博したこともある
負嫌ひの自分は要するに百の拙技を捨てゝ唯一
の得意とする所に向つて驀進したものである

秀才

中學（初めは大成學校）で毎に熊本某と首席を爭つ
て居た秀才は時々先生を困らせた
幾何の教授の時である教科書は理學博士菊池大
麓著平面幾何學教科書
定理に次いで若干の系が掲げられて成立ち得る
あらゆる場合を示してあつた
秀才は手を擧げた
先生これ以外の場合はありませんか
ない
箇樣な場合はどうです
左樣
先生愕然として答ふる所を知らない教科書は遂
に訂正された全級生徒は皆目を瞠つた先生は後
に視學官や師範學校長に歷任された才鋒鋭利な
片岡英儀其の人であつた
東洋歷史の大野先生をも苦めたことがある
闔校の師弟が學德無雙として絶大の尊敬を鍾め
てゐた枕尾清先生の講義にすら時々疑を獻じた
君は枕尾先生より偉い
級友の浦田某が自分に私語いた言葉である
此の秀才は益々増長して田舍の中學學ぶに足らず
とし三年（當時佐賀の分校で三年までであつた）の
業終るや六國史や大日本史續修の大志を抱いて
蹶然上京した
直ちに久敬社に入つて二松學舍に通つた

廿三

高師入学

大膽にも一篇の佶屈なる無茶苦茶漢文を草して後の東宮侍講文學博士三島毅先生に上り其の眷顧をこうた、答がない、遂に先生に引見を要求して意中を述へた

先生一言の下に卻けられた

中央に出た田舎の秀才は前日の大志も何處へやら將に悲觀のどん底に沈淪せんとした

龍門

上京した年の夏高等師範學校官費專修科の募集があつた

自分は應募したかつた田邊松坡先生も勸められたしかし悲しい哉素養か足りない

其の年の九月遂に當時新設の京華中學第四學年に席を置いて竊に期待する所があつた

善哉補缺募集の廣告か出た

自分は此度こそはと西洋歴史なとは旬日の間に丸諳記をして試驗に應じた

明治三十一年の紀元節は大雪で東京市街は正に崑山玄圃と化したその翌日から御茶水の高等師範雨天體操場で試驗か行はれた

國語漢文英語數學は見事に出來たか西洋歴史や化學なとについては甚だ心許なかつた

次で口述試驗が那珂博士に依つて行はれた

柿といふ字は

箇様々々

國語は何を讀んだか

土佐日記と神皇正統記を讀みました

神皇正統記の内容は

神代から後醍醐天皇いえ後村上天皇の初めまで書いてあります

宜しい

發表の日が來た駈け付けて揭示を見た

一通り目を通したが自分の姓名はない萬事休すと思つた

更に一回氣を付けて見た一番末に自分の姓名が記してあるのを發見した時は眞に飛び立つばかり嬉しかつた

鯉魚は正に潑剌として龍門を登つたのである

早速學校に證明書を認めてもらつて徵兵檢查猶豫願を提出した

從妹

市外幡谷の伯父の家(小笠原子爵邸内)を訪れて始めて從妹鋠子を見た十五の可憐なる鋠子を爾來三年間日曜よは大抵此を訪れて祖母伯父とこの鋠子に逢ふのを樂みとした

一日外出しようとして襯衣の釦が取れた

鋠子は針と絲とを持つて來て釦を著けて呉れた

二人の手は始めて相觸れた、知らず此の手は以後

再び相觸れることがなかつたてあらうか

自分か卒業して八代に赴任すると伯父は家扶の職を罷めて一家擧つて唐津に歸住された

従姉の山田としさんが

　あなた鋠ちやを貰つては

自分は忽ち熱血か總身に渦くのを覺えたしかし自分か伯父の家に訪れると伯父は何時も養子の話をされた父は近親結婚を嫌つて居た

越えて二年、一日八代の下宿の娘さんが微笑と浮べなから一封の手紙を持つて來た

鋠子からの初めての手紙であつた急いで封を切つた

　村田某の妻と相成り候私は満身の愛を注ぐ人がないのを悲しみ候

自分は輕からぬ失望を感じた自分が郷校以來の噂を聞いて居た鋠子は己にひそかに自分を慕つて居たのであつた

此の夏自分が病に罹るや鋠子は其の報に接して人も異むばかりに泫然として涙を垂れたといふ

自分は始めてはつきりと鋠子の心を看得た

鋠子は其後離縁になつた自分は彼女を得んことを切望したが容れられなかつたそれて鋠子に劣らぬ美人を要めて我が妻を得たしかし結婚式の翌日その聲を聞いて鋠子のそれの如く清くなかつたのに多少の失望を感じた

明治卅三年

鋠子は再び良人を得た以來杳として消息は絶えた

二十年の後うれしくし鋠子を見た子供を連れた

四十の鋠子を、でも二人は手を携へて後丘の紅葉の林を散歩した

紅葉ばに赤き心をたくへつ、

　こひしき人の手をとりてゆく

自分は妻を亡つたけれとも鋠子は人の妻てある

鋠子は人の妻てあるしかし自分の従妹てある

　先生

中學三ヶ年と二學期高等師範二ヶ年の素養しかない二十二歳の若い先生は同窓久保田俊夫君と同じく熊本縣に出向を命せられたがやかて創立日猶淺き八代中學校に教鞭を執ることゝなつた

生徒には先生より年長の壯漢が五六人も居て時々盛んに彌次つた少しまごつきでもしようものなら質問は忽ち簇發された

やがて試驗は行はれた、生徒から先生へ

　先生これはどう讀みます

紙に書いて差出されたのは萬葉の歌であつた、それは初めて先生の御目に觸れたものである先生はつと思つたが其の中にある無何有や藐姑射の文字は幸に莊子の中でお習染になつてゐたので

先づ答解は出來た試驗に滞りなく及第したのである

以來生徒の態度はやゝ改まった

去かし參考書に乏しい當時にあっては若い先生は屢、汗背の失態を演じた五年の漢文の授業の時であった時間が餘ったので其の日の教材の次に出てゐた詩を講じたありふれた詩である但し先生には初對面である

「一將功成萬骨枯」一將功は成ったが戰死をしてその骨は悉く野に暴された

と解した

さあ生徒が承知しない

先生眞赤になって降參せざるを得ない

嘗て東洋歷史の先生などをいぢめた當年の秀才は是に至って全く顏色なしである

發熱

人吉の山間を出た滔々たる玖摩の急流は渦を捲いて下へ下へと碧藍の水を駛らせて居る自分は獨身仲間の文學士千葉良祐君とよく香欒《ザボン》を抱へて此の水に沿うた疎松の長堤を漫歩したそう志て山腹の古麓稲荷に登っては八代平原の壯景を俯瞰しつゝ飽まで貪り食った

三十四年の夏休であったが同君は又自分を誘つて阿蘇の神山を攀登して宮地に降ったこともある

三十五年

かくて翌年の春になって自分は突然激しい肋間神經痛に罹った痛は一日で治ったが校醫は「肺病を誘發するといけないから大事にせよ」と言った

其夏郡の講習會に於ける教育國語の講師を囑託された豫てより負擔の重きを感じて居る自分は柄にもない此の講習殊に教育の講義に非常に苦しんだそれで講習が終るや曽遊以來常に憧憬してゐた阿蘇の地に向ひ栃木温泉に浴して疲勞を醫せんとした

時は八月下旬殘暑熾烈の候ではあったが幽邃の清嵐は兩腋を拂って日中なほ過冷を感ずる程であった

忽ちにして發熱した少しも減かない

熊本の縣立病院に入ったが治らない

下宿に歸って月餘も苦しんだ後父から賜った六神丸を服するに及んで熱は二分三分と日々に遞下するに至った

かくて講習によって頂戴した報酬の全額はその慰勞の入湯によって得た病の爲めに都て消費し盡されてしまった

病氣は窒扶斯かと疑ふものもあり肺尖加答兒ならんといふものもあり判らずに終った蓋し他日大患の源は此の時已に胚胎してゐたのである

卅六年

當初自分の體格と若さとを羨んでゐた病餘の千葉君は今は外國語學校教授として隻脚を電車に奪はれながらも猶ほ盛んで活動を續けてゐられるが前途多望として囑目されてゐた自分は早や已に廢物となつて了つた

見合

長崎の師範に轉した三十六年の夏一ヶ月分の俸給を手にして自分は當時大阪に開かれてゐた内國博覽會見物をかねて近畿旅行へと出發した

大阪から和歌山粉河高野を經て多武峯奈良笠置を遍歷し伊勢大廟に參拜した旅費缺乏を告けたので大阪に引き返し汽船に搭して歸居した囊中には僅に五錢白銅一枚か殘つてゐた

是の時自分の爲めに結婚を周旋するものがあつて鈴木操を候補者として擧げた自分は海水浴へ赴く途次井戸ばたで水を汲んでゐる美しき若き彼女を垣間見て首肯を與へた

見合か行はれた

鈴木母子が見えた

種々の會話が交換された後母子は辭去された

確りした色が黑い、あれなら大丈夫だ

是れ母堂が見合後に於ける感想であつたといふ」

即ち自分は正に見合に合格したのである自分は炎天の下に山野を跋渉して歷拜し來つた神社佛

明治卅六年結婚

閣の神靈に向つて遙かに報賽の誠を捧げざるを得なかつた

新妻

新婚の後二人は年を越して長崎に歸任した

自分は新妻を下宿の二階に安置し奉つた

勤務時間か終ると「妻は何者にか誘拐し去られては居ないか」など考へつゝ急いで歸つた二階に登る跫音を聞いて十八の若い妻は何時もびくとするといふ

如何に寒き晩も食後必す手を携へて散歩した宿に返ると火鉢を中にして對坐した

獨身の仲間が頻々と遊びに來るやうになつた

わか妻は我れのみひとり占めて居らん
夜はふけぬるそいねよまれひと

暇日には茂木や道尾などに遊んだ道尾からの歸途には雨に逢つたので若い夫婦は羽織を頭から被つて駈け返つたなどの滑稽もある

高等女學校の音樂會のあとで

何處の貴婦人かと思つたら、君の奥さんでしたか

音樂の先生高塚教諭の眞面目なる告白であつた

自分の得意は正に絶頂に達した

蓋し長崎の三ヶ月は我々の生涯に於て又とない歡樂の春であつたのである

遠別

中央の學者に認めらるゝの必要を感じた自分は新妻を後にして四月再び遊學の途に上つた

當時新築新婚の後を承けて家計は頗る窮迫を告げて居たので自分は且つ働き且つ學はんと志したしかし事は志の如くならない學校からの給費と僅少の貯蓄と不足の分は多少の借金をしてやつと一ヶ年の學資を支へた

少ない學資の中から一部を割いて若き妻への小遣を送つた

若き妻はその中から更に一部を割りて着物膝すけなどを作つて呉れた

自分は是等の贈物に對して胸が迫らさるを得なかつた

姉妹の寫眞が送つて來た

下宿の上さんは「姉様は別嬪ですねと言つた自分は黙つて何とも答へなかつた

嘗て紫鉛筆を以て小感想をくさぐさと書き込んで送つてやつた小説不如歸は其の死後まで大切に保存されてあつた

自分が久振りで逢つた銀子に此の話をしたら「讀みたいから貸せ」といふ

貸してやつたら讀み卒つたといふ手紙は來たが本は返して來ない

かくて千里戀いつ戀はれつゝして苦しき一年を經過した自分は遂にこの戀しきものを東都に呼び寄せることが出來た一書肆のために晝夜兼行過勞をも顧みず小冊子を編して三十金を得その一半を以て彼女の旅費に宛て他の一半を以て新世帶の用途に供したのである

論文

高等師範の研究科に於て自分は論文の製作に專念した

夏季休暇に常陸地方に遊び久保田君を太田に訪うて西山公の遺蹟を尋ね兼て水戸に過り筑波に登つた外は殆んと凡て論文の製作に一ヶ年の日子を費した自分は苦心慘澹特に二篇(支那學制沿革考及び漢音漢語の國語に及はし、影響)を稿了した

論文は幸に先生方の御意に適つた

大正十二年五月東京の知人が自分のために恩賜賞拜受祝賀會を開かれたとき席上にて松井先生は左の如く陳べられた

學者に必要なるは金と健康とである君は此の二者共に惠まれてゐなかつたのに善くこの大業を成した研究科の時君の論文を見てあの六ヶ敷屋の那珂君が「此の論文には百點をやれ若し君が八十點位やるなら僕は百二十點遣る」と言はれた君の才はその時から已に認められて居

た
此の事は當時に於ても已に自分の耳に入つてゐ
た
それで自分は早速那珂博士に謁して教を請うた
博士は喜んで自分を其の書齋に案内されて當時
譯述中の成吉思汗實錄の事など語られ且つ今後
の方途などを懇切に喩された博士が久しからず
して世を去られたのは自分に取つては少なから
ぬ打擊であつた

妻籠

三十八年の四月妻を品川驛に迎へた時は寒風凛
冽自分は堪へられぬ苦寒を感じた妻の伯母河村
刀自從兄草場國手などが迎へに來て下さつた
倶に下宿に伴つた
二人は相擁して喜んだ
上野向島の櫻龜井戸の藤堀切の菖蒲四目の牡丹
などを觀せて歩いた上野の帝室博物館に入つた
とき激しい惡寒を感じて發熱した下宿に歸つて
服藥したら直ちに治つた大患の端は已に見はれ
て居たのである
かくて自分は八重垣ならぬ陋巷に妻籠の所を定
めた初は牛込の赤城下に後は同區の納戸町に
二人はやつと落著いて先づ先づ安堵した
志かし合歡の暖き夢は束の間であつた自分は忽

ち異様の疼痛を時々胸部に感ずるに至つた
偶、長崎での同僚青山敬之氏が訪ねて來たので神
樂坂上の「いろは」で飲んだ其の翌日から發熱して
遂に大患となつた七月三十日妻の從兄河村鍵吾
君に水を取つていたゞいた當時の狀況を妻から
父に報じた手紙がある
病人事二十八日より熱高く相成……其後やつ
ぱり三十九度五分七分までもなる時がありまし
て頭がいたみ仰しがたるいと仰しやつていら
つしやいましたが醫者がまいりましてあまり
經過もながくなるから水を外部からどんなも
のだか試驗の爲にとつてみると申されて河村
鍵吾と二人して二十九日の夜に少しとりまし
たがりつぱな透明な液で一同安心をいたしま
した三十日の日まはいよ／＼とることゝさだ
め氷川病院よりかへりに鍵吾さんよりまして
醫者と二人して立派に消毒をいたし河村おば
と私と湯をわかしたりいろ／＼いそがしく五
寸くぎくらひの針を横ばらの處にさして水を
とりましたがみていても恐ろしいようで水も
五合五勺はかり出ましたやつぱりちともうみ
ちなどのはいらぬものでみんなまあよろこび
ました水をとつても二三日は今まで通りに三
十九度以上に上つて其れから次第にへきばい

ゝがまたたまらんとはいへないと申されましたからとりましても中々安心は出來ません九度以上の熱でございますからからだは焦げるようにあつく御機嫌もおわるくしかられるやら何やらまた二三日まへは氷て肋膜をひやすあたまをもむ足をさすり御藥取りにゆかねはなりませず御飯たきがおそくなる御使ひにでるながらいやはやなんと云うつらいことでせうかなしくて〳〵近所の者は口ばかり旅の空のあじきなき生れてこゝに初めて覺えました……おやせなすって御顔色もわるくなりわきでみていて情ないようです私が使にでたり何かしていると一人して足をさすっていらっしゃいますが父上樣わたしは御氣のどくてかなしくて〳〵たまりません……療治のとき御からだをおさへていましたか私が氣絶しそうになりましておばとかもり水をのんでやっともとにかへりました私は今しかられておじ〳〵いたし氣ぬけがした氣ちがひのようです早くどうかしてなほしたいものですが……病人は少しも動かんで小便もびんて床の中でとり透明のつばのようなたんがでまして醫者が安靜にしていらっしゃらないと水がたまりますと申てかへりました

病勢は險悪醫師も屢匙を投げんとしたしかし自分は死なないと信じて居た當時勤めて居た成城學校の校醫が突然來て診斷したが回復困難と報告したが遂に解職を申し渡さるゝに至った長崎縣から貰った退職給與金も遣い果したので十月であったらう大體癒ゆるに及んで宏文學院に勤めることゝなった初は小石川の校舎に通って居たが後巣鴨の方に廻はされた氣候は寒くなる距離は遠くなる又々胸に痛みを覺えてあはや再發かと思ったが幸に大阪に赴しことゝなった

前後三ヶ月若き妻の苦勞は一通りでなかった

癒えた後も風の日雪の晨妻は常にわが身を案じた

近所の人々は「旦那さん思ひの奥さん」と謂ってゐた

幸運

妻は迎へた

病は癒えた

三十九年の一月下旬松井先生は特に自分の陋居を訪れられて履歴書を今夜中に教育總監部附陸軍教授釆山久彌氏の許に提出せよと申された

寒き雪の夜であった自分は急ぎ認めて俥を飛ばして番町のその邸を訪れた十二時にも近い時刻であった

俥は邸前に停つた

俥を下りた自分は斜右に一歩踏み出さんとしたが前から強い力で引張られるやうな心地がして思ひ切つて跳んだ

提灯の火に照らされて顧みると俥は狭い石橋の上に停まつて居て自分はその石橋の右がはの一邊から之れと直角をなして居る道路の岸に向つて跳んで居たのであつたもし跳はなかつたなら溝壑に顚墜したのである自分は覺えす身慄をした

それと同じ頃であつた近所に菓子鋪を創めるものがあつて景品付きの賣出があつた妻は金二十錢を持つて行つて少しの菓子を買ひ籤を抽いたが一等景品の簞笥を得た

二人は共に互ひの幸運を祝福した

拜命があつた

二月二十六日東京から大阪へ二人は始めて相携へて樂しき長き旅路に上つた妻の胎内には二人の愛の結晶を宿して

著作

大阪の十年間は生殖の時代であつた

妻は自分を夫として長男峻長女灼子次男次女と產み且つ育てた

自分は内事を妻に委せて公務の餘暇研究に沒頭し文粹註釋朗詠考證以下の著作を產み出した

自分は前に日本儒學史の研究に志してゐたが研究科に於て倫理を攻究することを許されす且つこの方面には其の人も可なりあるので松井先生の日本漢文學史の講義を聽くに及び遂にその方に轉じ漢文が日本文化しつゝも尚ほその固有の力を以て國文に影響し人心を鼓動した所以の蹤を證論せんものと日本漢文學史本朝文粹註釋本朝續文粹註釋和漢朗詠集考證新撰朗詠集考證近世文林國士遺韻などの目を立て、先づ指を文粹の註釋に染めた

東京で病氣が治ると直ちに池端の琳琅閣に行つて文選一部を求めぼつぼつ始め出した此の本は至つて粗末な本ではあるが自分に取つては思出が多い大切な記念品である

大阪の幼年學校に著任すると自分は先づその文庫を檢して重なる參考書があるのを見て非常に嬉しく感じた當時年俸六百圓の病後の高等官は大阪の眞中に於て參考書を購求するやうな餘裕があらうはずがないそれで自分は研究に專ら借本政策を採用した學校の文庫や大阪圖書館の書物師範學校の正史佛敎中學の藏經すべて便宜を求めて借り出した上野の圖書館にも鄕里の長得寺などにも御世話になつた

擔任の時間は日に二時間位に過ぎなかつたが作文の添削や手簿の檢閱などで決して樂ではなかつたしかし自分は學校の仕事は學校で片付けて決して公務を私庭へは持つて來なかつたそうして日に二時間乃至三時間の零碎な時間を積み重ねて自分の志す所にいそしんだ

時には炊事の手傳をしながらも子供の守をしながらも書物を讀んだ妻子と共に過し得る時間を圖書館などで費さなければならぬのが少なからず苦痛に感ぜられた日曜などには時に市内近郊さては奈良京都等に妻子を伴つたが無論常々にかゝる清興を恣にすることは出來なかつた京都清水の春色に恍然となつてゐた妻は「一生に二度と來られないかも知れない」と言つて容易に立ち去らうともしなかつたが之を思ふと今も斷腸の感がする

註釋に關する研究はかくして兎に角歩を進めたが古寫本の校合には甚だ苦心せざるを得なかつた

高野山正智院の古寫本は修學旅行の途次見せて貰はうと思つて願い出たが先發の宿割りの軍曹の辭令が横柄であつたといふので村吏が怒つて寺に交渉して如何に歎願しても見せないやうにしておつた

高山寺の古寫本は寺に一覽を乞うたが寺には無いといふ博物館に陳列されてあるのに氣が付かなかつた

眞福寺の古寫本は縣廳の紹介を經たので快く見せて貰つた、のみならず鄭重な待遇をさへ辱うした

かくて註釋の原稿が大體出來上るや自分は久保田君と共に一日來阪の舊師服部博士に謁してその閲覽に供しその推賞を博した

○

自分は比較的深く漢文に趣味を持つてゐたしかし自分は支那學者ではない日本學者である且つ頑固な道學者ではないが竊に世道人心の爲めに深憂を抱いてゐるものである茲に自分の態度を表明しておく

舊師

自分は歸省する毎に舊師を訪れた

隱退されてから久しく音づれなかつたので四十二年の夏栂尾先生を其の幽栖に尋ねた山に面した茅屋實に閑雅な住居である

先生は非常に喜ばれて多久聖廟などに案内され午餐を下さつた「手ぶらで參りまして」と申しあげると先生は

どうして、此の多久の山の中に尋ねて下さらう

といふ御親切が
「是非今晩は泊れ」と強いて留められたに拘らず別を告げると先生は態々村外れまで送って下さった
自分は大阪では初め寺山町に次に東雲町に住ってゐたが妻が第二回目の妊娠をしたので暫く郷里に返してその間中寺町の極樂寺に下宿し此の夏歸着して妻子を連れて又り新に東高津北町に僑居したそうして御禮をかねて近情を先生に報じた
何時も必ず下さる返事が來ない
翌年の年賀にも其の翌年のにも答へがない
竊に異んでゐると四十五年の年賀に對して令嗣から左の手紙が來た
然ルニ父清儀極メテ健全ニ風月相樂ミ居候處去ル四十二年九月十五日舊藩幼主ニ侍講之爲メ佐賀往復致シ其歸途ヨリ違和ヲ感シ來タリ直ニ黄熱ト申ス病症ト成リ僅ニ三日ヲ經テ死去仕リ候
嗚呼あの日が御別れであったかと自分は往年の温容を追懷して涙が漫ろに巾を濕すのを覺えなかった

反抗

第四師團を中心として弔魂會といふのがあって毎年春の招魂祭に師團長が讀む祭文を依頼して來るのが例であった
自分も初めは大人しく作って居たが色々勝手な陸軍式の注文をされるそれに毎年のことであるから四十四年の時はどうしても面白い想が浮んで來ない校務以外の事を命令的に強ひられるのを豫て不快に思って居た自分は「出來ません」と辭退した「出來ないなら同僚と相談して誰れか作れ」といふ同僚も「作らう」と言はない「同僚にも無理に作らせることは出來ません」と反命した
教頭から校長に報告される校長から嚴命が下る
自分は對へた
校務以外の事に付き本人の意志を問はずしで擅に引受けるのは間違ひである校務に支障を生ずる校務ならば如何なる事にても命令に服するが然らざるものは御免を蒙る
同僚に對しては自分はかゝる事を強ふることが出來ない自分は勞しても同僚には逸せしめたいのが自分の精神である然るを況んや自分が嫌と思ふ事を同僚に無理に強ふることが出來ようか
校長赫と怒られた
師團の仕事も校務と同じく陸軍の仕事である同僚にも作らないで可いといふのはけしから

ん
一向理がわからない自分は飽までも反抗した
祭文は教頭の强請で同僚が作ることになつた
翌日校長は陰に自分の擧動を監視せしめた
自分の擧動は勤務教校すべて平日と何等變りが
ない校長に面しても常の如く温々乎である
時の校長今の津田次郎大佐は今度自分が恩賜賞
を拜受すると
いふ報を聞くや名古屋の閑居から
左の一札を寄せられた
謹啓　恩賜賞拜受ノ榮ニ浴サルヽ事ト相成候
趣新聞ニテ承知致抃舞ノ至ニ堪ヘズ何卒爲
皇國益御自重ノ程奉懇願候……御同勤當時ヲ
追懷シテ感慨無量ニ御座候敬具三月十四日

咯血

大正二年の四月春雨がしと〳〵と降る日曜の晩
であつた
自分は柱に凭れてガベレンツの支那文典を一心
に見てゐた
妻が玄關をしめに行つた
まあ大變な、と靴が二足とも盗まれてゐます
の
自分は俄然體を起した喉に異樣な感がして少量
の咯血をしたこんなことは可なり健康に向つて
ゐた四十一年の二月にも其の後にもあつた、で大
した心配もせずに醫者を訪れたが診て呉れなか
つた靴だけ買つて歸つた
翌日學校に行き國語の教官の送別會を開く相談
なとをされて事なく歸宅した其の夜就褥に際し
て電燈を吊り上げようとして右の手を高く伸ば
した、又咯血、此度は中々止まらない床に横になつ
ても止まらない見る見るコップに紅血が充ちた
遂ニ二週間許り缺勤をした三人の國手に診ても
らつても要領を得ない熱も無い檢菌をして貰ら
つたら陰性だといふ
自分は脚止めをされたに拘らず出勤をした天罰
だと思つたそうして其の日妻子が天王寺あたり
に遊びに行つたあとで肺尖に故障があるのをも
知らずに煤煙で黒くなつてゐた二階の疊に雜巾
掛をした爲めであつたことに長い間氣が付かな
いで居た

送別

四年の三月であつたか可なり實力を蓄へてゐる
漢文の先生の送別會が行はれた
自分は嘗て卒業の際那珂桑原諸先生から附屬中
學の教諭に薦められたが主事は「學究何ぞ教育の
事を解せん」といふやうな顏をして取り合はなか
つた其の後女子高師の教官たるべく自らを薦め
たが固より一顧だに與へられなかつた

そこで自分は此の席に於て先生の爲めに聊か吃吃たる送別の辭を呈した

僕は嘗て文部は阿諛迎合の士のみを歡迎して有爲の才を驅逐するものありと言つた今日不幸にして陸軍も亦然りと言はざるを得ない

阿諛迎合の某氏は「君の言には寸鐵人を殺すの概がある」と當付けた

某氏は「訥辯の雄辯だ」と冷やかした

獨り先生のみは「千萬言の諛辭を戴くよりも有難い」と深く感謝の意を表せられた

翌年自分が病を抱りて郷に歸るとき先生は自分に二絶の詩を贈つてその中に「千歳追隨感知己」と言はれた

淫婦

此の時分であつたと思ふ隣の家を一婦人が借りた三十過ぎた爛熟しきつた女で何時も白粉をごて〳〵塗つて居た

豪家の奥さんだが旦那が小さな男だといふので嫌つて出て來て居るとのことである家主が晝間遊びに行つて美しい枕に躓いて負傷したといふ話もある

自分は蛇蝎の如く嫌つてゐた

夏が來た

妻と娘とを歸省させた後は單純な男世帶

井戸の側に置いた釜が綺麗に洗つてあることがある

掃除をしてあることもある

何の故の親切ぞと婦人心理の機微を洞察してやるなさけもなく何時も不問に付して置いた

時に自分は國士遺韻の屬稿中で二男極を机の側で遊ばせながら筆は正に眞木紫灘の慷慨淋漓たる詩文の評釋に飛んでゐた

突然が要件が起つたので幼い極に留守をさせて外出した

急いで還ると例の婦人が門外に極と負んで佇んでゐた

可憐そうに、御泣きになつてゐましたものです から

眸には情をたゝへて聲はやゝ震ひを帶びてゐた

自分は「有難う」とたゞ一言、極をいそいで受取つて門内に逃げ込んだ

妻が歸つてから此の話をすると妻は笑ひながら「あの奥さんはあなたの旦那さんのやうな方なら肺病患者でもいゝ」と言つてゐましたの

自分は憮然たらざるを得なかつた誠に時に已に自分は肺に故障を起してゐたのである

○

自分が果して肺病患者となつて未完の草稿を燒

棄したとき幼年學校入學志望の極が何心なく「此れは記念の為めに僕に下さい」と言ふので自分は悦んで國士遺韻の稿本を未完のまゝ彼に授與した

衰弱

一両年來體力が衰へて來た

君も以前は中々健脚であつたが近來衰へた

旅行の際に同僚の一人が斯く言つた

三年の九月にも四年の十一月にも小量の喀血があつた妻から父に寄せた手紙に

主人事東京大病以來自分は申に及はす私におきましてもいついかなる事になりはせぬかと日として安きこゝろはありませんのでしたが一昨年四月突然赤きものをはきましてからはなほさら安き心もしませんで正月が來る度に命ひろいをしたと悦ぶような仕末です昨年の九月にもまた出ましたそれからは一層注意しまして出來得る限りの滋養分を取るにつとめあまり氣に染まぬ事はせぬと云う事にして靜座法に時折は通い内にては毎日いたし健康の事につとめていますのですがそれに九日に學校より四時半頃歸宅致されまた少しばかり赤きもの途中にて出たと申し床をのべてねかし鹽水をのませ安靜にいたし別に熱氣もなしねあせもなしですどうして一年に一度あんなものが出るのか不思議です自分では幾分か結核の氣があるだろうしかし自分のやうなものでも七十までも生きるかもしれんなどゝ申しておりますす今までいくら私がやかましく申しても夜二時間は机に依りてかきものをされるのですそれが第一むねのためにいけません子供は多いしもし自分が今たゝれなくなつたら困るであらうと何かと心配があるのでせう實に氣の毒ですせめて遊んで居て暮される財産があつたならこんなあやうい身でつとめなとはせなくともやめて唐津に歸つて養生したらと昨年なとは申しおりました實に貧よりくるしいものはありません……そろ〳〵學校へ行つてみようと申て十日の午後一時からまいり六時頃歸り何事もありませんでした十一日の朝も何事もありませんで學校へ出られました第一なせ三十七位の人にしては元氣と云うものがありません……まるで老人のやうです生れつきの性質もあるでせうけれどよくも私みたいなオテンバがわきに居られる事と思ひます私は主人の為めに十年からからだの事に心配をしています

肝油を飲むことにして稍回復した妻も悦んだ「君

は養生がい、から」と他の同僚は言つた

五年の一月河村銀橋氏に年賀に行つてその妻君の母堂が高齢の故を以て大禮の日に拝受された大の木盃で祝酒を頂戴した

その夜就眠の後左胸部に激痛を感じた

當時感冒が流行して家人が皆仆れ最後に自分が發熱した遂に肋膜炎となつた前回は右今回は左である前回のやうに劇しくはなかつたが中々治らない氣管枝までも悪くした

漸く輕快に向つたとき一夜突然背後の家に火を失した一家狼狽殆んど爲す所を知らない自分は原稿のみを持つて立退くことに決し家人をして其の準備をさせた

幸に風がなく消防が駈け付けたので大事に至らなかつた

やがて肋膜は癒えたが検菌《痰》の結果病菌を認めたので退職する事となつた有り難いことにはやつと恩給年限に達してゐた

校長松田少佐から懇懃な惜別の手紙を寄せられた

拝啓御病状急ニ全快ノ見込ナク愈御退職ノ已ムナキニ至リ候段實ニ何トモ申上様無之我校ノ最大不幸ハ申スニ及バズ我陸軍ノ不幸甚大ナルモノニシテ痛惜ノ情ニ不堪候又御一家ノ爲メヲ拝察シ御同情ノ感ニ不堪候乍併天命ナレバ如何トモ致シ難シ何卒大ニ決心セラレ今後ハ御家族ノ爲大ニシテハ國家ノ爲十分ノ時日ヲ以テ根本的ニ御養生被遊度切望仕候……

四月八日

養生

歸鄕した

林竹涯翁が折角大事にして今一旗揚げなさいと言はれた

自分は釣魚や養雞を事として專ら養生した

夜は妻子と嚴に寢所を別にした

お爺さんお婆さんでさへあんなに一緒に寢んでゐなさるに妾等は何て不幸でせう

妻の怨言である

鈴木母堂は呼吸器患者の性慾昂進について妻に注意されたとき妻から此の事を聞いて「それほどにまあ」と涙を流されたといふ

併し自分は妻子と一日でも別居することを好まなかつた

妻の姉が母堂を伴つて近縣遊覧に出かけられたとき妻を鈴木宅の留守居に頼まれた自分は不平であつたが餘儀なく許諾した

一週間の期限が來ても歸つて來ない翌日は雨、歸らない其の翌日も歸らない又その翌日歸らない

かと思つてゐたら晩方になつてやつと其の母堂と歸つて來た
抑へきれない自分の怒は爆發した
二人の母と妹の前で痛く叱責した
前日の母堂の信用も是れですつかり破壊されてしまつたであらうと後で頗る殘念に思つたが追つ付かない、だがそれ以來何人も自分の妻を借して呉れと無茶な要求をなすものはなくなつた
檢微鏡下に病菌が見えなくなつてから少しづゝ本朝續文粹の研究などとし始め翌年になつて呉に赴いた當時物價特に米の價が暴騰してゐた

○

病は根治しては居なかつた
呉に行つて授業を始めると不和を感ずるやうになつた幸に夏休か來て治つたが翌年修學旅行から歸ると又々熱が出て來たしかし一日も缺勤なしにぶつ通した六月には解熱した
全く騎虎の勢であつたのである

月旦

呉で同僚の家に若干の人が會することがあつて自分も列席した
會話は正に自分の月旦に及んでゐた
某教諭は
元氣がないのは運動をしないからでせう
校長は
病氣の爲めに體を大事に大事にして來たせいだ
主人は
僕は古の漢學者の態度があつて好きだ
此の席ではないが小野政彦君は言つた
無慾てんたん淡水の如し
福岡に來ては武藤長平教授から「禪坊主の如し」と言はれた
小栢丑二教授は毎に「あなたのやうに超然となりたい」と言つてゐられた
郷里の舊友田中好太郎氏は一夕自分を料亭に誘ひ美妓を侍らせて
あんたんごて何時もかつも聖人のごてしとつちや女御どまあ寄りつきや得ん
自分は他から見ると人間味も禽獸味もないやいに見えるらしい
内部に故障があるためかそれとも外物に傾着しないためか
しかし人は見かけによらない容貌愚なるが如しといふ語もある見かけは元氣がなくとも體力は衰へてゐても心は猶は活きてゐる陸軍の校長でさへ某氏の問に荅へて「あれで授業の時は中々活氣がある」と言はれた老人のやうだと手紙に書い

た妻も彼女が死んだ年に母堂に向つて自分の氣力を誇つてみた春子さんもどんな場合であつたか「人は本統に見かけによらんものですね」と言はれた自分はするだけの事はする

引責

呉中學の自分の擔任の生徒は自分の前身が陸軍教授であるといふことを聞いて非常に恐慌を來してみたしかし自分は決して中學の生徒と將校生徒とを一緒にはしなかつた生徒は安心をしたのか大に活動を始め出した過嚴を以て聞ゆる上席先生に向つて悪戯などをするやうになつた運動會には某々先生を毆るなどといふ風説もあるやうであつた

會議は開かれた例の過嚴を以て聞ゆる先生

某級は亂暴でいかん取締が不十分だもつと氣を付けて貰いたい

自分は答へた

僕は僕の是と信ずる所を行つてゐるもし僕の是とする所が悪ければ僕は責を引く僕の擔任を廢めさせて貰いたい

一方自分は生徒に對して戒めた

僕は諸君に對して全責任を負ふ諸君の活潑なる動作を妨げないしかし學校には規定がある諸君にして僕が本校に居ないことを欲せざる

大正九年

以上は自重しなければならない

運動會は平穏無事に終了した

端なくも熊本の舊知石原君から轉任の交渉を受けた東京の講習に同席した女子師範の上田剛氏から自分の學殖を聞いた井芹經平黌長が君を介して自分に内意を問うたのである

自分は熟考の末承諾した生徒送別の席で

人生意氣に感ずといふことがある僕は池田校長の意氣に感じて來たものである然るに校長は去られた擔任生徒諸君の卒業まではと思つて居たが熊本からの切なる要求で承諾した且つ僕は一歩にても家郷の老父母に近づきたいと思ふ諸君も僕の意中を諒察されるであらう

生徒の総代は答へた

人生意氣に感ずとは生等が先生に呈すべき言葉であります先生との別離を惜みます先生の健康を祈ります

出發の際は雨の夜であつたが生徒は自分を驛に送つて時計の記念品を捧げた鎖の一端に福高開校のメダルを附して常に身に著けてゐるのが卽ちそれである

親友

自分は再び熊本に來た久保田君が勤めて居た熊本の濟々黌に

十年八月三日是れより先き菜園に働き過ぎたのでいつぞやの雨の晩のやうな故障が起つて牀に休んでゐると電報が來た
久保田君急死の訃であつた
想は忽ち往時に飛んだ
君は卒業の後自分と同じく熊本縣に出向を命ぜられて濟々黌に來られたが長男が疫痢に罹つて亡くなられたので、すつかり力を落して太田に轉せられた糟慷の妻を亡つて花のやうに美しい新夫人を迎へられた土浦から大阪の相愛女學校に來られ後大垣に移り福岡に轉じて柳河や福岡の高等女學校長となられた
自分は熊本に太田に君を訪うた
大阪では君は新夫人を伴はれ自分は妻子を連れて一たびは訪はれ一たびは訪うた
或は京都に葵祭を或は長良川に鵜飼をともに觀た
君は自分の健康について深く憂慮せられ且つ竊に福岡に招致せんとして居られた
相識は天下に遍くあるが知己は少ない自分は久保田君の遠逝を悲しんだ

推輓

濟々熊本両校補習科の教師として自分を招致された井芹黌長は又自分を福高に薦められた
是れより先き東京の峯間信吉氏は自分に高校教員檢定試驗を受けよと勸めて來た自分は「我が志は他に在り」として初めは應じなかつたが勸誘再三に及ぶので已むなく之に應じて合格した
黌長は屢々自分に試驗された
或は論語の疑義を問はれ或は漢詩の讀方を問はれた

寒流帶月澄如鏡

黌長は之れを宮本武藏の句として愛誦されて居たが自分は朗詠に收錄されてゐる白氏の句であると言つて注意を惹いたこともあつた
福岡高等學校長秋吉音治浦和高等學校長吉岡郷甫諸氏の任命があるや井芹黌長は直ちに五高に吉岡氏を訪はれ濟々黌にあつた自分の履歴書を託して秋吉氏への推薦を依囑されたそうして自分の後任者までも擬定された
秋吉校長は東京に於て服部博士と相會して遂に自分を採用することに決せられた
自分は一言の請託をもせず一封の手紙をも作らずに福岡高等學校教授に任せられたのである

悼亡

轉任が内定したとき自分は「何等人に誇るべきものを持ち合せてゐないが美しい妻を持つてゐる」など獨りで微笑みながら宅に歸つて來てその話

をした
臨月の妻はその時家に來て居られた鈴木母堂と自分が呉市史の草稿を添削した御禮として貰つた二百金の一部で積年の望をかなへて買つてやつた縮緬の羽織を縫つてゐた

私が死んだら此の羽織は灼子に讓りますわ

なんでそんな事を言ふのかい

母子の問答であつた

著書印刷の校正は益々多忙を極めた夜も一時二時に及んだ妻は薄弱な自分の體について心配しながら「妾は夫を本朝文粹に取られた」と言つてゐた」

妻は分娩した一同は安心した

越えて三日激烈な戰慄を來して發熱熱は四十一二度にも昇つた自分は附限りに看病した

上冊の印刷が終つて書肆から送つて來た假綴の册子を引き寄せて妻は寂しき一瞥を與へた衰弱は益々加はる

早くあの羽織を出して下さい

さあ行きませう

旬日を出でずして妻は溘焉として斃れた

歸葬の後自分は再び妻が臥てゐた一室に反り來て依然深更に及ぶまで校正の筆を執つた側では妻が仕事をしてゐるやうである顧みた誰れもゐない妻子は已に隣室で休んでゐるのか自分は起

大正十一年三月四日

つて襖を開けた隣室は闃として人が無い

戀しきに我をばおきてあはれ妻
今日もかへらず夜はふけにけり

福岡へ榮轉をした

著書は發刊された

何故に我が妻は此の二つを待ち得で世を去つたであらう

美しき妻を亡つて其の後に結婚以來貧と戰ひ病と戰ひ心血を濺ぎつくして著作し印刷した厖然たる此の二冊の書卷を得た自分は之を犇と抱いて潸然として泣かざるを得なかつた

師恩

福岡に榮轉し著作を公刊し得たのは皆服部博士の恩顧である

臨終の前日病妻の枕頭に坐つて居た母堂は頻りに自分を呼ばれた急いで行つて見ると妻は熱に浮かされながら

東京から先生が見える御馳走の用意は……

自分は答へた

某旅館に案内して置いた安心しなさい

妻はすやすやと眠つた

講演のため十一年四月博士は福岡高等學校に立寄られた自分は博士に願つて名島香椎等に案内し香椎宮外の旅舍で中餐を薦めながら涙を攪へ

て此の事を話した博士も感慨無量であつたかく
て博士と自分との間に次の問答が續けられた
著書は十分精査の上若干の會員の同意を得て
芳賀君と二人で學士院に推薦しようと思ふ
有り難う御座いますしかし先生の御名譽に關
することがないやうに御願ひ致します
博士の恩は海よりも深い
恩賜賞は遂に授與された
自分は之れと亡き妻の墓前に捧げた

國寶

學校からの歸途文學士佐藤幹次教授が
校長が君を國寶だと言つて居ますよ
國寶ぢやないでせう骨董品でせう
自分は笑つて過した併し校長はこの學閥外の自
分に對して事毎に好意を寄せられた
奬勵のためとあつて著書は二部も學校に備付け
られた知名の人には必ず紹介の勞を取られた記
念學術講演會の席上では「君を我が校に有するの
は學校の名譽であり福岡の名譽である」とまで公
言された
自分は敢て當らずと雖もこの校長のためには犬
馬の勞をも辭せじと誓つた
退職を申出た後の挨拶に對して校長は左の返信
を寄せられた

復啓過日は久方振拜顔非常に樂み候處意外な
る御消息餘りの突然にて甚喫驚候へども國寶
の氣分にて殊に愛護の情をよせ來り候尊臺に
對して喜んで御希望にそふ外無之斷念致候次
第に御座候小生は切に尊兄之御回復を祈り候
御回復後は是非再び弊校の爲御盡力相仰度期
待罷在候……頓首
三月廿六日　秋吉生

○

福岡に於て自分は毎日學校と下宿との間を往復
して單調な生活を續けた下宿では從來から著手
してゐた日本漢文學史の研究に專念した自分は
その一部を學位論文にも利用する積りてあつた
校長も深くそれを期待して居られた

後家

福岡の女學校に長であつたわが親友は先年の夏
その校の同窓會に駈付けて演壇に立ち一語二語
發言するや忽ち腦溢血を起して悲壮なる最後を
遂げた
此の驚きに接した未亡人は頓て又秀才の聞えあ
る義理の愛子が咯血發熱するの不幸に會した
病勢は已に重態に陷つて居た
未亡人の悲歎は極度に達した
妻を亡ひ子に別れて福岡に來た男後家の自分は

先づこの薄倖な女後家を訪うて中心から同情の
詞を交はした自分は自分の著書を泣いて亡友の
靈前に供へた未亡人も泣かれた
豫て亡友の知遇に感じてゐる自分は力の限りを
の遺族を慰藉するに努めた
未亡人は四人の遺孤を擁して苦闘しながらも屢、
自分の下宿に訪れて寂寞を慰めて下さった
郷貫相隣れるも淺き縁である
未亡人名は春子

發病

恩賜賞を拝戴して旅館に歸つた夜血痰を吐いた
夢を見た
夏休に海水浴をしてゐたが遂に喀血小量發熱する
に至つたので中止した
第二學期の初めに校長をその宅に訪うた校長
小柏教授が轉任しますから同教授擔任の國語
の一部を兼擔して下さい
自分は快諾した
然るに第二學期に入るや二時間の講義に非常な、
疲勞を覺えた暑いためかとも思つた
兼擔の時間割を見ると一日五時間の日がある自
分はこれはと思つた併し私に決する所があつた
自分は教頭に答へた
斃れるまではやります
十月の下旬に激烈な咽喉加答兒を起したついで

大正十三年二月二十二日

烈しい喀痰を見た而して後發熱した
休養してゐると熱も下る下つたから出勤すると
又昇る
翌年の一月に校長に向つて決裁を仰いだ校長は
三學期間靜養せよと言はれた
三學期は終つた出校した駄目である
我か第二の愛妻とも思つて自分の後半生の誠心
を輸さうとした福岡高等學校に淋しき別れを告
けて自分は再び故山に悠々自適せざるを得ざる
身となつた停車場に送つた人の中に春子さんの
姿が見えた

焚稿

二十餘年の間抄出し論述した草稿が身の丈ほど
ある自分はその一篇なりとも完成させたいと日
日念頭から離すことが出来なかつた
病間に書籍を渉獵つて討究する忽ち熱が出る床
に就く
老母が心配して
お前又何かしたらう
自分は遂に決心した
未完の稿本や抄録の殆んと全部を畑の中に將ち
出した而して火を點けた
稿本は炎々として燃えた忽ち燼となり灰となつ
て了つた

自分は自らさゝやいた

病氣さへ治れば又始める

邂逅

自分が妻を亡ふや朝鮮の鋠子は時々手紙を寄せて來た

鋠子は自分を兄と呼び自ら妹と稱して居た

手紙には色々な事を認めてあった

内野家の複雑したことも言って來た病氣になってからは兄様の病氣を治してあげたい兄様の志業を遂げさせてあげたいとも言って來た

十一年の何時頃であったか明後年は必ず内地に歸って御目にかゝると言って來た十三年の春には母も老衰したから九月か十月ヌは歸りたいと言って來た

果然母の病篤しと聞いて十月十八日朝鮮を立って里方長崎に來た次いで母の遺骨を奉じて唐津に歸葬し自分の許にもしばし滯留した

十一月七日與に中村宗匠を訪うた

九日與に來唐中の小笠原子爵に見えた

翌日鋠子は別れを告げて濱崎なる姉の許へ向った自分は之れを橋南の停留所に送った車は發した長橋の軌上を疾走する車の窓からは白い顔がちよい〳〵見はれた

次いで鋠子は長崎へ去った

永訣

鋠子を案内して我々のをぢ中村宗匠を訪れたのは十一月小春日和の暖かい午後であった

宗匠は不在で從兄夫婦のみが居た

鋠子の土産として菓子折を呈した

四時頃になって宗匠は歸って來られた一見昔に變った態はないが何となく淋しい様子が漂ってゐた菓子折は已に何時の間にか片付けられてゐた

越えて十一日小笠原子爵に伺候したとて宗匠は午前九時頃自分の家に來られた何時になく茶道宗適流の系統や斯流に於ける宗匠自身の地位など細々と話されて更に左の問答が交換された

悴夫婦が親切にして呉れない序の節に説諭して貰いたい今日は實は態々それと頼みに來たのだ

説諭などは出來ませんが折を見て何とか御話致しませう

床の上げ下ろし洗濯など自分でするが年を取ったので苦しい自分は汁が好物だが内では中々調へて呉れない

先達差上げた御菓子は伯父さんに上げたのですが御あがりになりましたか

あれは悴が頂戴して自分みは半分許盆に頒け

て呉れた
そうですかでは此の次は特に伯父様へとして
私が持つて參りませう
自分は妹に命じて味噌汁を調へしめ午餐を呈し
た宗匠は非常に喜んで午後二時頃歸られた
突然十二月十一日に訃音に接した
自分は自分の病氣のみと顧慮して宗匠の爲めに
約を果し得なかつたのを悔いたそうして翌日寒
風を冒して弔問し菓子一折を恭しく靈前に捧げ
た
自分は銀子に此旨通知した生前に見え奉ること
が出來たのは全く兄上様の厚恩だと感謝の手紙
が來た

自跋

是れ我が大正十三年までの内面生活の斷片であ
るこし方を顧みると色々な感想が湧いて來る自
分の運命は洵に數奇であつたしかし必ずしも不
幸ではなかつた屢々行詰らうとしては毎に新しい
境涯が開けた幾度か僵れては幾度か起きあがつ
た前途に多少の不安を感じてもいつも杞憂に
終つた天地の恵は大である自分はこの天地の大
なる恵に感謝して日々至善の心に省みつゝ向後
の運命を拓かなければならん自分は妻子を亡つ
てから健康を失つてから職業を失つてから轉心
に動揺を來した感情が中正を失して愛憎の念が
強く動くやうになつたしかし自分は考へた一切
は皆善である凡ての人は我を愛する他の無知を
尤めてはならない他の愚鈍を責めてはならない
凡てを寛容して凡てを愛撫すべきである自分は
かく觀して毎に心の平正を保つことに努めた自
分は過去に於て幾多の缺點を持つてゐるしかし
自分は餘命が半年しかないにせよ一年しかない
にせよ此の過去から導いて新しい我を將來によ
り美しくしなければならない是れ眇たる小さき
我を以て悠久なる天地の大なる化育に參する唯
一の道である

贈小野君

歎人終日卧仰看靄靄雲飛信到榻下詞意一慇懃憶
昔在呉校同監青衿子薫陶豈貴嚴須成賦性美易簡
予推誠周密君循理師弟日相親一朝隔千里君德如
太嶽重厚善愛人不改育英樂誘掖毎循循馳念遠舊
故憫予卧漳濱予也命崎嶇再困又三頓刊書功將成
忽遭喪耦恨遲暮折桂枝病根漸滋蔓剗迹文墨場掩
扉長肥遯世路趁名利去者日以疎嗒焉空負影窮廬
誰顧予淡交君不渝豈倣彼如醴以予數奇蹤遍告舊
子弟尺素交問病眞情可垂涕此形已朽蠹化及何可
禁縱呼無用瓠愧爲不祥金寂寂與世絶悠悠樂無事
只有未灰心深感故人誼故人不復見尺身望東方暮

煙籠竹樹新月照孤床

小野君よりの來翰

その後御無沙汰致しました御身體の工合は如何ですか御伺致します早速しこの冬御返事を頂いてー御見舞申上げる可きでありましたが今日迄も怠って申わけありません少しでもよい方ですか或はお叱を受けるかも知れませんが別紙の樣なものを先生が呉で御教へになつたー小生として忘れられないーその頃の生徒に送りましたその中で（中畧）御見舞狀を出す向きがあるかと思いますが必要ならば簡單なはがきの返事位して下さいませそれが爲め御身體に障る樣の事があつては申しわけありませんから（中畧）

くれぐれも御靜養祈り上げます草々

七月四日　　小野政彦

○

花の春に山口に來て二月に餘りはや螢飛ぶ頃となりました小生が當地の師範に轉じて來た事は多數の諸君には御知らせ致した筈です（中畧）今日は是非とも御耳に入れて置きたい事があるのですが實はこれは二月も三月も以前に御報知せねばならぬ事でしたが暫し小生の方にも轉任の問題や何かでごたごたしてゐた爲めにまあ山口に落着いてからと心をゆるめたのがもとでずるずると延びてしまつたのです一つ左にあることを御熟讀下さい

「御葉書有難く拜見致しました益々御清榮の段賀しあげます私は大正五年に肋膜炎を病み肺尖をも犯されましたが今度は肺尖から浸潤を來したのです一昨年の冬感冒にかゝり荏苒癒えず輕度の熱がとれませんので昨年五月退職いたしました昨年の十一月頃は大分快くなりましたが舊臘から少々逆轉の氣味で御座いますしかし今日は就褥する程でも御座いませんから御安心下さい

子供は長男が福高一年に長女が高女三年に二男が中學一年に二女が小學五年に通學致して居ります前田君と大兄と一夕麥酒を酌んだ際に侍して居たのは長女で御座いました

妻を亡つてからは甚だ寂寞を感じますが兩親が健在なのと妹が家に居りますので大した不自由も御座いません

　母ならぬ人を母とは呼はせまじ寒けき床
　　に我は死ぬとも

御笑い下さい生活は田舍で家賃の必要もありませんから恩給百圓足らずでどうにかや

つてゆけます子供の學資が少々不足を感じ
ますが何とかなろうと思ひます老父は七十
三ですが商店の會計係を依頼されて働いて
居ります親に働かせて子が臥て居るのが甚
だ工合が悪いですが致し方なしとして諦め
て居ります
私の著作の中本朝文粋註釋は先生方の御蔭
て公刊が出來ましたが朗詠考證が塵に埋つ
てゐます是非此も公にしたいと思ひますが
田舎に居ては如何とも出來ません
私の病氣も次第〳〵に來たので是を元に回
すことは六ヶ敷と思ひますが骨を折る丈は折
つて見ませう精神の統一が十分についたら
と思ひますが中々つき兼ねます併し今の處
別に煩悶も御座いませんから此點は何卒御
安神下さい蕪筆もて御返事申ます御厚情幾
重にも謝します
一月卅日　　重松
小野賢契侍史
小生が本年頭の賀状を先生に差上げたところ
「病氣で退職した」との返事がありましたが小生
はそのまゝにしてゐられないので差支なき限
り御病状やら御家族のうちわの事まで詳細承
知致したいと申し送りましたら更に折返して
手紙が参りましたその内容が右に掲げたもの
なのです
先生の御許しも得ずそのまゝ諸兄に御知らせ
するのは或は先生の不本意とさるゝ事かと思
ひますが教へ子であつた諸兄には取りつくろ
ひなく御知らせするのが却つてよいと思ひま
して
諸兄よ今一度右の筆の御跡をつく〴〵御讀み
下さい何等の煩悶もないのかもしれません餘
りの不自由はないのかも知れません併し人生
の大きな不幸と謂はれてゐるものに度々出く
はされたのです又現にそれに直面してをらる
ゝのです何とかして慰めたい
今一度健康を取りもどして頂きたいそしてあ
の大きな人格にあの深遠な學識に接して教へ
を受けることは─他の人がその教へを受ける
事になつても─どんな幸福な事であらう日本
學界にこの上も貢献して頂く事はどんなに尊
い事であらう子あるものが涙なくして誦し得
ぬはこれだ
母ならぬ人を母とは呼ばせまじ寒けき床に
われは老ゆとも
榮譽の味方権勢の味方にある人は世に餘る程
ある味方なき人に味方する人は少ないしかし

それは真の友だ真の弟子だ真の人間だと考へてよいことが多いしと小生は考へてみます
右は早や御承知かもしれませんが未だ御存知なきものとして一應御知らせ致す次第ですそうしておけば諸兄は又自らの御考へて適當子御取計らい下さる事と思いまして

六月　日　　小野政彦

、、様

○

小野君の處置や賛詞については是非を言ふべき限りでないただ其の厚意を湮滅させたくないいと思ふので之を茲に録しておくのである尚ほ此の結果村尾、淺里、加納、三山、原田、石崎後川などの諸舊子弟（數十名）より見舞を受けた七月末日

倭漢朗詠集考證公刊の始末　九月中旬左稿轉録之

大正十四年頭の賀狀を吉田教授に呈したら左の回答に接した

新年の御慶目出度申納候其後御健康如何御案申上居候小生幸無事御安心被下度候朗詠註釋印行之件其後何卒早くその恵に浴したく待望致居候頓首

乙丑新正　　吉田彌平

柿村重松様

是れより先き大正二年本書は久保田俊夫君の紹介により金港堂の加藤駒二氏が出版を引受けることにしたが其の後他の重役の異論に逢つて駄目となつた

十二年帝國學士院受賞者の發表があるや舊師佐藤正次氏は其の知人大法館主渡部六尺氏のために何か出版させる原稿でもないかと尋ねて來られたので自分は本書のことを話して置いた恩賞拜受のため上京したとき渡部氏は自分を旅宿森田館に訪はれ本書の原稿を受け取つて刊行すべく印刷所に廻送されてあつた然るに偶、九月一日の大震災に會つて萬事又々駄目となつた渡部氏は印刷所主人の避難先《キ》がわからぬと言つて心配して居られたが其の後判然し幸に原稿は金庫に藏されてあつたとかて燒失を免れた

十三年抱病歸臥するや四月七日日下部重太郎氏から御意中を承はりて微力を致したいと言つて來られたから本書刊行の事を希望して置いたが其の後何等の消息にも接しなかつた

それで自分は以上の事情を述べて「本朝文粹註釋一部のみを遺して世を去るのは何となく淋しい感がします出來ることならば之れと密接の關係がある本書をも生前に出版しておきたいと思います若し先生御知合の書肆へでも話して戴くことが出來れば有り難い仕合です」と吉田教授に御願

して置いた當時自分の病氣は可なり惡化してゐたのである

教授はやがて御知合の書肆に話して下さつたが千頁として千部印刷凡五千圓を要すべく即今商況頗る否塞の場合何分引受兼ねるとて應諾するものがなかつた（十四年二月二日の來信による）

又小笠原子爵に人を以て後援を願出で下さつたが子爵は評議員にも謀り試るべき旨仰があつたそうである（三月二十一日の來信による）子爵に願出ることは無論自分の希望に出たのではない全く教授の厚意である子爵は好意を寄せられてゐたのかも知らないが評議員會では否決したらしい

斯くの如くして吉田教授の特別なる御盡力を以てしても到底公刊は不可能かと思つてゐたが五月になつてから左の來信に接した

（前畧）高著出版の義小山左文二氏に謀り峰岸米造氏を通じて目黑書店に交渉致候未だ確答を得ず候へども多少の見込なきにしもあらず何分方今出版界逼塞の折柄故聊面倒に御座候何れ見込立ち次第委細御相談可申候へども前以て御心得の件々御報被下度出版についての契約乃至製本の体裁その他御内意無御遠慮被仰置度成否はともかく精々相試可申候索引は必要と存候これについても御考伺度候時下折角御自愛奉祈候頓首

五月二日　彌平

昨夜目黑書店より峰岸への返事に

紙數六七百頁位迄ならば御引受致すべく千頁にも達する大冊にては困難なり

店主旅行中歸京次第委細相訪れて申上ぐ

とありし由これにて大体は成立する事と考へられ候就いては御差支なくば爾餘の原稿全部當方へ御送付相願度尚索引等につき御作製は御無理と存候へども概要の体裁御豫定ありと御示し被下候はゞそれに基づき當方にて誰か作製する事に致しても宜しくこの辺の御考御示し被下候はゞ好都合に存候不取敢右のみ匆々頓首

五月五日　彌平

二日の來信に對して自分は左の如く答へて置いた

（前畧）御下命の事左に申上候

一、文辞註釋と共に公刊するを得て兩書相待ちて多少とも斯界に寄與する事を得候はゞそれ丈にて本懐の至りに御座候間萬事思召のまゝに可然御處置願上候

二、製本の体裁は文辞註釋と釣合ふやうに出來

れば仕合に御座候必ずしも同一製本たる事を要求致さず候
三、契約の如きは確實に刊行すと文約して戴けは結構に候
四、索引は語句の出典や國文に引用せる朗詠の句などを検出し得るやうにせば國文學者の爲めに多少の参考とならんかと存居候
右申上候要するに此際私には公刊以外何等の慾望も御座なく候若し豫想以上の賣行ありて書肆の好意に依り薬餌の資にても御恵被下候はゞ望外の幸に候（下畧）

五月五日　　重松

次で原稿の全部（内三冊は以前に送れり）に索引例などを添へて教授に送致した
其後久しく消息に接しないので或は話が不調になつたのではなからうかと心配して事情を問合せ且つ排印の校字及び索引の編成は在前橋の従弟渋谷金丸君に頼んでみても宜しいといふことを申送つたら當時話は大分進行してゐて左の如き来信に接した

梅雨之候御起居如何乍冷乍暖甚だ不順之折柄御案申居候扨書店主目黒甚七旅行先より歸京一夕面晤大体出版引受呉候尚御稿本は責任を以て金庫に保管する約束にて同人に相渡申候

（中畧）

校正及び索引編成につき前橋御在住の御従弟に御依頼可相成欤の御内意至極結構に御座候御見込にて可然方に候はゞ何卒御本人の御内諾を得られたくその上にて委細の打合は當方より直接御本人に發候方簡捷欤かと存候（中畧）只今直ちに着手致し校正にあまり延滞なく候はゞ凡そ六七十日にて組上り可申見込之由印刷所は京橋弓町三協印刷株式會社に約束するつもりとの事（下畧）

六月二十三日　　吉田彌平

かくて積年の希望も遂に達成しいよいよ目黒書店より出版せらるゝこととなり七月十四日に契約書の交換を了した

契約書

今般和漢朗詠集考證ノ出版ニ關シ著作者柿村重松ト發行者目黒甚七トノ間ニ契約スルコト左ノ如シ

第壹條　著作權ハ著作者ノ所有トス
第貳條　本書著作ノ内容ニ付テハ總テ著作者ノ責任トス
第參條　本書ノ印刷製本發賣等ニ關スル資金及手續ハ總テ發行者ノ責任トス
第四條　本書ノ定價及製本體裁等ハ双方協議

ノ上之ヲ定ムベキモノトス

第五條　發行者ハ檢印料トシテ本書定價ノ百分ノ拾ニ相當スル金額ヲ檢印ヲ受ケタル後七十日間以内ニ仕拂フモノトス但壱阡部以上ノモノニ付テハ百分ノ拾弐トス

第六條　發行者ハ本書ノ奥付欄内ニ著作者ノ檢印ヲ受ケ前條ノ檢印料ノ計算ニ供スルモノトス

第七條　本書ハ著作者ノ檢印ヲ受ケタルモノニアラザレバ販賣ハ勿論寄贈等ニモ用フルコトヲ得ズ

第八條　本書ノ販路擴張ノ爲メ各學校新聞社雜誌社其他ヘ寄贈スルモノニシテ著作者ノ同意ヲ得タルモノニ對シテハ第五條ノ檢印料ヲ要セズ

第九條　本書ノ著作權並ニ發行權ハ双方合意ノ上ニアラザレバ他ヘ讓渡スルコトヲ得ズ

第拾條　著作者ハ發行者ノ協議ヲ經ズシテ本書ト同一目的ヲ以テ同一組織ノ著作物ヲ自ラ發行シ又ハ他人ヲシテ發行セシムルコトヲ得ズ

第拾壹條　双方合意ノ上本書ヲ訂正增補スル場合ニハ著作者ハ自費ヲ以テ其編纂ノ責ニ當ルモノトス

第拾貳條　發行者ニ於テ本書ニ檢印ナキモノヲ販賣シタルトキハ該檢印料金ノ百倍ヲ賠償スベシ此ノ場合ニ於テハ著作者ハ本契約ヲ解除スルコトヲ得

第拾參條　本契約ノ條項ニ違背シタルモノハ他ノ一方ニ對シ損害賠償ノ責ニ任ズベキモノトス

右契約ヲ締結シ本證書弐通ヲ作リ各署名捺印シ各壹通ヲ保有スルモノナリ

大正拾四年七月十四日

東京市京橋區南傳馬町二丁目五番地
發行者　目黑書店　目黑甚七㊞

佐賀縣東松浦郡唐津町大字東四十五番地
著作者　柿村重松㊞

追加
著作者ニ於テ索引ノ作製活版ノ校正ニ要スル費用ハ負擔スルヿ
著作者死亡ノ後ハ柿村灼子著作權ヲ承繼スルヿ

附言　自分は三月の初内外出版株式會社に對し文粹註釋補訂續と朗詠考證との出版を依頼してみた久しく返信がないので三月末更に朗詠考證はともかく補訂續の出版が御引受出來なければ藝文にでも附載して戴くやう盡力を願ふ旨申送つた然るに手紙が行違になつて四

月一日付を以て補訂續は引受けるが朗詠考證
は氣の毒ながら引受かねるとの來信があつた
それで自分は會社に對しては全く斷念してゐ
たところ吉田教授の來信と前後して六月二十
二日付で、「先達來御紹介の和漢朗詠集考證當大
學藝文に附載の御依頼の義大學より承知の旨
ありましたから原稿を御送りを願ひます」と言
つて來た朗詠考證を藝文に附載してもらふこ
とは厚顏に失する且つ目黑書店との契約も畧
纏つたので直ちに事情を述べて謝絶した自分
はつくづく何事も時であると感じた

校正及び索引編成については直ちに金丸君に都
合を問合せたところ左の返信に接した

拜復(中畧)此度は再度の御著御出版の運びに相
成り慶賀の至りに奉存候小生如き淺學無才の
野人にても御用に相立ち候はゞ且つは身の勉
强ともなることと欣喜んで御引受仕り度謝禮な
どはもつての外のことに御座候但し貴著本朝
文粹註釋など御惠與被下候はゞ誠に有難き事
に御座候右樣の次第に御座候間御氣に召す程
の仕事も致し得ず候へども御仕事仰せつけ下
され候はゞ早速取りかゝり申すべく候(下畧)

六月廿九日　渋谷金丸

柿村樣侍史

自分は校正及び索引編成全部を金丸君に依頼す
ることは負擔が重過ぎはしないかと心配して成
るべくは校正の一部分なりと書店で都合しても
らひたいと思つたが書店主人の希望もあつて遂に
全部を金丸君に御願ひすることゝし其の承諾を
得た

組版は直ちに着手され七月中旬から金丸君は校
正に忙殺さるゝこととなつた此の時自分の病は
漸く重きを加へ八月に入つてからは俄に病熱昂
進し三十八九度に昇つた殊に三日の如きは四十
度にも昇つて身體は日々に削るが如くに瘦せ衰
へ起坐にも困難を感ずる程になつた自分は生命
の長からざるべきを感じて死に對する準備を整
へ且つ出版の一日も早からんことを祈つて已ま
なかつた金丸君へは豫め本朝文粹註釋と金百円
を贈つて謝意を表し何時瞑目しても差支ないこ
とにしたしかし金丸君は自分の窮狀を憫れんで
か七十圓は返却して來た九月に入つて病勢は輕
衰へたが熱はまだ減減し盡きない(以上九月中旬錄す)
かくて九月中旬に本文の校正了り翌月索引の
の編纂成り十五年一月に至つて之か組版校字
も終つた而して吉田教授の跋文も四月初めに
出來いよいよ本書の公刊を見るに至つた是時
自分の病は益々重きを加へた(此一節十五年四月十日追記)

秋興 十月

其一 二十八日
柴門人絶迹閑寂似山中雨止茶煙白秋晴柿實紅無
心聆鳥語有意坐芳叢榮辱何須問應誇物外雄

其二 二十九日
愛着東籬菊叢叢又傲霜風情高士友星點美人光一
束猶延命三秋獨擅場病來無累俗毎日對清香

其三 二十九日
里俗嚴秋祀街頭鼓樂闐進輿飜錦旆從駕麗鮮文報
賽家多福有年人帶醺隱居無世事猶喜稼如雲

其四 三十日
自分投溝壑迎秋病再輕端居望霧斂閑歩喜天晴百
舌啼古木纖鱗躍淺泓飛沈皆得意我亦樂吾生

其五 三十一日
大矣清時澤微軀亦逸游撫松思勁節愛菊感風流草
木齊成茂黎民得自由謳歌天子德聊頌太平秋

秋祭の日

今日は秋祭の日である二三日來豫報で少々氣遣つてゐた天氣も朝起き出でゝ見ると雲も切れ〳〵になつてゐて今日一日は大丈夫らしい洗面を終るとはや權現の神輿が山を下らせ給ふのか籬越しに拜される夜まだ明けやらぬ前から起き出でゝ老母や妹等が拵へた強飯醴酒などを戴いた之を少し小包にして遊學中の長男や次男に送つてやつたらばと思つた朝餐が終ると配達夫が一封の郵便物を投げ込んで去つた朝鮮の銀子からの手紙である昨日までにやつと寫しをへた論文の點檢などを一寸してやがて例の如く南向の緣側に備付けてある長椅子に横たはつて手紙の封を截つた

龍夫銀子の長男の學校もとう〳〵やめましてそして家出して行衛不明になつてそれが爲め私は半病人で御座いました併し私の心は強う御座いましたそれには兄様といふ方がありますのでそれがいつも私の慰安となつて居りますのなどと便箋八枚に細々に認めてあつた可哀そうにと思いながら讀み了つて何心なく庭前の景色に眺め入るさゝやかな形ばかりの庭を隔てゝ蜜柑の樹三四株が深綠の葉を獨り枝もたわゝに茂らしてゐる先頃までは葉の綠と見別もつかなかつた蜜柑の實がやゝ淡黄を装うて來た蜜柑の樹と便所の屋根の間からは落葉しきつた梅の枝が力強くさし出てゐて百舌が一羽何を視つめてか凝然ととまつてゐる菜園には大根や蕪菁が大分青々そして來た屋敷の外は隣家の花園を隔てゝ卽ち權現山の側面に對する權現山は我輩が崑丘といふ異稱を捧げた小丘で丘側よりは杉の林も茂り丘上よりは五六株の喬松が鬱然として雲表に聳

えてゐる我輩か幼弱のときには更に數株の一層大なる古木が丘上を覆うてゐたが度々の暴風落雷なとの爲めに或は倒れ或は枯れたこの喬松の龍盤せる老幹と杉林の梢との間から古き叢祠の甍がちらし見はれて居る叢祠は英彦山神社の分靈が鎭座ましますのであるが今は廢祠同様になつてゐる今朝山を下らせ給うた神輿は卽ち此の神の遷幸し給ふのである此の神は元城山に祀られてあつたといふ城山は元來滿島に接續してゐたのであるが寺澤志摩守が此に城郭を構ふるにあたりて滿島から截り離し松浦川を今の水路に通ぜしめ山上に祀つてあつた諸社を各處に移した唐津神社及び滿島の八幡宮熊野原の祇園社大石の天滿宮共に當社の如き皆然りである當社は舊時は唐津神社についで尊崇せられ例祭も陰暦十月九日に外町神事として行はれてゐたか明治初年社格調査の際に時の祠主立石一衆坊か氣か利かず緣起も夙に亡失してゐた上神體として佛像が安置してあつたとかいふので遂に蕪神に列せられて了つたといふことである

こんなことを考へて居ると一町と隔てゝ居ない街路の方から山囃の樂の音が瀏亮と聞えて來た唐津明神の遷幸に山鉾が御伴をして來るのである自分は穉いときに三十年前八十餘の高齡で亡くなつた老祖母からよく次のやうな話を聞かされてゐた「あの山鉾は私共が若い時にはまだ無かつた町のものが大きな鳥居や御幣を引張つて御輿の先導をしてゐたものである然るに先づ刀町や中町の赤獅子青獅子が出來て次々に他の山鉾も出來たのである江川町の龍舟と水主町の鯱鉾とは最後に同年に出來たので隔年に交互に殿を勤めて居る」とこの水主町のが出來たのは今年七十になる老母が我が家に嫁いで來られた年卽ち今から五十年前のことである神酒に醉うた赤獅子これからといふ青獅子金色や寿玉の勇み獅子騎龜の浦島王朝の音を偲はせる鳳輦鉾輿にふさはしい龍頭鷁首の船武勇の象徵たる信玄謙信さては賴光の御兜町の名に因める鯛や鯱の大鉾等十三基が今日の未明に城内の社前に集合し神輿の遷幸に御伴し行列を正して西より東へ東より西へと市街を一周して西濱へ向ふのである早朝に山を下り給うた權現の神輿は水主町街の一側に出でまして行列の通過を待ち合せ之に加はつて同じく濱へと向ひ給ふのである山鉾をさゝげてゐる臺上には幕を廻らして其の中で數人の樂手が大鼓と鉦笛の賑やかな御祭氣分をそゝる一種の行進曲を續けるその樂の音が今方に悠々と閑臥してゐる我輩の耳朶を打つたのである

天氣は春の日のやうな長閑さである眼前には柿の實が眞紅の玉を瑩いてゐる子供等は皆神輿を拜すべく走り出た來客はまだ一人もない午後になつてからは近隣では酒を行ふ賑やかな聲もしてゐるが我が家は閑寂太古の如してある暖い秋の日の光の下にともすれはうと〳〵したくなる

鋠子は誠に氣の毒である去年は當地に來て居て我輩にも久方振で會い此の祭儀をも觀ることを得たのであるが今年は平素の願望をも叶へさせられず千里の彼方に獨り苦勞を續けてゐる我輩はといへば去年までは明神への參詣位は出來たのであるが今年は神輿の遷幸を迎拜することすら出來ない時は滔々として流れる人事は年々同しきことを得ないさるにつけても西濱は近鄕近在の者が麕集し老若男女が雜沓してさぞ賑かなことであらう年は豐であり秋は淸い太平の恩澤に醉うて世の人々は如何にか鼓腹の樂を恣にしてゐるであらうなど驩虞の世間閑寂の我境くだらぬ事が次へ次へと頭の中に且つ浮び且つ消えて環の端なきか如しである

かくて今日の日も漸く傾いて來た一時氣遣はれた雨も降らずに權現の神輿は今方に山へ還らせ給ふのである我輩は靜に身を起し緩歩を移して門を出で敬んで之を目送し奉つた晡食の頃になつて二三人の來客があつた

二十九日鋠子への返事に代へて此の一篇を草し三十一日之を朝鮮へ郵送した篇中故祖母の物語なとを書き加へて置いたので之を茲に收錄する蓋し亦追憶の資とせんが爲めである

柿村系譜

我家の本宗は今明かならす本系譜は故梅田武五郎氏の調査せる所今茲に之を錄して散逸を防くといふ但し民治の子孫は續補せるものなり

柿村清兵衞 筑前名島中納言小早川隆景家臣 田中ニ住ス

幸吉 大阪ニ至リ金ヲ費ヒ亡グ（大阪に柿花柿原なとの姓を冒すもの多し）

喜治右衞門 奉公シテ十入町ニ柿村家ヲ分立ス妻ハ佐里村ヨリ來ル

只平 田中卯三郎ノ養子トナル

初右衞門 卯三郎ノ隣人ニ養子ト爲ル 松下卯藏ノ父ナリ

丘右衞門 幼名民治 妻ハ有浦村寺田惣右エ門次女

長女 濱 松廿旋注田三五ニ嫁ス

次女 府 招村有浦周平ニ嫁ス

丘右衞門 幼名音藏改名童四郎 妻ハ中原村増富新吾ノ女、子ナし

長女 マキ 早死

次女 キタ 早死

利左衞門 幼名幸之助改名幸三郎又改名大左エ門 雨森家ニ奉公シ梅田家ノ中絶セシヲ興ス妻ハ樋口紋平ノ女梅田家ハ播州姫路ニ出ツ

寶太郎 後赤石ニ移ル大久保加賀守ノ家臣ナリ

與市 夭

民治 丘右衞門ノ養子ト爲ル

長女マサ
與三郎 梅田家ヲ継グ
次女ノブ 夭
松之助 渋谷兼次郎ノ養子ト為ル
武五郎 家ヲ分チ梅田氏ヲ称ス
民治 實ハ利左衛門ノ子 嘉永五年四月十四日生
妻ハ卯具明數ノ妹 安政三年十一月廿六日生
童松 明治十二年一月四日生 昭和六年十月卅日亡
妻ハ鈴木数儀ノ女
峻 明治三十九年八月七日生
ツタ 明治十五年四月二十八日生
灼子 明治四十二年四月八日生
チリ 夭
極 明治四十四年十二月廿八日生
義男 夭
妙子 大正三年三月廿八日生
桑子 大正十一年二月殤

柿村氏は柿本人丸と同祖なる〆柿本柿村柿原柿山柿葉柿花等と柿字を称する家少なからず

雑歌

八月五日福岡より病める己れを訪らい来て秋には又もと契りて別れし人の心にまかせぬ事ありて得来ずなりにければ

名島はまのどけき春を舟にのせて漕き回りにしむかしこひしも

胸の熱に形やせる夏のあへきすら志はしをや美ぬ君しみ志日は

木葉ちる秋のさひしさ志のへとやむくらのかとはとふ人もなし

君か家のまかつみはらふすへもやとわか病はもわすれてそ思ふ

題虎圖

黙睛寫得眞精神飛去當入崑崙雲負嵎眈眈百獸伏猛咸坐想軒轅軍驅逐鬼魅一長嘯曠原風起枯草紛

跋臥游入神帖

玩物喪志非善玩者也善玩者善養其神善養其神所以知天也曰書曰畫曰鏡鑑曰鐘鼎皆工技也然而其神則進乎技蓋德合於天其神以全以全之神寓之於技於是乎乃可與造化者同功矣故善玩者黙通作者之神冥會造化之妙身臥于袵席心游于六合之表未必爲難也或曰賤工何足知天曰賤云者何哉德邪位邪以位言之工固不並於王侯貴紳然天下之蔭廣廈駕文軒意氣揚揚着其心豈走自得屢鶩毀譽每懼駁黙戰戰不得一日之安否則淫於聲色蕩於逸樂流遯不知反者滔滔皆是也蓋有位未必有德多財未必全神工者位之賤者也德之寓者也工之寓德也忘名利一是非取精於無心之地一刀一筆之運用能開希夷之妙門故至其作入神使覽之者感精靈開心源經千百世寶之如趙璧隋珠焉若夫以術技餬口爲事者陋耳不足俱論也子仙三浦君頗愛書畫題其畫帖曰臥游入神子仙襟懷超脱其愛書畫决非尋常糜財網羅以藏架之富誇耀自悦者之徒可知矣嗚呼耳目之官不思不思則物引之一日不自思百年無知善養之子仙居在市井囂塵之間事業餘暇展卷披帖悠然以對其所謂入神者其至於把玩不厭興趣油然自湧則擺

脱塵垢洗滌心目雙遣得失兼忘物我其心浩浩然必
有駕風馮虚同翔乎天地之無窮極之概也予不之疑
也矣

農

不力忽飢天下民夫耕婦餉太勤辛千箱已了西成事
暫作南簷曝背人

工

誰任匠人千古師厭看輕薄只争奇三年彫楮終何用
不養其神勿執規

示友

郷學同遊今幾人懐君歸臥白頭新時兮徂邁感枯落
話舊忽回年少春

河水清　大正十五年

負雪神杉蘸影晴沙明水碧入新正混混不盡源泉在
五十鈴河千古清
日の本の河てふかはゝ神代より流れつきせす澄
みまさりゆく

三月下旬流行感冒にかゝりて病又劇しく
なりし折

醫師呼べくすりを召せといふ聲もきかでしづか
に我はふすなり
いとし子ら學びのみちを終ふるまで我は死なじ
な限りありとも

予は豫て一家の生計子女の學資などを顧慮し
て益なくすしなどに貢することを避け専ら
心の力もて病の威を伏するにつとめ居りしが
こたびも發熱四十度咯痰日に一升食思全く絶
ゆるに至りしかどたゞしくしづかに打ち臥し
居て時をふるまゝに病も自ら輕うなりぬかく
て又徐に列子の書など讀みはじめぬ

初秋口占

一榻雙忘違與窮幽棲送暑臥清風離雲先照松頭月
過雨細吟籬脚蟲行樂未曾憐子幼逃名何必比君公
生涯只合閑閑了萬化誰量橐籥中

又

天地無塵爽氣横向宵猶覺屋梁明松梢一片新秋月
照我牀頭皓皓清

かなしみ　十二月二十五日

こよひこそ風もをやまめあすこそは雪もはれめ
と思ひしものを
なみたのみはら〳〵とおつ世の外にひねもすふ
せる病のとこに

秋興　昭和二年

清商一曲不堪秋桂櫂蘭橈憶舊遊蘆荻蒼蒼波瑟瑟
羅雲月照美人舟

恭賦御題山色新五首　昭和三年

彌望玲瓏不著塵樓臺十二玉嶙峋巨靈移動崑崙座
蒼海雪晴山色新

崑崙のやまをや神のうつしけん初日かゝやくし
ろたへのみね
雲外雄姿初見眞神仙境與帝城隣雪光晴映黄金闕
天子怡顏山色新
大君のみはふかしますふじの雪けさ面しきには
えていつくし
靈氣鎭鍾東海濱摩天削玉美無倫如呼萬歲雞鳴起
曙色忽開山色新
神代よりかはらぬふじの今年はも初日にてミる
別けて尊とき
搖曳五雲千嶽春洞門巖戶識佳辰天旋地轉開休象
日月增明山色新
峯々に朝日さしてやまひともみよのはじめの
ひかりし仰く
延佇清容改結親翠鬟羅帶夢中人別來長臥心如痛
飲慰軒端山色新
吾妹子かにひよりてはひに似たるかな軒端にしる
き遠山のいろ

和齊東野人 一月

予去年著作列子疏證使長女筆寫一本乃乞服部
博士清閱欲寄之東京大學圖書館峯間君知之且
聞予苦貧勸予寄之高等師範學校圖書館仍議諸
茗溪會照其獎學規程贈予金五百圓齊東野人爲
賦詩二首予和之云

一臥看書三四年續文偏懶貫精研病纏於世無功德
何得立言身後傳
樗櫪自甘無用材安閑誤作受恩魁何顏我對同門俊
慙汗淋漓洽背來

家嚴七十七壽筵作 四月十四日

香風芳草滿庭春堂會子孫和氣臻躋壽眞方非搗藥
唯知止足樂滋新

遥聞隨軒先生服部博士偁觴盛儀賦呈 五月十三日

群賢蹴踏進偁觴吾獨山林仰道光識曠古今興正學
聲馳中外著公望講經宸殿龍容動授業成均鳳德彰
耳順已知天景命保斯慶福壽無疆

東京久敬社員諸君聞予沈病既以輕被美枕
予感而賦之 七月

碩美東方人贈予輕羽被病纏豈無情對之淚漣爾憶
昔游學日受眷同鄉輩住久敬塾長幼相憑倚別後三
十年措大不自揣常困病與貧一再三僵且起聊慕李
善業纔免阿蒙訾故舊招予歡言臭盡蘭芷其言惟何
如加餐克終始豈圖禍根微復夢二豎子掛冠謝世交
寂寞臥故里彭殤視爲一歲月付逝水卒然遇斯惠中
懷慨何已懇此朽廢物恩誼深如此欲將瓊玖報室虛
壁立耳會晤且無由一身半枯死爲之長太息暮天雨
靡靡

來書

拝啓梅雨之候鬱陶しき折柄貴殿には永々御病

中の由承り居り候處御容體其後如何に御座候
哉御伺申上候豫て御研學淺からざる御身に候
へば御病中に於ては一層御心勞の御事と御推
察申上只管御同情に堪へざる處に有之候就て
は御病氣御見舞旁、御全快を祈る意味を以て久
敬社及小生共發起致し東京久敬社員を中心に
同志を求め候處地方及聞の方も御同情を寄せ
られ茲に乍粗末物根入掛蒲團及パンヤ入枕を
御送付申上ぐる事に相成候中畧右小生等の微意
御笑納被下度候先は御見舞旁、御案内申上度如
斯に候敬具

昭和三年六月二十九日　　久　敬　社

曾根　達藏
岩野　直英
伊藤　多兵衞

柿村重松殿

外有志者

小笠原子爵家　掛下重次郎　掛下　玉男
山崎四男六　居石　五郎　秀島英五郎
栗田金太郎　増田　侃　田邊新之助
山崎久太郎　浦田仙造　渡邊　眞
天野喜之助　松田計治　奥村勢一
松下房五郎　薄　淨光　黑部　丑三
松下東治郎　渡邊釿三郎　池田　寛
多賀槌太郎　折尾伊勢太　高取　九郎
豐田　稔　澁谷　武史　三根　壽太

謝狀

拜呈仕候梅雨の候に御座候處益、御清適に入ら
せられ奉大賀候陳者採薪之憂御清聞に達し存
じも寄らぬ御見舞を辱うし恐縮の至りに堪へ
ず候小生豫て久敬社に對しては寸效をも致さ
ず皆様へは御疎遠にのみ打過ぎ失禮のみ相働
き居り候處却て今度の御芳意に接し誠に感激
の至りに御座候深く深く御禮申上候顧るに小
生學校卒業以來病に倒るゝこと三たび今回は
症狀一進一退しつゝ大勢は次第に重きを加ふ
るのみにて回復の望無之只命を延びるだけ延
ばし居るに過ぎず候不完全なる微績の一端を
公表せしのみにて最後の結論を世に問ふに至
らずして木に就くは殘念に候へども天命なれ
ば致し方なく諦め居り候しかし一日の生あれ
ば一日の責あるを感じ決して無爲には消光し
居らず病間の孤獨を自ら慰むる程度に於て努
力ならぬ努力を續け居り候間乍憚御安心下さ
れ度候近來は病勢悪化一日に原稿一枚を草す
るにも堪へず候へ共養生に一段の注意を加へ、
皆々様の御厚意に背かぬやう努力可仕候謹ん
で感謝の微情を致すと共に近情申上げ御笑察

を仰ぎ奉り候御賜幾重にも難有拜受仕候臥床
の身言不盡意愚意御酌量願上候頓首再拜
昭和三年七月十三日　柿村重松拜
久敬社殿　以下三十名に對し同様發送す但小笠原家に對しては別段の禮狀を呈す

五雲　十一月
五雲頌皇德也昭和大禮辱賜饗饌抱病不得趨進
恭賦此詩以爲祝聖之頌也
五色雲起高仰日月輦路迢清菊氣馝馞赫赫東都六
龍昔發穆穆西京鳳駕向闕遙想威儀馳心何遏
宸極帝座紫氣鬱閟昭和吉辰惟皇卽位明德遠覃萬
邦大至億兆嵩呼聲載天地猗與鴻禮宇内絶類
大嘗齋場兩殿駢宇庭燎晰晰肅如太古徹宵皇祭繼
獨宗祖德馨升聞神降福祐嘉穀穰穰千箱萬庾
豐年多樂鹿鳴呦呦嘗祭既畢賜酺惟周厭厭飲宴嘉
賓獻酬廣樂乃奏歡娛方優豈獨京輔恩及海陬
籬落菊發秋日何暄無事長臥忽傳優恩愧予朽廢不
堪駿奔倣封人祝聊頌至尊聖躬萬歲如乾如坤

十日萬歳を唱へ奉りて
萬歳をむくらの宿にふしなからさはの田鶴かね
まねひてそ呼ふ

十六日まち人のにきはひ祝ふを聞きて
民草のこゝろつくしのいはひわさ海のはてまて
とよめかしけり

言志三首
やめる身の恵の露に生きのひていく日たる日の
今日にあいてくきゝ
老いぬれと若き御かとの御代にあへは若き心の
よみかへりつゝ
御民われいきの命のつぐかきりまなひのみちに
身をはさゝけん

讀柿村先生不動心論卽賦述懷。秋元三省
畢生精力畢生篇論去論來殊極研先覺未知心不
動一心無動一身全

答秋元三省翁　次韻
愛讀知言養氣篇感時思道獨精研俗儒徒貴紛紜說
不識人人心自全

佐賀縣唐津商業學校校歌

一
黎明已に朝は盈つ
覺めよ覺めよ時は來ぬ
松浦の清流《ながれ》混混と
晝夜を舍かぬそれのごと
利用の學術研磨して
厚生の雄志いざや立てん

二
東天今や日は升る
起てよ起てよ機は動く
覺林の綠鬱鬱と

四時を貫くそれのごと
移らぬ氣節鼓鑄して
活動の巻にいざや入らん

三

萬象方に活躍す
奮へ奮へおのがじし
玄海の浪澎湃と
寄せにぞ寄するそれのごと
盡きせぬ精力《がら》養いて
富強の礎われらは置かん

四

われらが徽章《しるし》は若桐ぞ
伸びよ伸びよ諸共に
山川の秀氣身にあつめ
緇まず磷《す》れすいそしまば
理想の彼岸《きし》も遠からで
努力の前途に光ぞみたん

長女灼子が河村威夫に嫁くを送りて 昭和四年三月十五日

この子はもわれにまなこそききくあれあら人神もゆくて守りたべ

送河村夫妻歸住朝鮮洪城 三月十六日

殘寒三月怕風頻
猶出柴門別所親
從此明花幽草興
怡顏誰侍一閑人

五月中旬飯子朝鮮より内地へ移りぬとて

訪れけれは

若葉かけいとこひしきにゆくりなく高麗にすみてし妹おとづれぬ

國歌君が代謡話序

我が國歌君が代ほど芽出たく尊い歌はない此の歌はまだ國歌と定まらない過去に於て已に千年の壽命を有したのみならず將來に於ては更に幾千年幾萬年と限りない壽命を有すべき歌である加ふるに過去に於ても上は雲の上の人々より下は賤の男賤の女に至るまで徧く誦され廣く謡はれ世々の文學や歌謡などにも最も多く影響し關係したものの一つである則ち我々の祖先に最も深く親しまれて國歌たる以前に於て優に國歌たるの作用をなしてゐた歌である而して今日に於ては國歌と定められて津々浦々野のはて山の奥に至るまで歌はれない處はないやうになった我々は此の歌を聞くとき將た歌ふとき其の莊重なる旋律に已れの心と身とのすべてを融溶し去って所謂洋々として耳に盈ち三月肉の味を知らない感激を禁ずることが出來ない此の感激たるや實に我々祖先傳來の血脈が高く鼓動して尊皇愛國の最も純粹なる情緒が最も自然に且つ最も活潑に發露せるものであるしかし此の歌について此の感激を有してゐるものは國民皆然りであって

も此の歌の由來や意義などを正確に理解してゐるものは少ない小田切氏の熱心なる研究の結果である此の著作は國民に此の理解を徹底させるのに最も適切なものである凡て感激の情が理解の知と混然たる融合一致をなすときに我れの全力は茲に始めて正しき指示鼓舞を得て一切の妖魔が由つて以て潛入すべき一毫の罅隙をも存しなくなるかくして國歌君が代もそれが正確に理解されることに依つて一層緊しく古今を通じての天下の人心を綜統する一大綱維となることが出來ると思ふ是れ君が代を最も芽出たい歌とする予が氏の著作について衷心の悦びを禁ずることと能はざる所以である予は氏と面識はないが予が倭漢朗詠集考證を公にしてゐる關係から一二氏の質問に接した予は物外の廢人であるけれども國家雨露の恩澤に依つて飢えず凍えず安樂に病軀を閑養することを許されてゐるので苟も國家の爲社會のためになることで而も我が身にかなつた事であれば力の限り悦んで盡瘁せんことを自ら誓つてゐるものであるが故に氏の質問に對しても氣付いた事は敢て淺陋を憚らず縷述して置いた今や國歌制定の後五十年を經て聖を以て聖に承くることと二たび聖天子の德澤益々中外の瞻仰を隆うせる此の時氏の著作が完成したといふことを聞いて愉快に堪へず此の蕪辭を草して氏に呈する昭和四年四月二十九日

雨後眺望示澁谷翁

雨後池庭苔氣新林叢緑滴水揺蘋露光風色微涼動
初見前峯吐月輪

不動心論の出版

前年若溪會より奬學の金五百圓を惠贈せられしにより報效の微意を致さんとし不動心論を著作し昭和三年十月之れを若溪會主事馬上孝太郎氏に送りしに即ち左の回信あり

不動心論到著拜見感涙に咽び申候御病體を以てかゝる偉業を成し候貴兄の御努力何とも申上け様無之候　主事會に報告したるに一同しばらく無言遂に本會にて出版の事に議決仕候（中畧）全く御報謝の御爲めとの御志洵に有難く存候御旨をふくみ適當に考慮致候條此後の事は小生に御一任被下度決して貴下の御志を無にするやうな事は不致候（下畧）

かくて翌四年八月五日若溪會出版部より發行せらるゝに至りき馬上主事より直ちに報告且つ祝賀の書狀を送られき因つて主事及び會に對し謝意を表し置けり

不動心論著作に關する予が懷抱は本書及びその自序に悉しあれは茲に之れを贅せず

恭賦先聖及小城七先覺八首 并序

小城櫻岡小學校傳藏我唐津古藩主寺澤廣高第二子牧瀬某征韓役所獲聖像頃年鄉人會修釋采之禮配以波多野子爵已下七先覺廣募詩文以頌其德亦美事也夫聖人之道炳如日月諸賢行事輔翼斯道巍巍其盛矣若善表其功德以喻後進鄉黨相戒孜孜進善詖淫邪遁之辭何由以入予知聖像出於我古藩家又感此事有裨於名教欣然含毫聊賦五言八首以寄云爾

先聖

豈襄眞寡德遙及海之東常教無藏秘微言貴折中傳經家誦習蒐采學欽崇追憶乘桴意清蘋仰道風

波多野子爵 敬直

高仰明王澤還思輔弼良輸忠其志遂當路此心剛望苑松凝綠宸庭菊戴霜匪躬忘晩暮身後有餘芳

富岡男爵 敬明

聖世多良吏若人誰比肩亂餘無佩犢城外忽鳴絃問病推誠遍分憂計事全趨新時運改父老說君賢

松田男爵 正久

弱齡懷大志不學守雌倫久矯沖天翮方知縱海鱗班朝經世美在野瀝肝新掊擊雷同輩危言拯溺民

中林梧竹 隆經

臨池忘物我何有眼中人晉帖多傳僞漢碑惟寫眞遠遊文字國深入篆楷神墨迹無塵氣盡爲天下珍

安住道古 勘助

極目經營迹遺功潤百鄉拓田平毎毎疏水滿泱泱炎旱無枯稼淫霖不決塘村村皆鼓腹嘉穀歳千箱

橋本岡陰 善右エ門

業成人刮目百里姓名馳藩國稱良傳泮宮知碩師博文精舊典餘力錄新詩遺草雖亡佚躬爲後進儀

紫田琴岡 花守

研精神典説通達已淵深大道芟蕪穢開懷入藝林對花揮彩筆望月發清吟豈作多才贊中情慕雅襟

列子疏證の出版 五年

昭和五年七月十日列子疏證は茗溪會によりて出版せられき

初め予は養生の方便として老莊の書を漫讀し居りしに列子に至りて其の必ず漢書以前史記以後に成りしものなるべきことを知り之れを論證せんとの志を起すに至りぬ予は已に舊草を焚燒し百事を抛棄して專ら安養に力めたれども疾は荏苒愈えず是に於て歳月を忨愒し空しく死を待つの愚を感じ身體に障害を招かざるの程度を計りて經史諸子を渉獵し以て論究の歩を進め昭和二年四月其の稿を了へ乃ち長女灼子をして之れを筆寫して副本を作らしめき予は先づ服部博士に一閲を乞ひて然る後大學又は圖書館に寄せんと欲し博士に書を呈すること

二回に及びたれども返信なし仍て六月十九日東
京帝國大學附屬圖書館長に對し受納せらるべき
や否やを問ひしに即ち「本學學員の研究用に供す
る為悦で受領可致」との来簽ありき然るに會、服部
博士よりも左の來翰あり

前畧去月末より朝鮮に出張致し居り昨日歸京
致し兩度の御手紙同時に拝見致候（中畧）列子疏證
是非拝見致度その上にて寄贈先を定め可申候
間何時にても御送附被下度候（中畧）

六月十七日　服部宇之吉（代）

乃ち大學圖書館には此の旨を書して一時取消を
乞ひ著書は博士に郵送しぬ

然るに友人峯間信吉氏之れを知り且つ予が貧に
して病めるを憫み予に勸めて著書は東京高等師
範學校に寄贈せしめ且つ若溪會に議りて予に奨
學金五百圓を贈ることにせり、若溪會の贈状は

多年力ヲ漢文學ノ講究ニ用ヒ曩ニ本朝文粹註
釋和漢朗詠考證ヲ撰シテ學界ニ貢獻シ今又病
蓐ノ中ニアリテ列子疏證ヲ大成セラル其ノ刻
苦研鑽真ニ學者ノ範トスベシ茲ニ本會奨學規
程ニヨリ金五百圓ヲ贈呈ス

昭和二年十月廿九日　若溪會

柿村重松殿

同時に峯間氏より左の來信あり

（前畧）服部先生ニ馬上主事ヨリ交渉シテ原稿ヲモ
ラヒコレハ高師圖書館ニオクリコトニ致候一部
副本ヲ作リテ大學ニ寄贈可致候服部先生モコ
ノ意見ニ快諾賛成ヲ表セラレ候服部先生イハ
ク病間ノ著書トシテハ中々宜シ一瞥シタルダ
ケナレド支那カラ歸リテナホヨク見テ序文ヲ
カイテヤルベシ云々ソノ序文ヲ得テ若溪會ニ
テ二百部位騰寫版ニシテ希望者ニ頒ツ（中畧）計畫
ニ致候（畧）

二年十月二十七日　峯間生

予は若溪會及び峯間氏に左の謝状を呈しおけり

拝呈今度存じも寄らぬ御推奨御恩典を辱ら致
し候事誠に汗背の至りに堪へず候謹みて茲に
深く感謝し奉り候就ては及ばずながら此上と
も且つは攝養に力め且つは病篤に菜ち今日の
御深旨を空しうせず他日萬一の報效を期し可
申候右御禮申上度如此に御座候拜具

昭和二年十一月三日　柿村重松

若溪會御中

（前畧）小著列子疏證かくまで皆様の深愛を受けん
とは全く思ひも寄らざりしことに候實は田舎
病人の閑事業大學や高師に寄贈を申出でしも
一笑に附せらるゝに過ぎざるべしと存じ候處
貴翰に接し誠に感激の至りに御座候二百部を

騰寫云々の事奨學金を頂戴するよりも更に
有り難き仕合に候御厚意千萬厚く拝謝し奉り
候 下略

十月三十日　　柿村重松

峯間信吉様侍史

かくて予が報謝の一端を表するための不動心論
は成り其の書は前四年八月出版せられしが此の
書は未だ騰寫せらるゝに至らざりしに其の後服
部博士の序文も已に成れるよしの來翰あり次で
此の書も活版にて五百部印刷せらるゝに至り其
の中數十百部を全國の學校圖書館等に頒贈せら
れきといふ

和古山君還暦歌　名榮三郎

長生久視

六十たひの歳立ちかへりわかかへる君がよはひ
か松の十かへり

本來赤心

われをおきて人はあらしと盡してし心の色の衣
を今きる

南荒開道

道つけし蓬かはらのあとしるくとはにて照らす
新高の月

古山君還暦歌

醉生夢死

こし方は夢かうつゝかあら浪北六十たひよせ
てなふわかゝへは

非敢赤化

わかゝへるあるしとてきゝるそらえり乃赤きを
人を迎この色きこし女葬

求道未得

老れ山以つう白か祢の月を見むせこ旅の坂を
をやこゆれとも

恭賦御題社頭雪　六年

銀沙浩浩雪初晴玉樹森森人未行新日先從何地照
古廟階前瑞色明

和神田豊城

瑞色浮杯栢酒濃休徵先祝有年豐林園白雪和君詠
緬想墨江祠萬松

社頭雪　　神田豊城

天白三元佳氣濃地從雪後瑞光重墨江祠上回頭
處一白神園萬樹松

寄神田豊城

高臥樟丘祠下村閑看飛雪滿乾坤此夜故人誰入夢
招隱一吟聲近門

題寒竹

數竿篁徑絕塵清微霰葉鳴珩珮聲當以此君爲我伴
虛心猶蓄耐寒情

聞曉鶯

竹間鶯語両三聲偏向閑人曉枕清匆逐粉香飛去轉
春閨思婦夢魂驚

先考柿村郎翁（假用法名）墓銘

先考諱民治梅田利左衛門長子也母樋口氏以嘉永
五年四月十四日生於唐津利左衛門兄柿村義正無
子養為嗣先考資性篤敬寡言而又多能嘗為唐津村
吏尋為町吏偶為草場藥舗主人所知聘掌其舗會計
三十餘年夙夜黽勉始終不渝為商工會所表彰前後
二回人以為難及昭和四年四月以老衰退職先考晩
年頗愛盆栽蒐集殊力至是悠悠自適日夕觀賞以娯
焉家人皆謂如此壽康無疆矣未幾翌年三月九日病
歿時年七十九配印具氏有二男二女長男重松嗣後
長女在家少男少女並夭嗚呼隙駟難駐盡歡永已乃
攬淚敢刻銘銘曰
精勤篤實　居儉履正　不耀其光　子孫明鏡
　昭和六年三月九日

倭漢新撰朗詠集要解の出版

昭和六年三月二十日倭漢新撰朗詠集要解は又東京目
黒書店にて發行された本書著作の理由は自跋に
陳べておいた本書は凡そ一ヶ年の日子を費して五
年八月末に脱稿し亦吉田教授の配慮を煩して目
黒書店から公刊することゝなり頓て十一月から
印刷にかゝり印刷の校字索引の編纂等都て自ら
之れに當りて出來あがつた病状にさしたる故障
も起らず終了したのは至幸であつた

天長節小集

惜春花下會親賢聊祝君王萬萬年報國赤心人若問
山榴冐雨艶如燃

悼草場愛溪　愛溪名猪之吉

年芳零落委狂風惻惻送春愁不窮懷舊夜深聞杜宇
魂招無返九原中
惆悵懷人臨暮風舊縁如夢思何窮百年功業渾無著
一掬長歸丘土中

久保田刀自を悼む　刀自名は春子

あたいなき玉とてりし我か君ははや砕けゝり
はやくたけゝり
さくら散る春の夕の夢たえて幾年かへし君も散りけり
名島濱遊いくらして礒に下り共に語りし春をしぞ思ふ
千早振神のみぞ知るをりをりの神のおこない偲ひてそなく
おはれ病ひまし子を眞子といとをしみ身を盡してや君も斃れぬ
ますらをもたじろくはかりたゝかいし此れの麗人あはれ今亡し
病みざらすさくらの門をおとゝれし君がおもかけわれはわすれじ（一月五日刀自の訪れを受く）

河村剛生辰満一歳賀莚感興（六月二十一日行之）

夏木葉蓁卧榻寧恵風膏雨入苔庭扶疎老幹垂陰處
長養苗芽一様青

奉和松井博士遊支那

浮江還向塞雲邊探古周遊路八千呉苑楚山多感慨
帰渡幾處自維船

寒山寺　　松井簡治

来訪姑蘇城外邊行程未半路三千寒山寺古鐘聲
絶惟見楓橋繋客船

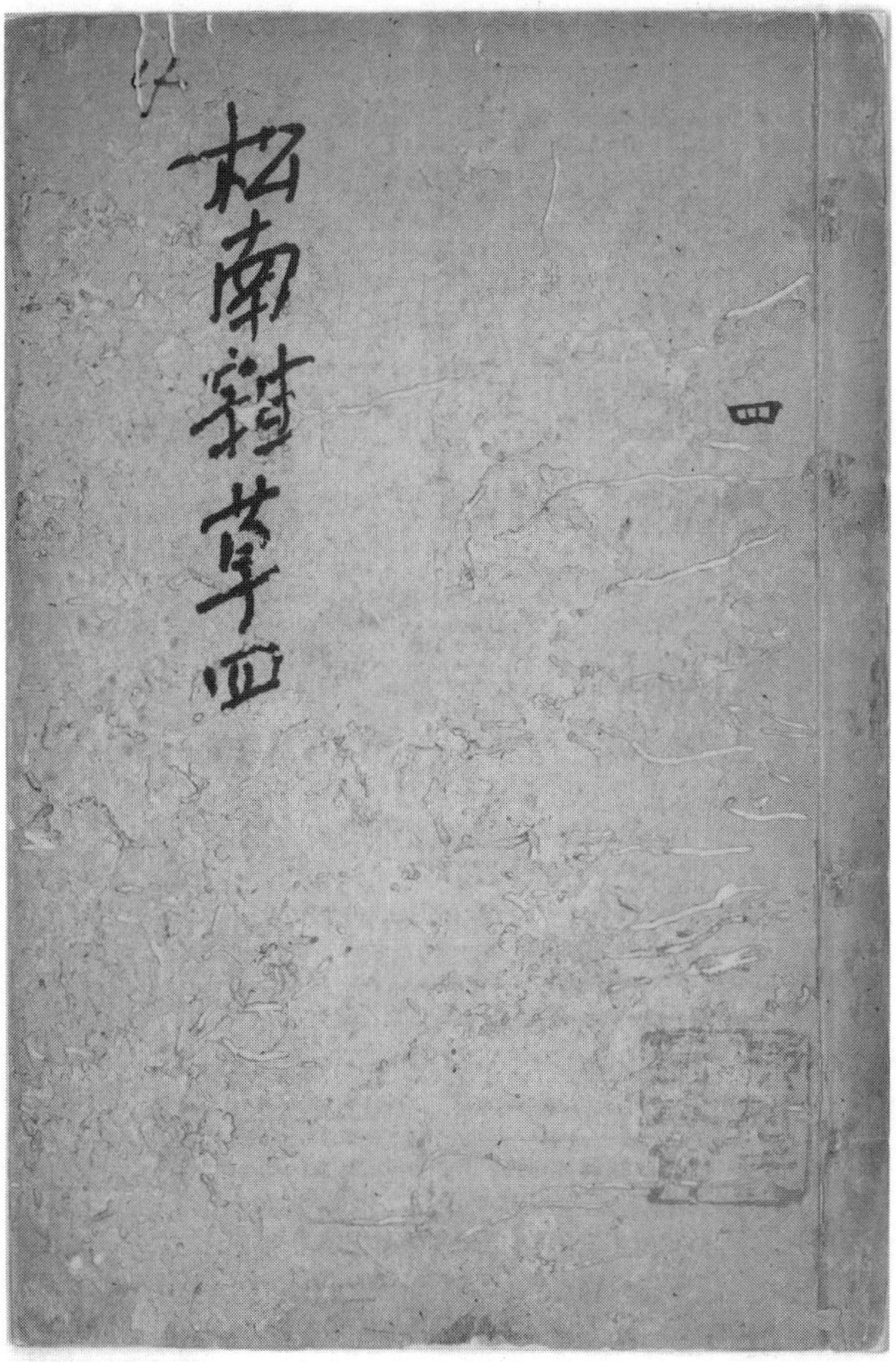
松南雜草 四
四

松南雑草第四冊

漢音漢語對國語影響論

小序

研究科卒業論文二篇其の一支那學制沿革考は大正十三年八月病重きを加ふるに及び旅順第二中學校長内堀維文氏に呈せり是れ前年特に書を寄せて赤焚の殘篇もあらは保存したきを以て寄與せられんことを需められしを以てなり他の一篇は即ち本論文なり往年故那珂博士特に推稱の詞を賜ひ且つ更に攻究を加へて完備せしむべきを喩されき爾來心他事に急にして未だ之を顧みるに遑あらず恩師に孤負するの罪大なり今新に筆削を加へ茲に之を收錄し以て恩師の教誨を記念すといふ大正十三年十月

第一篇　字音論

支那音の變遷及唐代の聲韻

支那音は時と處とに於て決して一樣ならず古と今と同じからず北と南と異なり毛先舒の韻問に

古韻之差等有三今韻之差等有四古韻自上世以及先秦其韻最疏而最純此一等也漢魏用韻稍密而駁此一等也晉宋齊梁之間韻漸益密而亦漸襍此一等也是古韻之差等三也自唐而下則一百七韻之較然此一等也宋人塡詞韻漸疏而駁此一等也元北曲韻密矣而實備故四聲不備此一等也明南曲韻雅駁間出而略在宋詞元曲之間有如四聲咸備此宋韻也如韻有車遮此元韻也此一等也所謂今韻之差等四也

是れ押韻について言へるものの稍首肯しがたき點もあれと其の變遷あるは則ち此くの如きなり蓋し支那の聲韻には三大變あり先秦漢唐及び近代是れなり而して唐代の詩韻は大體六朝の舊に依れとも近代聲韻の變化は已に早く唐代萌に根せるものゝ如し顧ふに東晉の頃より五胡十六國北方に占據して北人の聲音は漢人の聲音に轉訛を來す大源因となり尋て蒙古人か宋末より中原に侵入して北方の言語をして益南音に異ならしめしなるへくかくて其の變化は一般的となり遂に近代音を成すに至りしなるへし毛先舒の聲韻叢說に曰く

韻之從來如犬牙交最不易分而晉宋合古多齊梁入唐益密故于此分之亦言其槩耳韻欲嚴而惡濫齊梁而後篇章通古聲者亦恒有之要是數十分中之一餘俱與唐韻無差

と之に據れは齊梁以後音韻は漸く近代的となりしなり蓋し獨音が清音となり文韻と同類なりし欣韻か眞韻に類似するに至りしが如き變化は此の際に已に發せしものゝ如し而して齊の建國は

雄略天皇の二十三年に當れは我が支那音を傳へしは此の音韻變化の際に於てせしにあらざるか北人侵入の結果は音韻言語に變動を起し、が故にさなきだに支那版圖の廣大なる古より方言區々たりしに更に各地言音の差をして一層大ならしめしものゝ如し陸法言切韻自序廣韻所引に曰く

昔開皇初有儀同劉臻等八人同詣法言門宿以今聲調既自有別諸家取舍亦復不同呉楚則時傷輕淺燕趙則多傷重濁秦隴則去聲爲入梁益則平聲似去又支脂魚虞共爲一韻先仙尤侯倶論是切、欲廣文路自可清濁皆通若賞知音即須輕重有異、呂靜韻集夏侯該韻畧陽休之韻畧周思言音韻李季節音譜杜臺卿韻畧等各有乖互江東取韻與河北復殊因論南北是非古今通塞欲更捃選精切除削疏緩

即ち隋代已に南北と西方と各、其の聲韻を異にせしことを知るべし齊梁の時と雖も亦然りしなるべく唐代の各地に差別ありしこと復た論するを須いず而して唐代に於て標準の聲韻とせられしものは三十六聲百七韻なりき韻の分類につきては韻問に曰く

沈氏之韻最爲煩苛總、四聲凡分二百令六部唐人因而合之爲一百七部曰唐韻亦曰禮部韻陳州司馬孫愐差次之今所遵承皆是物也（中畧）孫愐唐韻凡一百十四部而今考唐詩用韻止一百七部是唐人作詩止取裁于一百七部愐韻雖多其七時人亦未嘗有遵之

法言の切韻も沈氏の故を襲いて二百七部に分てり然れとも二三韻つゝの同用を認め居るを以て同用を一部と視れは自ら一百餘部となるなり今日現存せる一百七部は南宋のとき平水の人劉淵の合併せしものとす次に發聲につきては陳澧の切韻考巻六に曰く

唐時僧徒依倣梵書取中國三十六字謂之字母宗人用之

と之を作りしものは唐僧舍利なり然れとも舍利の制せしものは三十字母にして娘牀幫滂微奉は後より附加せしものなりといふ其の三十六母は

	清音	次清音	濁音	清濁音
牙音	見 k ㊂	溪 k' ㊂	群 g ㊂	疑 ng ㊂
舌頭音	端 t	透 t'	定 d	泥 n
舌上音	知 chi ȶ	徹 chi' ȶ'	澄 dji ȡ	孃 ni ȵ
重脣音	幫 p	滂 p'	並 b	明 m
輕脣音	非 f	敷 f'	奉 v	微 w w

	清音	次清音	濁音	清音	濁音
歯頭音	精 ts	清 ts'	從 dz	心 s	邪 z
正歯音	照 ch tś	穿 ch' tś'	牀 dz dź	審 sh ś	禪、z ź

心邪ヲ細歯頭音ト云フ
審禪ヲ細正歯音ト云フ

清音 清音 濁音 清濁音

喉音　影ツ　曉ん　匣ルん　喻いう　影ヲ清喉音ト云ヒ曉ヲ深喉音ト云フ

半舌音　來し　半齒音　日ni r(?)　以上並ニ清濁音

右音符の(一)はエドキンス氏Edkinsの官話文法Mandarin Grammarに依り(二)はガベレンツ氏Gabelentzの支那文法Chinesische Grammatikに依る(三)に同じきのは記せず尚ほエドキンス氏は知徹澄孃敷微等の音符は小字にて記し他は大字にて記して正齒音と舌上音と及び奉母と微母との同一ならぬことを明示し居れと今は便宜同じ文字を用ひたり次に百七韻は

平聲	上聲	去聲		入聲	
東	董	送	ong iong eng ǎng	屋	ók iók
冬 鍾	腫	宋 用	ong iong eng ǎng	沃 燭	ǒk iók
江	講	絳	ǎng eng iong ong	覺	ok
支 脂之	紙 旨止	寘 至志	ǐ i ei		
微	尾	未	ǐ i ei		
魚	語	御	ü ò ú		
虞 模	麌 姥	遇 暮	ü ǒ ú		
齊	薺	霽 祭	é		
佳 皆	蟹 駭	泰卦 怪夬	ǎ iá ói ǎi		
灰 咍	賄 海	隊 代廢	ǎ iá ói ǎi		
眞 諄臻	軫 準	震 稕	in ün	質 櫛 術	it üt ut
文 欣	吻 隱	問 焮	iún ún wún	物 迄	üt ut wet èt
元 魂痕	阮 混很	願 慁恨	iún ún wún	月 沒	wet èt
寒 桓	旱 緩	翰 換	ên ǒn wǒn	曷 末	ót
刪 山	潸 産	諫 襉	án wán	黠 鎋	át iát
先 仙	銑 獮	霰 線	ièn	屑 薛	ièt
蕭 宵	篠 小	嘯 笑	ó ió áu iáu		
肴	巧	效	ó ió áu iáu		
豪	皓	號	ó ió áu iáu		
歌 戈	哿 果	箇 過	á wá		
麻	馬	禡	á wá		
陽 唐	養 蕩	漾 宕	iáng áng	藥 鐸	iák ák áik
庚 耕清	梗 耿靜	敬 諍勁	áng iáng	陌 麥 昔	iák ák áik 昔 ik èk
青	迥	徑	éng ing èng	錫	ik èk
蒸 登	拯 等	證 嶝	éng ing èng	職 德	ik èk
尤 侯幽	有 厚黝	宥 候幼	iú èú iú		
侵	寢	沁	im	緝	ip
覃 談	感 敢	勘 闞	ám	合 盍	áp
鹽 添	琰 忝	豔 㮇	iém	葉 怗	iép
咸 銜	豏 檻	陷 鑑	iám	洽 狎	iáp
嚴 凡	儼 范	釅 梵	wám	業 乏	iáp wáp

右音符はエドキンス氏に依る蓋し多少の訂正を要すべし百六韻は泰より卦を分ち拯を迥に證を徑に合せしものなり又右の表に於て嚴儼釅業は鹽琰艷葉にそれぞれ屬し凡范梵乏は咸豏陷洽に同用せらるゝものとす

さて以上の分類は唐人が舊來の音に本づきしものか又は現代通行の音に依りしものなるかと云

ふに廣韻が切韻を襲用せるか如く切韻も亦本つく所あり後の韻鏡なとも各本つく所あるべく乃ち舊來の聲韻を根據として當代の基準を定めんとせしものなるべし發聲に濁音を分ち欣韻を文韻に同用たらしめしが如き尤も其の徴を見るべし然らは我か國に傳へし漢呉音の原音は如何といふに大體は右の如きものなりしなるべしと雖も右の分類が唐代通行のまゝにあらず且つ通行の音も地方によりて同じからずとする以上必ずしも右の音と同一にはあらざるべし

漢呉音及唐音とは何ぞや

漢音の名稱の史に見えたるは扶桑畧記巻六に天平七年四月辛亥日入唐留學生從八位下下道朝臣眞備獻唐禮一百卅巻（中畧）等留學之間歷十九年凡所傳學三史五經（中畧）漢音と云ひ類聚國史巻百八十七に延暦十二年四月丙子制自今以後年分度者非習漢音勿令得度と云ひ類聚三代格巻四延暦廿五年正月廿六日官符に仍須各依本業疏讀法華金光明二部經漢音及訓（中畧）乃聽得度と云ひ續日本後紀巻十五比承和十二年二月の條に眞貞以三傳三禮爲業兼能談論但舊來不學漢音不辨字之四聲至於教授惣用世俗踳訛之音耳とあるを古しとすべし神祇令に東西文部上祓刀讀祓詞謂文部漢音可讀者也とあるは亦當時のことなるべく此を以て文部は歸化の初より漢音を用いきとは考ふべからず

次に呉音の名稱は朝野群載巻三對馬貢銀記に欽明天皇之代佛法始渡吾土此島有一比丘尼以呉音傳之因茲日域經論皆用此音故謂之對馬音と云ひ江家次第御讀書始條に次尚複稱文比事不見式并寛和記但新儀式如此亦可用呉音（中畧）次侍讀取笏讀云御注孝經序漢音とあるを始とすべし然らは漢音呉音とは如何なる音なるか磨光韻鏡後篇には曰く

按スルニ唐代ニ行ハルヽ音種々不同ニメ我邦今ノ世呉音漢音官話俗話漳州福州種々ノ音アルカ如クナルヘシ其中ニメ我呉音ニ近キ彼地流行ノ一音ヲ傳ヘテ此地ニテ漢音ト名ケ正音ト稱セシ者ナルヘシ決シテ唐代通行ノ正音ニハアラズ呉音ハモト震旦東南呉地ノ音ナリ（中畧）我カ日本ハ彼ノ呉國ニ近キ境ナレハ呉音ヲ習ヒ傳ヘタルナラン

漢字三音考には曰く

今時の唐音を以てこれを驗むるにも呉音は彼國の南方の音に近く漢音は北方の音に近し是を以テ見るにも二音共に眞の彼國の音にはあらすといへども古へ彼國の音韻の趣をよく得て定めたる者にしてさらにみだりなることにはあらず

又曰く

これらに古書漢音とあるはみな其時の漢國の音を云るにて後世に唐音と云と同じ心ばへなり此方にて古へ定められたる漢音のことには非ず

音韻啓蒙には曰く

諸書の旨趣を以て推し窮ルに漢音と云ふ名甚古ルかり今按に漢音とは音義に叶へるを云ひ其漢音に對へて普通呼ならへりしを假に吳音とは名付けたりと見えたり

漢音正辨には曰く

夫漢音トハ彼中原古ヘノ雅音ニシテ韻書ノ擢ブトコロ純一ニシテ異音ナキモノナリ唐音ハ彼土郷語ノ音ニシテ南北土ノ音不同アルモノナリ

安齋随筆前編巻九には曰く

太學寮博士世々其漢音を習ひ傳へて後惺窩先生林道春等に及ぶまでに相承け來れり漢の正音は變せすして我朝に遺り傳れり（中畧）或儒士某が漢音と云は菅家の音にて吳音といふは江家の音也菅音江音なることと云ふ腹を捧て笑ふべし

以上の諸説に於て吳音を以て南方の音を傳へたるものとし漢音を以て中原の音を傳へたるものとせるは最も普通にして亦洵に實らしき説なり

然れとも皆未だ説いて詳ならざるの感なきこと能はず今一二左に辯疏する所あるべし

第一、漢音吳音の名義は如何　本居翁の言の如く古書に所謂漢音は後の唐音即ち今の支那音と同し意なり啻に古書のみならず其の後に於ても然りしなり然るに新に所謂唐音なるものが傳り來るに及んで漢音の意義が曖昧となりしなり已に漢音を支那音の義とする以上は實際は兎に角此の漢の字には地方的の意味はなかりしなり而して此の漢音即ち支那音は傳來の後變化せしと否とに拘らず依然漢音と呼ひしこと猶ほ後世の唐音今日の外國語の如くなりしなり本居翁が今日の漢音は古此方にて特に定められたるものにて古書に所謂漢音とは同じからざるやう説かれたるは非なり固より同じ形にてはあらざれとも同じものが形を變へたるに過ぎざるなり次に吳音の名稱は朝野群載等に初めて出でたるものにして吳織漢織等の如くに傳來當初よりの名とは視るべからず畢竟漢音に對して當時通用の音に命せし名なること音韻啓蒙の説の如くなるべし唯之を名つけし所以は單に假にとはいふべからず何等かの理由によりしなるべし漢吳とは古來相對して稱せし名なれは漢音に對して吳音と名つけしか又は古代は支那南方との交通頻りなりし

を以て當時に傳はりし音なりそして爾か名つけしか蓋し後者それ是に近かからん

第二、漢音呉音は何れの時に傳來せしか 之れに就きても二三の説あり三音考には曰く

さて其時に初めて定まりし字音は必呉音なるべし其故は昔より書典を讀むには漢音を用ひつれども常に口誦に呼ぶことは漢音を用ひつるはいと〳〵罕にして諸の物の名或は官名其餘の名稱なども皆呉音にのみ呼來れり書籍の題目をさへ古へより五經をばゴキヤウ易はヤク禮記はライキ周禮はシユライ檀弓はダングウ月令はグワツリヤウ千字文はセンジモン玉篇はゴクヘンなどと呼來り又古書の假字にも呉音をのみ取て漢音を取れるはいと〳〵少なし是等を以て知べきなり

同文通考には曰く

タヾ文獻ノ徴トスルニ足レルヲ取テ漢音ノ傳レル事ハ王仁ガ來リシ日ニ始マリ呉音ノ傳レルコトハ佛像經論ノ來リシ日ニ始レリトスルニハシクベカラズ又按ズルニ我國ニ傳フル所ヒトリ呉漢ノ二音ノミニモ限ラズ三韓ノ方音俗諺モアリケリ古ノ音訓ニ今朝鮮人ノ用フル聲韻ノマジハレルヿ侍り

漢音考屋代弘賢輪池叢書には曰く

呉音ハ日本紀ノ通證ノ説ニ應神帝ノ御宇百濟ノ人阿直岐王仁菟道稚郎子ニ諸典籍ヲ教マイラセシモ呉音ナルベシト云リ其故ハ此二人ノ名ヲ古事記ニ阿知吉和迩ト記サレタリ是呉音也百濟ハ呉ニ近キユヘニヤ自ラ其名ヲ呼スラ呉音ナレバ教マイラセシ音モ皆呉音ナルベシト見ユ實ニサモ有ベキコトナリ漢音ハ是ヨリ後ニ傳ハリシナルベシ

案するに漢音を支那音の義とすれは漢音が原形にて行はれし天平延暦の際に世俗轉訛の音と謂はれし呉音は其の以前に已に流布せしこと知るべし漢籍を漢音にて讀むが故に論語傳來と共に漢音も傳はりしなるべしと云ふは非なり書名を呉音にて唱ふるは漢籍も初めは呉音にて讀みたることを證するものといふべし且つ本居翁の古書の假字には漢音を取れるはいと〳〵少なしと言へるも事實なり古事記は凡て所謂呉音を以て記せり唯書紀には磨・麼・麻等をバに麻をビに文をブに謎をベに用いたるあるのみ三音考に云ふ帝をテ禮をレ西をセに用ひたる類は漢音のテイレイセイなどを取れるにはあらず呉音のタイライサイにして愛をエ開をケ米をメに用ひたると同格なり弟子を呉音にデシと呼來れるも此例なるを思ふべしと此の説やゝ謬れり宣長は我か國の呉音漢音は王仁等の特に定めしものゝ如く思ひしを以て此の謬を來せり帝をテと用ひしがごときは支那の原音(即ち漢音)より來りしにて我が國轉訛の呉音より來りしにはあらず かくして唐との交通頻繁となり萬事

唐風を摸するに及び所謂漢音は次第に行はれしなり尋いで空海最澄等歸朝し天台眞言の新宗を起すや漢音を以て經を誦し朝廷に於ても頻りに漢音を習ふべきことを奬勵せり我か漢音の由つて起り由つて盛となりしは此くの如くなりしなり之を要するに漢音は唐代に傳はり呉音はその以前卽ち南北朝代に我に傳はりきといふべし

第三、漢音呉音は何れの地より傳來せしか　漢音は支那音の義なりとすとも其の之を傳へしは邊陬の商賈又は歸化の徒にあらずして朝廷の官人又は留學生なることと思へは帝都所在地卽ち北方の音なるべきこと想察するに難からず次に呉音は其の以前に傳來したりとすれは三韓殊に百濟を經由せりとせざるべからず然らは百濟は支那の何地に往來せしか三國史記百濟本紀を見るに

青稽王十三年秋九月漢與貊人來侵 西晉孝惠元康八年

近肖古王二十七年春正月遣使入晉朝貢

二十八年春二月遣使入晉朝貢

三十年冬十一月王薨古記云百濟開國已來未有文字記事至是得博士高興始有書記 東晉孝武寧康三年

枕流王元年秋七月遣使入晉朝貢 孝武大元九年

蓋鹵王十八年遣使朝魏 宋後廢帝泰豫元年

文周王二年春三月遣使朝宋高句麗塞路不達而還 後廢帝元徽四年

東城王六年秋七月如南齊朝貢若思至西海中遇高句麗兵不進 永明二年

武寧王十二年夏四月遣使入梁朝貢 天監十一年

二十一年冬十一月遣使入梁朝貢

聖王十二年遣使入梁朝貢 中大通六年

十九年王遣使入梁朝貢 大同七年

威德王十四年遣使入陳朝貢 光大元年

十九年齊ニ二十四年陳ニ又周ニ二十五年周ニ二十八年隋ニ二十九年隋ニ三十一年陳ニ三十三年陳ニ四十五年隋ニ朝貢

以上の引例によりて觀るに北方に朝貢せしこともなきにはあらざれども其の主として朝貢せしは南方なり是地位上然らざるを得ざるべし獨り百濟のみならず新羅と雖も然りしなり而して我國も初は百濟を介して支那に通せしを以て勿論南方に通せしなり然らは呉音は其の名の示すが如く南方より傳はりたりとすること必ずしも臆斷なりといふべからず但三韓には當時北方の漢人も入り來り居りしなるべく又三韓にて已に訛りし漢語も行はれしなるべく決して一樣なりといふべからず故に呉音が果して南方より傳はりたりとも決して純乎たる南音が傳はりたりとは思ふべからず又たとひ純乎たる南音が傳はりたりとも純乎たる南音のみが傳はりたりとは見るべか

らず種々の方言訛音も傳はりしこと明かなり

第四、漢音呉音の原音は如何なる異同ありしか

漢呉音は傳來の時を異にし處を別にせりと雖も其の原音に果して今日の漢呉音に見るか如き差異ありしか晉宋と齊梁とに疎密あり呉楚と燕趙とに輕重の差ありとすとも未た必ずしも今日の如き異同はなかりしなるへし但呉音の濁聲が漢音にて清聲となり呉音にて文韻に類せし欣韻が漢音にては眞韻に類するに至れるか如きは正しく原音の差異に依ると謂はざるへからず之を要するに呉音は古に近くして三十六母百七韻の基準に略合し漢音は今に傾きて漸く原音變化の徴を見はせるものといふへし

第五、漢音呉音の轉訛には如何なる異同ありしか

呉音は勿論漢音と雖も我國に傳はりてより自然に轉訛せしことは疑ふへからず而して轉訛の程度情態は兩音必ずしも同一なりといふへからず傳來當時に於ける我か文化及び國語國音の情態に應じて自ら相當の差異あるへし加之同じ呉音にありても決して一樣ならず文字によりて異同あり古今によりて變轉あり漢音に於ても亦然りとす今漢音呉音の異同を見るに東冬の韻に屬するものを呉音にてはu若くはoトし漢音にてはou又はuuとし一はngを畧し一はngをuとせりこは原音の異なれるか爲めにあらずして轉訛の同じからざるなり又庚韻の行の如き青韻の青の如き、麻韻の嘉の如き呉音の原韻はiang iang eにして漢音のはang eng eなりしかも知るへからざれども或は原音iangよりyauとなりauとなり、engよりyauとなりeiとなり、eよりeとなりaとなりしかも知るへからず佳灰兩韻の懷回の如きai(漢音)ともe(呉音)ともなるへしこは麻韻の花も漢音はクワなるに拘らず呉音はケとなれること齊韻の西の如きは漢音はセイなるに呉音は却つてサイとなれることなどに思ひ合せて知るへし發聲につきても呉音の濁音か漢音にて清音となれるは原音の如何に依れとも文鏡秘府論に事理道武堅玄歸田の如きもあれど又瑞雑雅言偈語の如く濁音を存せるもあり清濁音か濁音となれるは當時の轉訛なること明かなりこは前にも言へる如く書紀にて見えし所なるか文鏡秘府論にも文義徴情敵納萬福濁毛詞人覺厚柔蠕の如く汎て濁音とされり但し何時代に此の點か附せられしかは未た詳かならずされは今日の漢呉音の相違はその轉訛の異同によること頗るたなるを知るへし

以上の所説を總へて之を言へは呉音は古音の存せる時代に古音の存せる地方即ち主として南方より傳來し漢音は近代音の起りし時代に近代音の行はれつゝありし地方即ち北方より特に正しき支那音として傳來し而して兩者共に傳來の後自然に別樣に轉訛せしものなりといふへし

唐音は近代に於ける支那音の謂なりこれに禪僧を介して傳來せしものと長崎貿易の結果傳來せしものとの二種あり禪僧傳播の唐音につきては語言篇に譲りて此には詳記せず但禪僧の支那との往來は已に平安時代の後期にありて支那にては猶ほ宋の時代なりしかとも鎌倉時代の書籍には未だ唐音とも見るべきものを認めざれは其の主として傳はり國語中に混入するに至りしは足利時代なるべし謡曲狂言等に行脚胡亂なとの文字の散見するは之か爲なり然らは禪僧の傳へしものは宋明時代の音なるべし江戸時代となりて清國との交通は長崎によりて行はれ長崎に譯官置かるゝに及び且つ漢學大に興り漢學者か漢文の正則を究めんとするに及びて清語の研究を企つるもの多く其の結果清音が漸く傳播するに至りき長崎譯官の初は慶長年中小笠原一庵長崎奉行たりしとき長崎居住の唐人馮六と云ひしもの初めて通詞役となされ其の後馬田昌入馮六と同じく擧げ用ひられしを始めとして大通事小通事の職世々絶えずかくて清音は長崎を中心として次第に學者間に行はるゝに至りき江村北海の授業編に曰く

余幼穉ノ比マデハ唐音ハ長崎ノ譯官黄檗ノ僧徒ナラデハ知ラヌ事ノ様ニ人々オボエテ京師ナドニ是ヲ主張スル人マレナリシガ岡島援之長崎ヨリ京大坂ヘノボリ來リ江戸ヘモ赴キテ其業次第ニヒロマリ唐話纂要雅俗語言ナドイフ類ヒノ書ドモ多ク梓ニチリバメ世ニ行ルスベテ何事モ天地ノ氣運ニアツカルコトニテ少々ノ前後ハアレドモマヅイヘバ其時ニアタリテ水戸ニハ今井小四郎ナドイヘル人舜水ニ親炙シテモワトモヨク唐韻ニ通ヅ對馬ニハ雨芳洲アリ東都ニテハ徂徠コレヲ以テ後進ヲ鼓舞スコヽニ於テ世ニ唐音ヲイフモノ多ク輩出シ其人々ナクナリテ近年ハコレヲイフモノ亦ナシ

されと此の清音は二三の儒者が修め商人が使用せしにすぎずして國語中に用ひらるゝに至りしものは極めて少なく當時に傳來したる單語すら地名の外は人名といはず物名といはず多くは漢音にて呼ばれしなりされはその國語に影響せし點より言へは唐音特に清朝音は道ふに足らざるなり

漢呉音の轉訛

支那の音韻は國音に比して頗る複雜なるを以て漢音呉音を原音のまゝに國民一般に唱へんことは決して能くすへきことにあらず固より特別の教育を受けたるものは正確に發音したるなるべけれど其の教育は必ずしも支那人若しくは支那

に學びたる者によりて行はれたるにあらず且つその教育を受けたるものすら動もすれは訛謬を免れざりしが如し史を案するに

延暦十一年勅云明經之徒不事習音發聲誦讀既致訛謬熟習漢音

同十二年制云自今以後年分度者非習漢音勿令得度

弘仁八年勅云宜擇三十以下聰令之徒入色四人白丁六人於太學寮使習漢語

其の如何に訛謬を避けしむるに努めしかを知るべし然れとも訛謬も遂には訛謬と感ぜられざるに至り今日の漢音は成りしなり殊に呉音にありてはかゝる政府の制令もなかりしかは最も容易に國音訛したるなるべし今日の所謂呉音を見るに發聲は

見K 溪K 群g 疑g 端t 透t 定d 泥n

知t 徹t 澄dt 孃n 幫h(p) 滂h(p) 並b 明m

非h(p) 敷h(p) 奉b 微m 精s 清s 從z 心s 邪z

照s 穿s 牀z 審s 禪z 影yw 曉g 匣gw 喩yw

來r 日n

尾韻に在りては

東o(翁)u(東)iyu(中) 冬o(宗)u(冬)iyu(重) 江au(江)iyou(幢) 支i(支)e(犧)uwi(萎)

微i 魚u 虞u(虞)iyu(株)o(蘇) 齊ai(齊)ei(迷)e(圭)

佳ai(埋)e(懷) 灰ai(灰)e(回) 齊佳灰の合口音はヱ 眞in(眞)iyun(春)on(屯) 文on(欣)un(君)

元uwan(元)on(魂) 寒an(寒)uwan(桓) 刪an(刪)uwan(頑)en(山) 先en

蕭eu 肴eu 豪ou 歌a(歌)uwa(戈)

麻a(麻)iya(叉)e(嘉) 陽au(陽)iyau(長)uwau(光) 庚iyau(庚)au(鱉) 青iyau(青)au(瑩)

蒸ou(罝)iyou(氷) 尤u(丘)iyu(收)i(彪) 侵im(心)om(音) 覃am(覃)om(耽)

塩em 咸am(咸)om(嚴)

之を支那音に比するに發聲にては次清音は凡て清音となり疑母は群母即ち濁音に變し舌上音は舌端音に變し澄母のみは希に清音となれる者あり輕唇音は重唇音となり歯頭音正歯音は並に細歯頭音となり日母は泥母と同じくなれり而して喉音は當時我が國に同類の音なかりしを以て原音の開合強弱によりて種々に變せり即ち影喩の兩母は其の發聲を失へるあり淹焉匽影 英焉矣喩の如し wとなれるあり委温婉影 雄爲遠喩の如し yとなれるあり影映益影 陽盈由酉喩の如し曉匣の兩母は多く前者はKに後者はgに變せり呼海花享曉 胡亥華行匣の如し然れとも曉にして濁れるあり曉蒉(稀)の如し匣にしてwとなれるあり回懷潰慧彗畫の如し

尾韻にては至大なる變化は東冬江陽庚青蒸に於けるngか東冬兩韻にては脱落し他の韻にてはい又はyuに變せること入聲のKtPは凡てKi Ku ti tu Pi Puの熟音となれること等なりとす n及mは今日ては凡てnに混一し居れとも或る時代までは觀音(くわんのん)三位(さんみ)なとにて知らるゝ如く區別せられしなるべし

く更に遡れば又は引の熟音にて發音せられしなるべし而して中部の母音にありては大抵國音化せるもの〻如く其の中 au ai ou eu ei の結合はなせども ai の外後世長音となれり iu io ia の結合をなすことはなく後者の場合にありては單音となるか又は yu yo ya の形を取れると普通となす後代の拗音は此の邊より發達し來れるなり

音韻啓蒙に云ふそもく韻にイとひくありウとひくあり普通の説に是を阿行の伊優之と云へるは甚じき非にてイは即夜行の以なりウは即和行の字なり其如何なる故にて阿行の伊優にはあらトと云にすべて阿伊優衣於の五音は音質清陽にして輕きゆゑに其音下に低らず故に他の音本に加ざるありとて所説獨斷なれとも姑に附記して參考に資す

以上は異音の大體の形なれども此の形は音韻傳來の當初より固定せしものにはあらず古今の變遷もあり箇々の異同も少なからざりしなるべし

今古代に名づけられたる地名及び古事記萬葉集等につきて考ふるに第一、韻に加行の濁音を存せるものあり

通 透東　新撰姓氏録左京諸蕃上　融通王 一名弓月王

宗 精冬　倭名鈔　宗部曾加部（土佐郷名）

鐘 精冬　萬葉集八　待時而落鐘禮能雨令零收

勇 喩腫　倭名鈔　勇禮以久禮（越後郷名）

雙 審江　萬葉集十六　三四佐陪有雙六乃佐叡

香 曉陽　倭名鈔　伊香以加々（河内郷名）

萬葉集三　香山之鉾榲之本

當 端陽　萬葉集十　落當知

良 來陽　萬葉集六　布當之宮

倭名鈔　久良 久良岐（武藏郡名）

相 審漾　倭名鈔　相模 佐加三

萬葉集三　相樂

宕 定漾　倭名鈔　愛宕（山城郡名）

綾 來蒸　倭名鈔　餘綾與呂岐（相模郡名）

第二、韻に奈行の熟音を有するものあり

珍 知眞　萬葉集十一　珍海濱邊小松

因 影眞　倭名鈔　因幡 以奈八

敏 疑軫　萬葉集三　珠藻刈敏馬乎過

印 影震　古事記　御眞木入日子印惠命

信 心震　倭名鈔、萬葉集二　信濃

君 見文　萬葉集七　不有君

雲 喩文　萬葉集七　雲飛山仁吾印結

磤 影吻　日本書紀　磤馭盧島

難 泥寒　萬葉集四　難波

彈 定翰　萬葉集十二　今夕彈速初夜從

散 心翰　萬葉集二　散頬相

漢 曉翰　萬葉集十一　中之似兒草爾故余漢

讚 精翰　倭名鈔　萬葉集二　讚岐

萬 明願　萬葉集十三　遣之萬萬

錢 從仙　倭名鈔　紙錢 加美勢迩

其他盆《ほに》木欒子《もくれにし》紫菀《しをに》牽牛子《けにこし》等平安時代の物語歌集などにあり

第三、韻に良行の熟音を有するものあり

信 震　萬葉集七　八信井上爾事上不為

駿 震　倭名鈔　駿河須流加

群 文　倭名鈔　平群倍久里（大和郡名）

訓 問　倭名鈔　訓覓久留倍木（安藝郷名）

敦 元　倭名鈔　敦賀都留我（越前郡名）

讃 翰　倭名鈔　讃良佐良良（河内郡名）

散 翰　倭名鈔　散樂

篇 先　萬葉集十一　愛等思篇來師

播 箇　倭名鈔　播磨波里萬

第四、韻に万行の熟音を有するものあり

深 侵　倭名鈔　志深之々美（播磨郷名）

參 覃　倭名鈔　伊參伊佐萬（上野郷名）

男 覃　倭名鈔　男信奈万之奈（上野郷名）

南 覃　萬葉集七　印南野　瞻 塩　萬葉集四　欝瞻之世

左の諸例はmuの熟音にはあらでn（即ち原音の儘）の撥音なるが如く思はるれど便宜茲に附記す

今 侵　萬葉集十二　過西戀世亂今可聞

金 侵　萬葉集十三　痛之懸者今還金

南 覃　萬葉集五　許布夜須疑南《ナム》

三 覃　萬葉集六　如是二二知三

藍 覃　萬葉集六　神柄加見欲賀藍《ラム》

覽 感　萬葉集十　風爾加妹之梅乃散覽《ラム》

敢 感　萬葉集五　可久夜歎敢《カム》

濫 勘　萬葉集四　待戀奴濫《ラム》

點 琰　萬葉集七　眞袖以著點等鴨

兼 琰　萬葉集九　古之賢人之遊兼

監 咸　萬葉集三　立居而待監

第五、韻の布久都が阿衣於の母音と熟せるあり

質 質　倭名鈔　佳質加之七（備後郷名）

乙 質　倭名鈔　乙訓於止久迩（山城郡名）

物 物　倭名鈔　物理毛止呂井（備前郡名）

越 月　萬葉集三　越女

達 曷　倭名鈔　達良太々良（安房郷名）

葛 曷　倭名鈔　葛野加止乃（山城郡名）

設 屑　倭名鈔　設樂志太良（遠江郡名）

作 藥　倭名鈔　美作美萬佐加

樂 藥　倭名鈔　相樂佐加良加（山城郡名）

積 陌　萬葉集一　伊積流萬代爾

尚ほ博士《はかせ》大徳《たいとこ》消息《せうそこ》の如きもあり

邑 緝　倭名鈔　邑樂於波良岐（上野郡名）

倭名鈔　邑久於保久（備前郷名）

合 合　倭名鈔　合志加波志（肥後郡名）

甲 洽　倭名鈔　愛甲阿由加波（相模郡名）

第六、母音の轉せるものあり

岐 支　萬葉集廿　伊母爾都岐許曾

美 紙　萬葉集廿　由美乃美仁

西 齊　萬葉集十四　西良思馬伎那婆

拜卦 加名鈔 拜師 波也之（加賀御名）
蕉蕭 倭名鈔 芭蕉 發勢手（漢音ニシテ原音ニ近キモノ）
襖皓 倭名鈔 襖子 阿手之（同 右）
多歌 萬葉集二十 伊牟多禰手
阿歌 萬葉集二十 阿《オ》母志々禰
波歌 萬葉集二十 伊波妣等乃
迦歌 萬葉集二十 阿加都枳禰迦《ケ》理
奈箇 萬葉集二十 奈美奈等惠良比
由尤 萬葉集二十 麻由《ヨ》須比禰
流尤 萬葉集二十 佐由流能波能《ナ》
第七、子音の轉せるものあり
之支照 萬葉集二十 阿呆都之《チ》乃
思支心 萬葉集十四 等許乃敝太思禰
志寘照 萬葉集二十 多志《チ》嗟毛等
利寘 萬葉集十四 乎具佐可利馬利
丹寒 倭名鈔 丹比 太知比
但旱 倭名鈔 但馬 太知萬
第八、音韻の畧せられしものあり
安《ア》雲《ツ》害《ガ》君《ク》作《サ》信《シ》西《セ》南《ナ》寧《ナ》陪《ヘ》満《マ》
用《ヨ》（以上萬葉集）吉《キ》當《タ》服《フ》辨《ヘ》樓《ル》（以上古
事記）誓《セ》鄭《テ》鐔《タ》賊《ゾ》帝《テ》刀《ト》弊《ヘ》辟《ヘ》毎《マ》
綿《メ》璿《ヌ》（以上日本紀）
以上轉訛頗る區々なるが如しと雖も之を通觀す
ると大抵左の四則に依りて變轉せるを見るなり」

第一、我國の古語に於ては一語の子音にて終るものなけれは外國語を通用するに際し其の語尾の子音は國語に類化せられて或は子音を失ひ或は母音を取りて熟音となれり（但しかれは例外あるが如し）

第二、母音は互に相轉せり（博士大德などの如し同化作用にあるもの多し）元來國語は同行に於て母音相轉するの性質を有せり「木《き》の芽」と「このめ」と「なむ」と「なも」との如き又動詞の四段二段に活用するが如き是れなりされば字音の同語中に於て或はあに或はおに或はいに或はえに變せるは國語のこの性質に類化せられたるなり韓君信越の如き亦此の類とし見ることを得べし是等の轉化の極端なるは料理裝束の四段に活用せるが如き是れなり音韻啓蒙に云ふ倭俗色葉字類抄に子イルとも子エタリとも注せり是おのづから字音の活用たるにてかゝる例猶ありと亦此の例なり

第三、は子音が類似音に轉せるなりngがgにnがr又はdに轉せるが如き思志之がtiに又はsiに發音せらるゝが如き是れなり

第四、は音韻を畧せるなりこは特に母音を畧せること多きは漢字を以て國音を寫さんが爲めに便宜上しかせるなり

右の材料と所説とによりて吾人は今方に進んで呉音の傳來當時の形態及び其の後の沿革を推論

するの機會に達せり但之を推論するに尚は一二の注意すべきことありそは第一當時の地名及び古事記萬葉集などに使用せられし呉音は漢字を假りて強ひて國語を寫さんとしたるものなれば當時通行の呉音の形と必ずしも同一ならざること第二當時の國語中に混入せし漢語の發音は勿論普通の呉音なりけんも其の間單語として特別の轉訛をなしゝもの少なからぬこと是れなりされど發音區々なる地名の當字萬葉の假字も特別の轉訛をなせる漢語の發音も皆當時の音韻を考ふるに必要なる材料にあらざるはなし唯憾むらくは漢字專用の當時のこととて漢語の正しき發音を徴すべき文獻の頗る乏しきことなりとす而して僅に之を徴するに足るものは平安文學に見えたる漢語及び倭名鈔に出てたる漢語などに過ぎず而も是等は數十百年の間に轉々相訛したるものなれば往時の面目を存せるものは甚だ少なかるべし例へは枕草子に誦經の誦を或はずうじとし或はずんじとし或はずしとし韻塞の韻を或はゐとし或はゐんとし又倭名鈔に蜜を美知とせるに拘らず華蘂を比千利岐とせるが如し故に吾人は是等の不十分なる材料によりて其の髣髴たる一斑を推定するより外なきなり

呉音は百濟を經由せしと否とを問はず大體原形のまゝにて傳來せしなるべしそは古書の假字地名の文字等に於て相良當麻などの如く支那音にngの語尾を有するものはngの音を存し又語尾のmとnとを嚴別せることにて知るべし但百濟新羅などに長く行はれし漢語の如きは特に韓語化して傳はりしなるべけれど百濟とても文學の傳來日尚は淺きことなれば五經博士等が我に傳へし讀書音即ち呉音は先づ大體に於て原音の形を保存せしなるべく而して我に傳はりて後次第に轉化せしなるべし

呉音は傳來の後箇々特別の形に轉化利用せられし外一般の形としては如何に轉訛し如何に變遷せしか今は便宜發聲には古今の異同なきか東冬江陽庚青蒸の韻は如何文元寒删と侵覃鹽咸との韻は如何入聲の韻には古今の異同なきか母音拗音等は如何などに分ちて其の所謂髣髴なるものを推究せんとす

第一、發聲には古今の異同なきか　發聲の今と異なるものは前に引ける之思志利を七と發音せるに過ぎず然れどもこは所謂特例にして且つ極めて稀に見るものなれば一般の音形として論ずべきものにあらず隨つて發聲には古今の變化なしといふべし唯國音に古今の別あるがために之に伴ふ變異あるは勿論なり即ち今のんは古は乃に

してsnはschはもなりしが如し
第二、東冬江陽庚青蒸の韻は如何　是等はngの有尾韻なり　ngは國音にあらざるを以て變せり其の變するや地名などに見るが如くgとなれるありnとなれるあり又母音となれるあり　地名に用ひられたるものは強ひて利用せられたるものなりとすとも猶ほ倭名鈔に雙六俗云須久呂久枕草子に龍膽りんたうの如きありされども是亦他の同韻に屬するものにしていとなれるものゝ脱落せるものに比すれは極めて少きを以て是等雙六龍膽の如きは物名として支那音にて傳はり一般の文字とは別に單獨に特種の變訛をなしゝものと看るべきなり
故に是種の有尾韻の轉化は古今大差なかるべく唯、國音の變遷に伴うて其の大部分が長音拗音などゝなりしのみなるべし
第三、眞文元寒删先と侵覃塩咸との韻は如何　是等の有尾韻はmとnとは近代に於ては全く混一して倶に同一の撥音となりたれども古代に在りては地名物名などすらも其の徴あるが如く明に區別せられしなり但こゝに問題とすべきはmnが撥音として行はれしか又は直音に轉して行はれしかの點なり古譯には撥音なしとは古來の正説なれども而してnの撥音は實に之れを認むること能はざれどもmの撥音に至つては決して絶無とはいひ能はざるに似たりされど縱令mの撥音が存在したりとすとも知三、敢覽の如き助動詞の終止形位に過ぎずして其の他の場合にありては猶りmが存せざるのみならずmuの直音すら動詞の終止形などを除きては副詞名詞などの語尾に用ひられしことは殆んと之れなきに似たり　故に侵覃以下の有尾韻は大體原音の形を維持したるなるべきも其の間自ら印南鬱膽燈心和名登宇之美汗衫かざみなどの如くmiに轉する傾向を有せしものゝ如し
次に眞文等のn韻に至りては國音の有せざる所なるを以て種々に利用轉用せり然れども一般の音形としてはnuにあらずしてniに轉せしものゝ如し標子和名迩之礼紫苑之乎迩木蘭和名毛久良迩の如き以て見るべし其の他雲珠須行林檎和名宇古字利紙錢加美勢迩の如くnを脱落せるあり母音に轉せるものもあれど極めて稀なり殊に注意すべきは奴と音せるもの殆んと看められぬこと是れなり然らばmi niは後世の訛音にてはなきかといふに後代撥音の廣布するに及んでは以前直音に發せしものも多く之に類化せられて再び撥音となれる有様なりぜに、かみの如きは全く國讀化せし讀なるを以て以前の形を保存せり故にmi niは撥音廣布以後に訛せしにあらずして其の以前に轉せしものなるべし而して是等は雙六のgとも同一視すべきにあらず又音韻の類化作用のみに由るとも

も思はれず是に於て吾人は之を古音の殘存せるものとせんとするを要するに眞文等はmiに轉じ侵覃等はmの原形を存しつゝもmiに轉ずる傾向を有せしか後に漢音の奬勵撥音の發達に伴ひて一般に凡て撥音とかはりしなるべし(若しふみ(文)せみ(蟬)などにして字音より來りしものならんにはn韻は又或る場合にはm韻に訛することもありきといふべく隨つてm韻は撥音たりしと否とに拘らず自己の保存の基礎を古の國音の中に存せしことを知るべきなり)

第四、入聲の韻には古今の異同なきか 倭名鈔を檢するに左の如きものあり

雙六(俗云須久呂久)　駱駝(良久太乃宇萬)　琥珀(俗音久波久)
鍮石(俗云中尺)

兎褐(此間云止加千)　夾纈(此間云加宇介知)　鉢(俗云波知)
鉀鑼(俗云沙良此)　蜜(俗云美知)
衲(俗云能不)　杏葉(俗云行衣布)　鳳蝶(和名保々天布)

其他節會(せちゑ)太宰帥《だざいのそち》等もありて今日taとなれるものは元來はtuなりしなるべしt韻の訛は今日と大差なかるべし今日のtは無論pと發音せられしなるべしk韻に屬せるものにしてはかせ(博士)たいとこ(大德)の如きもあれどこは直上の母音に同化せられたるものにして一般の例とすべからず又職(漢音は盲錫)の韻に屬するものにして母音て(漢音にてはも)の次に來るたが多くki(色職敵)に變せるは古今同樣なるべし

第五、直音の母音及び拗音は如何 母音につきては今日より之を明かにすること能はず同一韻にして呉音と漢音とに依りてiとeとの別あるが如きは原音の異同に本づくとも觀るべく轉訛の古今に因るとも謂ふべく其の實際を究明することと決して容易ならず(漢音と今日の支那音と一致して原音の如何に本づくと思はるゝものも多し)次に今日拗音となれるものは古は多く一母音に發音せられしが如し石榴の和名を佐久呂とし最初書をさいそとし從者をずさとし秀才をすさいとせるが如き必ずしも平安時代に於て初めて訛りしもの(のみ)にはあらざるべし何となれば平安時代には孔雀(俗云宮尺)鍮石(俗云中尺)硨磲(俗音謝古)方磬(俗云礫)等の如く已に拗音は相應に發達し居りたればなり

之を要するに呉音の古形は韻に於てn mよりもni miを普通としnよりもniを普通とし撥音よりも直音を普通とすべきに似たり而して後代漢音の流行國音の變遷等に伴ひて今日の如き形となりたるものゝ如し

呉音は大體以上の如き轉化をなせり然らば漢音は如何今日一般に漢音と稱せる者を表示すれば

發聲

見K　溪K　羣K　疑g　端t　透t　定t　泥d
知t　徹t　澄t　孃d　幇h　滂h　並h　明b

非ん　敷ん　奉ん　微f　精s　清s　従sz(稀)　心s　邪sz(稀)

照s　穿s　牀s　審s　禪sz(稀)　影yw　曉k　匣k　喩yw

來r　日z

尾韻

東 ou(東) un(風) iyuu(中)　冬 ou(冬) iyou(重)　江 au　支 i(支) uwi(衰)

微 i　魚 iyo(魚) o(余)　虞 u(虞) iyu(孫) o(蘇)　齊 ei

佳 ai(佳) uwai(懐)　灰 ai(咍) uwai(灰)　眞 in(眞) iyun(春)　文 in(欣) un(文)

元 en(元) on(魂)　寒 an(寒) uwan(桓)　刪 an(刪) uwan(頑)　先 en

蕭 eu　肴 au　豪 au　歌 a(歌) uwa(戈)

麻 a(麻) iya(叉) uwa(瓜) e(奢)　陽 au(陽) iyau(長) uwau(光)　庚 au(庚) uwau(横) ei(生)　青 ei

蒸 ou(崩) iyou(氷)　尤 iu(尤) iyuu(救) ou(侯)　侵 im　覃 am

鹽 em　咸 am(咸) em(嚴)

漢音も呉音の如く最初は其の轉訛區々たるものありしなるべし三音考に云ふ

佛家の古き宗門に傳へたる一種の漢音と云は乗勝稱證等をシの音とし應をイ行をケイ進をシイとし又入聲の一をイ十をシなどとして韻を省ける多く或は白をハキ國をケキともし又極樂をキラク釋迦をセキヤなどゝ呼ぶ如此く尋常の音と異なる者凡そ數十字あり或説に是ぞ即かの延暦のころ漢音と云る者にして唐國の古への正音なりといへり然れども是も全く彼國のまゝの音には非ず

と此等の異樣の音訛は清和院をせ「かゐん」とするが如く河陽を「かや」といふが如く必ずしも宗門に限りて傳へられたるものにはあらざるべし是等は特別の文字特別の言語に於て轉訛が特に甚だしくなれるものなれど又言語によりては芭蕉《ばせ》を樨子《し》あをなどの如く一般の漢音よりも却つて原音に近き形に於て存遺せるものもなきにあらず

漢音一般の轉化は發聲にありては呉音と大差なし但濁音が清音となれるもの多く又清濁音が喩來兩母を除きては凡て濁音となれるを異なりとす而して濁音が清音となれるは全く原音の近代音化せる結果にして傳來後の轉訛にはあらず清濁音が濁音となれるは書紀にも其の兆あるが如く奈良時代以後の轉化の形なるべし尾韻にありては其の差大なれど其の重なるは東冬兩韻のngをuとし魚韻の呉音のoなるをiyoとし齊韻の呉音にてはai又はeとせるをeiとし佳灰韻の呉音にてはeとあるをaiとし眞文韻の呉音にてはonとせるをinとし元韻の呉音にてはuwanとあるをenとし刪韻の呉音ではenとあるをanとし肴韻の呉音にてはeuとあり豪韻のouとあるを並にauとし庚青韻の呉音にてはiyauとあるをeiとし尤韻のiu又はuとあるをou iuとし侵覃韻のomとあるをimとし咸韻のomとあるをemとせるが如し而して此の

中ngがnとなれる如き轉化形式の差によるものも多かれど亦眞韻の呉音onなるが漢音inとなれるが如き全く原音の異同によるものも少なからざるべし今漢音を支那の近代音に比較せんか眞侵韻又は肴豪韻其他に於て頗る相近似せるものあるを見るべし蓋し是等は多く原音の面目を保存せるものありと謂っても太しき誤りにはあらざるべし

漢呉音の轉訛大要右の如し然るに今日の漢音又は呉音の混入頗る多く復た純然たる漢音にはあらず殊に漢呉音の化合音とも稱すべきものも少なからず世人の誤讀によりて通行音となれる所謂百姓讀も可なりに多しとなすさらば今日は漢音を以て普通音となせども其の實は漢音を基として呉音其他雜音の混淆せるもの韻鏡學者などの標準形式を以て律すること能はざるものとなれり

漢呉音の國音に及ぼせる影響

古音と今音との異なる所は拗音長音撥音促音等が古代になくして今日に存し古代のti tu di duがchi chu zi zuとなりpの大部分がhに變せしこと等なりとす而して漢呉音は凡て國音に同化したるなれば國音古今の遷移には漢呉音の普及は左したる關係もなかりしなるべけれど漢音の研究が特に奬勵せられし際に國音に大なる變化が起りしことを思へば必ずしも無關係とは言ひ難きに似たり因て今は撥音促音拗音長音などの發達につき考察を下したる上にて漢呉音と國音との關係について結論を爲さんとす

本居一派の學者は古代に於て撥音なきことを主張せり然れども猶は一概に論ずべからざるに似たり記紀萬葉の歌詞などを觀るに今日の所謂撥音に當るものは實に鼻音muを以て表はせり例へば古事記巻中の加牟菩岐本岐玖流本斯日本書紀の訶武保枳保枳玖流保之萬葉集巻五の可牟佐飛仁家理同巻十七の可無奈我良同巻四の片思男責同巻七の戀度味試同巻十の手折可佐寒の如き是れなり然るに萬葉には又須疑南、知三、觸險及び見點鴨の如くm韻の漢字のみを以て記せるあり此等は歌詞の調子上muにてはなきやう思はる蓋し假定未來などを表す助動詞は味試、寒と南、三とを問はず凡てmにて終止せりと見る方妥當なるに近しといふべし次にn韻の文字にて記せるものありやと觀るに萬葉に珠藻刈敏馬(巻三)難波、丹波(巻四)の如きあるのみしかもこは倭名鈔に丹波を太迩波と注せるを始として當時以後の假字の書にみぬめなにはと爲るを以てnの音にあらざることは明かなり其の他萬葉に不有君(巻七)八信井(巻七)滿故余漢一巻十今夕彈二巻十の如くん韻の文字を奈行の假字に使用せるはあれどん音を表はせりと見るべき者はなし故に文獻上に見はれたる所にては上古にはん音は存せさりしものゝ如し之を要するに奈良時代までは撥音は助動詞の終止形としてむ音が成立ち居りしかと思はるゝ外未だ十分に發達し居らざりしなり

然るに平安時代に至れば倭名鈔に於て寒俗云加無世美と三俗云佐無江乃波古との區別をなさず且つ掃部寮加牟毛理乃豆加佐と甘樂加牟良との如きあり碁局俗云五半彈弓俗云暖弓栴檀俗云善延檳榔此間音旻朗の如きありて撥音の發達と共に奈良時代には區別せられしむん両韻は已に混同せられしを見る然らば當時の撥音はむかんか將た今日の撥音なりしかといふに漢音の正しき形としてはむとんとが區別せられしに拘らず國語中に入り來りてはん韻が動もすればむに接近せんとする傾向を取り而して此の傾向は若し文《ふみ》蟬班が字音より來りしものならば頗る古き時代よりありしなるべく假令然らずとすとも精進正身の進、身をしみと讀み頓をとみ伊勢にも見ゆと音せるを見れは決して新しき傾向にはあらざるべく隨ってむ音は牢乎たる勢力を有せしやうなれは當時の撥音はむにしてむが轉じて今日の撥音を成せしなるべし而して其の變轉の際にはむ音と今日の撥音とが交錯して行けれし時代もあるべく其の時代に倭名鈔時代即ち平安時代の中期も含まれ居るものゝ如しさて今日の撥音は脣を閉づる必要もなく舌を擡ぐることをも要せずその發音法最も簡便なれは遂にむ音をも驅逐して全勢力を占むるに至りしなり

促音は古言に於ては殆んど之を見ず倭名鈔には幡多發多（和泉）粥田加都多（筑前）あり秦原波都波良（阿波）治田發多（近江）ありさればその以前より促音が次第に行はれしこと明かなり而して平安時代の後期に至れば此の音益々發達し「むはら」は「むつぱら」となり「あはれ」は「あつぱれ」となり「まさき」は「まつさき」となり「いきりて」は「いきつて」となり「よくひいて」は「よつぴいて」となり之と共に合戰甲胄合羽發向の如き入聲字音がKStP等の發聲を有する他の語に連なるときは促音となること多くなりぬされど其の促音は原韻はPたりtたるに關せず皆之に接する聲音に隨って脣舌喉の區別あることとなりき

拗音も亦倭名鈔に已に見えたりと謂ふべし硨磲俗音謝古鍮石俗云中尺の如き直音に志屋古、知由宇志屋久と發音したりとは思はれざればなり且つ物語などに見ゆるずりやう（受領）もんじやうはかせ（文章博士）などの如きも已に拗音に發せしが如し然らは拗音は如何にして起りしか元來國語は其の性

質として單語の中に二母音連續することなし「かい」(櫂)「ふえ」(笛)のいえの如きは也行のyi yeにして純母音にあらず故に字音の轉化に際しても au ai ou eu ei の外 ia io iu 等の轉化する場合には iya iyo iyu などの形を取りしなり而して au ai の如きも u, i は純母音にあらずして awu ayi の形をなす和行也行の音なること音韻啓蒙の説の如くなるべし是れ即ち連接したる二母音を含める漢字音の國音化なり此の國音化は上古に於て又深く國語化せしものに於ては一母音となりしもの多きに居れど漢音が盛んに奬勵せらるゝに及んでは遂に右の如き國音化となりしなるべし然るに知也字(長)幾余(居)知

由字(中)の如き發音は冗漫に過ぐれば語形短促の傾向が國語中に萌し且つ何れの邊陬よりか拗音が流行し來るに及び之に先つ母音が脱落して凡て拗音となりしなるべし而して此の拗音は平安時代には猶ほ稀なりしかども其の後期より次第に増加し室町時代の俗語に至つては其の使用頗る多樣となりき 元(ぐわん)花(くわ)などのwは原音より導かれしものなるべし故に拗音のソそは一樣に視るべからず

長音も亦平安時代に已に行はれし形迹あり倭名鈔に甲を俗云古不とし方磬を俗云奉強とし鳳蝶を和名保々天布としカフをコフ、ハウをホウ、ホウをホホと讀めるは音の轉訛に過ぎずと言はゞ言へ

長音の行はれし形迹なしともいふべからず然れども之は其の例甚だ少く au ou は明に區別せられき然るに室町時代に至りては此の區別殆んど消滅せり平安時代より形容詞の連體連用兩段の「き」及「く」を「い」及「う」とし動詞の給ひて思ひて等の「ひ」を「う」とせる謠曲狂言等に多く未來助動詞の「む」を「う」とせる如き初は正しく「いう」と發音せられたるにせよ次第に長音に變化せしことは明かなり而して是等の「い」「う」及び字音かうこうの假字等が狂言記及び安記抄論語抄などの書に一定して用ひられざるを見て其の長音たることは一層確かなり 狂言記には敬語ますがあるに拘らずもうすと云ふ語もあり教語ますはまうすのうが畧せられたるものなること往來文に申すを敬語として用ゐること多く又今日地方にては敬語ますの代りに申すを用ゐるにて明かなりせのますをましますより來りたりといふ説は非なりさてかくますの外にもうすが行はるゝは申すが已に早く長音となれることを證するものなり かくして漢呉音の au ou eu ei は凡て長音となり了りしなり

以上論述せし所によりて考ふれば撥音促音拗音長音總て我國にて自然に發達せしものにして皆外國音の影響に由りしものにあらざることを斷言し得べし然らば漢呉音は少しも國語に影響せしことなきか今我國に於ける言語の發達を考ふるに萬葉の歌は殆んど凡て直音のみによりて組織せられし言語なり中古の物語には撥音はあれども促音拗音は甚だ少くして長音も十分に成立

せず軍記に至れば是等の音は凡て備はれり但長音の十分なる發達は謠曲狂言等にて始めて見ることを得べし かくして拗音長音等が次第に増加せる歴史は漢語の國語混入が増加せる歴史と一致せるが如し且つ漢語の形を視るに平安時代以前は多く直音に訛せしが平安時代よりして今日の漢呉音の形にて見はるゝ語多く以前に直音訛したるものは世人よりは凡て國語視せらるゝに至りき是に由りて之を觀れば我が撥音促音拗音の發達が漢語を今日の漢呉音の形に復せしめしと同時に此等の漢語が類化作用によりて反射的に國音に影響して促音拗音等の發達を著しくせしめたりと謂ふことを得べし 次に我が國語に於ける撥音促音拗音長音の行はるゝ範圍は廣からず大抵音便によりて出來たるものなり即ち助詞て助動たりに連なるときの動詞形狀言連用言の形容詞及び副詞助動詞の音便並に感動詞を除けば幾もなし然るに漢語にては其の動詞と名詞とを問はず入聲の大半は他語と熟するに當りて促音となること多く眞文元寒删僊覃塩咸の韻を有するものは皆撥音を有し東冬江魚蕭肴豪歌麻陽庚青蒸尤の韻に屬するものは其の全部若くは一部が或は拗音に或は長音に發するを以て是等の漢語が國語に混入することの多きに隨って此の種の音は益國語中に豐富となりしなり

第二篇 語言論

漢語の輸入

漢語の我國に輸入せられしは大畧之を三期に分つことを得べし第一は太古より平安時代までに輸入せられしものにして其の語は六朝及び唐代の者を主とす此の時期は我が朝が直接間接に支那文明を輸入せし時なれば之に伴ひて多數の漢語が傳來せしなるべく而して其の幾分は類似の國語を以て譯せられしなるべけれど我が國語は未だ十分に之を消化し得るほどの發達をなし居らず隨って原語のまゝにて我が國語に混入せしもの多分をしめしなるべし第二は鎌倉室町時代に輸入せられしものにして其の語は宋明時代の俗語を主とすこは彼地に往來せし禪僧の齎らしたるものにて重に同宗部内にのみ行はれ其の民間に傳播せし語數は甚だ多からず第三は江戸時代より明治時代にかけて輸入せられしものなり其の中清人と貿易の結果傳へられしものもあれど差して注目するに足らず只東西兩洋の交通漸く繁きを加へし結果西洋語の支那語に譯せられしものが我國に傳來せしことは深く注意を拂はざるべからざることなりとす何となればこは一面我が西洋學者をして洋語を漢語に譯せしむる動

機を與へしと共に他面には西洋語の國語に對する影響を幾分制限したれはなり今左に此の三時期の輸入漢語につき聊か説述する所あらんとす

上　第一期輸入

此の時期に於ける漢語傳來の最大理由は支那文物の輸入に歸す大陸の文化と接觸の結果素朴なりし風俗は華美となり簡單なりし社會は複雜となり純一なりし思想は多樣となり國民の模倣心は極度に向上して其の慾望は無限に膨脹し大陸の文明をみならず畧取して之を凌駕せむとは止まざらんとせり社會の情態此の如くなれは如何に國語が整備せられにせよ自然漢語の輸入は免るべからず況んやその國語が未だ十分に整はざりしに於てをや然らは如何なる言語が當時輸入せられしか吾人は之を論する前に特に一二の考察を經べきものあり即ち第一六朝及び唐代に於ては言文が已に分離せしか否か第二當時の言語は單に口頭に依りて傳へられたりや如何是れなり第一の問題は晉書唐書等に於て漢以前の書籍には見えざる阿堵物寧馨兒の如き語あるを見且つ唐六典開元禮などの文が當時の文人の作と異なるものあるを見て自ら解決せらるべし蓋し史記左傳時代の言語が少しの變遷なしに隋唐に至りきとといふことは決して容すべからざることなればなり又第二の問題も應神天皇の御宇に論語千字文が傳へられしより奈良平安時代までに大概の書籍は將來傳寫せられ且つ學問藝文が頻りに奬勵せられ盛んに講究せられしことによりて自ら推定せらるべしされど當時の書籍は永年の研究により十二分に國語に譯せられて讀まれしを以て書籍講讀の爲めに國語に位置を占めし漢語は文物の傳來と共に傳はりしものに比すれば甚だ少なかりしが如し故に茲には主として支那文化の影響に由りて如何なる漢語が攝取せられしかを推究せんとす

第一、政治上の言語　元來我國の政治機關は頗る簡單なりき即ち太古は部曲の制ありて内は大伴物部中臣齊部等各その部曲を率ゐて朝廷に奉仕し或は連或は直或は首と稱し外は國造縣主又は稻置などありて各その土地人民を私有し支配せしに過ぎず其の後大臣大連の如き朝政を掌るの職を置かれしかども大抵世襲にして行政組織は極めて單純なりき然るに孝徳の朝大化の新制成り文武の朝大寶の律令を布き隋唐の制に倣ひて内には八省百官を置き外には國司郡司を置き戸籍班田の法より教育兵刑銓衡恩蔭の制に至るまで悉く改新を行ひき故に官名職稱は勿論百般政治上の言語は多く漢語を通用するに至りしなり

第二、宗教上の言語　國民固有の宗教と言つは祖先崇拜と自然物畏敬との習俗あるに過きす然るに佛教傳來して國民思想に複雜なる革新を來すに及び之に關する要語は滔々として國民言語の中に侵入し來りぬ蓋し是種の言語は一種尊敬の念よりして原語のまゝに用ひ支那に於てさへ飜譯せざりしものある程なれは我か國語に譯せられしものは極めて少なく梵語と漢語とを問はず廣く深く國語の中に混一したりしなり釋迦彌陀觀音如來菩薩なとより檀那布施供養緣起因緣因果の如き其の如何に國語化せるかを觀るへし

第三、學藝上の言語　學藝に關することは種々あれとも曆學醫學文學音樂の如きは其の重なるものなり曆學は欽明の朝曆學博士を貢してより干支の用始まり推古天皇十二年始めて曆を行ひ歲月を紀せしかは以來之に關する漢語も次第に通行せしなるへし醫療の法は往古我國に於ても已に行はれしかとも未た十分なる發達をなすに至らず然るに允恭の朝新羅使者金波鎭漢紀武藥法に通して帝の病を療し欽明の朝醫博士採藥師の貢あり尋て大學寮に醫博士置かれしより斯の道漸く進步し來りき奈良時代の古文書を見るに藥名に關する漢語頗る多し人參桂心胡椒大黃甘草芒消鬼臼呵利勒檳榔子の類是なり文學につきては應神の朝經典の獻あり繼體の朝五經博士の貢あり尋いて天智の朝學校の創設となり文武の朝大學寮の制定となりしより文教大に進み五經三史の書名を初めとして博士生徒秀才進士等の言語續々として國語に加はりしことに學者紳士の間にありては唐詩を賦し儷文をも草するに至りたれは支那の成句故事をも喋々せしこと必せり音樂についても佛教の傳來と共に在來の樂器の外に種々斬新なるもの傳へられしかば尺八琵琶阮咸箏簫琴瑟等の名稱は今猶は正倉院の古文書中に目睹するを得へし又雅樂寮を置き倭漢韓の樂を掌らしめしより宗明樂破陣樂唐散樂なとの名の今日に傳はるに至りき其の他繪畫彫刻なとに就きても新語は少なからず入り來りしなり

第四、生活上の言語　農桑の事は古來漸く發達し住居も已に完備せり故に食物に關しては古文書中其の名を記すること多けれどその中に布乃利佐々氣等あれは是等は多く國語にて稱せられしなるへし衣服も古來冠履衣袴の製已に備はりき但支那の制により禮衣禮冠百官の朝服なとを定められしかは新樣の服に關する半臂汗衫襖子等の漢語は少からず傳はりしなり又織物の名稱として夾纈臈纈雲繝綾等も通行の語となりき建築に關しても支那式のものについては新語普及せ

しあるべく調度にも轆轤屏風厨子等漢語の輸入少なからず

第五自然物に關する言語　大陸との交通により新奇なる舶載物は續々將來せられき是等我國に存せざるあり存するも名なきあり是に於て漢語は多數一般に傳播せられき例へば珠玉の如き我つは勾玉管玉等の名稱は有りけんも其の種目についての名はなかりしならん故に水精真珠虎魄瑪瑙琉璃等は皆漢語を用ひき其他麝香犀角象牙螺鈿璿瑁の如きあり芥子胡椒胡麻蘇芳の如きあり一々列擧するに遑あらず

第六計算に關する言語　我國往古計算上の語は數詞の外長短を計るに十握八咫の握咫と尺尋等あるのみ賣買にも物と物とを交換して別に貨幣の制なし然るに崇峻の朝上毛野久比呉より歸つて權を獻し舒明の朝斗升斤量を定められき貨幣は仁賢紀に銀錢の文あり天武の朝銅錢を用ひんとしたれども行はれず文武元明兩朝の間金銀銅の發見ありて錢貨漸く行はれ和銅開珎の鑄造以來鑄錢の事屢史に見はれきかくして天武の朝度量權衡の法は定められ度は十寸を尺とし一尺二寸を大尺とし量は十合を升とし三升を大升とし權衡は二十四銖を兩とし十六兩を斤とし三兩を大兩とし地を量るには大尺五尺を歩とし三百歩を里とす此等の量數を始めとし束把枚帳段町凡て漢語ならざるはなきなり

第一期に輸入せられたる漢語は蓋し大要右の如くなりしなり

中　第二期輸入

第二期輸入の漢語につきては塩嚢抄に記する所詳なり巻二叢林暖寮ノ事の條に曰く

叢林ノ寮拂寮等ノ兩班寮ヲ賀スルヲダンリヤウト云何事ゾ字ニハ暖寮ト書ク入院ヲ賀スルヲ暖寺ト云其席ヲカタムル心也總テ禪家ノ名目皆以テ常ナラズ交衆ヲハ掛搭ト云離寺ヲ起單ト云寺住ヲバ參暇ト云他行ヲハ請暇ト云行ヲハ行脚ト云死ヲハ死了《シリヤウ》ト云飯米ヲ齋堂ト云アキナヒヲハ賣僧《マイス》ト云俗氣ヲハ撥非ト云洗濯ヲハ洗衣ト云鈴ヲ鈴ト曰ミ磬ヲ磬トヨム法流ヲハ門流ト云同朋ヲハ法眷ト云勤ヲハ諷經ト云讀經ヲハ看經ト云當住ヲハ當頭和尚ト云前住ヲハ東堂ト云經藏ヲ預ル藏主ト云文章ヲ掌ヲ書記ト云

又巻十淋汗ノ事の條に曰ふ

禪家ニ風呂ヲ淋汗ト云ハ何ゾ淋汗ト書ク汗淋トテ夏ノ風呂ヲ云也淋汗ナンド云詞普不用疊字也加之禪家ニハ不共名目多侍り

佛餉《フッシャウ》作聖請皆非也　供備菜佛或云之者備盛物也　粹菜《ラッサイ》漬物也　物相《モッサウ》分飯器也

短檠《タンケイ》繧繝《ウンゲン》臺《ダイ》涼轎《リヤウケウ》物象 座牌《ザハイ》札名 文夾《ブンカウ》暖簾《ノウレン》布帛也 洒掃《シヤサウ》洒作灑音
囘禮《クヰレイ》還禮《ワンレイ》同上二同義也 滿遍《マンベン》平均義也 迂言《ウゲン》烏亂《ウロン》師兄《シヒン》師弟《シテイ》掛搭《クワタツ》
錫《シヤク》交衆義也 素羅《スロ》羅《ロ》皂《サウ》羅皂衣《コロモ》隔衣《カクイ》掛落《クワラ》打眠衣《タメンイ》裙《クン》西淨《セイジヤウ》
鐲《ソク》杖《ジヤウ》鐲《ソク》桶《ツウ》會下《ヱゲ》伴道《ハンダウ》所《シヨ》接待《セツタイ》世渡《セド》扉《ヒ》洛中ノ小庵也 人ノ屋ノ後ヲ
背戸《バ》ト云フ

又薰沈ヲ速香《スカウ》ト云薰速滅ガ故ニ、好香ヲ鵓鴣斑《ホツコハン》ト云其色斑ニテヤマカラニ似タル故ニ、又墳墓ヲ土饅頭《トマンヂウ》ト云

即ち第二期漢語は禪僧によりて行はれしこと明かなり然らは是等の語は何時何故に普通國語として通用せらるゝに至りしか屋代弘賢の漢音考に問今ノ唐音ハ何ノ時ヨリ傳ハルヤ答後二條院ノ嘉元四年虎關禪師作ノ三重韻ニコトコトク唐音ヲ記シタリ此頃ゾ今ノ唐音ノ行ハルヽ濫觴ナルベキ問今ノ行在所行燈花瓶茶瓶草餅《サウヒン》天坪ナトイヘル詞ノ行ハルヽハ何ユヱナリヤ答コレハ京師將軍ノ時ニ五山僧頻ニ營中ニ立入テカク唐音ヲ云フラシケルヲ柳營ノ寵アル僧等ノコトユヘ自然ト世間ニウツリテ今ノ世マテ云ナラハセシナルベしとあるか如くなるべし

禪宗は鎌倉時代に盛んに興り北條氏特に深く之に歸依したれは當時已に其の社會にては宗元の俗語を使用したるなるべく一般社會にも流傳したるなるべけれど之を文籍に徴すれに謠曲には行脚の文字多く見え狂言には八句連歌に御普請の字あり文藏に胡亂の語あり節用集にも亦此種の語の收載少しとせされど鎌倉時代のものには平家以後の軍記に行宮の文字あるのみにて唐音語らしきもの見當らず 俗語の記錄を見ば多少は發見すべし 而も行宮につきては儀制令に已に凡起車駕所曰詣行在所とあれば唐音流行の後行火行燈等と共に「あんぐう」と唱へらるゝに至りたるなるべく平家などにある行宮は依然呉音又は漢音にて讀まれたるなるべし然らは唐音の傳來は已に鎌倉時代にありしこと疑なけれど其の一般國語中に攝取せられしは室町時代明との交通繁くなりし後なるべし

下 第三期輸入

第三期の輸入は洋學者特に數學者によりて導かれたり蓋し支那に於ける洋學は數學より始りしを以てなり而して數學を支那に傳へしものは宣教師なり宣教師は初め唐の太宗貞觀九年羅馬の教士阿羅本Alopeno長安に至り太宗高宗等の歸依を得しを始として元に至りて憲宗の朝羅柏魯Guilielmus de Rubruquis來り世祖の時緯立甬莫Guilielmus, d.s.p 尼各老Nicolaus若望高未諾Joan de monte Corvino來りて教を布き明の神宗萬曆八年には伊太利人利瑪竇Mathaius Ricci S.T.來りて廣東肇慶臨江南京等に布教せり二十八年利瑪竇は龐迪我Didacus de pantoga S.T.等八人と

京師に詣りて進貢せしに二十九年帝は爲めに天主臺を立て、經を譯し教授せしめき有名なる幾何原本は徐光啓が利瑪竇にうけて譯せしものなり疇人傳に曰く

徐光啓字子先上海人神宗二十五年擧鄕試第一又七年成進士由庶吉士歷贊善從西洋人利瑪竇學天文推步盡得其術爲譯幾何原本測量法義等書

と此書は清朝に至り續修せられたり曾國藩幾何原本序に曰く

幾何原本前六卷明徐文定公受之西洋利瑪竇氏同時李凉庵疇人傳云李之藻字振之號凉庵仁和人也(中畧)之藻先從利瑪竇游盡得其學著渾蓋通憲二卷彙入天學初函而圜容較義測量法義諸書其引幾何頗有出六卷外者學者因以不見全書爲憾咸豐間海寧李任叔始與西士烈亞力續譯其後九卷復爲之訂其舛謬此書遂爲完帙

さて原本の譯語を見るに垂線切線對角線比例奇數偶數等の語より形角の名稱に至るまで今日我に用ふるものと大同小異なり

清朝となりて宣教師にして曆政に與りて有名なるものに湯若望 Joannes Adam schall von Bell. Germanus 南懷仁 Ferdinandus Verbiest. Belgd. あり湯若望は明末に支那に來り清の世祖順治二年欽天監事を掌り南懷仁は康熙の初年支那に來り十二年欽天正監となりて並に著書數種ありかの康熙永年表は湯若望著手して南懷仁之を成しゝものあり清人にも薛鳳祚梅文鼎の如きあり西洋曆法を修めて著書少からず幾何原本を續修せし李善蘭は代徴積拾級、談天等の譯述あり其他代數物理化學等の書相次いで譯せられたり而して其の譯語にして我國學者の襲用せしもの頗る多し

我國西洋學の起る亦醫學曆學より始まりき但醫學は支那譯語を用ひしこと少く曆學は多く之を用ひたり我國曆學の起源を考ふるに吉宗学を好み京都銀座の役人中根玄圭が天文に精かりしを以て之を擧用し命して梅文鼎の曆算全書を譯せしめしに玄圭之を譯して曰く此書は蓋し鈔錄ならん全書を見ざれは辨し難しと因って支那商人に囑して全書をもとめしめしに果して其の書は洋書の鈔譯なりきといふ又寛政曆を作るに功ありし間長涯は洋書の尤も精しきを知りて之を攻め其後乾隆帝の曆象考成後篇を得て大に發明する所ありきといふ曆象考成は戴進賢 Ignatius Kögler 徐懋德 Andreas pereyra 等總裁として作りしものあり西洋語の支那譯語はかくして漸く本邦の學者に親しまるゝに至りき物理化學の如きは青地林宗の氣海觀瀾文政九年成る宇田川榕庵の舍密開宗天保十年成るの如き直ちに西洋の書によりて譯したれとも其の後に至りては支那譯語を用ひしこと少か

らず

漢語は如何に國語中に行はれしか

漢語傳來以來其の影響は世を追うて益々多大となりき而して漢語は又漢籍の文字よりして國語に地位を占むるに至るもの少からざるを以て何れの時代に何の語が増減したるかを明にすること容易にあらず唯文明の變遷學術の盛衰によりて新語が簇加するあり舊語が晦滅するあり多少の消長なきにしもあらず故に今は其の増減消長の迹を考へ且つ之か理由を究明せんとす而して之を論するに便宜奈良平安時代鎌倉室町時代江戸時代等に分つべし

上　奈良平安時代

漢語は原語のまゝ又は韓語化せられたるまゝ我が國語に入りて而して後轉訛したるものも少からざりしなるべけれど最初は其の聲音が耳順れざりし爲めに國語化せしものも多かりしが如し例へば呉織漢織をくれはとりあやはとりと言ふが如き是れなり東雅総論に呉をよみてクレといひ漢を呼てアヤといふか如き呉の字訛胡切角次濁音をもてよぶべけれと是等の音日我國のなき所なれは呼び得る事かなはずしてすなはち轉してクレとなりしせ又漢の字虞許切曉次清音をもて呼ふべけれどこれも我國になき音なりしかは呼ひ得ることかなはずしてすなはち轉じてアヤとなりしなりとあれど秦及び諸越の例もあれば首肯く難し寧ろ呉は久礼高久礼波より來りたりとする方穏當なり然るに佛教傳はるに及び佛典には漢語に譯せられざる

梵語さへあるを以て是等は原形のまゝ國語に入りしなるべく隨つて漢譯せられたる梵語及び漢語も遂に其のまゝ多く通行するに至りしなるべしされは天智の朝以來漢文學が勃興するに及んでは漢文の雅言なとも少からず國語に影響するに至りしならん然らは内典より來りたると外典より來りたるとを問はず奈良平安時代には如何なる漢語か行はれたるか

奈良時代前後及び平安時代に行はれし漢語は其の語數と範圍と決して一様なりといふ能はず奈良時代に於ても美濃の住民にすら已に博士孔子なとの名を有するものある程になりたれども猶は萬葉集に用ひられたると聖(ひじり)七賢人夜光珠七夕牽牛なとの直譯語の外には藐姑射無何有なとの特別なる漢語あるに過ぎず古今集に用ひられたると物名に菖蒲桔梗紫苑龍膽枇杷牽牛子芭蕉百和香なとあり是等は萬葉のとは全く異なりて完全に國語化したるものなりに徑庭あり又伊勢と今昔とを比すれは益々其の差の大なるを知るべし故に當時の漢語を一括して論することはいかゞはしきことなれど吾人は奈良時代に於けるものと平安時代に於けるものとを比較するに足る文の十分なる材料を有せざるを以て今は之を一時期として攻究するの已むを得ざるを認むる者なり然らは當時に行はれたる漢語は如何當期に輸入せられたるものと内典外典より來る者と樣々か

情態にて行はれしことは論ずるを俟たず蓋し外來語のことなれは京都と地方と上流と下流と男子と女子とに由りて自ら同じからず紳士學者の間にありては支那の故事古句をさへ口頭の會話に利用せしこと空穗源氏枕草子なとを見て知るべし因て今は京都の上流社會一般に男女の別なく行はれたるものを當時の物語日記につきて觀察せんとす調度衣服動植物金石なとに關する語及び佛教專門の語を除きて源氏物語枕草子及び今昔物語に普通に用ひられたるものにつき其の出典を考ふるに大畧左の如きものあり

消息 易云與時消息晉書陸機傳云汝能齎書取消息不白居易春生詩云先遣和風報消息

逍遥 詩清人云二矛重喬河上乎逍遥

舞踏 詩序云不知手之舞之足之蹈之也白居易賀雨詩云蹈舞呼萬歲

嫌疑 禮記曲禮云夫禮者所以定親疏決嫌疑

面目 史記項羽本紀云我何面目見之

得意 漢書袁盎傳云、朝罷趨出意得甚唐杜羔妻杜羔登第寄之詩云良人得意正年少

氣色 漢書翼奉傳云故藏病則氣色發于面

調度 漢書綏軍傳云當先具其備注云師古曰備者今云調度

修理 後漢書光武紀云修理長安高廟

本意 後漢書獻帝紀云每恨本意不遂

用意 論衡云用意詳審

大饗 文選東京賦云命膳夫以大饗

警策 文選文賦云乃一篇之警策

愛敬 文選曲水詩序云愛敬盡於一人

對面 唐書房喬傳云千里外猶對面語

顯證 梁武帝會三教詩云顯證表長齡

誹謗 史記高祖本紀云誹謗者族 無量壽經上云誹謗正法

圍繞 三國志呉孫堅傳云卓騎圍繞數里 觀無量壽經云眷屬圍繞

榮華 文選寡婦賦云榮華曄其始茂兮 無量壽經下云愛欲榮華不可常保

誘引 白居易春江詩云鶯聲誘引來花下 法華經譬喩品云如彼長者初以三車誘引諸子

道心 觀無量壽經云但發無上道心 書大禹謨云道心惟微

煩惱 法華經序品云諸漏已盡無復煩惱

苦惱 法華經信解品云得脱三界苦惱之患

功徳 法華經化城喩品云願以此功徳普及於一切

長者 法華經譬喩品云有大長者

稀世 無量壽經下云稀世見諸佛

懈怠 無量壽經下云憍慢弊懈怠

希有 無量壽經上云殊勝希有

正身 無量壽經下云正身西面恭敬合掌

調伏 無量壽經下云猶如象王善調伏故

繫想 觀無量壽經云應當專心繫念一處想於西方最勝王經云繫想

聽聞 最勝王經云若得聽聞是經典

其他案内不便無有心なと官府文及び佛典俗語より來りしもの猶は少からず殊に奇とすべきは掲焉《けちえん》なり、優《いう》なり困じて、念《ねん》す、思ひ惱じにしか、誦《ずん》じたまひて、便《びん》なきもの、打屈《くん》じたる、封じたる、論《ろん》なう、若しと思ふらん等國語にて言ひ得ることまで漢語を使用せることありさて以上の諸語を考ふるに第一佛典より來りしもの過半を占むること第二六朝隋唐の俗語(官用語も俗語なり)混せること第三經史詩文より來れる語あることを知るべし是等は凡て日常起居の際に用ひたるものにして若し社會の表面に立ち廟堂に趨進するに際しては更に多數の漢語が使用せられしなり内裏殿上行幸行啓警蹕奏啓の如き宮廷の言語は大抵漢語を以て嚴にせられたり獨り言語のみならず詔勅より符牒より內記外記諸史の録する所悉く漢文にあらざるなく而して飲宴節會には詩文の句々を錦繡にせる

を誇耀して以て四海の太平を修飾せり漢文漢語の尊重此くの如くなるに拘らず日常の言語には右に挙げしが如き漢語の混入はあれと國語全般より觀れば猶ほさまで多からずとなす是れ蓋し當時は漢文をば促音拗音などの未だ發達せざる母音多き柔かき國音に調和せしめんために凡て及ぶ限り國語に和げて讀みしためなり例へば江談抄巻四に東行西行雲眇々二月三月日遲々（菅家後集）（讀樂天北窓三友詩太調）について天神令教テ曰トザマニユキカウザマニユキクモハルバルキサラギヤヨヒヒウラウラト可讀と云へる榮華物語嶺月に菅原忠貞の願文金車長輦玉荷空閑以來供養何物獨嶺月之曉色警巡誰人唯林鳥之暮聲を和げてこがねの車ならべおせて玉のとぼそをとぢてよりこの方供養するやなにその人獨嶺の月のあかつきのかけいせんするやたれのひとぞ唯林の鳥のゆふべの聲と訓めるが如き是れなり故に漢文直譯體の文が流行せし明治時代の如く漢語か盛んに國語に濫入することはなかりしなり蓋し漢文漢語を重んじつゝも猶ほ之れを國語化せし所に此の時代の面目は存するなり然れども當時に於ては漢語は飽までも上流の言語なりき修飾の言語なりき雅正なる言語なりき後代の國文學者の古文を草するに力めて之を排せんとせしが如きは中古

上達部殿上人の精神とは全く背馳せるものあり源順の倭名鈔は漢語を主とせるにあらずや京師に於て上流に於ての漢語が右の如しとすればそれより傳播せし地方の語下流の語は如何なりしならん然るに吾人は不幸にして之を徴するに足るの文獻を有せず但催馬樂の如きは古代の俗謡なれば其の一班を窺ふに足らんか

貫河、せんかい（線鞋）　我門に、大りやう（大領）のまなむすめ

淺水、せうそこ（消息）　垂柳、たけしくのそよう（丞）

道口、たけふこふ（國府）　何爲、さい（罪）なめど

老泉、ほうし（法師）にまうさん　葦垣、そう讒したへ

淺緑、おんきやうすさか（新京朱雀）　淺緑、せんさい（前栽）

青馬、たんたんこ（眞大膽子）　青馬、たいきか（大）のわらは

我家、とばりとちやう（帳）

殊に大芹は最も多く漢語を有せり全歌を引けば

大芹はくにのさたもの小芹こそゆでてもうましこれやこんせんはん（栴檀）さんた（珊瑚）のきのゆしのきのばん（盤）むしかめのとう（筒）さいかく（犀角）めのさい（簺）でいやうさい（平簺）とさいりやうめん（兩面）かすめうけたるきりとほしかなはめばんき五六のへしの一二のさいや四三のさいや

舶來品の名稱政治上の名稱宗教上の名稱が一般に行はれたるは言はずもがな大膽大力罪さむ證するなど片々たる俚謡にまで見はれたるを見れ

は數十百年の影響已に民間に深く浸潤して上流社會の特別なる言語を除けば物語日記の漢語とその影響の程度に於て大差なきを知るべしさて此等の漢語は全般に行はれしあり局部に行はれしあり一時代に限りしあり永く後世に遺りしありて一様ならず文化の變遷に伴ひて生命を失ひしものに牟《バウ》靴《クワ》綟鞋錦鞋餅餤臺盤帽額隨身の如きあり固有の國語あるに拘らず漢文流行の結果漢語の口にせられしものにして後に消滅せしものに困す怨す慍す誦すの如きあり其の生命を有するものも案内支度なとの如く意義を轉して次代に傳へられしものも少しとなさず

中　鎌倉室町時代

奈良平安時代漢語の一部分は六朝隋唐の俗語より來りしこと已に言へるか如し而して是等俗語の多數は奈良時代より行はれし官府文書牘文を經て影響せしもの多きに居る元來官府文書牘等は俱に俚耳に近き語を用ひて一般の理解に便せしなり然るに我朝にては萬事支那に模倣せしを以て官府の文も亦支那隋唐の俗語を混へて記せし文體に倣ひて書きしなり只書牘文は公式の者にあらざれば漢文に違せざるものは多少國語を混じて用を便じき賜、申、侍等をも混せること後の往來文に異ならずされは我國に於ては官府文と書牘文とは支那の俗語を混せりといふことを共通にして自ら二途に別れたり一は依然形式を守りて一は箇人的に向ひ一は達意を要として一は修飾をも加ふされは書牘文には儷句雅言をも混用せること少からす官府文にも此の傾向あり平安時代に於ける所謂往來文には當時一般に行はれたる漢語は勿論儷語俚語國語なと種々の語を含みて平安社會の一面には物語日記に見けれたる以外に漢語が多分に利用せられしことを示せりさて其後院政始まり幕政行はれしに及び公文に一變を生じ私文化せるものとなりき下文御教書の如き是なり是等の下文御教書は頗る往來文に類し其の用語の如きも大差なきものありさて此等の教書は幕府と守護地頭との間守護地頭と人民との間に通行したるものなれは之に用ひられたる言語が次第に四方に廣布し鎌倉室町時代の漢語の一面をなすに至りき物語なとに見えさる漢語が俄に勢力を得來りたるは全く之が爲めなり今奈良時代の官府文に出てたるもの雲州往來に見えたるもの平家物語に普通なるものを比較するに其の頗る相類せるものあるを見るべし

官文(詩文)	佛典	物語	往來(記錄)	平家
案内			案内	案内
			延引	延引

官文(詩文)	佛典	物語	往來(記錄)	平家
	安穩			安穩
				一定

覺悟　(覺悟)覺悟　勘當
奇怪　奇特
(器量)　器量　供奉　供奉供奉
希有　希有希有　氣色氣色氣色
見參　見參　見物見物
御邊御邊　言語道斷　言語道斷言語道斷
騷動　(色代)色代
子細　子細子細　支度支度
成就　成就　上手上手
成敗成敗　出仕出仕
承引承引承知
處分　處分　所望所望

(官文詩文)佛典物語　(往來記録)平家　(官文詩文)佛典物語　(往來記録)平家
推參推參　隨分
吹嘘　世間　世間世間
(前蹤)　前蹤先蹤　蹤畧蹤畧
(存知)存知　對面　對面對面
都合　都合　丁寧
調伏調伏　調伏　何條　何條
飛脚　評定　評定
披露披露便宜　便宜
風聞風聞　(不覺)不覺
奉行　奉行　(無骨)無骨
不思議　不思議　不審

不便　不便　(別儀)別儀
本望　無下　無下
無慙　無慙謀叛　謀叛
面目面目　面目　約束
用意用意用意　用心
(狼藉)　狼藉狼藉　委細
嗚呼嗚呼尾籠　穩便

表中○を符せるは謡曲に●は狂言にある者なり

右の表にて雲州往來と平家物語との用語が相似たるを見るべし其の平語に出でゝ雲州に見えざるものも少からざるは兩書の記載事項が同じからざるを以てなり故に往來文と同性質を有する記録文卽ち東鑑などと平家とを比較すれば更に相同じきもの多きを見るべし

然るに此に一考を要するは是等の文獻に見ゆれたる漢語が何程まで國語として通行したるか是れなり當時の普通漢字文卽ち記録文公用文往來文は多少儷文の分子を含めるを以て口語ならぬ修飾文字の少からぬことは自ら明かなり例へは東鑑治承五年六月の條の如き

其間互及過言忽欲企闘諍武衛敢不被發御詞無左右難宥兩方之故歟爰義連奔來叱義實云依入御義澄屬經營此時爭可好濫吹乎若老狂之所致歟廣常之體又不叶物儀有所存者可期後日今妨

御前遊宴太無所據之由再往加制止仍各罷言無

爲也義連相叶御意併由斯事云々

これ等は大抵當時の用語なるべけれど猶ほ武備入御の語あるはいかに更に壽永二年二月七日の條を見れば

源平軍士互混亂白旗赤旗交色鬪戰爲體響山動地凡雖彼樊噲張良輙難敗績之勢也加之城郭石巖高聳而駒蹄難通澗谷深幽而人跡已絶

と宛然儷文の餘流あり次に當時の普通國文即ち平家の如き和漢混淆文はいかにといふに亦儷文系及び普通漢字文系の分子を含み而して此の際は國語も促音拗音など發達して復た物語に於けるが如く漢語を和化することなく敢て任意に原語のまゝにて使用せしを以て此種の普通文には作者の學識に應じて儷文系の語も官府文系の語も將た佛典の語も雅俗新古を問はず混用せられしを知るべく隨つて其の何々が果して當時の口語なりしか識別すること頗る困難なり其の他十六夜日記徒然草の如き擬古文も無名抄沙石集の如き僧家の文も徵證するに足らず故に此の時代の純然たる口語の漢語を知らんためには鎌倉時代を去りて室町時代の文獻を檢せざるべからず室町時代の材料には謠曲狂言御伽草紙等ありその中謠曲は軍記に摹して爛然たる修飾を加へたる部分も多ければ猶ほ信に憑るべき材料とするに足らず故に今は狂言について如何なる漢語が用ひられしかを檢すべし狂言に出てたるは

別義、餘の義、一段、節々、可愛、辭宜、様子、高等、當世、分別、合點、出仕、御意、冠者、御存じ、御状、酌慮外、傍輩、餘念、覺悟、因果、意見、迷惑、餘所、案内、道理、隨分、殊勝、是非、最前、折檻、見物、所詮、所望、內義、實正、旦那、道具、仔細、下向、不思議、勿體、執心、氣味、無心、堪忍、留守、奇特、機嫌、祝言、給仕、所用、談合、不調法、歷々、滿足、思案、自慢、横著、注文、失念、大義、埒、自然、存知、相結構、證據、曲、狂氣、醉狂、追從、急度、口上、普請、時分、過分、不審、渡世、才覺、總領、法度、無理、一緒、窮屈、拜領、氣の毒、安堵、不興、胡亂、當所、今度、

の如き主要なるものあり軍記に見えしものにて狂言になきものも少からざれど其の多くは謠曲に見ゆるを以て平家に用ひられし慣用漢語と謠曲狂言に見ゆるものとは先づ大同小異なりといふべし但室町文學に殆んど見えざるものは何條希有無下等ありとするは平安文學には通行せしものにて東鑑及び徒然草には希有無下の如き猶ほ存すれども謠曲狂言には全く迹を絶てり節用集にも何條を注に記せる外希有無下等は見えずされば平安時代の慣用語にして此の時代には已に生命を失ひしものもあることを知るべし

次に官府文往來文軍記文に見えずして室町文學に始めて見えしものもなきにあらず分別合點勿體才覺最前胡亂普請行脚の如き是れなり是等のあるものは五山僧徒の傳播せしものにして他は意義の轉訛せしものか又は新熟語なり意義の轉訛及び新熟語の構成は案内の如き別當の如き平安時代にもなきにあらざれど鎌倉室町時代に至つて特に多數となれり

下　江戸時代

平戸時代の研究資料は頗る豐富なり即ち戯曲小説皆當時の言語を徴するに足るなり但元祿時代を中心として上方地方に成りしものと寛政時代を中心として江戸に行はれしものとは一概にして論じ難き點もあれど之れに使用せられし普通漢語には差したる異同もなければ今は江戸時代の漢語として一括して論ずべし

戯曲小説に出でたる漢語を謡曲狂言に見えたる者に比すれば其の間に於て語數の多少轉訛の異同等多少の變動なきにはあらざれど之を區別して論ずる程の差別を認めず蓋し鎌倉室町時代に於て漢語と國語とは已に十分接近して我が國語に要するものは大抵攝取し盡されたればなり故に國民文化に大なる變革の起らざる限り言語も自ら靜止の情態を保ちしなり但從來攝取せられたるものが此の時代に至るまてに一層自由に利用せらるゝに至りしことは顯著なる現象なりとす

之を證するに二項の事實あり一は國語中に通用せる二箇以上の漢語が再び熟合せることなり即ち兄弟同前慮外千萬面目次第もなし、正直一遍、後生大事の如き是れなり是等の語にありては二語中の一は多く他の接頭語若くは接尾語の作用をなせり是れ記錄軍記などには未だ見ざる所謡曲の如きにも殆んど絶無と謂つて可なるに江戸文學には常用語として盛んに通行せり實に物體、談合、笑止などに比すれば一層進みたる簡便法にして漢語が國民に親しまれし至極といふべし他の一は漢語と國語との熟語が益々増加せしことなりこは平安時代より已に行はれたれど漢語が外國語たる感を失ふに至りて頓に増加せしなり不斷著、出放題、一寸先、長口上、木賃宿の如き不斷一寸などが外國語たる感を失ひし結果にあらずや固より是等の熟語は他の理由より生じ來ることもあり即ちてたい《代手》とてかはり《代手》とは音訓混用によりて容易に區別せらるゝなり手燭と紙燭との如きも音のみにて呼ばゞ辨別し難かるべし是其の一なり又手代手燭の如き長口上木賃宿の如き自ら簡便にして而も調和せる音を採り且つ意義明瞭なるやう造語せり是其の二なり熟語の成立にかゝる二三の理由なきにあらざれども漢語と國語とが殆んど同一視せられたることは爭ふべからざる大なる理由なり之をかの漢語が多く和化せられて國語との調和を保ち來りし平安時代に比すれば漢語史上大なる進歩と謂はざるべからず

論じて茲に到れば江戸時代は鎌倉室町時代の接續末期に過ぎざるが如くなれど江戸時代の鎌倉室町時代に區別せられざるべからざることは更に他の一大理由の存するあればなり何ぞや曰く縦令社會の局部に於てせしにせよ漢語が新興の學によりて新なる姿を以て新なる勢力を以て侵入し來りしこと是れなり從來の漢語は儷文系俗語系佛典系のものなりき然るに江戸時代の新たなるものは新學系古文系のものなり室町時代より擡頭し來り當朝に至りて勃興せし新しき漢學は平安時代の貴紳を中心とせしとは異なりて平戸より四方に及び主として各藩の士分及び特志者の間に行はれき固より江戸時代の漢學も其の性質前後一轍なりとはいふべからず享保以前は一般に儒學の研究に傾き詩文の如きは寧ろ餘技として其の思想を述ふるも藤樹仁齋益軒蕃山の如き平易なる和文を用ひ其の漢文を作るや却て格に合はざるもの多かりしが物氏古文辭を唱へ

寛政異學の禁布かれてよりは學者文章を以て相競ふに至り和文學と漢文學の背馳は一層甚しく漢書を講讀するに際しても所謂和讀を排斥するに至りきされば當時讀書子の間には漢語即ち支那古語の口にせらるゝもの多く村夫子藪醫者に至るまで佶屈聱牙の語を喋々し以て愚民に誇る程なりき浮世床に左の一節あり世相の一面を觀るに足る

孔(孔囊)「それは清貧を樂む氣だから早く起る氣もねいが家鹿の爲に起されたやあたつて〳〵どうもならぬ　びん「嘉六が酒にても醉て來ましたかネ　孔「此男は何をいふ鼠が酒に醉てたまるものかハヽヽ　びん「へエわつちは又筋向の嘉六が例の生醉てあたけたかと思ひやした　孔「何さ家鹿とは鼠の異名さ　びん「へエ鼠にも表徳がこぜへすかネ　孔「表徳かはしらぬが杜君だの家鹿だのと種々異名があるて　そばからさし出て　とめ「左官だの壁だのとつけるも尤だネあいつが壁へ孔を明ちやア左官さわぎだ　びん「べらぼうめだまつて居ろ　とめ「アイ　とへこんで門口をそうぢんしてゐる　獨居してゐると鼠までが馬鹿に仕をる一屋無猫老鼠走白晝と左傳にもある通りおれを侮てどうもならぬ王肅が逐鼠丸ても欲いものだテ　とめ「逐鼠丸とは京傳の本に書てありやす直さま買へやすはふ　びん「馬

鹿アいへあれは讀書丸だはとめ「ホンニそうだっけれ「ドリヤ一ッ剃てもらうか

さて當時の學問は或る特例を除りては多く士分以上の間に行はれ農工商の徒は僅に書算を寺小屋に學ぶに過ぎざりしかば是等の支那古語は未た社會の上下に普及するまでは至らざりしが如し然るに明治時代となりて上下社會の束縛が解け漢文直譯體の文が流行し教育が普及するに及び此の江戸時代より漸く勢を得來りし古文系の語は靡然として上下に遍く加ふるに西洋語の新譯漢語と共に幾多の新造語は製出せられ漢語系の語は殆んと國語の一半を占むるに至りしなり

漢語は如何に國語中にて變化せしか

凡そ語の變化には外形の變化と内容の變化とあり外形の變化に二類あり其の一は音韻の變化なり音韻の變化には又一般音韻の變遷に依るものと特別の文字又は單語に起るものとあり其の二は熟語の組立につきての變化なり其の組立は漢語と國語と熟するあり二箇以上の漢字の新に熟して日本式熟語をなすあり一様ならず内容の變化は我國に通行せる間に意味變轉して本來の支那語とは異なりたる意義を有するに至るを云ふなり此の中音韻の變化は古代に多く意味の變化は近代に多く而して熟語の變化は古今を通じて盛んに行はれき

上　音韻の變化

音韻の一般變化はかれの混一拗音長音の發達等已に音韻論にて説きたれは茲には主として其の特別なる變化につきて論せんとすさて茲に注意すべきは漢音呉音等一般文字としての音韻と單語としての音形とは全く別なる方向を取りて變ずることあり即ち或る時代に輸入せられたる漢語が當時の國音に類化せられて或る轉訛をなしきとせんに其の後國音發達して一般の漢字はその原音に近き形に復したりとしても彼の一語のみは之に伴ひて變せすして依然舊時の訛形を保存せるあり或は又他の語に類化せられて再び別様の變化をなすあり或は偶然原語の形に復することあり是れ漢語の國語中に於ける外形變化の奇觀なり今その變化が著しく行はれたる奈良平安時代の奇觀につきて一瞥すべし

第一　奈良時代　奈良時代に於ては一般の漢語は已に述へたる呉音轉化の古式に準して國音化せしなるべし然れとも音韻の轉化は必ずしも最初より規則正しく行はれしものにあらず故に當時傳來せし漢語の中には異様の變訛をなして其の儘固定せしものも多かるべし例へは雙六を須久呂久博士をはかせといふか如き是なり

第二平安時代　此の時代に於ける漢語は奈良時代の變化か其の儘固定して傳はれるあり或は更に再び變化せるあり一樣ならずされど今は其の何れか此の時代の變化なるか識別すること困難なれば凡て一概にして論すへし此の時代に於て最も著しきは撥音發達しmnの區別を失ひしかば從來mi、niなとも此形を取りしものか其の在來の形を存するものと撥音に發するに至りしものとの二種に分れしことなりとす前者に屬するは

櫺子 和名禮迩之 紫苑 俗云之乎迩 木蘭 和名毛久良迩 紙錢 加美勢迩

燈心 和名登宇之美 かざみ 汗衫 とみ 頓、頓韻ナレドモ誤リ變ゼリ

後者に屬するものは

碁局 俗云五半 天井 俗云殿掌 闌木 俗云乃木 貫 錦鞋 此間音今開

栴檀 俗云善短

又茲にれを有せざるありいに變せるあり

葦蓑 俗云空古 くろはせ 崑崙八仙 くわせお 觀世音 ふげばさ

つ 普賢菩薩 もじ 文字 さうじもの 精進物 びらうげ 檳榔毛

林檎 和名利宇古 からうじ 柑子

是等各種の形に於て撥音の者最も多し以て當時一般の傾向を知るへし其のれを失へるは奈良時代よりの古形もあるべけれと亦新しき變化もあるへしびらうげを倭名鈔には却て此間音旻朗といへればなり又其のいに變せるはれより變したるものも寧ろ古形mi miより變したるもの多かるべし當時せひとを「せうと」とし「たまひて」を「たまうて」「そしおみ」を「かう」とするなど其の例少なからざればなり又りんたう 龍膽 かたくふん 封ドたる 枕 の如きあり誦をずんずとし「ずらず」とし「ずす」ともせる從者を「ずんさ」とも「ずさ」ともせる如きあり是等は元來ngの韻なれは原音より轉せし古形とも觀られざるにはあらされど矢張り「りゅう」「ふう」より變じ「ずす」「ずさ」に撥音が加はりたる當時の轉訛と看る方妥當なるへし要するに當時は撥音が發達し來りし時にして古形新轉相錯雜して行けれし時代なりといふへし

第三奈良平安時代　以下の變化は何れの時代に行はれしか定めかたければ此項の下に概括すへし入聲の變化には韻を畏せるありKuとなるへきがいとなれるありKo Ka等になれるあり又全く異樣に轉せるもあり例へは

一、薄荷 和名波加 せく 節供 はかう 講八 とこ 獨鈷

二、さうし 冊子 かうし 格子 ざうしき 雜色 ぞう 族

三、はかせ 博士 たいとこ 大徳 せうそこ 消息

四、篳篥 俗云比千利岐 笏 俗云尺

の如し第一は加行の音に連り其の音硬に失するを以て自然脱落せしなるへし第二は亦發音圓滑ならざるか故に子音を失ひしなるへし且つ國語にても形容詞の場合に於けるか如く「く」は「う」に變

ずる性質を有すれは此の例に由りしなり第三は之に先たつ母音に類化せられたるなり母音の變化にも其の種類多し今その若干例を擧ぐれば

一、烏帽俗に烏帽子　琥珀俗音久波久　鉸具此間云賀古　甲俗云古不

版位俗云變鳥二音　斑竹此間斑竹音篇遅久　さえ才

二、石榴和名佐久呂　ちやらさ長者　すさ従者　さらじ精進

さいそ最初　よそ餘所　さか釋迦

三、すさい秀才　すり修理

四、鋏具此間云賀古　蘘荷和名米加

五、芭蕉和名發勢乎波　襖子和名阿乎之

の如し第一は母音の變易第二は音韻の短縮撥音となるへきものか直音の形を成したるなり第三は中間母音の省畧第四は尾韻の脱落第五は第一の類なれとも一般字音と共に變せすして漢音の原形を保存せるものなり又餢飳和名布止俗云伏兔の如きは却つてkuの音插入し入聲化せしものにして亦一奇といふへし

以上は大抵平安時代以前の變化なりその後にありても甲冑合戰の如き入聲音の變化及びしうげん祝言がてん合點の如き特別の變化なきにあらざれども其の數さほど多からず

中　熟合の變化

熟合の變化は古今を通して行はれ時代文化の變遷に伴ひて自ら特別の消長あり今は各種の變化につきて觀察し之れが理由を究め其の消長を討ねんとす

第一　新しき熟語　新しき熟語は國語界にて二個以上の漢字を組合せて一新熟語を成すをいふ其の尤も著しきは漢字渡來以後國内にて新に起りし事物に對する名稱及び漢字國以外の外邦より舶來せし事物の譯語なりとす前者に於て最も多きは官名職稱等なり即ち令制の諸官より後世幕府の職名に至るまで大抵然らさるはなし令制の諸官は唐制を模倣しなからも從來の職名をもとによりて多少の斟酌を加へ其の稱呼の如きも倭名鈔拾芥抄其の他に和名を存する程なれど後世次第に字音にて唱ふるに至り和名にて呼ふ一方には唐名(相國宰相の如き)にて稱する矛盾もありき又四分官のかみすけじやうさくわんは和名にて漢名なるが如きこともありき是れしかしながら平安時代の世相なり令外の官に至つては大抵別當檢非違使なとの如く專ら字音にて稱へき幕府の職制は時宜によりて廢置し和漢雅俗一ならずされど守護地頭庄司老中所司代代官なとの如く多くは新成の熟語なり官名以外にありては之を上代にしては催馬樂修禪紙色紙短冊の如きあり之を近代にしては歌舞伎具足人形の如きあり亦少しとなさず

後者即ち西洋と交通の結果新文明の舶載については自ら前後二期あり前期は室町時代の末より

江戸時代の初に至る期間にして宗教信者及び高人か主として之が傳播に關係せしかは其の稱呼は多く原語のまゝにて傳へられき然るに後期即ち江戸時代より明治時代に至りては學者の洋學研究に依りて傳へられたれは支那製の譯語による外は大抵二三の漢字を組合せて譯出しなりき是れ一は支那製の譯語に倣ひたるにて又一は純國語は譯出に便ならざるに漢語は已に邦人の耳に熟して第二の國語視せられたれは即ち之を利用したるなりかくして西洋文明の傳來は端なくも新熟漢語の劇増を來し顕微鏡望遠鏡寒暖計寫真機等の日用の物名より政治法律史學藝術の語に至るまで此種の熟語か多數に存せさるはなし

以上の外に普通の名詞動詞等にも新成の熟語少しとなさず例へは

院参　上皇の御所に参るにして其他（平家）推参遅参などの類語あり

大剛　剛の者を更に強めて言はんとて大の字を加ふ（平家、信連合戦）

郎従　郎黨と従者との意に用ふ（平家、殿上闇討）

存外　存知の外かの義なるべし（平家、惟盛都落）

日本一　日本第一の意より非常なる義に（謡曲、小袖曽我）稱せり日本一の御きげんにて候

笑止　少し困りたる（謡曲、熊野）ことに用ふ

談合　談じ合ふといふより遂に（謡曲、放下僧）音読するに至りしなり

今度　このたびに今度の字をあてゝ遂（狂言、内沙汰）に音読するに至りしなるべし

同前　前に同じの意より轉せしか又は一人分二人分を一人前二人前といふ如く同人分の義より来（狂言、笠の下）りしか

無沙汰　沙汰は定めなりしも然るに沙汰の字をあてゝなりより自ら漢語の沙汰と思ひ做さるゝかに至りて生ぜしならん

の如き最も普通に行はる是等は平安時代の末より鎌倉室町時代に殊に多く發生せり是れ當時は漢文の學大に衰へ崩壊せる漢文即ち公用文往來文が流行せし結果なるべし蓋し是等の文は力めて漢字のみにて十分に思想を發表せんとし而して雅馴なる文字の知識りは乏しきを以て便宜の文字を備ひ來りて造語するに至りしなるべく然もそれか遂に一般に通行するに至りしならん又此の類に属するものにて漢文の成句を熟語の如く用ひしあり例へは無案内無器量（平家）所詮不埒（謡曲）の如しこは佛經に已に不思議未曾有の如きあり是等より類造せられしなるべしかくて江戸時代に至りては熟語を更に複合して不埒千萬兄弟同前などの語を成すに至りしこと前に言へるか如し

第二國漢両語の混成語　此の類の語は平安時代と江戸時代に最も多く成立しき前者は

美知波知蜂蜜　そくいい續飯　さうじもの精進物　だいばんどころ臺盤所　ゐふたぎ韻塞　なでう何條　いざま例様　さいはて最果　いまやう今様　あいだてなし書立愛惟親

の如し是等の中には既成の熟語を半ば訓讀した

るあり國語漢語を新に組合せたるあり而して其の組合に際しては國語に譯しがたきもの又は譯せざるが便なるものは字音を用ひ通行の言語は國語を用ひしなり外國に對して面目を保持するために唐風摸倣に熱中しても猶は國風を愛重して呉越秦漢の地名にさへ官職位階の名稱にさへ國訓を施し漢文漢語を奨勵しながら猶ほ且つ之を國文國語に調和するを忘れざりし祖先の美風はかゝる瑣末の事にも表はれ居るを見るなり然るに國音發達し漢語廣布するに及び江戸時代に於ては從來慣用し來りし漢語は國語と同一視されて種々の新語は成立しぬ　江戸時代以前にも多少行はれたり　屋貸小僧舟便精出す召具すの如き是なり是等の成立は全く音訓同一視の結果にして漢語の國語化が如何に深くなれるかを證するものといふべし

第三動詞形容詞副詞等の形　漢語は活用せざるを以て之を動詞形容詞として國語の中に利用せんには勢國語を添加せざるべからずかく國語を添加して成立せるものは大凡左の如し

動詞には古今の別なく普通の形としてはさ行變格活用動詞の「す」を添加せり即ち念ず誦ず拜す啓す奏す論す封ず怨ず舞蹈す聽聞す震動す御覽ずの如きは平安時代より用ひられ案ず存ず違例す落涙す口論す以下今日まで使用せらるゝものの其の數極めて多し而して是等は國語の名詞を動詞化せし「ものす」「都す」など同じ形式に屬するものあり次に特種の形としては裝束料理を四段に活用せしめたるあり枕草子にさるかふ事とあるも散樂を活用せしめしものなるべし最後に覺悟不仕候　平家、殿上闇討　參詣仕り候　謡曲、竹生島　推量申す　謡曲景清　御覽候へ　謡曲、弁慶　參着申けり　謡曲、咸陽宮　等より遠慮致す無沙汰致す御免下されよ御容捨下されよの如きは仕る致す等を「す」の代りとして用ひしものなりこの仕る致すなどは語尾と敬語とを兼ねたるが如きものにして古語のせらるゝせさす等と同一作用をなせり

形容詞にありては平安時代よりは凡て美々しく良々しく寂《さう》々しくの如く國語形容詞の志久活用と同じ形を取りしなり然るに文語と口語とが分離し和漢混淆の文體が起るに及び形容詞も其の形を區々にするに至りき平家の五節の沙汰事に漫々たる海上に遠見してとあるを始として何々たる何々なるといふ形の形容詞は文章に主として用ひられ口語には騒々しい仰々しい等の普通の形をとるあり才覺なやつ　狂言粟田口　丁寧な挨拶等の形をなすあり節々の使自然の事の如きあり利口さ正直さの如きあり頗る多様となれり而して志久志幾に活き何々たるとなれるは本來の形容詞にし

て何々なりとあるは他の品詞を利用せるものなること國語に於けると同様なり

副詞は凡て活用せぬものなりされど國語に於て他の品詞を副詞に轉するときは多く助辭「に」なとを添ふるが如く漢語を副詞に利用するときも亦助辭「に」を添加するを常とす例へは切に頻に實に別に無下に最初に自然にの如し平安時代の文學には大抵皆此の形を以て書かれたり然るに其後種々の形が副詞として行はれしに至りぬ即ち一番見はや（平家、妓王）何條其義可有（平家、御輿振、こは平安文學にも見ゆ）眞實意趣なき由（平家、國下向）此一段うい奴ぢや（狂言、烏帽子折）隨分其方を尋ね下されい（狂言、聟貫）實正持やらぬか（狂言、鹿狩）の如く漢語そのまゝにて副詞として使用せらるゝあり皎々と輝く悠々として去れりの如く形容詞の利用も行はるゝに至りき

下　意味の變化

意味の變化は語形の變化に比すれは一層不規則にして之を系統的に説明することは甚だ困難なり或は其の意味が類似の他義に推擴せられて両存するあり原義の亡はるゝあり或は一旦の誤用に出で、偶然勢力を得遂に一般に行はるゝあり或は一時的なるあり永久的なるあり或は一變せしあり再變せしあり一定せず故に今は各時代に於ける若干の例語を列擧して其の大體の傾向を観察するに止めんとす

第一平安時代　此の時代にも少しつゝ見はれき

案内　案は案文即ち文書の控なり官府文に在案内と云へるは案文の内に記しあることを云ふ然るに公事に疑義あれは案文の内に於て検するを得るを以て其の義を擴張して事の實情を知ることに用ひ更に進みて人を招待することゝ又は消息することゝも云ふに至れり枕草紙に人にとかく案内いひ（實情を問ふなり）とあり雲州往來に右之不申案内之間鬱金尤深とあるか如き是れなり

氣色　氣は氣分なり色は顏色なり漢書の語の如きは人の顏色様子を意味せり而るに平安時代には色々の意に用ひられ枕草紙に紙などにけしきばかり色みてあるか如く形ばかり少しはかりの意にも用ふるやうに至れり

第二鎌倉室町時代　和製熟語の濫造と共に意義の轉化も此の時代に最も多く見はれたり

子細　官府文なとに用ゐらるゝは凡て委細の意なり雲州往來に可令言上子細、可被注子細とあるか如きは幾分意味に變化を來たせるか如くなれとも（平家）詳しき様子なとやうの義となり然るに（平治上）源氏勢太に何の仔細かあるべき（平家、殿上闇討）に子細あるかの間とあるか如きは何か差支かあるわけかあると云ふ位の意となれり而して元來の子細の意をあらはすことは委細の字を用ふるを常とせり

奇怪　元來くすしくあやしき意なり然るに保元物語、義朝弟共被誅事に奇怪の者なりとあり又過分のふるまひ奇怪せとあるか如くけしからぬの意義となれり

自然　人力によらすして自らなる意義なりしに其の人力によらすといふ意か強くなりて如何ともすへからさる萬一の事といふ義を生するに至れり保元物語、新院召爲義事に自然の事出て來たる時とあり平家、競の事に日來は自然の事も侯はゞとあるか如き是なり

逐電　駿馬の逸足に喩へし語なるに逃けさる義となり平家、鵺の事に逐電してけりとあるか如きなり

具足 具は備具の意なり而うしに之を身に隨ふる義に用ふることと雲州往來にも可相具侍とあり事記に至れは召具す引具す等全く意あり覺用の誤りとなれり具足し同じく具り足る意なり物語しが召具す引具すに顔化せられて平治物語頼朝生捕帶繋落事に具足し奉つて工ふ字治拾遺盛部落の事に何くまでも具足し奉る又剣れとも之ある如く遺身同伴の義となりに道具武具の意に轉用するに至れり

勘當 官府文にては罪を勘へ法に當ることなる竹取物語にては王の取りかたかりし事を知り給へはなん勘當あらん不興を蒙る意に用ひられしが更に轉じての如く義絶放せらるヽことに用ふるに至れり保元物語白河殿夜討事にたまたま勘當赦されたる身のとあるが如し

機嫌 佛語にて其そしり嫌ふことありしに（機は譏嫌は疑ありし義經記二に京の機嫌をそ窺ひ給ひける如く様子の義に轉じ更に狂言末廣がりの人の主は機嫌のよいことヽありのやうに氣色の意に用ふるに至れり

僉議 公卿僉議の如く衆相集りて議することなりしが後にたヽ吟味する意に用ふるに至れり狂言牛馬に物せんぎなされて下されとあるが如し

是非 是非もなしの意なりしに是非を得ぬ義となりし又狂言連歌毘沙門の是非ともこなたさまの如く是非とものたねされの義ともあり

承引 承は下より上に向て承くるなり設は官府文には全承知の如く上より下に言へり然るに後には之に敬語御字を加へて御承引御承知の如く下より上に願ひ請ふに用ふるに至れり

合點 歌ありしに點をかくることより承諾の意に轉せり狂言ぎんじ聲にがつてんが参りませぬとあるが如きなり

難義 文義の解し難きものを言ひしに困難迷惑なとの意に用ふるに至れり狂言長光になんぎをかけまするとあり

最前 最も前なる義より狂言宗論の最前のやうなの如く先刻の意に用ふるに至れり

結構 元来組立のことなりしに計畫設備の意となり再轉して狂言八句連歌のけつこうな御手でござるの如く優秀の意となれり

隨分 分相應の意なるに頗る十分なとの義に轉せり平家法印問答の入道隨分執り申しかども狂言箒貫の隨分其方を尋ねて下されいの如し

放題 傍題は和歌の病の一にて題の主客の輕重を失せることなりしに自然の意に用ひ文字には放題と云ふに至りき下學集下放題の注に詩歌所言せ日本俗或云放埒之人世と見ゆ

無心 心なきことよりものねだることに用ふ狂言こんくわいに御無心申まして御座らうとあり

無理 道理なきことより頑行の意に用ふ狂言二人大名に無理に供に致さうとあるが如し

其他平安時代より近代に至るまでに俗語に見はれしものにして上﨟總領留守功者長者身代覺悟鹽梅加減始末不斷遠慮愛敬器量未練無性迷惑評判奉公達者夢中辭義大平樂不所存不覺する得心する世話やく等近似の意義に轉せしもの枚擧に遑あらず

是等漢語は我國に於て意義を變轉せし以上復た外國語として視ることを能はず乃ち我か國語なり實に是等の漢語は啻に形式上に於て國語に同化せしのみならず内容上に於ても全く國語となりたりしなり而してこは皆所謂儷文乃至俗語系に屬するものにして之を近代の古文系譯語系ののに比すれは一層國語に融合せるを見るなり

漢語は如何に國語に影響せしか

漢語は上古より奈良平安時代の輸入時代に於て

先つ國語に混入し次に鎌倉室町時代の和漢混淆文發展時代に著しく増加し更に幕末より明治時代なる漢文直譯體流行時代に於て新たなる勢を以て多數に混加せりかく漢語か文化の發展毎に國語を豐富にしたるは其の語の性質が新しき熟語を組立つるに至便なるより數百千年來我か國に通行して全く國語化せられしに因るなり

漢語は我か國語を培養し豐富にせしのみならず其他にも種々の影響を及ぼしき、其一は漢語を國語に調和せしめんために之を類似の國語にて譯せんとしたるために新しき單語を生み出したること是れなり呉織漢織の如き七夕呉藍（紅）の如き練《ねりきぬ》絁《あしきぬ》の如き東雅器用の部に云ふ神功皇后の御時新羅貢献の物に縑絹等の名見えしは即是也彼國調絹の絁なるなり是等の事に據りて見れは縑をキヌといひしは韓地の方言に出て絹の字の音の轉し訛れるやうにそ聞えめる奈良時代以前より傳はりし語を初めとして平安時代の物語にも此種の語少からず例へば

まうけの君に此琴をひとつゝつ奉る（空穂、俊蔭）

まうけの君と世にもてかしづき聞ゆ（源氏、桐壺）

末の世には黄なる泉のほとりばかりを（源氏、手習）

春の鶯さへづるといふ舞いと面白く（源氏、花の宴）

うぐひすのさへづるといふしらべ（枕草子、調は）

の如し殊に和歌は詞の調を重んずるものなれはことさらに國語に譯せるもの多し例へば

久かたの月の桂もをるはかり家の風をもふかせてしかな（拾遺集、雑）

色深き君か心の花ちりてみにしむ風の流とそみし（伊原師光家集）

よそならぬ心の緒こそみしかけれふつの夜とのみ思ひけるかな（拾玉集）

からくして入りしは何そ桑の門道の心よそのしるしあれ（新撰六帖）

の如し此くの如きは歌人が故意の造語にして固より一般に通用せしものにはあらされとかゝる譯語か漢字輸入の當初に於て少からず發生せしことは明かにして吾人か純然たる國語の如く思へるものにも其の實は支那文物傳來後に發生せし譯語少からざるべし倭名鈔に蠹をのむし煌をおほねむし叩頭蟲をぬかつきむし蝤蠐をすくもむしと訓じ胡桃をくるみ葡萄をえびかづらのみと訓せるか如きものゝ中にも漢語漢字につきて假名を作りしもの多かるべしされは漢語の輸入は其の結果として新製の國語を増殖したりといふべきなり

其二は右と反對に漢語か國語を消失せしめしこと是なり古語と今語とを相對するに同一概念を表する古き國語か其の迹を收めて新しき漢語か盛んに活用せらるゝことの多きを知るべし例へ

ば

あつしさ　年ころつゆのあつしさになり給へれは（源氏桐壺）　危篤

うしろめたし　又見奉らてしはしもあらんは後めたう思ひ（同上）　不安心

およすけ　このみこのおよすけおはする御かたち（同上）　成人

おのがじし　おのがじしいきつはめふどしつゝあめる（蜻蛉日記）　面々

つとめて　せちぶんのつとめて（伊勢集）　翌朝

なめし　なめしと思さてらうたうし給へ（源氏桐壺）　無禮

みやび　かつは情ある御みやびをかはさせ給ふ（大鏡、巴）　風流

わらゝか　わらゝかに愛敬つきなつかしき方は優らせ給へり（大鏡八）　洒落

の如し是等の古語は何故に勢力を失ひたるか是等の國語と漢語とは全く無關係に何かの事情よりして入れ代りしもの即ち或る事情の下に生活を失ひし國語の後に漢語が使用せらるゝに至りしものもあるべしされと其の多くは在來の國語の存せるにかゝはらず漢語をも使用するに至り此に漢國兩語の生存競争となりて適者としての漢語が遂に國語を驅逐し消失せしめたるなるべし其の理由は今日と雖も猶は同一概念を表はせる漢國兩語が並用せられ而して漢語が優勢なること其一なり前例の如きも全然今日の言語中に生活を失へるものは甚だ少なく幾分の生命を有して唯比較的に勢力を失へるもの多きにても知るべし廣き意味を有せる國語が其の一部分を漢語より占領せられたるものあること其二なりみやびあつしさの如き是なり本來の意義は全く相異なれる國漢兩語が意義の變轉によりて相接近し國語が其の義の全部又は一部を漢語に奪はれたるものあること其三なり案内とおとつれ馳走とあるじの如き是なり且つ言語學上より考ふるも古語亡して新語來るとすれは其の間に空隙を生じ或る期間は其の概念を表示する言語を失ふこととなりて甚だ不條理なれはなり故に新古語の增減消長は新語の勢力を得し後に古語の消滅するを常とす是れに由りて之れを觀れは漢語は多くの古き國語を驅逐せりといふべきなり而してこは漢語と國語との間に行はれしのみならず今日の新しき漢語は往々にして古き漢語（今人に耳遠き漢語）を次第に驅逐しつゝあるなり

其三は漢語が西洋語の濫入を制限したること是なり東西兩洋の交通始まり其の懸絶せる文化が接觸するや西洋諸國の言語は滔々として流入するに至りき固より其の流入が猶は緩漫なる初期に於ては善く原語のまゝ之を消化するに堪へたれとも中期以後に於て文化の輸入が漸く急劇を加ふるに及んでは一概に多數の洋語が輻湊し來り而して之を悉く國語の中に攝取せんことは國語を混亂せしむるに至ると免れす然らは其の多數は之を國語に譯するか必要あること猶ほ我か

國か始めて大陸文明に接したるときの如くなるし而るに我か純粋なる國語は到底西洋語を譯するに堪へす若し夫れ漢字に至っては之を自在に組合せて所要の新義を表示し得るの特質あり而して我に先ちて支那學者は此の法を用ゐて幾多の洋語を譯出しき是に於て漢學の素養を有せる我か先進西洋學者は支那製の譯語をも採用すると共に新に漢字もて多數の洋語に近似せる意義を有せる熟語を製造したりかくして已に漢語と融和せる我か國語は此の多數の新造語の爲に不調和を來すこともなく又洋語の急劇なる濫入により混亂を來すか如きこともなく極めて健全なる發達を持續すると共に我か國家をして西洋文化の理解を容易迅速ならしめ以て今日隆々たる國運發展の基礎を作しき　十月二十八日擱筆す

日本漢文學史識小

小序

日本漢文の研究は漢文が我が國に行はれて國文に影響し人心を鼓動せし所以の蹤を明かにせんとする予が終生の事業なりしかども病軀遂に能く爲すなきを知り未完の日本漢文學史稿を除き之れが研究資料は本朝續文粹註釋新撰朗詠集考證近世文林等の編著材料と共に之れを燒棄せり獨り日本漢文學史は身力回復するに至らは之れを修補せんと欲せしも其の後病勢時時悪化し前程豫測すへからざるものありしかば大正十三年九月病床に於て若干の管見を摘録し以て多年研究の記念に供することゝせり今雞助の鄙情之れを廢棄するに忍びす茲に收録す昭和三年十月

○

應神天皇の朝に王仁が論語を上りしは百濟近仇首王の元年東國通鑑に據るに晋の寧康三年西暦三七九年なり神功紀に五十五年百濟肖古王薨五十六年百濟王子貴須王立爲王とあるは當に應神紀十五年及び十六年に係くべし應神紀十六年に是歳百濟阿花王薨云々とあるは後年のことなり神功紀の貴須は即ち近仇首にして之れを其の前に位にありし仇首王とする説は誤なり案ずるに書紀の紀年は應神仁德兩朝の間に百二十年の延長あり又續日本紀延曆九年七月百濟王の上表に據れば

貴須王即ち近仇首王の孫辰孫王も王仁と共に来朝し我が文化に貢献せしなり

當時遣隋使差遣に至るまでの支那文化は主として朝鮮を經て我れに傳はりき而して其の文化を傳へし漢人は東西文部を始め多く支那北部より來りて朝鮮に移住し居りしものなるが如し但所謂呉人のみ南方より來りしものなり是等歸化人の祖先は新撰姓氏録諸蕃の部に明かなれば茲には之れを具録せず

文字の我が國に傳はるや朝廷先づ記録の職を置けり所謂史部なり大抵漢人又は百濟人等の歸化人及び其の子孫をして之れを掌らしめしが年所を經るに隨ひ學力次第に低下し敏達天皇元年に高麗表を上りしとき諸史三日の中にて皆之れを讀解すること能はず獨り辰孫王の後なる王辰爾のみ纔に之れを讀み釋き得たる程なりといふされは諸史は簡單なる記録の事を掌るには餘りありけんも讀書の師たるには堪へず故に其の師としては朝廷別に五經博士を貢せしめ若干年を經て交迭せしむるの必要起りしなり

史部は多く大和河内に住し之を總べて東西史部といふ其の首領は河内なる王仁の子孫及び大和なる阿知使主の一族にして前者を文首後者を漢直といひ之を總稱して東西文部といふ而して文部のみを史部と稱することはあれど文部も亦史部の内なれば概括して東西史部と呼ぶときは文部をも含めることあるは勿論なり 文（書）首又漢文首といひ 漢直又漢文直といふ（令義解）

東西文部の外に有力なる史部を辰孫王の子孫となす續日本紀、桓武天皇延曆九年七月百濟王仁貞等の上表に云ふ辰孫王長子太阿郎王（中畧）太阿郎王子亥陽君亥陽君子午定君午定君生三男長子味沙仲子辰爾季子麻呂從此而別始爲三姓各因所職以命氏焉葛井船津連等即是也と王辰爾尤も學才あり欽明の朝船史となり次いで味沙の子膽津同じき朝白猪史となり 後葛井連の姓を賜ふ 麻呂の子牛敏達の朝津史となりき、牛について敏達紀に三年冬十月（中畧）戊戌詔船史王辰爾弟牛賜姓爲津史とあれは麻呂、牛同人ならんとの説もあれど姓氏録中科宿禰の條に塩君 午定君 孫宇志之後也とあれば敏達紀の誤なることも明かなり

史部は内地に定住すること久しきに及んで學力の低下は免れざりしかど本、文字を職とする部曲なれは後世文運の振興するに及んで學者文人その間より輩出し文化の發展に貢献せしこと少なからざりき且その草せし所の記録も 造像記又は墓志などの如く國語に同化せし漢文なりしならん 向來編述の椎輪たりしこと疑ふべからず 古京遺文所載船首王後墓誌等参照

佛教の傳來するに及んで外國文物の刺戟は俄に激甚となりき遣隋遣唐の使節は求法を以て始められしが(隋書東夷傳、扶桑畧記推古十五年記、太子傳曆巻三)終に文化移入を以て目的とするに至りき其の隨行者も初は多く學問僧のみなりしが後に留學生を加ふるに至りき使節も留學生も初は主として歸化人殊に史部を用ひしが後には邦人を以てするに至りきかくて留學生高向史玄理は學問僧旻と共に大化の改革に參畫し吉備眞備阿部仲麿は聲譽を中外に發揮するに至りしなり

聖德太子は佛法を興隆せしめられしと共に又儒道をも尊崇せられき而して漢文の今日に遺れる實に太子時代より始まれり憲法、聘唐辭(書紀)伊豫湯岡碑文(釋日本紀)及法隆寺の造像記等」佛法の興隆と共に信仰文學は鬱然として起りき之については今日に殘存せる金石文などもあれど予は寫經の巻末に附せる奥書を以て奈良時代の特彩をなすものとするものなり奥書は多く各巻末に附せられしもの如く長篇のものは少なけれど以て當時佛教信仰の熾烈を想察するに足るなり古京遺文及古經題跋等參照

隋唐との接觸始まるに及び彼の文化と對抗すべく社會萬般の改造が行はるゝと共に律令史籍其の他の編纂も次を以て著手せられき中に就いて日本書紀の撰は最も意義あるものなり日本書紀は日本書の本紀の義にして漢書などに模し相當の斟酌を加へて作られしものなるべし故に其の文殊にその詔勅の語には漢書より來りしもの少なからず例へば崇神天皇の詔の朕初承天位獲保宗廟明有所蔽德不能綏是以陰陽謬錯寒暑失序疫病多起百姓蒙災は漢書成帝鴻嘉元年二月の詔に官無廢事下無逸民教化流行衆庶樂業は同二年三月の詔に本づけるが如し但漢書には天位を天地に疫病多起を日月不光に災を辜に作るのみ其の他言事を潤飾するに經子の文字を以てし和歌を表記する假借文字に通俗なるものを避けしが如き皆此れを以て外人に對抗せんとする精神に出でしものなり

當時一方には漢籍の輸入續々行はれしは言ふを待たず佛典の書寫と共に漢籍の書寫も亦盛んに行はれしなるべし正倉院御藏の文書中に三禮儀宗漢書晉書方言新儀白虎通離騷天平二年寫書雜用帳經典釋文廿一巻太宗皇帝集卅巻群英集廿一巻許敬宗集十巻庾信集廿巻天平十九年寫章疏目錄實錄天平五年皇后宮職移列女傳神龜四年寫經料紙帳等の書寫多く行はれしことを記せるが中に左の如き面白き一文書あり

　足万呂私書

始天平十六年十月八日充私書事足万呂私書也

文選第四十五巻筆一署頭上了　写鬼室手人

第七　上了　写角勝万呂
第四　上了　写蜂田在人
第八　上了　写弓削狭人
第五十　上了　写雀ア少万呂
第九　上了　又同人写雀ア
第六　上了　写阿刀秋万呂
第一　上了　写建ア石万呂
第二　上了　写弓消佐比止
第三　写

爰に注意すべきは孝經援神契熊氏瑞應圖元正和銅七年紀顧野王符瑞圖稱德神護景雲二年紀の如き讖緯に關する書も已に傳はり居りしことなりとす　かくて平安時代の初期ともなれば日本國現在書目録に收録しあるが如き廣汎に亙る圖書の傳播とはなりしなり

懷風藻序に　至於神后征坎品帝乘乾百濟入朝啓龍編於馬廐高麗上表圖烏冊於鳥文王仁始導蒙於輕島辰爾終敷教於譯田遂使俗漸洙泗之風人趨齊魯之學逮乎聖德太子設爵分官肇制禮儀然而專崇釋教未遑篇章及至淡海先帝之受命也中略建庠序徵茂才定五禮興百度中略旋招文學之士時開置醴之遊當此之際宸翰垂文賢臣獻頌雕章麗筆非唯百篇但時經亂離悉從煨燼言念湮滅輒悼傷懷自茲以降詞人間出龍潛王子翔雲鶴於風筆鳳翥天皇泛月舟於霧渚神納言之悲白鬢藤太政之詠玄造騰茂實於前朝飛英聲於後代　とあるが如く　純漢文藝の發達は天智天皇の御宇より見るべくして　其の以前は未だ信仰實用の文字あるに過ぎず　かくて奈良時代に及んで漢文の各體凡て備はるに至りき　唯經國集殘缺して其の全豹を見ること能はざるを遺憾とするのみ　經國集卷二十に載せる策文は最初の二三篇を除くの外は時務策なるべし　其は下野虫麻呂への策問に謂爾進士應識公方とあるにて明かなり　而して方畧策は卷十九に載せられてありしなるべし

懷風藻の詩は概して初唐の風格あり　固より中には全く聲律を顧みざるものもあれど　集中に病累を避くるに力めたるものと近體の聲調に倣へるものとあるを見るべし　是れ六朝の詩體より近體に移らんとしつゝある初唐の傾向その儘にあらずして何ぞや　而して更に左の諸句を對比せば思半ばに過ぐるものあるべし　五言詩に富めるか　とも彼我相似たり

各得朝野趣　莫論攀桂期　中臣大島　山齋
自得淹留趣　寧勞攀桂枝　岑文本　安德山池宴集
登望繡翼徑　降臨錦鱗淵　巨勢多益須　春日應詔
耳和繡翼鳥　目暢錦鱗魚　張九齡　南山下舊居閑放
絲竹時盤桓　文酒乍留連　同
放曠山水清　留連文酒趣　令狐德棻　冬日宴于庶子宅

薫風入琴臺蓂月照歌筵　同
湛露晞堯日薫風入舜絃　杜正倫玄武門侍宴
玉燭凝紫宮淑氣潤芳春　美努浄麻呂春日應詔
韶光開令序淑氣動芳年　太宗春日玄武門宴群臣
齊政敷玄造撫機御紫宸　藤原史元日應詔
侍旦敷玄造韜旒御紫宸　許敬宗奉和元日應制
爰降豊宮宴廣垂栢梁仁　刀利康嗣侍宴
謬陪瑤水宴仍廁栢梁篇　杜正倫玄武門侍宴

懐風藻に載せる作者傳の時年は凡て歿年なるべし葛野王の傳に皇太后嘉其一言定國特閲授正四位拜式部卿時年卅七（案ずるに慶雲二年に卒す）とあるは然り大日本史の皇子傳には四十五とあれど、かくては弘文天皇御年十四の時の皇子となりて常理にかなはず

萬葉集の和歌は漢文の影響を受けしもの少なからず殊に對語の發達は詩文の影響に依るもの多し由來記紀の歌は疊語即ち語辭の繰返しは盛に用居れど未だ句を對するに至らず（固より時代によりて一様ならずされど又記紀の歌は後人に改造せられし者もあることを忘るべからず）然るに萬葉の歌に至りては記紀の素朴を脱して巧に雕琢を施せるもの頗る多し柿本人麿の高市皇子尊城上殯宮之時歌の齊流鼓之音者雷之聲登聞麻低吹響流小角乃音母敵見有虎可叫吼登諸人之協流麻低尓の如き山上憶良の貧窮問答歌の天地者比呂之等伊倍杼安我多米波狭也奈理奴流日月波安可之等伊倍騰我多米波照哉多麻波奴の如き以て見るべし而して憶良の歌の如きは全く漢文の飜譯なりといふも不可なしかく詩文の影響を受けて對語の發展を見るに至りしは當時の歌人に詩文に達せるものの少からぬことと行幸宴會などに陪侍して詩人の製作に劣らぬものを詠み出てんと競ひしことなどにも由るべし蓋し萬葉の歌の對句は自然の詠にあらずして技巧の餘なり故に古今集以下の長歌には再びかゝる對語を用ふることなし（擬作は例外なり）

令の學制は模倣に過ぎたり國家を黼黻し大唐と頡頏せんには更に文章を奬勵するの必要あり是に於てか令制制定の後未だ幾ならずして改正は行はれぬ即ち聖武の朝に文章博士及びその生員は律學博士と共に新設せられき而して其の新設の年は神亀五年なるべし三代格に

勅

大學寮
律學博士二人　直講三人
文章學士一人　生廿人
以前一事已上同助國博士
國亀五年十月廿一日
（口は全集解によりて補ひしものなり又集解よは學士を博士に作り生廿人の三字なく十月は）

七月に作る

とあるにて知るべし學士は博士の誤ならん然るに集解に又天平二年三月廿七日の奏を載せて直講四人一人文章博士律學博士二人已上助教同明法生十人文章生廿人簡取雜任及白丁聰慧不須限年多少也得業生十人明經生四人文章生二人明法生二人算生二人並取生内性識聰慧藝業優長者（下畧）とありこれによれば天平二年に設定せられしが如くなれども此の奏は蓋畧文にて直講以下文章生までは神龜五年の勅を引用せしに過ぎず天平二年には唯得業生十人のみを置かれしなるべしそは續日本紀天平二年三月辛亥の條に太政官奏偁大學生徒既經歳月習業庸淺猶難博達實是家道困窮無物資給雖有好學不堪遂志望請選性識聰慧藝業優長者十人以下五人以上專精學問以加善誘仍賜夏冬服并食料（中畧）詔許之とあるに對照して知るべしかくて大同三年二月には紀傳博士一人を置かれしが紀傳は畢竟文章の資料に過ぎざれば承和元年三月には之を廢して文章博士一人を增加し其の位も正七位下助教に同じに過ぎざりしを弘仁十二年二月に從五位下の官大學博士は正六位下に進められて文章博士は大學に於て最も勢望ある職となりぬ

學官の改正右の如くなれば生員にも沿革なかるべからず初め學官と共に置かれし生員は普通（明經）の學生と並びて置かれし律學文章などの學生に過ぎざりしが如し令制の學生は五位以上の子孫又は東西史部の子なるに文章生は雜任白丁なるを思ふべし然るに文章生及び文章得業生ふるべしの簡拔法は屢改定せられ其の後時代は明確ならざれど延暦以前につきて補せられ延喜式にては文章生廿人に缺員あれは寮試に及第したるものより文章生に擬し更に省試を經て文章生に補す文章生は學生の考試に及第したるものより推擧せられ得業生は文章生の優秀なるものより推擧せられ更に凡そ七年の勤學を經て策試に應ずることゝなれり文章生は得業生に缺員あれば幸にして之に補せらるゝことを得れど多くは直ちに諸國の掾に任せられて任官と共に文章生の補を去る官途に就くを常とせり天平二年の格の生員に比して文章生は頗る不得要領のものとなり一種の稱號の如くなれり但篤學の士は更に奮勵して策試に應ずるものあり而してそは得業生の試と同じく方畧策なりき故に文章生を進士と曰ひ得業生を秀才と呼べど其の策試は全く同一となりき本朝文粹の對冊を見よ得業生は初めは文章生より補せられたれど其の後次第に學閥の獨占する所となり菅江兩氏の子弟の如きは學生時代より特にその候補者として學問料を給せられ學成れは博士の推擧に依り直ちに得業生に補せらるゝことゝなれりかくて文章偏重學閥跳梁の弊は漸く顯著となるに至りき本朝文粹註釋附錄紀齋名傳所引朝野群載及同橘直幹傳所引類聚符宣抄方畧試等參照私學の勃興亦學閥競爭の結果なり氏族による學閥にて現代の

（それとは趣を異にせり）皆大學の別曹とせるを以て觀れは凡て學生の住舎にして諸氏その子弟の勤學を督勵し以て菅江の東西曹に對抗せんとせし為めのものなることを知るへし（固より東西曹は最初より菅江二氏の子弟のみの曹舎にてはなかりしならんそは大學内に在るを以て知るへし）されは是等の私學には一の教官あるなく提撕指導は凡て大學の博士を煩はしゝなるへし（淳和院の學舎にあらさるは八代博士已に之を論ぜり）

嵯峨天皇は本朝第一の文神詩聖にてましましき而して天皇を圍繞せる才士文人亦絶世にして特立せざるはなし誠に門流の詩を挾むなく學閥の陋に墮するなく清新の氣を以て善く斐然の章を成しき其の製作する所大篇小篇悉く盛唐の正聲にあらざるなく 弘仁時代は正に王朝漢文發達の絶頂に在りき

小野篁はこの弘仁時代か生みし一鬼才なりき嵯峨天皇と篁とに關する傳説の多きは此の間の消息を語るものなり然るに此の嵯峨天皇の弘仁時代か生みし篁は又以後の王朝和風漢文の始祖となりき篁が其の詩思暗に白樂天に通ずと謂はれ又兼て和歌に達せしが如き洵に後代文人の祖たりといふへし固より其の文章は決して文時朝綱さては以言匡衡等の作と同一視すへきにあらすといへども弘仁諸君子の正聲に比して較優麗の傾あるは争ふへからず故に時代を以て之を言へは文辭朗詠乃至本能寺切の採録皆小野篁の作を以て始めざるはなきなり

學問僧の派遣は幾多詩僧の卓犖たるを生じき而して最後に太師空海の偉才を起しき空海は其の著文鏡秘府論に於て對偶聲調の必要を極論すれとも又其の巻五論病に於て顒約已降兢融以往聲譜之論鬱起病犯之名争興家製格式人談疾累徒競文華空事拘檢靈感沈秘彫弊寔繁竊疑正聲之已失爲當時運之使然の快言を爲せり實に其の作る所敢て對耦聲律を却けすと雖も皆天籟なり神韻なり三教指歸の如き猶は稚氣なきにあらざれと性靈集に至つては文詩並に漢ならざるなし唐ならざるなし

當時の詩集凌雲集は略全けれとも秀麗集は巻末に缺損あるもの、如く經國集に至つては其の大部分を殘佚せり加ふるに群書類從所收の經國集には其の巻十三と巻十四とに大錯簡あり即ち巻十三の七言夜聽擣衣一首楊泰師の千尋海水尺地停より雜言奉和太上天皇青山歌一首良安世の何由得閣上に至るまでと第十四の同前（奉和清涼殿畫壁山水歌）滋貞主のて發々憶々（誤寫あらん）より雜言秋雲篇示同舍郎一首野篁の陰連潘岳晉に至るまでとは相錯せるものにて當に互に移置せざるへからず日本詩紀には青山歌の色映劉王汾水流以下を秋雲篇

の竄入ありそして訂正を加へ居れど未だ此の大錯簡あるには思ひ及ばざりき

朝野群載所載の江納言（大江維時）詩境記に梁時沈約新造法律以副音韻後人祖述又定八病八對□上官儀輩避其半唐太宗時掌其地自今以後王楊盧駱杜甫陳子昂之屬□□其□句近世白樂天元微之改風易俗新立政令人大妙之是為元和之體章孝標許渾杜荀鶴温庭筠等皆相随之とあり是れ平安文人一般の所見にあらずや貞觀元慶以降の作者は皆此の新政令に随ふものといふべし

所謂八病は秘府論の所説と作文大體の所説と一ならず秘府論には平頭上尾蜂腰鶴膝大韻小韻傍紐正紐の目を列すれど作文大體には平頭上尾蜂腰鶴膝の外下三連病念二病越韻病越調病の名を載せり而してその蜂腰（第二字不得與第五字同聲）鶴膝（第五字不得與第十五字同声）も二四不同二九對（七言にては二六對）を犯すこと、なれり蓋し作文大體の法式大江朝綱の撰といふは所謂新政令に據るものなるべし（省試の課詩は舊法に依る）

詩韻は廣韻の分類二百七韻の同用（廣韻の分類及ひ同用は唐韻により而して切韻に本づき変改なし）に依れるが如しと雖も必ずしも之と合致せず（唐代に於て然り蓋し學者の所説と實際とは必ずしも一致せざればなり）支脂之の三韻は廣韻には同用とすれど本朝の作者多くは支と脂之とを別用せり（唐にても然り）童蒙頌韻も亦然り（弘仁頃迄は唱和の作にも押韻頗る自由なりしが此の時代には勒韻次韻等行はれき）

王朝の文章は延喜天暦以降元白の軽にして俗なるより遂に優にして柔なるものとなりき詩は古調を軽んじて律詩に趨り五言を遺れて七言に親み而して文と詩と全く形式に墮し去るに至りき、詩文が形式に墮するや文人が才を露はさんとするには字句の彫鏤に於てするより外なし是に於て對句の研究大に起りぬ而してその傾向は第一對句に種々の技巧を用ふること（古句を改造援引するもの奇字異語を用ふるもの文字を遊戯的に翫弄する者等）第二隔句對が賞用されしこと第三四字五字の短句より六言七言乃至は八言九言の優麗なる長句を愛用するに至りしこと等なりとす（詩文の形式對句の種類は秘府論作文大體等に見ゆ）

詩文が形式に随すると共に句題詠の流行漸く盛となりき句題につきては作文大體に唐家詩随物言志曽無句題句題者五言七言詩中取叶時宜句又出新題也或取二十句十韻重句為一首或撰八句四韻名律詩或定四句二韻號絶句也とあり句題は蓋し省試の課題に起るもの、如し省試には其の詩賦の題と多く經籍の中より選びたればなり故に其の初は大抵五言なり（省試は五言の長詩を課す）嵯峨天皇の御製に三秋大有年、隴頭秋月明の如きあり而して隴頭秋月明の題には豊前王小野篁藤原令緒などの五言、奉試の作あるを以て見るべし然るに大江音人島田忠臣等の作に至りては五言の外に七言の絶句及び律詩あり後には殆んど七言のみとなり而もこの句題詩が詩集の大半をしむるに至りき朝廷の内宴曲水宴九重宴を初め私人の詩會に至るまで盛んに此の句題が玩ばれ文人は皆律詩を作り專門家ならぬ公卿輩は絶句を作るを常とし

き而して其の盛行するに至りては結構も自ら定まり遂には之が範型を固定せらるゝに至りき作文大體に左の例あり

七言詩草樹暗迎春　紀納言長谷雄作

春生無跡漸從東　草萱相迎暗至中　題目
向暖因緣唯媚景　尋陽媒介是乘風　破題
庭増氣色晴沙綠　林變容輝宿雪紅　譬喩

芳艶不知何處契　誰教計會一時通　述懷

時代の好尚以て察すべし且つ詩會には唱首者序を作る詩序亦文人の力を籠めしものにして殊に其の一節を成す句題の敷衍には最も苦心を費しゝものゝ如し（詩序の形式は作文大體に見ゆ）

貞觀寛平の作者多くは弘仁名家の子孫なり菅原清公の子孫たる是善道眞の如き小野篁の孫たる美材の如き都腹赤の族たる良香の如き其の他紀氏の文雄及長谷雄橘氏の廣相の如き皆然らざるはなしかくて世襲の勢は漸く牢く其の間の競爭亦激甚を加へしが如し但文藝の事たる實才に俟つ故に俊才の新に家を興すもの亦少しとなさず

春澄善繩大江音人島田忠臣三善清行の如き是れなり此の傾向は延喜以後に於ても猶ほ存續し廷臣の學問が無視せられざる間は絶滅することなかりき

都良香は道眞の問頭博士なり其の作は廣く後人に傳誦せられ神仙策の三重雲浮の句を初めとし邦人の作としては始めて諸種の國文に引用せらるゝ名句を成しき而して其の藻思は鬼神に通ずとまでも傳稱せらるゝ程なりき但其の一生の境遇は決して多幸ならざりき良香が後世山に入り仙となりしと傳へらるゝも以なきにあらずといふべし良香の歿年は大日本史には古今集目録によりて三十六となせど恐らくは三代實録扶桑略記の四十六に作ると是とすべし蓋し目録の卅六は卌六の誤寫なるべし何となれば若し三十六にて歿せりとせば十七歳にて文章生試に及第し一歳の年長にて道眞の問頭となりしことゝなりて稍事情にかなはざればなり

篁に於て端を發せし元白の作風は道眞に於て眞に體得せられき道眞は二代の餘暉を負ひ且つ敏思（菅家文草巻五）にして勤勉（書齋記）なりき決して一隅に齷齪たるものにあらず但白氏の平易にして自由なる詩風を悦び此に由りて其の富贍なる思藻を縦横に發揮せしなり故に文に於て詩に於て將

た五言に於て七言に於て古調に於て律體に於て凡て志の之く所筆之に隨はざるはなきなり誠に白氏の精髓を得たるものといふべし道眞が紀長谷雄に對して元白再生何以加焉（延喜以後詩序）と曰ひしもの豈に乃公自ら謂へるものにあらずやかくて道眞は爾後文人崇敬の中心となり其の廟は聖廟と稱せられ其の子孫は永く文柄を秉り江藤兩氏の一時之と頡頏せしはあれど其の家は依然として文學の本宗たることを失はざりき尚は道眞について特に茲に附記すべきは篁が弘仁の才人と異なりて善く和歌に達せしが如く道眞も亦貞元の文士に比して殊に和歌に長ぜりしことありとす

延喜天暦の時代は所謂王朝文學の成熟時代なりとす殊に天暦の御宇には文人才子濟々として朝に滿ち而して大江朝綱菅原文時の兩人特に傑出し兩兩對峙して一代の偉觀を成しき兩人の文才は正に伯仲の間にありしかど朝綱は文時より長ずること十三歳天暦元年には朝綱は六十二文時は四十九にてありき故に文時は自ら任ずること甚た高かりしに拘はらず耆宿朝綱に對しては頗る敬意を拂いしが如し朝綱の虛弓難避未抛疑於上弦之月懸奔箭易迷猶成誤於下流之水急の句について文時初めは懸急の兩字を削るべしと爲し、に三十年の後更に之を案じて削るべからざるを知り我れ朝綱に及はざること三十年と歎じきといふ傳說の如きは未だ俄に信すべからざれども文時が朝綱の作に敬意を存せしことは疑ふべからず案ずるに懸字急字は虛弓奔箭二語に因みて特に用ゐしものなるべきが此の句は此の兩字あるに依りて諷詠の調に流麗を加へ所謂王朝文學の特色を成せるを見るべし而も文時は自身の作に對しては一字一句も苟且にせず每に細心の注意を拂いき故に文筆共に秀句の見るべきもの多く誠に當代の泰斗たるを失はざりき」

源順の文藝に於て漢文と倭歌とは正に固き握手を實行しき順は漢文の才子たるのみならず又實に倭歌の學者なりき

南望則有關路之長行人征馬駱驛於翠簾之下東顧亦有林塘之妙紫鴛白鷗逍遙於朱檻之前（秋花逐露開序）

楊貴妃歸唐帝思李夫人去漢皇情（對雨戀月）

の諸句を誦すれは其の風調の頗る暢達緩和なるを知るべく

結びおきて白露をみるものならはよるひかるてふ玉もなにせん（秋）

里とほみ雲路かきわけ水くきのあとかとみゆる雁はきにけり（初雁をきく人）

の和歌を觀れは其の體制の復た往時の素朴なる國風にあらざるを察すべしかくの如くして詩文が漸く倭化すると共に和歌も次第に詩文の影響を深刻にし遂に倭漢相聯つて弄ばるゝの現象を呈することゝなりき

兼明親王も亦漢文和歌に並び達し給ひき殊に親王は白氏の詩に特に深く通じ給ひき故に白氏文集を熟讀したる後にあらざれは決して親王の作を了解すること能はず蓋し親王ほど巧に豐に白氏の句を利用せる作者は當時にも甚た少なかりしが如し而して文集は文人にも歌人にも共に重んぜられし經典たりしことを思へは之に深く通じ給ひし親王の如きは正に當時の一権威たるべき方なるを知るなり然も世之を知るもの少し故に予は特に之を茲に顯彰して親王の作の當時の詩歌として決して輕輕に視るへきものにあらざることを明にするなり

寛弘正暦の時代は已に爛熟の域に達せり此の時代には天暦の朝綱文時の如く亦江家の両豪以言匡衡の相對峙する奇觀を呈せり當時政界に於て道隆及び其子伊周と道長との激爭あり殊に道長は文藝の士を引きて其の平生を修飾せり是の時に當り又後中書王具平親王の文を好み給ふあり中書王兼明親王の寂びしかりし生涯に反して一方文壇の中心となりき慶滋保胤橘正通源為憲紀齊名大江以言等俊異の才の常に追隨するありき以言は匡衡の道長に阿附せるに反し具平親王に接近し又道隆及び伊周に知らるゝ所ありき然るに親王は寛弘六年七月四十六歳にて薨し給ひ道隆

亦世を去って伊周失脚せしかは以言は遂に失意の地位に沈淪することゝなりぬ然れとも其の文才は匡衡輩に比して決して相讓るものにあらず其の作る所殊に新雋奇警の語に富めり但江談抄に齊名を文々句々皆古詞を採摭し敢て新意なしといへるに對し所作之詩任意恣詞都無憋策其躰實新其興彌多至于不得之日者非後學之可法則一代之尤物也と評せるか如く其の苦澀するに當りては駿駒の常軌を逸脱するが如きものあり視雲知隱賦の望楚衣兮暗運楚衣雲也楚辭云青雲衣兮白霓裳遂得鳴騶向北之輪、詳春秋篆の周晨三首之孟柏葉酌露、古廟春方暮詩序の性是愚魯雖惠烏雪之嘲、壽命不可量

詩序の東方五百之塵長懸鷲峯之月の如き措辭頗る無理なりといはざるべからず蓋し以言か才に委せて事毎に拘泥せざるの失なり願ふに以言其の人も決して尋常の繩策にて制せらるべき人にてはなかりしが如し

匡衡は學才に富みき然れとも其の為人は頗る陋劣なりき道長に阿附して偏に榮達を謀り其の未た得ざるや戚戚として長へに憂へ其の已に之を得るや揚揚として傍人なきが若し隨って排他の念も頗る強く其の祖維時は極力之を崇尊すれども朝綱を稱揚せしことは殆んどこれなく以言に向っても白眼以て之に對せしが如し匡衡天暦時

代の朝綱維時が相共に橘直幹を推擧して方畧試を受けしめし雅量に比すれは實に雲泥の差ありといふべし匡衡の文章は到る處この陋劣なる人格を暴露し往々吾人をして讀むに堪へざらしむるものあり由来儷文には個性の如實に現はるゝもの甚だ少なけれども匡衡の文は極めて明かに其の性格を表現せり蓋し匡衡の文を行るや才氣を以て文字を驅使し胸中に汪溢せる思想を縱横に揮灑して萬言立ろに成るの概あり江談抄に保胤の評を錄して敢死之士數騎被介冑策驊騮似過淡津之濱其鋒森然少敢當者といへるもの正に然りといふべしされは其の作韻致を以て劣り勢氣を以て優り時に秀句麗辭の見るべきものなきにあらざれども刻意苦心の餘になりたるものにあらず時に時輩の例作に見ざる珍奇の文字を使用せることもあれど又才學を衒ひて史子の文字を襲用せるに外ならず故に以言の文に見るが如き苦澀の弊はなけれど雄篇大作多くは英雄人を欺くものに過きす之を天暦時代の作者が一字一句をも苟もせざりし用意に比すれは誠に文章は衰へたりと歎ぜざるを得ざるなり

平安後期に至っては獨り大江匡房の群鷄裏の一鶴として傑出せるを見るなり匡房は碩學なり而して文章亦往々見るべきものあり參安樂寺古調詩四百句

西府作同二百句などの詩を誦すれは其の學の汪洋として涯なきを知るべく紫流叶勝遊詩序日本國太宰府牒高麗國禮賓省狀などを檢すれは秀逸の句の亦乏しからざるを知るべし蓋し江氏の厥後をなす大家なり匡房の作は續文粹に四十篇(此の外に和歌策問も朝野群載には匡房の作とせり無題詩に二十三首を收錄せり續文粹の賦は悉く匡房の作なり又匡房の申文は篇見載せあらず匡房の太宰府に於て作せる詩文は殊に心血を注ぎしものゝ如し已に菅家の世閥あり加ふるに江家に於ても匡衡匡房等の有力者輩出せしときに當りて從來學界に於ては雌伏の已むなき情態にありし藤氏は漸くにして擡頭し來りぬ其の始めて擡頭せしものは北家眞夏の後なる有國なりとす有國は寛弘八年に沒し其の文の文粹に收められしものも一篇あるに過ぎざれども其の生前の畫策と用意とは大に子孫の興起に便し且つ延いて式家南家の子弟をして感發する所あらしめき藤氏の作者にして其の文を續文粹に收錄せられしものは北家にては有國の子廣業二篇と一篇(文粹にあり)廣業の孫正家四篇行家一篇有國の子なる資業日野家の祖の子實綱八篇實綱の子有綱一篇及び有信三篇其の他敦宗七篇國成五篇の如きあり式家にては明衡三十四篇明衡の子敦基十三篇及び敦光五十一篇の如きあり南家にては實範九篇實範の子季綱一篇の如きあり都て作者十八人文章百四十七篇を算し收錄總計二百二十八篇の殆んど三分の

二に當りこれを菅家の作者六人文數十六篇（内、在良八篇）江家の作者六人文數四十七篇（内、匡房四十篇）及び惟宗孝言の七篇慶滋爲政の三篇等に比するに當時に於ける藤氏の發展の如何に目覺ましかりしかを知るべし（文粹にては菅原道眞三十六篇文時三十九篇大江朝綱四十四篇以言二十六篇匡衡四十四篇都良香十二篇紀長谷雄三十七篇齊名十二篇源順三十二篇兼明親王十九篇慶滋保胤二十二篇なるに對して藤氏は作者十五人の文都て二十篇あるに過ぎず）而して此の間より通憲賴長等の增慢家をも覆せし博識通才をさへ出だしゝなりかくて勸學院の子弟は文章院の諸子に對抗して一時之をして顏色なからしむるに至りき

續文粹の作者は一二の大家を除いて多くは其の所謂書嚢に豫ねて貯へ置ける自己獨得の智識を衒耀して文字の糊塗を事とする外大抵樣に依りて胡蘆を畫くに過ぎず製作は代々に絶ゆることなけれど悉く千篇一律而も次第に生氣を失ひ去れるを見るなり

觀其花綻在岸水清盈科花垂映而水下照水浮光而花上鮮瑩日瑩風高低千顆萬顆之玉染枝染浪表裏一入再入之紅誰謂水無心濃艶臨兮波變色誰謂花不語輕漾激兮影動脣嗟呼花之遇時水之得地有歟（文粹、菅三品花光水上浮詩序）

方今花落浮水水激帶花漠漠童漠漠暫留餘葩於縈流紛紛復紛紛難遮輕舷於迅瀨至如夫碧漢變色紛艶洗顏隨風力以飄颻洛媛廻雪之袖不辨映波心以棄爛澗客出珠之盤易迷者也（續文粹、敦光朝臣落花浮水上詩序）

此の兩節以て古今文華の風骨を比すべし作者は共に當代の巨擘なり中下の輩は論ずるに足らず

續文粹の作者は文粹の諸篇を範とし其の詞句に本づきて造句せしもの少なからず由來儷文は字字來歷あるを尚ぶ然れども陳句舊語の踏襲剽竊は深く戒むべし支那作家の佳句を借り來るは猶は恕すべしとすとも本邦先輩の構思に賴らざるべからざるに至つては心腸の枯燥亦憫むべからずや而も此れ文粹の作家にも已に往々見る所なり江談抄に谷水洗花汲下流而得上壽者三十餘家地血（文粹作和）味、飡日精而駐年規（文粹作顏）者五百箇歲（粹賜菊花序 匡紀納言）高五常序有似此序之作古人傳云五常作後以言被稱自餘頗催此序可到佳境以仍此序也とあるも其の一例なり而して續文粹の作者に至つては此の風一層顯著となりしなり今左に若干の例を示すべし

躋生民於壽域萬歲一日之俗云移（辭開塞策對、藤原正家）

萬歲一日之無疆無私殊俗於唇吻之內（壽考策問、菅三品）

張博望之窮九河也通查於牛漢之月（迎行旅策對、大江匡時）

張博望之到牛漢泝十萬里之濤（神仙策對、都良香）

月舍時違誰問山中書生之喘（被辭攝政第一表、大江匡房）

才職全違常迷問山中書生之嘲為清愼公乞身表 菅三品
當堯心之逃皇図委魯愚以託幼主身辭攝政表 内舍人隨藤原敦光
誰知堯心之脱黄屋為昭宣公辭攝政上太上皇第一表 菅贈大相國
袁司徒之栖商洛也養餘生於芝澗之月土御門右丞相辭内大臣右近衛大將皇太子傅表 大江匡房
南山芝澗又是袁園之讓為司徒之幽栖為清愼公辭右大臣第三表 後江相公
不河漢其詞只尋法水眞如之道不草木其興偏契佛種開漸之縁為衆生說法詩序 藤原敦宗
不可風雲其興不可河漢其詞未旦求衣賦序 菅贈大相國
倚珠簾以散名花也妓鑪之香遮薫璧如滿月詩序 藤原敦光
濃香芬郁妓鑪之煙讓薫繞寒梅正開詩序 橘正通

昔王丞相之年年拜先墳矣未訪菩提涅槃之門殿下御八講願文 江大府卿
擬王丞相之拜先塋為左大臣供養淨妙寺願文 大江匡衡

又續文粹に指河燕市等の語が頻頻に見ゆるが如きも文粹の爲清愼公辭右大臣第二表後江相公作の指河文粹作何誤、註釋未及討之不移弓勢月初三詩序源順作の頻獻燕市などに得しものなるべし而して此の傾向は文のみならず詩に於ても同様なること倭漢朗詠集考證に就きて知るべし

五經三史老莊文選文集等が王朝の文詩に多大の影響を及ぼしゝは復た論ずるの要なし但當時の作家には各其の特に耽讀せしもの又は帳中に秘冊を藏せるなどありて其の影響に多少の特色なき能はず例へば三善清行が當時の作家に珍らしくも孟子の語を引用し大江匡衡が頻りに淮南子の字を使用せるが如き是れなり

王勃集は慶雲の寫本一巻正倉の御府に存し第一冊正倉院文書參照其の他一二家にも同寫の零簡散存して奈良時代より已に傳來せることを實證せるが文粹の作者にも亦相應に研究せられしこと紀納言の後漢書竟宴詩序の經籍爲心、同秋思入寒松詩序の蘭棹桂楫、後江相公の爲枇杷左大臣辭職表勅の芝扃席寵、同爲貞信公辭太政大臣第三表の霜不和鐘、同落花亂舞衣詩序の薫帶羅衣、藤原春海の立神祠策對の澤廣洮溟の諸句につきて知るべし其の他四傑の文字の當時の文章に影響せしものは一一數ふるに遑あらず但朗詠には後漢書文選の一両句公乘億賈嵩謝觀張讀等の若干句が採錄せられしのみにて王勃の句は一句も收められず蓋造句森嚴里耳に入らざるの致す所か

小說の語も時に影響せり遊仙窟の傳來は尚し幸田露伴の蝸牛庵夜譚に論文あり其の句の文粹に引かれ大江澄明辭山水策對等朗詠に收められしは首肯すべき也唐代の小說任氏傳が一の典故として引用せられしは一奇とすべし即ち新撰朗詠集所載の寫得楊妃湯後靨摸、成任氏汗來脣春雨洗花顏 源英明續文粹所載江大府卿狐媚

記群書類従にもありの嗟呼狐媚變異多載史籍殷之妲己爲九尾狐任氏爲人妻到於馬嵬爲犬被獲或破鄭生業或讀古冢書或爲紫衣公到縣許其女屍事在倜儻未信伏の如き是れなり

類書の中初學記は手頃の本として盛に利用せられしこと當時の詩文に檢して知るへし白帖も佚名抄序に文館詞林と並び擧けられたれば相應に利用せられたるへし翰苑太宰府西高辻家に一巻現存蒙求百詠嘯まなとの注か便利とせられしことも想像するに難からず口遊序及び盛衰記巻二巻二十三等に據るに百詠は蒙求新樂府と共に當時兒童の課本たり本朝に滋野貞主の秘府畧菅原是善の會分類聚など編せられしが如く作者各自にても源爲憲の書嚢の如きものを私に抄出して参考に供せしこと道眞の書齋記なとに徴して知るへし

唐代作者の名文佳句を蒐収して誦習に便せしことも少からざりしなるべく大江維時の撰といふ千載佳句の如き其の一例なり江談抄にも一二箇所に之を引用し其の巻五に千載佳句詩云江都記詩松母洛城歡樂憶車公齋名採此句餞序云海浙之政類王祥而縦康洛城之遊憶車公而豈忘とあり千載佳句に據れば此れは白氏の句佳句作江都誕詩杜母洛陽歡會憶車公なれは齊名は果して佳句より得來りしや否や恐らくは然らざるへしと雖も少くとも匡房か此の書を愛誦せしことは想察し得へきなり

佛教と文學との關係は平安時代に至りて益、親密を加へき當時文人は兼ねて佛典に通すへく要望せられき故に橘廣相は對策に際して七日間に一切經を通覧し三統理平は鳥獸言語の策問に於て實に佛經の傳説を加試せしなりかくて特に當時の願文は優麗の文字綏和の風調を以て施主の本願を布衍し情意兼ね到るの思あらしむ洵に王朝文章の光彩たり清少納言が博士の才あるをめでたしとする條件としてさるべき物の序と共に願文を作り出してはめらるゝことを言へる亦宜なりといふへし

願文を始め當時の佛教に關する文章は主として天台信仰の法華文學なり蓋し法華經の講誦は文選文集の研究と共に文人日常の一課なりしものゝ如く爲めに後には勸學會の如きものすら起りて文人が僧侶と相會して法華を講し詩文を作ることなど行はれきかくして遂に匡房の法華經賦の如きも作り出されしなり

佛教信仰の極白詩崇重の餘は遂に文集を以て經文と同一視する程に至りき保胤か詩句に長じ佛法に歸せしを以て白樂天を異代の師と仰ぎしはさることながら池亭記江談抄に文集ヲバ古人モ大乘經之次小乘經之上トゾ云ケルとあるが如きは吾人が意表に出づる所五經三史顔色なしといふべ

し當時の儷文が包含せる思想はと問はゝ風雲草木の興にあらずんは全く法華經の現世安隱後生善處に外ならず故に周孔の文も老莊の語も凡て當座の意志發表の材料に使用せらるゝのみ例へは官を望み祿を干むるに當つては孔子の學也祿在其中矣を引き職を辭し身を退けんとするに臨んでは老子の知足不辱知止不危を引くか如し儒を以て一貫せる文章もなけれは道を以て主義とせる作者もなく固より特別の思想を懷抱せる文人の如きは一人として見ることを能はざるなり但法華の轉讀と共に尚ほ論語を講じ孝經を誦せるものあり縦ひ是等の書を幼學の書と云ひ去るも又其の一生を榮達の奔競と安樂の追求とに熱中し終るとも其の作る所の錦篇繡章尚ほ仁義の文字を含まざるにあらす忠孝の文字を排せるにあらず嘲風弄月の間にも自ら前聖德澤の浸潤するものあるべく後來の教訓文學は他に其の源因ありとするも亦自ら此の間より發芽し來りたりと謂はざるべからず儷文の古言故事の引用は範を古に取るもの一轉すれは教訓となる

秀句の發達は一は詩文共に形式に墮せしにも由るべけれと又一は詩會に於て作文披講の際秀逸の句を朗誦し以てその名譽を發揚せしが故にも因るべし其の情況は宇津保物語祭の使巻藤英の一段之を盡せりかくて妙句出づれは衆人爭うて傳誦し秀句の蒐收となり朗詠の流行となり長句殊に本朝作者の長句は詩句よりも更に好んで愛誦せられて文集の名篇と共に不朽の影響を國文に遺しきかの東鑑に載せる中御門宗行が旅店の柱に昔南陽縣菊水汲下流而延齡今東海道菊河宿西岸而失命と書し太平記に傳ふる兒島高德か櫻樹を削りて天莫空勾踐時非無范蠡と記せしか如き亦此の秀句流行の餘に出でしものと謂ふべし

漢文は其の極盛時に於てすら非專門家の作は國文の語調に傾き且つ國語を混ずるを免れざりき時世漸く降りては專門學者の作と雖も美文は免に角達意を主とする文は凡て拙劣なるを免れさりき殊に書牘は尤も達意を要するものなれは文粹に載せるものすら往々和様に傾き續文粹に收められたるものは已に和語を混し雲州往來に至つては更に侍候給申等の讀をすら用捨なく使用し漢文は刻々に崩壞して遂に所謂書牘文體を成すに至りき日記文官府文亦之に準して次第に國文化し去れり而して平安朝後期よりは美文にさへ和語の侵入を見るに至りぬ嚴密に言へは正暦以前の作にも和習少からず」

漢字專用の時代に在りては歷史和歌なとを記する爲めに古事記萬葉集流の記法と祝辭宣命風の書式とは發明されき而して前者は次第に文字を

草體に畧して平假字を成し以て物語歌集なとの記法となり後者は漸次に文字の邊傍を省きて片假字を成し經典字書なとに訓讀に用ひしもの亦然り今昔の書式となり軍記の書式となりき假字の成立と共に言事の記載は頗る自由となり随つて益々漢文の崩壊を誘致し遂に和漢混淆文の發達を見るに至りぬ

延喜の御代に和歌が漢詩と對當の地位にまで昇せられしや詩歌の接觸は再ひ始まりて漢詩は和歌に種々の影響を及ほしぬ其の一は雁の使鳥の空音の如き故事の侵入なり歌林良材集を見よ其の二は月の桂夜光る珠の如き飜譯語の使用なり像字造語抄を見よ而して其の三は本歌取りの作の流行なりこは儷文か古句を利用せし顰に倣ひしものにして詩文にても無題詩續文粹の時代に於て特に甚たしくなれるか如く和歌に於ても此の時より一層顯著となれり其の他漢詩に配あて歌ひ秀句を飜して詠するか如き詩歌は益々親密の度を加へき

和歌四式新撰髓腦の如き歌學の發達も亦漢詩の格式髓腦なとに本つきて歌人の學者によりて創始せられしものなること猶は古今集序の毛詩序に本つけるか如し

古來空海の作と稱せられし色波歌平安後期に至りて發達せし今樣歌大矢透氏に手習歌辭考ありは其の七五調七言詩の四言と三言とより成れる調に類せり四句を普通とする點に於て唐代の唱歌たる七言絶句に本つけるを知る黒川眞頼博士已に今樣が詩の調に本づけるを言へり但し直接には僧侶に依り絶句と同式なる佛教の唱歌に本つきて創始せられしなるべし此の今樣後代歌謡の祖となれり」

萬葉集の歌序は漢文なり後代の作にも漢文多し然るに古今集は假字もて記されたるを以て假字の序を冠せり是蓋し一は好奇心に富める貫之の創意に出でしものならんさて歌序の儷體なるは漢文の影響といふより寧ろ其の國文化なりと謂ふべし而も此の國文化は箇人の創意に出でたるものにて書牘の如く自然に成りしものにあらざれは歌序以外に廣く行はるゝには至らざりき但漢文を始めて國文化したるは和歌及ひ國文を起したると共に貫之の大功といはざるへからず

古今集に漢字の序をも冠せるは蓋し此の集を朝廷に献する爲めに文人をして正式の序を序を作らしめたるなり假字漢字兩序製作の先後につきて議論區々なれと漢字序は筆意暢達を缺き何物にか拘束せられたるか如くなれは蓋し貫之先つ假字序を作り淑望をして之に擬して漢字序を作らしめしなるべし

貫之の大井川行幸和歌序には井上文雄の詳密なる考證あり行幸の時日につき昌泰元年延長四年なとの説あれと實は日本紀畧延喜七年の條に九

月十日甲申法皇召文人賦眺望九詠之詩云々とある此の時の事なるが詩と共に和歌をも上らしめ貫之をして其の序を作らしめ給ひしなり序に九事を詠せしめ給ひし事を記せるにて明かなり

小説物語は支那の傳説史實に本つきて構想せられたる部分頗る多し而して上世の作ほと然りと爲す且つ上世には唐守藐姑射の刀自なとありしといふ源氏蓬生蓋し物語も亦遊仙窟の如き支那小説に導かれて發達せしなるが假字日記か男のすなる漢字日記に模して女のするなることは土佐日記之を言へり

物語には遣唐使の派遣空穂、濱松中納言、取替へばや、學生の課試空穂の藤英源氏の夕霧秀句の朗誦源氏枕草子等には句の一端を引けるのみなれど榮華には全句を引けり等の事を取扱へる部分亦少からず蓋し漢文流行の時代に成れる自然の反影なり

物語の文章にも往々漢文の影響あり女子の作にもそは第一故事の引用枕草子三十八段、源氏松風、取替はや等の斧の柄、源氏桐壺の長恨歌、同葵の雲となりの句等第二古句の應用源氏賢木の階の底の薔薇、同胡蝶の風の竹になる句等第三對句の使用空穂の俊蔭の春の山、秋の夕の句源氏乙女の窓の螢、枝の雪等なりとすされど物語は元來假字專用の作なれば此等の影響も頗る稀に且つ巧に文中に織り込まれて一見其の痕迹をも留めざる程になり且つ對句は殊に少なし儷文の混入なければなり

竹取物語は蓬萊の樹火鼠の裘龍の珠なとか史記神異經列子莊子等に本つけるは勿論赫哉姫の月宮に歸りしこと及び姮と帝との事は淮南子嫦娥の傳説に西王母漢武帝及び謫仙人等の傳説を加味して作られしなり

空穗物語は藝術に關して支那の傳説に本つけるもの多し俊蔭か波斯國にて琴材を得し條の文選琴賦に其の歸朝の後詔に應して彈琴せし條及び仲忠の琴を教へし條の韓非子十過外傳の師曠鼓琴列子湯問の鄭師文叩羽命宮の事に據れるが如き是れなり狹衣濱松なとも之れに依れる多し

光源氏の君は古傳の如く周公旦に擬せしものならん其の理由は第一源氏の多材多藝第二須磨の遷謫及び天譴第三文王の子武王の弟と自ら論せしこと等を數ふへし而して薄雲巻に聖の帝の世とあるは周代を指せるものなり蓋し紫女は史記に通せるもの且つ源氏に卓文君戚夫人燕太子丹秦趙高等を引用し居れは光君も周公に擬へて理想の男子を描きしなり其の後狹衣の大將濱松の中納言等之に模せるもの少なからず

漢文か國語に崩壞せられ國文か漢文に影響せられつゝある間に和漢混淆文の鼻祖ともいふへき榮華物語は出でぬ此の物語には漢文の影響一層著しき上に儷文の挿入駒競巻慶滋爲政の序嶺月巻菅原忠貞の願文及ひ混入蕾花巻さへありて正に上代の物語より後の

軍記に移る過渡時代の國文を代表せり當時の儷文は其の作優美なる上著しく和げて讀み下せしを以て善く國文に調和せり

平安朝の文學は多く裝飾的娯樂的なりしに鎌倉室町時代の文學は概して教訓的となりき蓋し作者公家又は僧侶が武士の狂暴無智を憤慨又は歎息しての結果從來修得せし智識の中より政治道德に關する古言を引き來りて道理を説明し社會を批判せし爲めのなり故に十訓抄などに見るが如き論語老子の格言すら修辭の材料とせし儷文の秀句を引用して猶ほ教訓の資とせる者さへあるに至れり

軍記は和漢混淆體の代表作物なり將門記陸奥話記なとは猶ほ崩壞漢文なりしが保平物語以下は多く混淆體となりき其の體は國文脉の中に儷文又は崩壞漢文が稀には其の儘に多くは書下しとして混入せるものなり而して國文の分子に時代語を含み漢文の部分に漢音語を増せるを以て文章頗る遒勁となれり

軍記には整然たる儷句もあれど盛衰記四伏羲神農の句太平記二楠揚讃辯の句等多くは自在に變形せり今其の特色の一二を擧ぐれは第一故事を用ひて對するに和漢古今を問はす支那の故事に對して現在の事實を配せるもの多きこと繊文辯等に出し往々此の如し平家四昔の養由はの句太平記十四昔の百里奚はの句等古句殊に白詩及び朗詠の句を用ひて對句を潤色せること平家二此恩の重きの句太平記二早業はの句等第三平易なる語を

對して當時の社會現象を活躍せしむること盛衰記廿二人は退けともの句太平記十三三方に作る時の聲の句等を數ふべし何れも接合儷文に模せしものなりと新古雅俗を自由に採擷せる點に其の異彩を認むべし而して故事古言の臚列より後の物盡し道行き等も起りしなり

軍記の作者は儷文の餘を承けて盛んに故事古言を引用挿入ずれど又時代の影響に依りて之を引用するに教訓の資とし説明を附せるものなど少からず即ち軍記には作者が一段高き地位にありて衆愚に教訓説明せるが如き傾向あり書中の人物をして長々と物語らしむること多し重盛の諫言正成の訓戒の如きは大部分は此類なり其の説明には文字の訓義あり保元三無塩君寮頷の説明盛衰記十七宗社綴旒の説明等事理の疏釋あり平家十一猛虎の説明盛衰記十一仙源難澄の説明等事實の布衍あり平治一許由の説明盛衰記上十九虞氏の説明等かくて和漢故事の由來縁起を長々と説くことも行はれ自ら謡曲なとの源を成せり蓋し皆儷文作者の餘習なり

軍記の故事は作者によりて隨意に改造附衍せられたる者少からず撰集抄の記事にも荒唐の改造あり即ち傳説も史實も文士形容の詞も詩人寓意の句も取捨選擇なく混同し軍記一流の誇飾さへ加へて頗る面白き説話となれるものあり平家二盛衰記八蘇武の事太平記十三干將莫耶の事同廿六廉頗藺相如の事殊に甚だしきは支那の故事を本として天竺并に日本に關連せしめしものあり盛衰記二文殊養由頼政の連係太平記十三釋迦菊慈童及び我が帝室の連係獨り故事のみな

らす敍述の記事すら相當の史料に據りたるに拘はらす修飾誇張せられて小說化せる部分少なしとせす 挿入の故事傳說は記事と對比の形式を成せる者多し卽ち一種の長對句を擬せり

軍記の古言は經典及び文選文集等の句を所謂本文として引用し教訓批判の規準とせる場合多し 本文は必ずしも原文と一致せず作者の誤記又は改作捏造に依るものあり 而して其の中尤も注意すべきは孟子の引用なり孟子の詞は曾て三善淸行によつて用ひられし外王朝文學には殆んど影響なかりしに軍記には處所に之を引用せり 保元二虞舜平治三血氣の勇者太平記記十三德の流行徒然草恒産恒心等(兩二段)

當時の歌謠卽ち宴曲舞曲謠曲等は大抵今樣の七五調を以て曲を成せり而して其の文辭に對する漢文の影響は軍記と大差なし固より歌謠には漢文の混入することはなけれとも儷句典故の使用は依然たり而して其の最も多く影響せるは朗詠及び文集 殊に新樂府 なりとす

宴曲は時代の影響を受けて猶は軍記に於けるか如く 軍記の影響は少なし 其の曲に教訓的なるあり 理世道、夙夜忠、君子父子道、 其の文辭は多く冒頭を對句に飾りて 冒頭以外には對句少し 且つ全篇に亘りて按排臚列を事とせり而して宴曲の特色とすべきは全く此の臚列に在りて其の曲題に因める事實典故を内外古今時節を問はずに雜然として陳列せり 例へは山の曲に須彌山泰山蓬萊山富士山等を列擧せるか如し 殊に面白きは儷文の影響を受けて上下の曲の如く上と下とに關する語句を相互に對せしめて陳列せるが如き是れなり 臚列は賦又は對策と同類なり

謠曲は元曲に本づけるなるべきこと徂徠已に之を言へり 南留別志 謠曲は多く軍記の系統を引きて 宴曲とは關係なきが如し 儷文の影響は寧ろ間接的なり時に對句をも用ひ居れど大抵佛典軍記朗詠なとの句を襲用せるものにて作者の創作に成れるは頗る少きが如し其の軍記の系統を引けりといふは題材を軍記に取れるもの多きことと故事古言を盛んに引用せることと說明教訓的なることと 曲中の人物をして曲來緣起を物語らしむ 等にて知るべし謠曲の特彩とすべきは其の唱歌の部分に於て是等の故事古句乃至和歌等を按排臚列し而も優美に脉絡を保たしめて剪裁縫合の妙を盡し且つ唱歌に便せることなりとす 和歌の臚列は後世組唄の祖を成せり 而して其の殊に面白きは曲中の或る詞を基として之れに緣故ある事例文句を陳列せること 浦島に於ける明け草紙洗小町に於ける洗ひ三井寺に於ける鐘なとに關する文句の陳列 其の陳列に言ひかけ法を用ひて巧に前後を連係せることと 總角、源氏供養 等なりとす蓋し謠曲修飾の特長は宴曲の單純なる臚列に比して古言古句を織り成して錦繡の美を作せるにありとすべきか樵歌牧笛翠帳紅閨落花狼籍雪を廻らす手先づ遮きる等の詞が殆と常用語として曲中に隨所に織り込まれ居るを見れは儷文の影響は謠曲

に至りて全く國語に同化しさりたりといふべし
かくして後世の長唄琴唄などに唄ひ込まれし古
句の如きは多く謡曲より採れるを見るなり
謡曲には支那の傳説に脚色を施せるもの少なか
らず支那の傳説は已に今昔に記され唐物語に作
られ軍記に至つては更に作者によつて小説化せ
られしが謡曲に及んで遂に脚色を施さるゝまで
に至りき又謡曲には我國に取れる題材にて支那
の傳説に潤色せるもの少なからず班女、砧、羽衣等蓋し支
那の傳説も是に至つて頗る日本化せるを見るな
り支那の傳説は軍記にては文中に挿入せられしに謡曲にては獨立の曲を成せり
當時の文學は已に言へるが如く教訓文學にて殊に
軍記などには盛んに政治の得失を議し武士の節
操を論すれども其の中心思想は依然として佛教
の因果說にて孔孟の格言も一種の道具に使はれ
しのみの觀なきにあらず太平記三十五北野通夜物語事参照然れ
ど是に由つて當時の人心を刺戟し向來儒教勃興
の因を爲したることも否定すべからず
之を要するに王朝文學の國文に對する影響は形
式に於ては文体の分化對句の流行故事古句の引用縁語事類
の臚列記事の修飾誇張傳説の小説化漢語の國語
化及び今様調物盡し道行き八景文組唄等の發達
等にして芳賀博士著筆の素に四六文影響の論ありづく内容に於ては道
德思想發達の一因を成し新學の勃興を誘起せしこ

と等なりとす

臥讀隨筆

小序

臥して諸書を渉獵し偶然識り得たものは遼豕と燕石とを問はず備忘のために茲に之れを書留め置くといふ。昭和五年十月

○

萬葉集巻五山上憶良松浦歌三首の序に意内多端口外難出とある意は竟の誤で口は囗の誤であらう乃ち境内多端國外難出である尚は此の下に正藏之鬱結とある正藏は五臓の誤であることは言ふまでもない

荘子逍遥遊篇の海運の解諸説紛々であるが口義の説が是に近い大戴禮記誥志篇に聖人有國則日月不食星辰不隕勃海不運河不滿溢とある海が荒れることである

禮記月令には呂氏春秋正月紀と同じく魚上氷とあるが大戴禮記夏小正には魚陟負氷とあり淮南子時則訓には魚上負氷とある禮記のは負字が脱けてゐる呂氏春秋の文を襲うたのである

松南雜草第四册附錄

履歷

明治十二年一月　四日　生（唐治長男　母氏名八千）
二十七年　三月三十一日　唐津高等小學校卒業
四月　唐津大成學校ニ入校（同校ハ翌年實科中學校ニ改メ其ノ翌年更ニ縣立佐賀中學校唐津分校（三ケ年）ニ改メラル）
三十年　三月三十一日　唐津分校第三年修了
四月　東京ニ松學舍ニ入ル
九月　私立京華中學校第四年ニ入ル
三十一年　四月　高等師範學校臨時官費漢文專修科ニ昨年九月入校ノ補缺生トシテ入校ス
三十三年　三月三十一日　卒業（三箇年程度）師範學校中學校高等女學校國語科漢文科教員タルコトヲ免許セラル
四月　十日　熊本縣ニ奉職スヘシ（文部省）
任熊本縣第一（八代）中學校教諭
給月俸四拾五圓
十八日　熊本縣管内小學校本科正教員タルコトヲ免許セラル
二十一日　兼任熊本縣八代郡八代南部女子高等小學校訓導
三十四年　七月　十八日　給五級下俸
三十五年　四月　八日　熊本縣立八代中學校補習科教授ヲ命シ月手當四円支給
三十六年　一月　九日　廣島高等師範學校豫科入學生徒候補者選抜試驗委員ヲ命ス
三月　七日　長崎縣ニ奉職スヘシ（文部省）
二十四日　長崎縣ヘ出向ヲ命ス
二十八日　任長崎縣師範學校教諭
五級上俸給與
八月二十五日　小學校教員檢定委員會臨時委員ヲ命ス
十二月二十六日　手當金拾五円給與
結婚（妻鈴木氏故教儀二女）
三十七年三月　十六日　休職ヲ命ス
四月　東京高等師範學校研究科（國語及漢文）ニ入ル
三十八年　三月三十一日　卒業
四月　私立成城學校講師ト爲ル
九月　病氣ニテ退職
十月　私立宏文學院（支那學生ヲ教育ス）講師ト爲ル
三十九年　二月　十九日　任陸軍教授
敘高等官八等

十二級俸下賜
大阪陸軍地方幼年學校附ヲ命ス
三月三十一日 敍正八位
四十一年六月二十七日 陞敍高等官七等
十月三十日 敍從七位
十二月十九日 十一級俸下賜
四十五年六月二十五日 陞敍高等官六等
大正元年九月十日 敍正七位
三年十二月二十二日 十級俸下賜
五年五月八日 九級俸下賜
依願免本官 病氣ノ爲メ
十日 永年勤續シ勤勞尠カラサルニ依
リ金貳百五拾円ヲ賞與ス(幼年校)
三十日 敍從六位
特旨ヲ以テ位一級被進
七月二十九日 公立學校職員退隱料年額金貳百
七拾五圓ヲ給セラル
七年七月八日 廣島縣立呉中學校教諭ニ任ス
五級俸給與
八年十月三十一日 三級俸給與
九年五月二十九日 熊本縣ヘ出向ヲ命ス
六月七日 熊本縣立熊本中學校教諭兼熊本
縣立中學濟々黌教諭ニ任ス(主ト
シテ補習科勤務)

給三級俸
七月二日 給一級俸
十年二月十七日 高等學校高等科漢文科教員タル
コトヲ免許セラル(検定試験合格)
九月三十日 給二級俸(改正俸級令)但當分金百
三拾八円
十二月三十日 妻[illegible]病死
十一年三月四日 任福岡高等學校教授
敍高等官六等
八級俸下賜
四月十日 本朝文粹註釋ヲ出版ス
十二年五月二十七日 本朝文粹註釋ノ著述ニ依リ帝國
學士院恩賜賞牌及賞金(壹千圓)ヲ
授與セラル
二十八日 七級俸下賜
六月十八日 陞敍高等官五等
七月二十四日 勲六等ニ敍シ瑞寶章ヲ授ケラル
十三年五月十六日 五級俸下賜
依願免本官 病氣ノ爲メ
七月十九日 恩給法ニ依リ普通恩給年額金千
百五拾八円ヲ給セラル
十五年四月二十五日 倭漢朗詠集考證ヲ出版ス
昭和六年七月卅日 死 享年五十三
昭和六年八月十四日 葬

自撰柿村松南墓銘

柿村重松號松南肥前唐津人也幼而魯長而好學二
游東都學成而痾明治三十九年爲陸軍教授寓大阪
十年孳孳著作漢文之行於我國也或傳秀麗之句以
潤色國文或載道義之粹以鼓動人心松南以究其沓
曲爲畢生志業先編本朝文粹註釋倭漢朗詠集考證
次及國士遺韻痾再發罷官大正七年復起歷職廣島
熊本兩縣中學校十一年任福岡高等學校教授刊本
朝文粹註釋十二年受帝國學士院恩賜賞痼疾三發
遂去任松南又深憂人心趨向~~卷~~本孟子浩然章作不
動心論以明大丈夫當踐之方途~~不幸~~不畢其志而歿時
年齒十□實~~大正~~昭和十□年□月□日也配鈴木氏貞
淑順婉娩頗多內助十年臘月生季女而歿易簀享年三
十五有二男三女男曰峻曰極女曰昀子曰妙子曰粲
子粲子殤銘曰
吁是何愚　翫弄文字　轉而又起　淡淡名利　抱
移山誠　非測海器　悠然長往　誰繼其志

松南雜草第四冊附録 畢

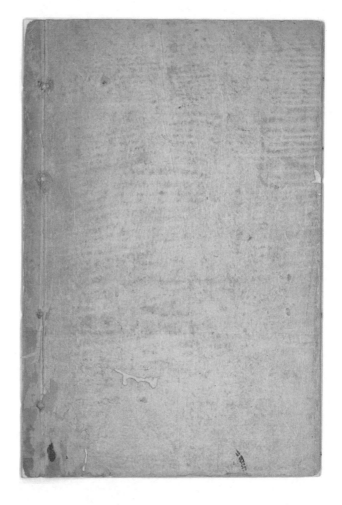

柿村重松の事績とその日本漢文学研究

町　泉寿郎

はじめに

日本漢文学研究に先駆的な業績をあげた柿村重松（一八七九〜一九三一）は、帝国学士院恩賜賞を受賞した『本朝文粋註釈』（一九二二年刊）の著者として著名であるが、その研究に比して事蹟は比較的知られていない。先に松枝茂夫が「柿村重松先生のこと」を草した所以である。[1] 著者はかつて重松が高等師範学校在籍時に服部宇之吉教授の講義を聴いて筆写した聴講ノートを入手してその紹介を試みたことがあり、[2] その際に重松の事蹟については遺稿『上代日本漢文学史』（一九四七年刊）所収の長男峻編「柿村重松略年譜」と松枝所記を参照した。その後、著者は熊本県熊本市在住で峻の長女柿村蓁子氏・二女柿村葉子氏と、佐賀県唐津市の重松旧宅に住まう外孫の故河村剛氏（一九三〇〜二〇〇九）[3]、および柿村家の菩提寺（唐津市東十人町一一一、青龍山東雲寺、曹洞宗）とを訪問し、重松の遺稿・遺墨・遺品・写真・位牌・墓石等を実地調査する機会にめぐまれ、重松の事績をかなり詳しく知ることができた。

峻が平成九年に歿した後、重松の旧蔵書類の多くは残念ながら子孫宅から古書市場に流出し、現在これを纏まって所蔵する機関はない。[4] 子孫宅に現存する資料の中では、ここに影印出版する重松の遺稿『松南雑草』四冊が最も重要である。同書は約三十年間（一九〇二〜一九三一）にわたって重松が作った漢詩文・和歌・論説・注釈・資料等をほぼ時代順に自ら編修したもので、既刊の単行本や論文集から漏れた重松の諸作を収録する。漢詩文・和歌は、こうした創作を公表することがなかった重松の実作者としての力量とともに、その交友を知る上で意義がある。論説・注釈・資料は重松の事績・学績を知るうえで貴重な資料を提供する。そこで本稿では『松南雑草』の解題を兼ねて、重松の事績をたどりながら、その日本漢文学研究に関する学績を紹介したい。

柿村重松の事績

柿村家の家系

重松は、松浦川が唐津湾に注いで松浦潟を形成し、松浦佐世姫の領布振り伝説で知られる鏡山や名勝虹の松原を望む長崎県東松浦郡唐津船出（現佐賀県唐津市東十人町）[5] に、明治十二年（一八七九）一月四日、士族柿村民治と妻ハナ（印具氏）の長男として生まれた。時に父民治（嘉永五年四月十四日〈一八五二・六・一〉〜昭和五年〈一九三〇〉三月九日）二十八歳、母ハナ（安政三年十一月二十六日〈一八五六・一二・二三〉〜昭和七年〈一九三二〉三月二日）二十四歳である。夫婦の間には、重松を頭に三歳下の長女ツタ（明治十五年〈一八八二〉四月二十八日〜昭和十五年〈一九四〇〉六月十三日）と、二女ナリ・二男義男が生まれたが、二女・二男は夭折。独身を通したツタは、両親と共に、重松の妻亡き後、その遺児の養育に当たった。

父民治は、柿村家六代丘右衛門義正の実弟で梅田家を嗣いだ利左衛門の長男であり、梅田家から出て伯父の養子となり柿村家七代を嗣いだ。母の実兄は印具昭敷といい、明治三十年前後、東京の小笠原子爵邸の使用人（家扶）をしていたことがある。

柿村家は戦国武将小早川隆景の家臣柿村清兵衛を始祖とするがこれは家世に数えず、初代から数えて重松が八代目となる。菩提寺に遺る位牌によって推定すれば、家世は次のようになる。唐津の現在地に柿村家を立てたのは四代喜治右衛門かららしい（『松南雑草』第三冊所収「柿村系譜」）。

初代渓月友閑信士（元禄三年〈一六九〇〉六月十日歿）

二代 安心祖泰居士（享保十五年〈一七三〇〉二月九日歿）
三代 一翁宗如居士（宝暦八年〈一七五八〉正月十八日歿）
四代 無想善心信士（寛政二年〈一七九〇〉八月十二日歿）俗名喜治右衛門
五代 大雲全機居士（天保十三年〈一八四二〉四月十四日歿）俗名丘右衛門
六代 千聖霊機居士（明治十四年〈一八八一〉十二月二十二日歿）俗名丘右衛門

唐津藩主は寺沢氏（～一六四七）、大久保氏（一六四九～一六七八）、大給氏（一六七八～一六九一）、土井氏（一六九一～一七六二）、水野氏（一七六二～一八一七）、小笠原氏（一八一七～一八七一）と屢々交替した。幕末～明治期、小笠原氏は老中を勤めた長行（一八二二～一八九一）が最後まで佐幕の姿勢を貫いて抗戦し、その嗣子長生子爵（一八六七～一九五八）は海軍軍人となって東郷平八郎の側近として知られ、中将に進んだ。後述のように、重松は東京遊学時に小笠原家が営んだ唐津出身者のための寄宿寮に寄寓するなど、小笠原家とは無縁でなかった。しかし重松から小笠原家に対する強い恩顧の情は感じられず、柿村家資料からも藩主とともに唐津に移住したことは窺えない。したがって、柿村家は代々の小笠原家の家臣ではなく、唐津土着の武士が小笠原家に比較的軽い身分で召し抱えられたものと考えられる。[6]

重松の初等中等教育

重松は唐津小学校に「一月生まれの八歳の春」に入学したという（『松南雑草』第三冊「追憶」）。数え年八歳（満七歳、以下年齢は数え年によって記す）の春は明治十九年（一八八六）に当たる。[7] 唐津高等小学校の卒業は、明治二十七年（一八九四）三月三十一日、重松十六歳の年であるから、尋常小学校四年、高等小学校四年、合せて八年間在校した。入学当時、父は月給五円の唐津村役場の職員であった。[8]

重松が小学校に入学した明治十九年は、森有礼文相のもとで諸学校令が公布され、日本近代教育史上の画期となった年である。小学校令・中学校令・師範学校令によって、それぞれの学校に尋常と高等の課程が設けられ、同年公布された「小学校ノ学科及其程度」によって小学校の学齢は六歳から十四歳までの八年間とし、そのうち前期四年を義務教育期間とすることが初めて明記された。したがって、数え年八歳での入学は、規定の学齢より一年遅れと考えられるが、八年間の在校は規定の期間を満期で卒業したものである。

小学校時代の教員は、旧藩時代に家老職を勤めていた松澤氏が訓導であった。教育内容には明治初期の欧化色が残っており、米国の読本を直訳した「神ハ天地ノ主宰ニシテ人ハ万物ノ霊長ナリ」という文章から始まる『小学読本』が使用されていた。尋常小学校時代の重松の成績は優等ではなく、三年次には落第を経験したが、進級につれて成績が上がり、高等小学校の三、四年で頭角を顕した。「教科書が変ったので始めて解るようになり、以来常に上席を占めることが出来た」と重松は回想している。これには明治二十三年（一八九〇）に改正された「小学校令」との関連が推測される。元田永孚が主導した「教学聖旨」（一八七九年）や『幼学綱要』（一八八二年）等に始まる徳育重視派の意見が初等教育に反映されて、明治十四年（一八八一）からは小・中学校の筆頭教科が「修身」となり、更に改正「小学校令」ではその教育目的が従来の「普通ノ教育」から、「道徳教育及国民教育ノ基礎並其生活ニ必須ナル普通ノ知識技能」の教授へと変更され、「道徳教育及国民教育ノ基礎」の優先が明示された。ここに至って明治初期以来の直訳読本式の欧化路線は変更されたと考えられる。重松の回顧から考えれば、この時の読本等の変更は実情に即した理解しやすい内容として生徒から歓迎された面があったのである。その他、運動の苦手な重松は「体操」が苦痛であった。「徳育」と並んで「体育」もまたこの時期に本格的に導入され、従来の「普通体操」に加えて新たに「兵式体操」が始まり、必修科目となっている。[9]「教科書が変ったので始めて解るように」なる一方で、「体操」を苦痛とした小学校時代の重松の回想は、初等教育における国家主義への傾斜が始まる時期の状況を如実に捉えたものと見ることができる。

高等小学校を卒業した重松は、明治二十七年四月に唐津大成学校に進学。小学校時代に教わった元家老職の松澤訓導はそこで小使をしていたと重松は記している。重松は旧藩時代の身分が今や全く意味を失い、代わって学問によって立身出世の道が開ける時代が来たことを痛感したに違いない。同校は翌二十八年に実科中学校に改められ、更に二十九年には県立佐賀中学校唐津分校（三年制）に改組されている。

中学校時代の教員としては、漢文の梶尾清（号虚舟）、数学の片岡英儀、英語の佐藤正次、東洋史の大野某らがあった。佐賀県多久出身の梶尾清とは梶尾が亡くなるまで交流を持った。当時、某と首席を争っていた重松は授業中に時々質問して先生を困らせたと回想している。

また、重松の唐津中学校時代は日清戦争と重なっている。一年生の夏、戦費の義捐金捻出のために学校で石炭運びの志願者を募集した。勧誘された重松は、「いやで仕方がない。遂に祖母が許さない」と口実を設けて参加しなかった。戦地に近い北部九州ではとりわけ戦意高揚したことが予想されるが、読書と作文のみ得意とすることを自覚する重松は、「百の拙技を捨て唯一の得意とする所に向って驀進した」という。

上京後の修学

明治三十年三月三十一日、佐賀中学校唐津分校の三年の課程を修了した十九歳の重松は、東京に上京して漢学塾二松學舍に入塾する。当時、唐津は県立佐賀中学校の分校と位置づけられ、中学校の修業年限五年のうち三年までしか置かれていなかった。佐賀市の中学校進学が普通の進路であったと思われるが、重松はそれを選ばず、「田舎の中学、学ぶに足らずとし、三年の業終るや六国史や大日本史続修の大志を抱いて蹶然上京した」。重松の強い中央志向が窺える。

当時の二松學舍は、寄宿舎の機能を備えた漢学塾であったが、学校制度上から言えば既に創立当時の私立中学（中学私塾）の位置づけを失い、正規の学校から外れた各種学校に過ぎなかった。重松は二松學舍には寄宿せず、小笠原家が開設した唐津出身の在京学生のための寮・久敬社（小石川伝通院の隣[10]）に寄宿し、二松學舍には通学生として在籍した。上級学校の生徒ではない重松が久敬社に寄宿できたのは、当時、母方の伯父が小笠原家の家扶をしていたことから、便宜が得られたものと思われる。

重松が入学したころの二松學舍は、低迷期を脱して曙光が見えた時期と言える。明治十九年の諸学校令によって初等から高等に至る学校制度が整備されると、中学校に脱皮できなかった私立学校の多くはそれまで担っていた高等教育機関への予備校の役割を失ったため、二松學舍においても入学者が激減した。しかし、日清戦争の前後から「東洋学」が興隆して漢文への新たな関心が高まり、また二松學舍の創設者三島中洲（一八三一～一九一九）が明治二十八年には帝国大学の講師となり（中洲は帝国大学改組以前の東京大学時代にも明治十二～十九年に出講していた）、次いで翌二十九年には亡くなった親友川田甕江の後任として東宮職御用掛を拝したことによって、漢学者三島中洲の名が知れわたった時期に当たる。唐津から二松學舍に学んだ者は多くないが、先輩には耐恒寮（唐津藩英学校[11]）に学んだ後に上京して二松學舍に学んだ実業家大島小太郎（一八五九～一九四七）がいる。大島は重松の父民治が役場を辞めた後に勤めた草場薬舗の草場猪之吉と共に明治三十年に唐津貯蓄銀行を設立する間柄であるから、大島小太郎あたりが重松の紹介者となった可能性はある。

しかし重松はなぜ中学校に進学せず、各種学校の二松學舍に入ったのであろうか。重松が抱いた「六国史や大日本史続修の大志」という上京理由は一見突飛なようであるが、明治二十八年に収集史料を編纂刊行する部局として帝国大学文科大学に史料編纂掛が開設されたことを踏まえた志望であったと推測される。後年優れた漢文教師として多くの生徒に感銘を与える重松であるが、小・中学生の頃は内気で人前で話すことも苦手だった彼が初めから教師を志望したとは考えにくく、むしろ史料編纂のような仕事こそ自分の適性に合った仕事と考えたのではなかったか。それ故に、帝国大学文科大学に講師として出講していた三島中洲が経営する学校に入学し、中洲から史料編纂に携わる便宜が得られることを内心期待しつつ、中洲に「佶屈なる無茶苦茶漢文を草して」「引見を要求して意中を述べた」ものであろう。しかし中洲は重松の志望を「一言の下に却けた」。諸学校令が整備される以前の、古典講習科の開設当時（明治十五～十七年頃）[12]ならばともかく、各種学校の位置づけとなった二松學舍から帝国大学等の高等教育機関への進路はない。二松學舍の中学校認可に腐心した経験をもつ中洲にとって、重松の志望は現実を知らぬ若者の空想と映ったに違いない。却下された重松は、一時「悲観のどん底に沈淪」した。

高等師範学校での修学

重松が上京した明治三十年の夏、高等師範学校の臨時官費専修科の募集があった。明治十九年公布の「師範学校令」では高等師範学校の入学資格を各府県に置かれた尋常師範学校の卒業者と定めていたが、増大する中等教員の需要を満たすため、明治三十年七月二十一日の文部省令により師範学校だけでなく公立中学校・私立中学校の卒業生にも受験資格が認められた。また従来、高等師範学校では、学資（被服と食費）と寄宿舎は学校から支給されたが、明治二十八年四月の規則改正によって私費生（専修科・研究科・撰科など）も認められるようになり、同年に国語漢文・英語の専修科（私費）が設置され、明治三十年三月にも第二回の国語漢文専修科（私費、定員四十人）が設置されている。臨時官費専修科は食費と寄宿舎が支給され、本科と私費生の中間的な待遇と言える。

二松學舍に通学する傍ら、重松は同郷の田辺新之助（一八六二～一九四四、号松坡）に師事して漢詩を学んだ。当時、私立開成中学校（開成高等学校の前身）の校長であった田辺は、早くから岡本黄石に漢詩を学び、旧幕臣を同人として始まった漢詩結社晩翠吟社[13]に属した。田辺の薦めもあり、重松は高等師範学校の受験を希望したが、中学校を卒業していない重松には受験資格がなく、やむなく七月に新設されたばかりで入学しやすい私立京華中学校（本郷区東竹町）の四年生に転入し、上級学校進学の機会を待った。

明治三十一年四月、二十歳の重松は臨時官費漢文専修科の補欠生として高等師範学校に入学した。臨時官費専修科は、当初明治三十年九月から同三十三年七月までの三ヶ年の予定で募集され、同時に国語・漢文・数学（以上、定員各三十人）・英語（定員六十人）の募集があったが、漢文単科の専修科は明治三十年の応募では定員に達せず、翌年二月に補欠募集があったのである。[14]昨夏は受験資格のなかった京華中学校四年の重松は、この時に受験して辛くも合格した。同時に補欠入学したのは重松を入れて六人である。[15]同科生徒の平均年齢は二十五歳二ヶ月で、重松（満十九歳三ヶ月）は同科生徒の中かなり年少であった。[16]

重松入学時の校長は嘉納治五郎であったが、六月に嘉納が文部省普通学務局長に転じ、矢田部良吉教授が校長に就任した。翌年八月に矢田部が遊泳中に水死したため、卒業時の校長は伊澤修二であった。重松が在学した校舎は、芳野世経（東京市議会議員、幕末儒者芳野金陵の嗣子）から譲渡された小石川区大塚窪町に移転する以前の、御茶の水の昌平坂学問所跡地であった。[17]

この時代、本科は文科四部（教育学部・国語漢文部・英語部・地理歴史部）、理科二部（理化数学部・博物学部）の六部制に分けられており、修学年限四年の本科国語漢文部と修学年限三年の漢文専修科では、専修科には哲学・言語学の授業が無いなど、履修内容にも相違があった。

教官のうち、重松が後年まで恩師として敬事したのは次の人々である。

服部宇之吉（教授一八九四・九～一八九九・九、漢文・東洋倫理学）

那珂通世（教諭一八八五・九～、教授一八九四・四～一九〇八・三、漢文・東洋歴史）

芳賀矢一（教授一八九五・三～、講師一八九八・一～、教授一八九九・一～一九〇〇・一、国語）

吉田彌平（教諭一八九六～、教授一八九九～、国語）

松井簡治（講師一八九九・五～、教授一九〇一・一〇～、国語、学習院教授）

峰岸米造（教諭一八九八・四～、教授一九〇三・三～、歴史）

特に服部宇之吉からは「目録学」「六書」「孟子講義」などを聴いて、聴講ノート『目録学』を残し、「孟子講義」の感銘から同書不動心章を処世基準とする等、強い影響を受けた。

学業以外では、休課の日曜日には寄宿舎を出て、祖父母と十五歳の美しい従妹鉦子に会いに、幡ヶ谷の小笠原子爵邸内にあった伯父印具昭敷の家を訪れた。重松と鉦子は、結ばれることはなかったが、好意を寄せ合う仲であった。

一方、故郷唐津では明治三十一年七月二十八日に重松の祖母が八十あまりの高齢で歿した。この年あたりから、父民治は唐津の旧家草場薬舗（屋号平田屋）の主人の知遇を得て、唐津町役場の職を辞め、薬舗の経理係を勤めることになった。大正昭和期の唐津財界人として知られる草場猪之吉（一八六八～一九三〇）の死に際して重松が追悼詩を作っており、民治が知遇を受けた草場薬舗主人は猪之吉と考えられる。

九州における中学校教諭時代

当初、明治三十年九月から同三十三年七月までの三年間として設置された臨時官費専修科は、学年暦に合わせて明治三十三年三月までの二年半に短縮されたため、補缺入学した重松は実質二年の修学で、高等師範学校の卒業資格と師範学校・中学校・高等女学校の国語漢文科の教員免許状（中等教員免許）を得た。重松の卒業と同日（明治三十三年三月三十一日）に公布された「教員免許令」は、免許状のない者は中等学校教員に採用されないことを定めたものであり、教員資格制度がここに確立したとされる。重松は卒業と同時に同窓で千葉出身の久保田俊夫（号白湾）とともに熊本県赴任を文部省から命じられた。配属された八代中学校（熊本県第一中学校）では、自分より年長の生徒がいて、教員経験の足りない重松は授業中に失態を演じることもあったという。

明治三十四年の夏期休暇に、八代中学校同僚の千葉良祐（一九〇〇年東京帝大英文卒）に誘われて日向神山に登り、下山する道すがら南北朝以来の古文書を伝える五条男爵家を訪問した。翌年この時のことを漢文で記した「日向神山記」は、『松南雑草』の巻頭を飾っている。

明治三十五年の春、重松は肋間神経痛を患った。夏期の講習会で教育国語の講師を務め、八月下旬に阿蘇の栃木温泉で疲労を癒したが、却って発熱して熊本県立病院に入院した。痼疾となる肺結核の最初の症状であった。この前後に従妹鉦子が村田某と結婚した。この秋、鉦子の父で小笠原家の家扶を辞めて唐津に帰っていた印具昭敷伯父に七絶「秋懐呈印具伯父」を寄せて、寂しい気持ちを訴えている。

明治三十六年三月には、文部省から長崎県への転任を命じられ、三年間勤めた八代中学校から長崎師範学校に転属した。この年、旧師梶尾清が二十年勤めた唐津中学校を去って多久に帰郷した。重松等かつての受業生たちは銀製の花瓶を贈って謝意を表し、重松は漢文「上梶尾先生書」と七絶を呈した。この年の夏期休暇に、重松は大阪の内国博覧会・粉河・高野山・多武峰・奈良・笠置・伊勢など近畿各地を旅行した。近畿旅行から故郷唐津に戻った重松は結婚を薦められ、鋠子を諦めきれない重松は鋠子に劣らぬ美人を求め、十七歳の美しい鈴木操（明治二十年〈一八八七〉二月十一日～大正十年〈一九二一〉十二月三十日）と見合いし、年末十二月二十六日に唐津で結婚した。重松は八歳年上の二十五歳であった。

年を越して長崎に戻った新婚の重松夫妻は毎晩、手を携えて散歩した。遊びに来た独身の同僚がなかなか帰らないと、「わが妻は我のみひとり占めて居らん　夜は更けぬるぞいねよまれびと」と詠んで追い返すほど、重松は妻を熱愛した。

東京高等師範学校研究科における修学

新婚の蜜月にあってなお現職に満足できず、「中央の学者に認めらるるの必要を感じ」た重松は、明治三十七年四月から長崎師範学校教諭を休職し、新妻一人を残して、東京高等師範学校の研究科（官費）における一年間の遊学を決断した。長崎師範学校教諭の職は休職扱いであるが、給費の有無は判然としない。東京高等師範学校からは寄宿舎と学資が支給されたが、妻への送金が必要であるから経済的には厳しかった。

研究科の同期生は二十七人おり、教育界で活躍した次のような人物が出ている。

峰間信吉（一八七三～一九四九、号鹿水、東京商科大予科教授）
菅野義之助（一八七四～一九四三、奥州史研究）
依田豊（一八七六～一九三三、学習院教授、地理学）
佐藤熊治郎（一八七三～一九四八、広島高師教授）

一年上には、日下部重太郎（国語学）がいた。研究科の在学期間は通常一年であるが、日下部は延長を認められ、研究科二年生であった。

この時の校舎は移転四年目の大塚窪町の新校舎である。重松は一年間の研究科における研究課題を「日本漢文学」に定めた。専修科在籍時に服部宇之吉の影響を受けた重松は、「前に日本儒学史の研究に志してゐたが、研究科に於て倫理を攻究することを許されず、且つこの方面には其の人も可なりあるので、松井先生の日本漢文学史の講義を聴くに及び遂にその方向を転じ」（『追憶』）たと述べている。研究科志願者は、研究趣意書を提出して、学校長の指定する教授の指導を受ける必要があったが、当時、服部は京師大学堂師範館の総教習として北京におり、倫理担当の元良勇次郎教授（一八五八～一九一二、東京帝大心理学・倫理学・論理学講座教授）は、東洋倫理とは縁遠い。したがって、松井簡治の指導を仰ぎつつ、東洋史の那珂通世・桑原隲蔵（教授一八九九・九～一九〇九・四）両教授らに師事することとしたのである。定評ある那珂の清・崔述『考信録』の演習等に出席する傍ら、重松は論文作成に専念した。夏期休暇には、熊本から常陸太田に転任していた久保田俊夫を訪ねて、西山荘・水戸・筑波山に遊んだ。

一年間かけて重松が作成した論文「支那学制沿革考」（佚伝）と「漢音漢語の国語に及ぼしし影響」を、那珂通世は極めて高く評価した。那珂や桑原は重松の実力を認めて東京高等師範学校附属中学校の教諭に推薦したが、主事は「学究何ぞ教育の事を解せん」と問題にせず、実現しなかった。専修科卒業時には公立中学校教諭（八代中学校）の職が用意されていたが、長崎師範学校教諭を休職して進学した研究科卒業後にはすぐにポストに恵まれなかった。

明治三十八年四月には私立成城中学の講師となったが、同九月に病気のため退職を余儀なくされている。この間、重松は一年間の別居を耐えた妻を東京に呼び寄せたようで、その費用三十円を捻出すべく「昼夜兼行」で漢文参考書『漢文故事熟語要解』を編纂している。重松夫妻は初め牛込の赤城下、後に同区納戸町に下宿した。無理が祟って夏頃から胸部に疼痛をおぼえるようになり、成城中学校の校医が突然自宅に診断に訪れた結果、退職に追い込まれたという。病臥中にも学業を廃することはなく、仮借に関する考証随筆「止基と首鼠」を著している。また、主著となる『本朝文粋註釈』をこの年八月から起稿している（『本朝文粋註釈』叙説）。

やや病気が癒えて、十月から勤めた宏文学院は、はじめ弘文学院といい、清国の留学生に日本語を教えるために牛込に開設された私立学校で、東京高等師範学校の嘉納治五郎校長が院長を勤めていた。この前年四月まで周樹人（魯迅）も二年間に亘って在学していた。在学生増加により分校が拡張され、重松も初め牛込校舎に通勤したが、間もなく大塚校舎での教授を命じられ、通勤時間が伸びて体力的に苦痛を感じ、転勤を望むようになった。重松の漢文の授業は生徒の評価が高く、別の教師が後任として漢文を担当することが伝わると、クラス代表から嘉納院長に宛てて、後任教師に関するクレームの手紙が出されている[18]。

大阪陸軍地方幼年学校への奉職と日本漢文学研究

明治三十九年、松井簡治の斡旋によって、重松は二十八歳で陸軍教授の職を得た。同年一月下旬に重松宅を訪れた松井が教育総監部附・陸軍教授の米山久弥に履歴書を提出するよう薦め、同夜遅くに重松が履歴書を米山宅に持参した。二月十三日に文官高等試験委員による審査を通過して陸軍地方幼年学校の国語漢文科の教授相当と認定を受け、大阪陸軍地方幼年学校附きと決まり、二月十六日に東京を発った。大阪では初め寺山町に住み、次に東雲町に住んだ。

出発時すでに懐胎していた妻は、八月七日に長男を出生。重松は峻（たかし）と命名した。この前後数年間は、重松の言を借りれば「生殖の時代」であり、妻の出産と育児の傍ら、重松自身は研究に没頭した。

重松が担当する漢文は日に二時間程度（一～三年生まで漢文は週二時間）であったから、余暇を『本朝文粋註釈』の執筆に当てることができた。初年時の十二級俸は年俸六百円で、参考書を購求することは難しかったが、陸軍幼年学校にも基本的な参考書は揃っており、府立図書館（中之島図書館）や大阪府師範学校・仏教中学校を始めとする公共図書館・学校図書館の蔵書を活用して著述した。これには同書によって重松が帝国学士院恩賜賞を受賞した時に出版助成の推薦に名を連ねた京都帝大の内藤湖南教授の証言もある。内藤から書物に乏しい唐津でどのようにして著述したのかと訊ねられた重松は、大阪時代に公立図書館の蔵書を利用したのだと答えている（『先哲の学問』）。

明治四十一年三月二日には、重松の理解者であった那珂通世が五十八歳で歿している。

明治四十二年一月、旧師服部宇之吉が北京から帰朝して、東京帝国大学教授に任ぜられた。四月八日、長女が誕生し、重松は灼子（てるこ）と命名した。妻は長男を伴って出産のために郷里に帰ったので、この間、重松は中寺町の極楽寺に下宿し、夏期休暇に入ってから帰省し、妻子を伴って帰阪、東高津北町に転居した。この帰省中、多久に旧師梶尾清を訪ねており、その後間もなく梶尾は亡くなった。

明治四十四年七月、重松は主著『本朝文粋註釈』の初稿を脱稿した。同三十八年八月に起稿して以来、六年で成稿したことになる。重松は、講演のために来阪した服部宇之吉を、同窓の久保田俊夫（相愛高女嘱託）とともにその宿舎に訪ね、『本朝文粋註釈』稿本の閲読を請うたという。服部の事績に徴すると、服部は明治四十四年に大阪府委嘱による中等教員むけの講演を行っており[19]、恐らくこの講演時に重松は服部を訪問したものであろう。この時、服部は帰京して松井簡治と相談の上、公刊に助力することを約した。重松は八月二十八日から新たに『和漢朗詠集考証』を起稿した。十二月二十八日には二男が誕生し、極（いたる）と命名した。

明治四十五年一月に重松は「命名説」を撰文し、『詩経』「崧高維嶽、駿極于天」を引いて、「駿は峻なり、極は至なり」と長男峻と二男極の命名の由来を説いている。またこの年は漢詩・漢文の作が増えている。「文殊会」なる詩会に属したらしく、正月から七律七首を作っている。『松南雑草』に見る限り、重松が漢詩を通して最も頻繁に交流したのは、「豊城神田栄」という人物である。大阪陸軍地方幼年学校の嘱託として国語漢文・習字を教えた神田栄吉のことと考えられる。恐らく神田の存在が、重松に漢詩の創作意欲をかき立てたと推測される。六月十四日、『和漢朗詠集考証』の初稿を脱稿した。大正元年と改元した後、十一月には奈良で正倉院文書を拝観している。

大正二年の三月十八日には詩僧元政の法要に合せて伏見深草の瑞光寺を訪れ、その遺墨・遺品を拝観した。四月には大量喀血し、二週間あまり欠勤した。この年、久保田俊夫の紹介によって金港堂が『和漢朗詠集考証』の出版を一旦引きうけたが、結局実現しなかった。

大正三年三月二十八日、二女が誕生し、妙子（たへこ）と命名した。九月に重松は少量の喀血があった。また同月に、神田栄吉との共編により陸軍幼年学校の生徒向けの漢文テキスト『古今文粋』を刊行している。十二月三十一日には大阪陸軍地方幼年学校の生徒に講ずるために起稿した吉田松陰『留魂録』注を脱稿した。

大正四年早々にはさらに、吉田松陰が明・楊椒山の学を尊重したことから、楊椒山の学が幕末志士に与えた影響について、論説「楊椒山の学と其の影響」を著した。重松が大阪陸軍地方幼年学校に奉職した最終年度にあたるこの年、重松は同校で『留魂録』を講じ、生徒たちに強い感銘をのこした。同年八月、服部宇之吉は一年間ハーバード大学の日本講座教授に任じられて儒教を講ずるために渡米、翌年六月に帰朝した。十一月九日、少量の喀血があった。肝油を呑んで養生し、やや恢復した。

大正五年一月、肋膜炎を患って病臥中に近火があり、原稿を持って避難したが、家は類焼を免れた。しかし病後、検疫の結果、結核菌が検出されたので、大阪陸軍地方幼年学校の教授を退職することとなった。明治三十九年四月より勤続十年に達したので、恩給（年額二七五円）を支給されることとなった。

大阪陸軍地方幼年学校を去るに当たって草した告別文「臨去告生徒諸子」では、『孟子』浩然の気に言及し、生徒の感激を誘った。また同僚に寄せた七絶に対して、久保田俊夫・石谷貴矩（大阪陸幼仏語教授）・上山與平らから次韻が寄せられた。大阪時代の同僚の中にはその後も永く交流を保った者が少なくない。前記の神田栄吉の他、倫理・歴史の香村茂富教授（一八七四～一九五〇、明治三十三年東京帝大哲学科卒、金沢出身）はその娘房が重松の長男峻と結婚している。数学の窪田太三郎教授は『松南雑草』に題字を寄せ、図画の五味和十助教授（号晃華）は題画や漢詩を寄せている。

療養生活

大正五年の梅雨の頃、病気療養のために唐津に帰郷し、以後二年余り、重松は実家で釣りや養鶏をして滋養を採り、妻と寝所を別にして療養に努めた。この年には「佐用姫伝説考」を著し、また七言古詩に詠んで、五味和十に嘱して「佐用姫図」を描かせた。またこの頃から『荘子』など老荘の書に親しむようになった。

大正六年の初めには『浩然気論』の初稿を脱稿した。秋には庭の隅に植えた菊の花を愛でて「栽菊記」と「愛菊雑詠三十絶」を作り、神田栄吉に送った。京都の三尾に紅葉狩り出かけた神田からは、「観楓雑詠三十首」が返送された。更に重松から、神田の「報国文章志不酬　惜君帰臥故園丘」の句に感謝しつつ、在阪十年間に謦咳に接することがなかった藤沢南岳翁に「報国文章」の句を揮毫してもらって欲しいと依頼する尺牘が出された。恐らく神田は藤沢南岳門下の人ではあるまいか。この年、検疫で結核菌が検出されなくなるのを待って、『本朝続文粋』の研究に着手した。

大正七年、六十七歳の父民治は唐津商工会から草場薬舗の経理として勤続二十余年を表彰され、重松はそれを祝して三絶を賦した。七月に、二年余の療養の甲斐あって健康を回復した重松は、妻子と共に呉中学校教諭として広島県に赴任した。呉中学校は江田島の海軍兵学校への予備校の一つと目された進学校である。この就職は校長池田夏苗（グルタミン酸ナトリウム発見者菊苗の弟）の招請によるものであった。夏には近畿各地への修学旅行に同行し、帰後、発熱した。広島時代、広島頼家の八代頼元緒（一八六八～一九三二、号古梅）とも交流を持った。十一月には『士気鼓吹維新烈士詩伝　附 浩然気要論』（帝国教育研究会）を刊行した。またこの年、論説「七言詩の起源」を著した。

大正八年四月、長男峻は親元を離れて郷里の唐津中学校に進学した。

『本朝文粋註釈』の出版

大正九年一月六日、重松は宿願の『本朝文粋註釈』刊行を諸方に働きかけるために上京した。最初に服部宇之吉を訪問すると、服部は重松に高等学校教員検定試験の受験を勧めるとともに、出版助成を申請するために財団法人啓明会の笠森伝繁事務長への紹介状を認めてくれた。重松は一月二十五日付で「出版費補助願」と「出版費見積書」を原稿と共に啓明会に提出した。またこの機会に在京の日本漢文学研究者と意見交換すべく、児島献吉郎（東大古典科卒、東京高等師範学校教授）の紹介を得て、日本漢文学分野に研究業績をあげていた岡田正之（東大古典科卒、学習院教授・東京帝大助教授）に面会し、稿本の閲読を乞うた。岡田は同僚の小柳司気太（東大撰科卒、学習院教授）が『本朝文粋』の研究に取り組んでいることを語ったので、岡田の紹介を得て小柳を訪問し、相互にその原稿を見せ合った。小柳の原稿は仮名による註釈で、『本朝文粋註疏』と言った。

大正九年五月、重松は熊本に転任し、県立熊本中学校教諭 兼熊本県立済々黌教諭となった。重松の呉中学校在任は二年に満たなかったが、これは池田校長がこの年に突然、南海に求法の旅に出るといって辞任し、他方、熊本の旧知石原某から転任の交渉を受けたためである。呉中学校における生徒に、呉出身で松山高等学校から東京帝国大学に進学した小野忍（昭和四年支那文学科卒）があり、送別会には全生徒が涙したという逸話を語っている。重松が広島を出発する際、生徒たちは駅に見送って記念に時計を贈り、重松は後年までこれを身に帯びていた。

熊本への転任は、東京の講習会席上で重松の学殖を聞いた済々黌の井芹経平（一八六五～一九二六、明治二十一年高等師範学校卒）校長の招請によるものであった。熊本での奉職は、八代中学校着任以来二十年ぶり、八代から長崎師範学校に移って以来、十七年ぶりである。熊本での住所は飽託郡大江村大字大江四七七番地であった。

熊本着任間もない六月中旬、東京高等師範学校の後輩芝野六助（明治三十七年東京高等師範学校国漢専修科卒・三十九年研究科卒）という未面識の人物から、『本朝文粋註釈』刊行に助力したい旨の手紙を受け取った。早速、重松は原稿十四冊を芝野に送付した。芝野は、啓明会の委員である芳賀矢一に原稿を見せて意見を求めた。芳賀は内容を賞賛しつつも、大部な著作で速答しかねるから、欧州出張中の服部が帰朝したら相談すると述べたこと、また原稿は南葵文庫に依託していることを報じた。次いで、七月には五〇〇〇円の補助金内定を報じ、併せて出版費圧縮のために和文による解釈を削除するよう提案があった。七月二十四日付けで、啓明会から重松に出版助成金に関する条件が送付され、重松は承諾した。そこで、重松は出版社の選定を芝野に依頼し、芝野は冨山房と交渉したが、不調に終わった。

大正十年一月十五日、重松は高等教員検定試験受験のため上京した。東京高等師範学校研究科の同級峰間信吉の再三の薦めに応じたものである。試験日は十七日に始まり、二十日に終了した。試験官は服部宇之吉・狩野直喜・宇野哲人であった。重松は七絶「登科」を賦した。滞京中、重松は大倉書店と交渉し、服部は東亜同文書院に石印出版に附した場合の経費を照会したが、不調に終わった。試験終了後の二十日午後、重松が服部邸を訪うと、服部は試験成績が良好であったことを告げるとともに、京都・内外出版株式会社で出版を引き受けることを報じた京都帝大・小川琢治教授の手紙を示した。服部から諸方への依頼に対して、小川が応えたのである。早速、重松は南葵文庫に依託していた原稿を受け取って京都に向かい、二十四日早朝、小川を訪ねて内外出版の永澤信之助とともに具体的に協議し、「漢文大系の様式とすること」「解釈を頭注として残すこと」「補助金全額を出版社に交付すること」「東西両帝大教授への推薦状依頼」等を取り決めた。さらに重松は桑原隲蔵を訪ねて、本書に対する推薦状への署名を依頼して帰熊した。三月下旬、内外出版は組版に着手。四月、重松は啓明会との間に正式に補助条件を確認し、また内外出版との間に出版契約を取り交わした。校正を進めるなか、資料不足を感じた重松は、大阪・鹿田書店から『王子安集注』を、東京・文求堂から『太平御覧』を購入した。八月、病気のため一時、校正中断を余儀なくされた。十一月、重松は推薦状の文案を草して服部・芳賀・松井に連署を請い、服部は文案に加筆訂正を加えた。次いで、京都の桑原・狩野・小川にも連署を請うた。

この間、八月三日には重松の高等師範学校以来の親友で、当時、福岡高等女学校の校長であった久保田俊夫が、同校同窓会の演説中に脳溢血で急逝した。

また重松の栄転先となる福岡高等学校が十一月に設立された。国民道徳・高等普通教育の拡充を目的とした第二次高等学校令（大正七年公布、翌年施行）を受けて、それまで全国に八校しかなかった高等学校が急増する時期に当たっている。同校の初代校長として秋吉音治が任命され、時を同じくして第五高等学校の吉岡郷甫教授（明治三十二年東京帝大国文卒）が浦和高等学校長に任命されると、井芹済々黌校長は重松の履歴書を携えて五高に吉岡を訪ね、重松を秋吉に推薦するよう依頼した。その後、秋吉は東京で服部と相談して重松の採用が決った。

啓明会と取り決めた印刷製本期限が翌年一月末に迫るなか、重松は十月には上巻を校了し、この秋冬、校正作業は山場を迎え日々深夜に及んでいた。「夫を本朝文粋に取られた」という妻の嘆きはこの時期のものである。一方では福岡高等学校栄転の件が進捗しており、家庭内では妻が第五子の臨月を迎えて、熊本の重松宅には妻の母鈴木氏が来寓していた。十二月二十一日に三女粲子（あやこ）を出産した妻は、二十三日より産褥熱を発症し、二十九日から重松は校正作業を一切止めて看病に専念したが、その甲斐なく操は三十日一時三十分に三十五歳で歿した。峻は後に、この時の重松について、「遺骸を擁し「苦労をかけてすまなかった。お前よりほかに妻はない。安心して成仏しなさい」と涙とともに誓い、爾後独身生活を完うした」（『末盧国』四号、一九六三年）と記している。操の法号は慈明院心操妙鏡大姉。

大正十一年一月七日、郷里唐津で妻の葬儀を済ませた後、二男三女を実家に託し、重松はひとり熊本に戻った。二月六日に三女粲子死亡の報に接し、再び帰郷して葬儀を行った。柿村家の菩提寺である青龍山東雲寺に残る重松の墓石には、「柿村重松同妻操 並女粲子 之墓」と刻されており、この妻子を埋葬するために重松が建てたものである。なお現在、重松夫妻と父民治夫妻の墓石は同寺の無縁墓の中にあるため、重松夫妻の墓石の残る三面に刻されているはずの重松自撰の「柿村松南墓銘」は読むことができない。

校正作業はなおも続いたが、一月末日の期限が迫る中、重松は啓明会に事情を説明して一ヶ月内外の延期を求め、二月二十二日に全巻校了し、四月十日に刊行をみた。定価三十円、予約特価二十五円であった。

大正十一年三月四日付で福岡高等学校教授に任ぜられた重松は、三月十三日、単身で福岡に転居し、年末年始の欠礼を詫びて、知人たちに妻・三女の死亡と出版と転任を報じた。この時は福岡市荒戸町杉土手六の郡島氏方に仮住まいしたようである。四月二十日、新設開校したばかりの福岡高等学校に、鹿児島からの帰途、服部宇之吉が講演のために立ち寄った。翌日、重松は服部を名島・香椎等の福岡の名勝に案内して昼食を供し、妻が臨終前日の譫言に「東京から先生が見える。御馳走の用意は…」と言っていたと師に語った。服部は、『本朝文粋註釈』を東宮と宮中に献上したいから手配するよう言い、また芳賀矢一と二人で帝国学士院に同書を推薦しようと考えていると語った。また重松は、福岡に在った久保田俊夫の未亡人春子を訪問し、著書を霊前に供えた。十一月には服部から来簡があり、『本朝文粋註釈』を学士院に対して受賞候補として推薦するので、本書一部を送付し、本書の目的と特長を知らせよと連絡があった。

この年、十月二十三日に九州帝国大学の真野文二総長のために孔子祭典祝文を作った。十一月十八日、秋吉福岡高等学校長のために開校式辞を作った。

大正十二年、一月二十二日付書簡で、芝野六助が帝国学士院恩賜賞内定を知らせてきた。服部からは二月十三日付・三月十二日付書簡で、学士院の部会と総会において満場一致で受賞が決定したこと、また授賞式の日程、当日準備すべき出陳資料、列席希望者について知らせがあった。

重松は五月二十三日午後四時に福岡を出発し、二十四日午後七時に東京に到着した。翌二十五日は服部・芳賀・穂積陳重（学士院長）を訪問し、次いで松井簡治を訪問して出陳する所蔵資料を借用した。二十六日午前、学士院で出陳資料について協議し、午後は東京高等師範学校の国語漢文学会において講演し、午後六時より偕行社において大阪陸軍地方幼年学校出身者の歓迎会に出席した。二十七日午前十時より東京美術学校講堂で行われた帝国学士院の授賞式に参列し、帝国学士院恩賜賞牌、および賞金（一〇〇〇円）を授与された。同時に恩賜賞を受賞した者は、徳富猪一郎・朝比奈泰彦（薬博）・木村季吉（理博）で、それぞれ受賞理由を三上参次・池田菊苗・長岡半太郎が述べ、重松に就いては服部が述べた。次いで首相・宮相・文相から祝辞が述べられた。午後六時からは茗渓会での祝賀会に出席した。この夜、血痰を喀いた夢を見た。二十八日正午、芝離宮で伏見宮博恭臨席のもと開かれた祝宴に出席した。二十九日午後五時から久敬社での表彰式、その後の祝賀会に出席した。在京の一日、中学校の旧師佐藤正次の紹介で大法館主人が重松の宿舎を訪ね、『和漢朗詠集考証』出版について相談した。三十日午後七時に東京を離れ、途次、京阪で知友を訪問し、六月二日に帰福した。学士院からの求めに応じて、重松は写真を撮して送付した。六月八日には、福岡市第一公会堂で福岡高等学校の校友会主催によって開かれた記念学術講演会で講演した。六月九日には唐津に帰省して親類の祝賀会、翌十日には町の有志者による祝賀会に出席した。東京高等師範学校の同学諸友からは、記念の「篆牌」が贈られた[20]。二学期からは、転任した小柏教授担任の国語科の一部を分担したが、過労により十月から発熱するようになり、肺結核が再燃した。

晩年の日々

体調不良が続く重松は、大正十三年一月に入って校長に願い出て三学期を静養することとしたが恢復せず、三月二十三日に依願退職することとなった。正式な依願免本官は五月十六日付で、七月十九日には恩給年額一一五八円を支給されている。

福岡高等学校の同僚には武藤長平教授（明治三九年東京帝大支那文卒）などが

あった。学生集会所「亭々舎」は秋吉校長の命名とされるが、外孫によれば重松の命名にかかるとも言われる。福岡での二年の単身生活の間、重松は学校と下宿を往復する日々を送り、日本漢文学史の研究に専念し、服部から慫慂されていた学位論文の作成に励んだ。この間、久保田春子は屢々重松の下宿を訪れ、互いに孤独を慰め合った。

重松の退官と入れ違いに、四月には峻が唐津中学校から福岡高等学校に進学した。長女灼子は唐津高等女学校三年、二男極は唐津中学校一年に入学、二女妙子は唐津小学校五年に進級した。唐津に帰って再び療養生活を送ることになった重松は、四月四日、二十年間に書き溜めた身の丈ほどの未完稿本や抄録を焼いた。その時、望みに従い、二男極に『国士遺響』稿本を与えた。八月、内堀維文（旅順第二中学校長）から残余の稿本があれば保存したいと需められたのに応じて、東京高等師範学校研究科で執筆した卒業論文「支那学制沿革考」を送った。十月十三日、もう一篇の卒業論文を改稿して「漢音漢語対国語影響論」を起筆、十月二十八日に稿了している。

大正十四年三月四日から九日には、従妹鋠子が長崎から来訪して重松の家に滞在した。内野氏に再嫁して朝鮮に在った鋠子は、母の病気見舞いのために前年十月十八日に朝鮮を発ち、更に母の埋骨のために唐津を訪れ、重松は二十数年ぶりに鋠子に再会した。四月、二男極が熊本陸軍地方幼年学校に進学した。八月五日には、福岡から久保田春子が見舞いに訪れた。十月二十九日、朝鮮の鋠子から来簡があり、重松は返事に代えて随筆「秋祭の日」を書き送った。

この間、二月から六月にかけて、「追憶」と題する自伝をまとめた。

また旧師吉田彌平から『倭漢朗詠集考証』の出版について来簡があり、旧師峰岸米造が目黒書店と交渉して好感触を得たと報じたので、原稿を吉田に送付した。七月十四日に目黒書店と出版契約を取り交わした。この夏、重松の病状は極めて悪く、死を意識する中で、校正・索引の作業全てを前橋在住の従弟渋谷金丸（群馬県立勢多農林学校教諭）に委託した。九月中旬に校了し、十月に索引が成った。

大正十五年一月、『倭漢朗詠集考証』の組版校正を終了し、四月初めに吉田彌平の跋文が出来て、同月二十五日に出版された。この年、『列子』を読み始めた。

昭和二年、『列子疏証』八冊を著した。長女灼子に浄書させた副本を服部宇之吉に送ってその校閲を請うとともに、同書を東京帝大附属図書館か帝国図書館に寄贈したいとの希望を述べたが、服部は朝鮮出張中のため返書がなかった（服部は東京帝大教授在任のまま、大正十五年四月一日から昭和二年七月まで京城帝大の初代総長を兼任）。この重松病中の著作のことを知った峰間信吉は、東京高等師範学校附属図書館への寄贈を勧め、かつ茗渓会に諮って奨学金五〇〇円を重松に寄贈した。

昭和三年四月十四日、父民治の七十七歳の寿宴を開いた。六月二十九日、久敬社の社員・有志者より羽毛布団・枕を贈られた。『不動心論』を九月末日に脱稿し、十月に原稿を茗渓会に送って、前年の奨学金に対する謝意を表した。またこの年、求められて佐賀県立唐津商業学校の校歌を作詞した。[21]

昭和四年二月十五日、長女灼子が唐津出身で朝鮮洪城で歯科医を開業している河村威夫に嫁し、三月十六日に朝鮮に渡った。四月、父民治が七十八歳で三十年あまり勤務した草場薬舗を退職した。四月二十九日、小田切信夫著『国歌君が代講話』に序文を書いた。五月、鋠子が朝鮮から日本に移住した。八月二十五日、『不動心論』が茗渓会出版部から出版された。

昭和五年三月九日、父民治が七十九歳で歿した。七月十日、『列子疏証』が茗渓会出版部から出版された。五月七日、朝鮮で灼子が重松の初孫河村剛（たけし）を生んだ。八月末、重松生前最期の著作となった『倭漢新撰朗詠集要解』を脱稿した。十一月から印刷を開始し、校正・索引まで全て自力で行った。

昭和六年一月五日、福岡の久保田春子が重松を見舞いに唐津を訪れたが、同年、重松に先立って歿した。三月二十日、『倭漢新撰朗詠集要解』が目黒書店から刊行された。三月一日付の同書「自跋」には「幸にして此の書も脱稿し、而して私の生命もまだ当分は絶滅しさうにもない」という言葉も見え、重松が最後まで強い精神力、旺盛な研究意欲を持ち続けていたことが分かる。

河村威夫を亡くした灼子・剛母子はこの年、唐津に帰省しており、六月二十日に重松は剛一歳の誕生日を祝った。剛は戦後、重松在世時のままの柿村家の土地・家屋を峻から購入して住まいとした。

七月三十日は重松が亡くなった日である。享年五十三。重松の最期は、今も唐津の生家に残る愛用の机に大量喀血して、絶命していたという。前年に東京帝国大学文科大学を卒業し、熊本で教員をしていた二十六歳の長男峻は、この時、福岡高等学校・東京帝国大学の同窓松枝茂夫の招きに応じて北京に居り、父の急逝を知って急ぎ帰国した。重松の葬儀は八月十四日に営まれた。法号は篤学院大機証道居士。

重松の歿後

重松の母ハナは重松病歿の翌昭和七年三月二日に七十七歳で歿した。また重松の妹ツタは昭和十五年六月十三日に五十九歳で歿した。重松の学業の影には、最晩年まで家計を支えた父民治をはじめ、彼ら家族の献身的な支えがあったのである。

重松の子女たちのその後を略述しておこう。長男峻（明治三十九年〈一九〇六〉八月七日～平成九年〈一九九七〉五月）は、昭和五年に東京帝国大学文科大学（支那哲）を卒業後、[22] 熊本師範学校、東京陸軍幼年学校、陸軍士官学校、尾道女子専門学校、熊本女子大学（第三代学長）、熊本工業大学で教鞭をとった。

峻が東京陸軍幼年学校に赴任したのは昭和八年十月のことで、その時の生徒監の浅沼は、かつて大阪陸軍地方幼年学校において重松から『留魂録』の講義を聞いて感銘を受けた一人であった。浅沼は大切に保存していた『留魂録』のテキストを記念に峻に贈って、奮励を促した。

昭和九年十二月に峻は、重松の大阪陸軍地方幼年学校時代の同僚であった香村茂富の娘房子と結婚して、小石川区小日向台町に住んだ。この頃の校長は第二次大戦終戦日に自決する阿南惟幾で、昭和十一年の二・二六事件の日には訓示があったことを峻は書き留めている。昭和十二年一月二十六日に妻房子は熊本市京町の実家で長女蓁子を出産し、翌十三年二月に蓁子を連れて上京する。家族が増えた峻は住居を吉祥寺に移している。昭和十四年一月二十三日には二女葉子が生まれた（この段落、熊本柿村家所蔵の峻による「柿村房の思出」による）。

昭和十七年には冨山房から馮友蘭（一八九四～一九九〇）の『中国哲学史』の抄訳『支那古代哲学史』を刊行した。当時、冨山房には重松の呉中学校時代の教え子で、東京帝国大学支那哲学科の一年先輩に当たる小野忍が編集者として勤務しており、峻の訳著は小野の勧めによるものであった。

後年の峻は、恐らく馮友蘭が北京大学から渡米してコロンビア大学に学び、ジョン・デューイやバートランド・ラッセル等に影響を受けたことと関係があると思われるが、バートランド・ラッセルの著作『怠惰への讃歌』『結婚論』『懐疑論』等の翻訳を手掛けている。父重松に対する敬意は後年まで変わることがなく、その業績を紹介した「恩賜賞に輝く碩学柿村重松氏―本朝文粋註釈―」（唐津図書館報『書窓通信』十号）、「恩賜賞に輝いた碩学・柿村重松氏の偉業―本朝文粋註釈―」（『末盧国』四号、一九六三年）を執筆している。現在は、熊本市京町の家にその長女蓁子・二女葉子の姉妹が住んでいる。

長女灼子（明治四十二年〈一九〇九〉四月八日～？）は唐津高等女学校卒業。

二男極（明治四十四年〈一九一一〉十二月二十八日～？）は、大正十四年に熊本

地方陸軍幼年学校に入学し、昭和七年に陸軍士官学校（四十四期）を卒業している。更に陸軍大学校に進み、昭和十七年に卒業（五十五期）、同期生に三笠宮崇仁がいる。航空兵として活躍し、ソビエト駐在武官補佐官などを勤め、欧米事情に通じた立場から、「米英の空襲に対する独防空戦」（『偕行社記事』八三三号、一九四四年二月）のような記事も書いている。戦後は語学力・国際性を買われて丸紅に勤務し（陸士同期にシベリア抑留を経て伊藤忠商事に入った瀬島龍三がいる）、晩年には別府大学で教鞭を執った。極の男は我孫子と上尾に在住の由である。

二女妙子（大正三年三月二十八日～？）、純心女子大学卒業。

三女粲子（大正十年（一九二一）十二月二十一日～大正十一年（一九二二）二月六日）。

柿村重松の著述

重松の著述としては以下のものが知られている。

一：『漢文故事熟語要解』（明治三十八年四月序、同七月一日発行、弘文書院、明治三十九年一月修学堂書店より改題再刊）

本書は前述のとおり重松が東京高等師範学校研究科を修了後、妻を東京に呼び寄せる費用を捻出するために、書肆の求めに応じて学生向けの漢文受験用参考書として編纂したもの。その構成は次の通り。

第一編　文字：文字ノ起原及種類、文字異同弁、文字誤用

第二編　語釈：語釈、単語ノ異同、熟語ノ解釈、故事ノ出典附成語

第三編　文法大要：音韻、名詞、代名詞、動詞、助動詞、形容詞、副詞、接続詞、感動詞、助辞

「単語ノ異同」はいわゆる同訓異字。「熟語ノ解釈」は、その熟語を構成する漢字の意味からずれるものを中心に取り上げて解説している。文法の解説も、品詞の位置と、それが日本語と異なる場合を中心に取り上げている。受験用参考書とはいえ、重松らしい丁寧な著述内容になっている。

二：『和漢朗吟詩詳解』（明治四十一年九月修学堂発行　新撰百科全書四八）

和漢歴代の名詩から、五言古詩十首（中七、日三）、七言古詩二十三首（中十一、日十二）、五言律詩三首（中二、日一）、七言律詩十四首（中七、日七）、五言絶句八首（中五、日三）、七言絶句四十二首（中十四、日二十八）、計一〇〇首を選んで評釈したもの。絶句・律詩以外の古詩が三分の一を占めている点、日本人の詩が多く取られている点に特色がある。序文によれば、これらの詩は「古賢先哲の肺腑より発せしもの」「国民誠心の最も純乎たるもの」であるから、「青年諸君の大羅針盤たるにそむかざらん」と意義付けた上で、「新体詩を歌ふも可。誹諧狂歌を弄ぶも可。唯喃喃たる情語に慊焉たらざるものは来れ。片片たる隻句に満足せざるものは来れ」と、特に青年に向けて漢詩を推奨している。

三：『士気鼓吹維新烈士詩伝　附浩然気要論』（大正七年十一月十日印刷・十一月十五日発行、帝国教育研究会、昭和十四年四月十日印刷・四月十五日発行、帝国日進書房再刊）

本書は重松が編纂を企画した「日本漢文大系」の第七編『国士遺韻』に、『浩然気論』の抄出を併せて一冊として刊行したものである。巻頭に恩師服部宇之吉の題字（楊椒山臨刑詩）、大阪陸軍地方幼年学校長松田元武の序を掲げている。

「第一篇　緒論」として「第一　国体の精華、第二　士道の真髄、第三　孔孟の学、第四　国士の詩」と行論する。次いで「第二篇　京畿の士」として①頼山

陽、②梁川星巌、③殉難諸士―梅田雲浜・頼鴨崖を取り上げる。「第三篇　水戸の士」として①藤田東湖、②茅根寒緑、③桜田諸士―高橋柚門・関錦堆・斎藤文理・蓮田市五郎・黒澤忠三郎、④筑波諸士―武田耕雲斎・藤田小四郎・国分新太郎を取り上げる。「第四篇　松下の士」として①吉田松陰、②松陰門下―久坂玄瑞・高杉東行・木戸松菊、③僧清狂を取り上げる。「第五篇　達識の士」として①佐久間象山、②橋本景岳、③真木紫灘、④横井小楠、⑤西郷南洲を取り上げる。「第六篇　義烈の士」として①坂下烈士―大橋訥庵・河野顕三・児島強介、②南山烈士―松本奎堂・藤本鉄石・伴林六郎・安積五郎、③銀山烈士―平野次郎・戸原卯橘、④雑載―日下部伊三次・武市半平太・平井収二郎・日柳燕石を取り上げる。最後に附論として「第七篇　浩然気要論」を収める。

例言によれば、本書刊行の意図は、「世界混乱の今の時に於て我が維新当時の国士の精神を回想すること」により「国民元気の鼓舞」をしたいと考えたからである。また巻末に「浩然気要論」を附録するのは、「国士の詩歌の中心を成すものは正気の歌で、正気の歌は浩然の気の思想であるから、国士の詩歌を誦するものは、是非此の浩然の気論を研究するの必要がある」からであるとする。「世界混乱」とは第一次世界大戦とロシア革命などの共産革命を指すこと言うまでもない。したがって、こうした意図を持つ本書においては、「字義の説明や故事の出典などは別に事々しく述べ」ず、「国士の精神を味」わうことに力点を置いたと記している。『本朝文粋』『倭漢朗詠集』等における詳細な出典考によって定評のある重松であるが、一般向けの書籍では国体論を唱道する姿勢をより強く打ち出していることが分かる。

四：『本朝文粋註釈』（大正十一年四月五日印刷・四月十日発行、内外出版印刷株式会社、昭和五年九月二十日再版、内外出版印刷株式会社、昭和四十三年冨山房新修版）

本書は重松が編纂を企画した「日本漢文要覧」の第二編。前述のとおり帝国学士院恩賜賞を受賞し、また小島憲之が岩波書店の日本古典文学大系に『本朝文粋』の校注を収めた際に、「空前絶後の注釈書」と絶賛した不朽の名著である。重松の「叙説」によれば、『本朝文粋』には先に寛永六年刊本・正保五年松永昌易校刊本・明治十九年田中参校訂本もあるが、なお本文には誤謬がある。その上、駢儷文の常として故事が多く引用されているため、読解にはこれらの点に配慮した注釈書が必要である。そこで、本書の編纂方針としては、まず校訂本を底本として真福寺蔵古写本（巻子本・冊子本）や松井簡治蔵古写本を参照して校勘を徹底し、故事については原書を参照し、原書が散逸している場合には類書等に引用されている本文を参照した。そして巻末に作者に関する事績を集めて列伝を添えたという。

内外出版株式会社との協議の結果、印刷費抑制（つまり本文の圧縮）のために、注釈部分にも漢文体を用いた「漢文大系の様式」とし、和文による「解釈を頭注として残す」ことになった点が注目される。言うまでもなく『漢文大系』は服部宇之吉が中心となって冨山房から明治四十二年～大正五年に刊行した全二十二冊からなる中国古典の叢書である。『漢文大系』は中等学校における漢文科の教材または参考書として使用されることを念頭におきつつ編纂されたものであり、より具体的には「文部省の中等教員検定試験の指定参考書」[23]の性格を持つものであった。そのため、「我国儒先ノ美」を顕彰するように、日本の学者の註釈が比較的多く採録される配慮がなされていた。一方、実際の漢文教科書には古典注釈書よりも、むしろ日本人の詩文が多く採られていたけれども、日本人の漢詩文についてはいまだ十分な教材・参考書が用意されていなかった。したがって、本書が「漢文大系の様式」の様式で刊行されたことは、単に印刷費抑制のためだけでなく、中等漢文における日本漢詩文の教材・参考書を提供することが念頭にあったのではないかと推測される。

五・『倭漢朗詠集考証』（**大正十五年四月二十日印刷・四月二十五日発行、目黒書店、昭和四十八年十二月十五日藝林舎復刊、平成元年七月パルトス社復刊**）

本書は重松が編纂を企画した「日本漢文要覧」の第四編。本書はその初稿の成稿が明治四十五年六月十四日に遡り、ほぼ大阪時代に脱稿していたが、大著『本朝文粋註釈』の出版が難航したことと、その刊行の翌年に起こった関東大震災（大正十二年）の影響で関係のあった東京の出版社に被害が出たため、出版が遅延していた。

重松は本書を『本朝文粋註釈』の姉妹編と呼んでおり、その出版に熱意を持っていた。前著が『漢文大系』に倣って頭書に記された大意を除いて全て漢文で記されているのに対して、本書の註釈は出典等を明示した「資考」とテキストの異同や解説を記した「証説」からなり、「資考」にもまま和文が混じり、「証説」は和文で記されている。また「資考」には先行する出典だけでなく、当該箇所を典拠とする後継の詩文にも配慮して、「漢文が如何に国文に混入し同化したるか」を論証している。本書の注釈が和文で記されているのは、和歌と漢詩を併載した作品の特徴によった面もあろう。

六・『不動心論』（**昭和四年八月二十五日印刷・八月二十八日発行、茗渓会出版部**）

先に大正七年に刊行した『士気鼓吹維新烈士詩伝』には「浩然気論」を要約して附録したが、要約であったためか重松は改稿の希望を持つようになった。前年、病中にあってなお研究を続ける重松に茗渓会から奨学金が贈られた。本書はその奨学金に謝する意味から執筆したもの。

全体は五篇からなり、孟子の所説のうち倫理に関する部分について、その概要と起源と後世への影響、および修養法と実践について説いている。各篇目・節目は次の通り。

第一篇　孟子所説の解釈（孟子の言、気とは何ぞや、性と心、義と道、養気、知言、不動心）
第二篇　孟子所説起源（孟子と子思、孟子と曾子、孟子と孔子、孟子と先王）
第三篇　孟子所説の流委（孟子と両漢思想、孟子と唐宋文人、孟子と程朱道学、孟子と陸王心学、孟子と日本儒道、孟子と武士道）
第四篇　不動心の修養（不動心の意義、修養の原理、修養の方法）
第五篇　不動心の発現（不動心と思想、不動心と事業、不動心と人格、不動心と大道）

孟子をめぐる中日思想史と言うべき構成であり、それなりによくまとまっているが、書籍全体の印象として、孟子の所説に対する研究というよりは、所説の解説を通して重松自身の処世感を語り、更に一般読者への実践を促している気配が濃厚であり、そこに重松らしい特色が出ているとも言える。

一方、孟子には「民本主義」と言われるような政治論に関する所説も多いが、本書では全く言及しない。服部宇之吉は西洋政治思想の唱道者が中国古典を援用することを警戒し、あらかじめ社会主義・民主主義・無政府主義等の危険思想と中国古代思想との関係を検討することに熱心で、著作（『儒教と現代思想』一九一九年ほか）のなかで孟子の民本思想に関しても抑制的な言及をすることが多い。重松の孟子論が服部の影響を受けていることは重松自身の語るところであり、本書が孟子の倫理方面の所説を説くことに熱心なのも服部の影響がないとは言えないであろう。

七・『列子疏証』（**昭和五年七月五日印刷・七月十五日発行、茗渓会**）

重松は大正五年の病気療養中から老荘の書を読み始めた。本書は、大正十五年に『列子』を読み進めるうちに、同書の成立が『史記』以後、『漢書』以前であることに気づき、これを論証するために執筆したもの。全編、漢文体で書かれている。本文の語句に関する注釈は本文中に小字双行のかたちで挿入されている。その他の自説は、本文の後に「論第何曰」といったかたちで記され、全部で八十三の論が収められている。「論」の内容では、『列子』と漢代諸書（戦国策・呂氏春秋・淮南子・韓詩外伝・史記・説苑など）との先後関係について言及している点に特徴がある。刊本には服部宇之吉が漢文体の序を寄せている。

子孫宅に重松自筆と思しい原稿が遺されている。

八：『倭漢新撰朗詠集要解』（昭和六年発行、目黒書店）

本書は重松が編纂を企画した「日本漢文要覧」の第五編にあたる。前編「倭漢朗詠集要解」と後編「新撰朗詠集要解」と索引からなる。その序説によれば、前著『倭漢朗詠集考証』が「語句の典拠 文字の考異に関する詳説」を収めるのに対して、本書前編は前著の「不備誤謬の点」を増訂することに配慮し、「大要を註するに止め」たと言う。したがって本書の読者は『倭漢朗詠集考証』を参照すべきであると述べている。後編は、従来同書の完全な注解が無かったので、前編に比して「較々詳細に解」いたが、旧稿を焼却したため不満な点が多いと述べている。また東京高等師範学校時代の恩師松井簡治が『國學院雑誌』に注解[24]を掲載したと聞いているが、参照できなかったと断っている。

死の約三ヶ月前にあたる昭和六年三月一日付の自跋で重松は、本書の執筆意図を次のように述べている。「残生の限りを尽して私の日本漢文学の研究を続けたい」と思うが、そのためには参考書を購入する必要がある。東京や大阪に住んでいた頃は「借本主義」を採ったが、唐津ではそれも出来ない。そこで「暫く脱線して此の書を作り、其の利益を以て参考書蒐集の資に供せんとした」のだと。確かに本書は、研究書と言うより広い読者層に向けた一般書・参考書の性格が強いが、それは「日本漢文学史」執筆に必要な参考書の購入資金を得るためであった。

九：『吉田松陰 留魂録』（昭和十九年四月十日印刷・四月十八日発行、日本書院、ほかに同年山一書房刊本もあり）

『留魂録』全文を吉田松陰自筆（三〜二二頁）と活字（二五〜三八頁）によって掲げ、次に再度、本文中に註解を挿入する形式で詳細な註解を施し（三九〜八五頁）、更に松陰が明・楊椒山の学を尊重したことから、楊椒山の学が幕末志士に与えた影響について、論説「留魂録の思想的背景—楊椒山の学と其の影響—」（八六〜一〇一頁）を載せている。柿村峻の解説によれば、本書の底本は、峻が昭和八年十月に東京陸軍幼年学校教官となって赴任した際、かつて大阪陸軍地方幼年学校で重松に教わった浅沼大尉（当時、同校生徒監）から峻に激励の意味を込めて贈られたもので、大正四年に重松が大阪陸軍地方幼年学校の最後の年に授業用に作成したテキストである。浅沼は中佐に昇進し、大阪陸軍幼年学校訓育部長の任にあったが、出征して昭和十八年六月七日に中国戦線において戦死した。峻は浅沼中佐の冥福を祈る意味を込めて、昭和十九年に解説を附して横型の小冊子として刊行している。

十：遺稿『上代日本漢文学史』（昭和二十二年七月二十日印刷・七月二十八日発行、昭和二十三年再版、日本書院）

本書の構成は以下の通り。

第一篇　上代前期（応神天皇十五年〜崇峻天皇）
第一章　序説　　第二章　文書の伝来　　第三章　博士の貢進
第四章　史部の諸族　　第五章　読習記録の概況
第二篇　上代後期（推古天皇〜延暦十一年）
第一章　序説　　第二章　隋唐との交通　　第三章　期初の文章
第四章　学制の建設　　第五章　学芸の奨励　　第六章　制度と漢文
第七章　遊宴と漢文　　第八章　仏教と漢文　　第九章　詩賦

第十章 雑文　第十一章 願文　第十二～十六章 作者 其一～五
第十七章 詩文の概評　第十八章 国語の記述　第十九章 国典の編纂
第二十章 日本書紀　第二十一章 伝説と漢文
第二十二章 和歌と漢文

先に蔵中進は、上代後期の各章について、「著者によってはじめてわが上代文学史の中に構想定位された章目といってよく、ここには今日のわれわれが汲みとるべき幾多の課題と示唆とが含まれている」と述べ、上代文学研究の指針として先見性に富むと評価している。中西進は、奈良朝の詩文が初唐詩の影響下にあることを論証した点に学術史上の価値があると説く[25]。

巻頭「文書の伝来」では王仁の渡来年代に関して、『日本書紀』と朝鮮の『東国通鑑』の記述を照合して、応神天皇十六年（二八五年）に記される百済阿花王の死が実は四〇四年のことであり、『日本書紀』の紀年に一二〇年の誤差があることを明言しており、記紀の年代の信憑性といったデリケートな問題も回避しない姿勢は、戦前期の著作として注目される。この点は重松の恩師那珂通世の研究の影響もうかがえる[26]。また、学制や制度に着目している点にも、東洋史や中国学の研究方法からの影響を感じさせる。

本書の整理刊行に当たった市村宏の後記によれば、本書の底本となった稿本は「釈文日本漢文学史」と題され、奈良朝までは完璧であったが、平安中期を降ると草稿のままであったため、上代を先ず刊行し、続いて中古を刊行する予定であったらしいが、未刊に終わった。

十一：未刊遺稿『松南雑草』四冊（熊本市柿村家所蔵）

明治三十五年～昭和六年（一九〇二～一九三一）の約三十年間に重松が作った漢詩文・和歌・論説・注釈・資料等を時系列で自ら編修したもので、既刊の単行本や論文集から漏れた重松の諸作を収録している。漢詩文・和歌は、漢詩二百五十首強、漢文二十篇弱、和歌七十首強を収録している。

第一冊には明治三十五年から大正六年（一九〇二～一九一七）まで、つまり八代中学校教諭時代から大阪陸軍地方幼年学校教授を退官して唐津に帰養した年までの諸作を収録している。

第二冊には大正七年から大正十三年（一九一八～一九二四）まで、呉中学校教諭の時代から福岡高等学校教授を退官して唐津に帰養した年までの諸作を収録している。

第三冊には大正十四年から歿年となった昭和六年（一九二五～一九三一）までの諸作を収録している。

第四冊には論説等を収め、巻末に「履歴」と「自撰柿村松南墓銘」を附録している。

早期から最晩年まで遺漏がなく、分冊の意図も明瞭であって、自撰の遺稿集として完全というべき編成である。

漢詩・和歌の作者としての力量にも見るべきものがあると思うが、この点については専門家の評価に譲りたい。ただ漢詩について指摘しておきたいこととしては、日本人に馴染み深い絶句・律詩だけでなく、古詩や楽府の創作にも手を染めていることである。重松の中で、研究と創作がどのような関係にあったのかは今後に残された興味のある課題である。

論説には「楊椒山の学と其の影響」（第一冊 大正四年）、「佐用姫伝説考」（第一冊 大正六年）、「七言詩の起源」（第二冊 大正八年）、「漢音漢語対国語影響論」（第四冊 大正十三年）、「日本漢文学史識小」（第四冊 昭和三年）等があり、注釈には「留魂録注」（第一冊 大正三年）がある。重松の事蹟に関しては、極めて興味深い自伝「追憶」（第三冊 大正十四年）、「柿村系譜」（第三冊）や「本朝文粋註釈印行の始末」（第三冊）、「帝国学士院恩賜賞拝受の始末」（第三冊）等が貴重な資料を提供する。

「漢音漢語対国語影響論」は那珂通世が絶賛した東京高等師範学校研究科における卒業論文「漢音漢語の国語に及ぼしし影響」を改題・改稿したもので、重松の日本漢文学概論とも言うべき重要な論文である。その構成は「第一篇字音論」が「支那音の変遷及唐代の声韻」「漢呉音及唐音とは何ぞや」「漢呉音の転訛」「漢呉音の国音に及ぼせる影響」からなり、「第二篇 語言論」は「漢語の輸入（上 第一期輸入、中 第二期輸入、下 第三期輸入）」「漢語は如何に国語中に行はれしか（上 奈良平安時代、中 鎌倉室町時代、下 江戸時代）、漢語は如何に国語中にて変化せしか（上 音韻の変化、中 熟合の変化、下 意味の変化）」「漢語は如何に国語に影響せしか」からなっている。

「日本漢文学史識小」は平安朝詩文に関する叙述が中心で、刊本『上代日本漢文学史』が奈良朝に終わっているのを補う意味を持つ。

もうひとつ注目すべきことは、各冊巻頭には、重松と詩文等でゆかりの深かった人物たちによる題辞・題画が掲げられていることである。第一冊の題辞・題画は次の通り。

「行雲流水風趣自不窮 乙卯孟冬 兼山艮（桑山艮印）（止卿）」―桑山兼山（書家）

「金聲玉振　大正五年第一月　辱知白坂高重書」―白坂高重（秋田の人、高師同窓）

「游心於浩然　玩志乎衆妙　戊午歳抄　古楳頼元緒（頼元緒）（古楳）」

「寒流帯月澄如鏡　大正八年五月　薩陽双巌生」

「むすへともくめともつきぬ松かねの泉の水そたふとかりける　茂富」―香村茂富（大阪陸幼同僚）

「九鼎大呂　窪田太三郎」―窪田太三郎（大阪陸幼同僚）

「書窓清韻 大正己未晩春 五味晃華（五味和十）（晃華）」―五味和十（大阪陸幼同僚）

「（復奚疑）畏友柿村松南為人真摯、篤学研精不倦、与人交淡如水。以文章報国為志、平生不多作詩。而此帖多載其詩者何哉。蓋松南嚮為陸軍教授数年、不幸以疾辞職、帰養其郷唐津、抛書巻廃筆硯、日望蒼海聴松籟、悠々自適以図快癒。然其間有不能已於懐者、輒概以詩発之。其多用絶句者為是也。而至於其愛菊雑吟三十韻、則性情流露風趣超逸尤可誦、亦足以観松南之学之才無往而不可矣。嗚呼天何棄斯人哉。嗚呼天何棄斯人哉。今也松南康健復旧、蹶然赴任于呉中学、企画活動将大有所施為。而猶時如不能無行不如意之歎者焉、安知非天益試練其才力降以大任使之成就其所志乎。則松南不宜其不自重也。若夫吟咏以攄其所懐、雖乃餘事乎、吾知君子固亦不之廃也。　大正八年六月　豊城神田栄識（豊城）（神田子仁）」―神田栄吉（大阪陸幼同僚）

「（心如水）似蘭斯馨　嵯峨（我忘吾）」

第二冊の題辞・題画は次の通り。

「薫香馥郁、酔於芳醇　戊午夏日　松陽題（松陽）」―松下松陽（唐津の教育者）

「韓陽一隅有賢人、篤学篤行、常処仁道義。当時日衰滅、将依夫子支沈淪。松陽（松陽）」―松下松陽（唐津の教育者）

「戊午夏日写之　耕雪（嘉村）」―嘉村耕雪

「舞鶴城南江水隈　三年高臥謝塵埃　等身述作千秋業　吟詠人推李杜才
呈松南先生　戊午夏日　耕雪（耕雪）（嘉村）」

「大正八年十一月二十日　花売り　前田伊作写」

「たゞ健かに幸あれとのみ　九年四月望　常磐軒にて　栄一」

「祈御多幸　大正九年六月一日　時蔵」

「頼君時撥死灰心　落莫胸中託苦吟　縦弄釣竿西入海　秋風応憶旧知音
於常磐軒　松南」―柿村重松

「寧耐成事　辛酉夏　丘牛」

「桃李不言　大正十一年二月　亮三（温麓逸人）（草廬）」

「懐抱観古今　壬戌仲春　参峰生（井経平印）」―井芹経平（済々黌校長）

「立言不朽　壬戌仲春　野田寛題（野田寛）（復堂）」

「大塊仮我以文章（信彦）」

「これからが面白味あり花の山　竹人」

「寄松南先生　師古生　大成若缺、其用不敝。大盈若沖、其用不窮。大直若屈、大巧若拙、大辯若訥。躁勝寒、静勝熱。清静為天下正。

古の日知のいひしことくさのはなの匂を君にみるかな」


概して言えば、各冊に収録された詩文の制作時期に交流のあった人々に、題辞・題画を求めていることが分かる。これに対して、第三冊の巻頭には題辞・題画がなく、ただ副紙九丁が綴じられており、巻末に何も記さない罫紙三十三丁が綴じられている。第四冊の巻頭にも題辞・題画はないが、副紙は三丁で、巻末には附録の「履歴」と「自撰墓銘」の前に何も記さない罫紙四十二丁が綴じられている。このことから、重松は餘命を意識しながら命ある限り、詩文や論説を書き続けるつもりであったことと、晩年の日々を綴った詩文にも知友の題字・題画を求めたいと考えていたことがわかる。

以上述べたように、『松南雑草』四冊はすべて重松自身の編纂にかかるものであり、筆跡も重松自身の一筆になる。ただし、中にわずかに他筆による部分がある。第一冊には、中学校時代の恩師梶尾虚舟から贈られた次のような七言絶句一首を綴じこんでいる。「謝唐津諸彦被恵銀花瓶。瓶刻舞隺故及。一別徒然思秀才。偶忝芳器似親陪。深哉諸彦壽翁意。舞鶴蹁躚入室来。一粲。柁虚舟拝具。」

第二冊には、「本朝文粋註釈印行の始末」の妻操の急逝を記述した箇所に、操が付けていた日記の断片と操の筆跡による古歌二首が綴じこまれている。

述懐　やまのはにいりぬるつきのわれならハうきよのなかにまたはいてし
を（＊後拾遺・源為善）
よのなかにたえて桜のなかりせは春のこゝろはのとけからまし

日記は大正九年一月六日の条で、既述したように重松が『本朝文粋註釈』出版交渉のために上京した日のものである。

今日は主人二時過きの列車にて東京へ／出立さる。夕食後は子供等といろはかるた／をして遊ぶ。八時五十分にて峻帰唐す。／八時頃より家を出で、途中にてみかんを求／めステーションニ到る。沢山な人、車中の老人／夫婦別府へ行く由なれば、峻も共ニたの／み安心した。発車の笛の音ニ別るゝ／悲しみがむねに一つぱいニなり、一人かへすのは／かわいそうニ思つた。おとなしくおじぎをして／わかれた。九時十五分ニ家ニかへる。此日／風もなく静かな一日。

また、重松の歿後に嗣子峻によって眉注のようなかたちで書き入れられた箇所がある。第一冊目の「楊椒山の学と其の影響」と「留魂録注」、また第三冊の「追憶」には朱筆で年代等が補入されている。第四冊附録の「履歴」の死、葬の年月日も峻の記入とみられる。

おわりに

上記の著述以外に、重松には前述の高等師範学校専修科時代の服部宇之吉の講義を聴講して筆記した講義録『目録学』（二冊のうち巻一のみ現存か）がある。本ノートの内容については別稿を参照されたいが（注（2）掲引）、明治三十二年一月から七月九日までの高等師範学校における服部の講義を筆記したもので、東京帝国大学における服部の「目録学講義」が未刊に終わったことと併せて貴重である。散逸した柿村家の重松旧蔵資料の中には、この他にも東京高等師範学校時代の那珂通世・桑原隲蔵・松井簡治らの聴講ノートが残されていたのではないかと想像される。重松の日本漢文学研究の学問的な特色を考える上で、服部宇之吉・那珂通世・桑原隲蔵らから中国哲学・東洋史の最新の研究成果・研究方法を吸収したことは看過できない。服部の講義録「目録学」はその例証であるし、こうした土台の上に上代・中古の漢文学史や詞華集の注釈、また『列子』成立時期に関する考証が打建てられたことは、重要かつ紛れもない事実のように思われる。

最後に、重松が自らの日本漢文学研究の計画を、初め「日本漢文大系」（『維新烈士詩伝』例言）と名付け、後に「日本漢文要覧」と称していたことに触れておきたい。この構想は①日本漢文学史、②本朝文粋註釈、③本朝続文粋註釈、④倭漢朗詠集考証、⑤新撰朗詠集考証、⑥近世文林、⑦国士遺韻の全七種の著作からなるものであった。②④⑤は前記の著述の「四」、「五」、「八」に当たり、①は「十」として、⑦は「三」として、それぞれ部分的に刊行された。③⑥については未詳である。つまり重松の日本漢文学研究は、概論・通史と名作詩文の注釈の二本立てで計画されていたと言える。これを講義用テキストと演習用教材と言い換えることも可能であろう。①は服部から提出を慫慂されていた学位論文として、最期まで執筆を進めていた著作である。その他の注釈書は、既に述べたように、『漢文大系』が「文部省の中等教員検定試験の指定参考書」の性格を持つものであったのと同様に、中等学校における漢文科の教材または参考書として性格をもつものであったと考えられる。現行の高等学校における漢文教材に比べて、戦前の中学校における漢文教材には多くの日本人の漢詩文が載録されていたが、十分な参考書が提供されていたとは言えない。重松の「日本漢文要覧」はそうした一九一〇～一九二〇年代当時の漢文教育の実情に鑑みて構想されたと考えられる。それはまた重松の独自の着想と見るべきものではなく、服部宇之吉の漢文教育に関する全体構想の中の一翼を担う業績であったと見るべきである。

また、重松の日本漢文学研究の目的は、「漢文が日本文化しつつ国文に影響し人心を鼓動せし蹤を論証」することにあった。この言葉は、著作の巻頭言等でしばしば繰り返され、自撰墓銘でも「漢文之行於我国也、或伝秀麗之句、以潤色国文、或載道義之粋、以鼓動人心」と記され、卒業論文「漢音漢語対国語影響論」以来、重松の著作を貫いているテーマである。日本文化が漢文から何を吸収したかを抽象的にではなく、言葉・文字によって具体的に実証する。その実証に関する重松の手腕が説得力のある優れたものであったことは多言を要さないが、その実証を支えた情熱に重松ならではのものがあったように思う。単に語学的にアプローチするのではなく、漢文が日本人の情操をどのように衝き動かしてきたかを情熱をこめて論証する点に、そして更に言えば自著を通して当時の日本人（特に青年たち）の思想を鼓舞しようとさえする点に、重松ならではの特色があったと言えようし、また戦前期の漢文教育がはらんだ問題性をもよく体現していると言えよう。


（本稿は、『日本思想文化研究』第五巻一号（国際文化工房、二〇一二年）所収の同題の拙稿をもとに改稿したものである。

『松南雑草』の所蔵者の柿村氏には、貴重な資料の影印出版をお許しいただいたほか、関連資料を閲覧させていただき、また故河村剛氏をご紹介いただいた。

唐津在住の河村氏には写真や遺墨などの関連資料の閲覧と掲載をお許しいただいた。

地元で重松の顕彰活動に取り組んで有られる唐津商業高等学校同窓会長の毛利一幸氏には、現地調査その他で一方ならぬお世話になった。

ここに記して各位に深甚の謝意を表する。）

注

（1）岩波書店『文学』五十七巻九号、一九八九年。のち『松枝茂夫文集』第二巻、一九九九年、研文出版、所収。松枝は、重松の長男峻と福岡高等学校（一九二七年卒）・東京帝国大学（一九三〇年卒、松枝は支那文、峻は支那哲）の同級生で、親交があった。

（2）町泉寿郎「服部宇之吉述・柿村重松筆記『目録学』」、『日本文学の創造と展開 近現代篇』二〇〇一年、勉誠出版。

（3）河村剛は、柿村家・河村家の人々について書いた、自伝的な文章を残している。「むくり屋根の抄」「家系の記（三）」「家系の記（四）」（木々の会『木々』八・一九九四年、十一・一九九六年、十二・一九九八年）。

（4）峻の歿後、六畳の書庫に一杯だった和本類は、東京の古書肆波多野巖松堂を経て古書市場に流出した（子孫の談）。その後、筆者は重松の筆記にかかる服部宇之吉講述『目録学』を東城書店から購入したが、同時に『本朝文粋註釈』の書入本等も売られており、重松書入本『本朝続文粋』等は堀川貴司氏の所蔵に帰した。

（5）唐津は東松浦郡に属し、同郡が明治十六年に佐賀県が長崎県から分離独立した時に佐賀県の所属となり、明治二十二年に唐津町となった。唐津市となるのは重松歿後の昭和七年のことである。

（6）唐津の郷土史研究会である松浦史談会発行『末盧国』に収録された坂本智生の報告に拠れば、大久保氏に従って明石藩から移住した御船手組のなかに柿村姓の者があった。また、唐津紺屋町の薬種問屋にも柿村姓があった。また、主家の移封に関わらず、城下近郷に定住するようになった足軽層があった。これらのことから考えて、柿村家は大久保氏時代に移住し、そのまま定住した家の一つかと考えられる。

（7）『上代日本漢文学史』所収「柿村重松略年譜」は小学校入学を明治二十年四月一日とする。

（8）重松の撰文にかかる「先考柿村即翁墓銘」に「嘗為唐津村吏、尋為町吏」とあり、唐津に町制が布かれると町役場の職員となったことが分かる。

（9）小学校では初め「隊列運動」と称したが明治二十一年から「兵式体操」に改称され、更に大正二年に「教練」と改称された。陸軍出身の体操教員が生まれる背景となった。

（10）明治十九年に番町の小笠原邸内に発足し、同二十一年に小石川表町八十六に移転した。久敬社は現在も川崎市麻生区に公益財団法人として存続している。久敬社に照会して、在塾生名簿に柿村重松の名があることを確認した。

（11）明治四～五年に設置された唐津藩の英学校。若き日の高橋是清が英語教師として招かれ、天野為之・曾根達蔵・辰野金吾・掛下重次郎らの人材を輩出した。曾根達蔵・掛下重次郎らは、重松にとって小笠原家が営んだ寄宿舎久敬社の先輩にあたる。

（12）古典講習科への二松學舍からの進学者は、国書課前期（明治十五年九月～十九年七月）に安井小太郎・落合直文、漢書課前期（十六年四月～二十年七月）に三島桂・荘田要二郎・安本健吉・熊田鉄次郎、漢書課後期（十七年九月～二十一年七月）に長尾槙太郎・山田準・児島献吉郎・黒木安雄・西村豊らがあった。

（13）晩翠吟社は明治十一年に向山黄邨・杉浦梅潭・宮本鴨北・田辺蓮舟・山口泉処らを初期の同人として始まり、大沼枕山が指導に当たった。後に岡崎春石や田辺松坡らが参加して、明治末年に至るまで存続した。

（14）明治三十二年の『高等師範学校一覧』によれば、国語科三十人、漢文科十五人、数学科二十七人、英語科四十人で、漢文と英語が定員より大幅に少ないことがわかる。なお、臨時的に置かれた専修科のうち、漢文専修はこの時一回（国語漢文専修は四回）であった。

（15）『高等師範学校一覧』（明治三十一年四月～三十二年三月）一九〇頁。「本校生徒姓名」に記す漢文専修科二十人のうち、始めの十四人（イロハ順）が明治三十年九月入学生、後の六人が明治三十一年四月入学生（イロハ順）と見られる。

（16）前掲『高等師範学校一覧』一七八頁。「本校生徒平均年齢」に、本科文科は一年二十三年四ヶ月、二年二十四年〇ヶ月、三年二十四年一一ヶ月、四年二十五年四ヶ月とあり、臨時官費専修生漢文科（課程三年）は学年の区別無く二十五年二ヶ月とあり、国語漢文専修科（課程三年、私費）も学年の区別無く二十七年四ヶ月とある。

（17）『創立六十周年』（東京文理科大学、一九三一年）には新校地について「旧守山藩主松平大学頭の邸址」とだけ記すが、この土地が芳野家の所有地であったことは拙稿「新出の昌平坂学問所日記―芳野家所蔵資料―」（『斯文』一二四号、二〇一四年）

参照。

(18) 在学生楊有勳がクラス代表として嘉納治五郎に宛てた明治三十九年二月二十三日付の手紙が講道館に所蔵される。「(前略) 柿村先生が他所からの招聘を受けた故、もう学校へいらっしゃらないそうでございます。それで大島先生が鶴田先生に柿村先生の授業を担当させるとお聞きしました。(中略) 私達のクラスの者の話によると、鶴田先生は漢文にあまり通じておらず教え方も優れていなくその講義に学生が中々理解できないそうでございます。(中略) 普通学の科目が徐々に増えてきましたが、日本語の進歩は遅く授業の内容が聞き取れません。(中略) 是非とも別の先生に担当させるように大島先生におっしゃってくださるようお願い致します。」(酒井順一郎「明治期に於ける近代日本語教育―宏文学院を通して―」『総研大文化科学研究』三号、二〇〇七)。

(19) この時の講演が後に『東洋倫理綱要』(初版一九一六年二月・大日本漢文学会、改訂版一九二六年一月・京文社) の外篇となって刊行されている。

(20) 「文曰　傾群言之瀝液　嗽六藝之芳潤　陸士衛文賦一節　香雲篆　大正癸亥夏芝山々人添刻陽文及竹」と、文字を刻した木板の額である。今も熊本の子孫宅に残る。

(21) 唐津商業学校の県立学校移管に際して校歌の作詞を委嘱された。本年二〇一七年十一月、同校は創立百周年を迎え、記念行事が予定されている。

(22) 柿村峻の卒業論文題目は「主トシテ論理的立場ヨリミタル王陽明ノ思想傾向ニツイテ」(『東京支那学報』三、一九五七年) であった。

(23) 町田三郎「『漢文大系』について」参照 (『明治の漢学者たち』研文出版、一九九八年)。

(24) 松井簡治の論文「新撰朗詠集」は、『國學院雑誌』四巻十二号 (明治三十一年十月) から五巻十三号 (明治三十二年十一月) にかけて、十一回に亘って連載されている。

(25) 蔵中進・中西進「〈この一冊〉柿村重松著『上代日本漢文学史』」(『日本文学』二八巻六号、一九七九年六月)。

(26) 『那珂通世遺書』(大日本図書、大正四年) 所収「外交繹史」には、日本の上代の年紀に対する疑問がしばしば指摘されている。

柿村重松写真帳

写真１（河村氏所蔵）：明治 36 年（1903）12 月 26 日に重松と操が結婚した時の柿村家の人々。
中央が重松（25 歳）と操（17 歳）。右が父民治（52 歳）・母ハナ（48 歳）。左端が妹ツタ（22 歳）か。

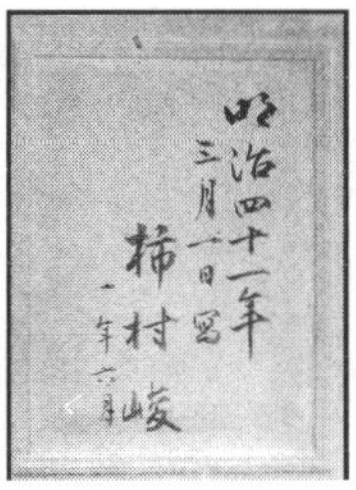

写真３－１、写真３－２（河村氏所蔵）：明治 41 年（1908）３月１日撮影。妻操 22 歳、長男峻１歳６ヶ月。重松の筆跡による裏書。

写真２（河村氏所蔵）：新婚後間もないころ（明治 37 年初頭の長崎師範校教諭時代か）の重松・操夫妻。

写真4、写真4－2：大阪陸軍地方幼年学校の教授時代の重松（30歳）、明治41年（1908）7月10日、第9期生卒業式の集合写真、2列目右から8人目。大阪陸軍地方幼年学校時代の集合写真は、大正11年3月刊『大阪陸軍幼年学校記念』による。

写真6（河村氏所蔵）：大正3年（1914）12月撮影。
長男峻9歳。長女灼子5歳。次男極3歳。

写真5（河村氏所蔵）：明治43年（1910）4月撮影。
長男峻3歳8ヶ月。長女灼子満1歳。

写真7、写真7－2：大阪陸軍地方幼年学校第15期生卒業式の集合写真、大正3年（1914）7月10日撮影。2段目右から5人目が重松（36歳）。
1段列目右から3人目が五味和十、7人目が香村茂富。2列目右から3人目が神田栄吉、4人目が窪田太三郎。3列目右から2人目が石谷貴矩。

写真8、写真8－2：大阪陸軍地方幼年学校第16期生卒業式の集合写真、大正4年（1915）7月10日撮影。1列目左から2人目が重松（37歳）。
1列目右から1人目石谷貴矩、2人目窪田太三郎、4人目松田元武校長、5人目香村茂富。2列目右から3人目五味和十。3列目右から5人目上山輿平。

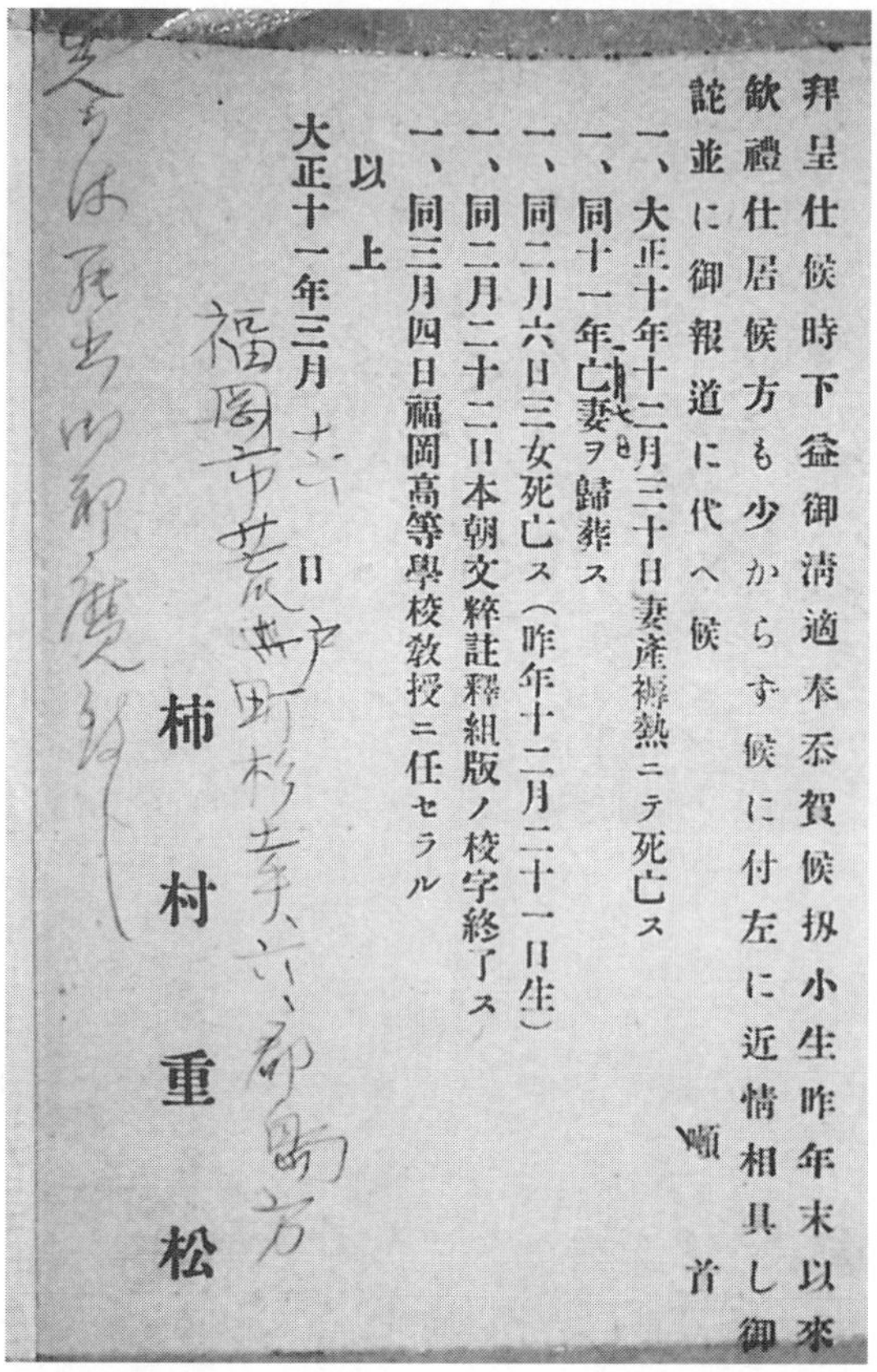

拜呈仕候時下益御清適奉忝賀候扨小生昨年末以來欽禮仕居候方も少からず候に付左に近情相具し御詫並に御報道に代へ候　頓首

一、大正十年十二月三十日妻産褥熱ニテ死亡ス

一、同十一年亡妻ヲ歸葬ス

一、同二月六日三女死亡ス（昨年十二月二十一日生）

一、同二月二十二日本朝文粋註釋組版ノ校字終了ス

一、同三月四日福岡高等學校教授ニ任セラル

以上

大正十一年三月　日

柿村重松

写真 10（柿村家所蔵）：大正 11 年（1922）3 月、知友に妻・三女の死亡と『本朝文粋註釈』の校了と福岡高等学校教授転任を報じた葉書。

写真 9（柿村家所蔵）：大正 9 年（1920）8 月 10 日の柿村峻の唐津中学校在学中の絵日記より。父重松から贈られた懐中時計の絵。

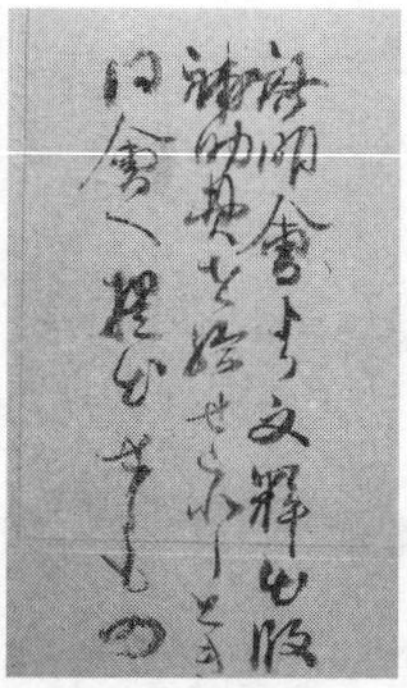

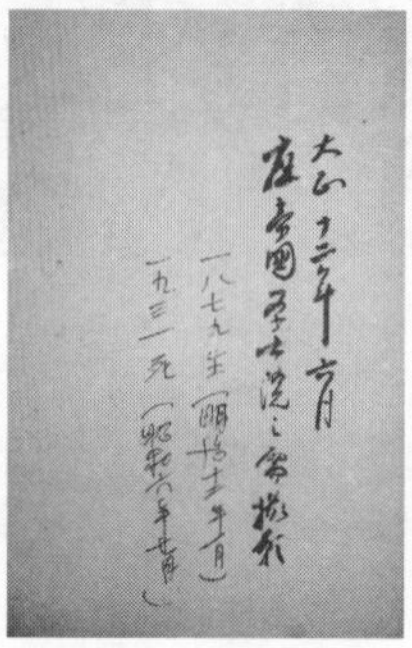

写真 12、写真 12 － 2（柿村家所蔵）：大正 12 年（1923）6 月、『本朝文粋註釈』によって帝国学士院恩賜賞を受けた重松が、帝国学士院の需めに応じて提出した写真とその裏書、重松 45 歳。

写真 11、写真 11 － 2（河村家所蔵）：大正 9 年（1920）7 月に啓明会から『本朝文粋註釈』の出版補助金支給が決定した時に、同会に提出した写真とその裏書、重松 42 歳。

写真 14（柿村家所蔵）：大正 12 年（1923）の恩賜賞受賞に対して、東京高等師範学校の同学諸友から贈られた記念の篆牌。

写真 13、写真 13 － 2（柿村家所蔵）：大正 12 年（1923）5 月 27 日に受賞した帝国学士院恩賜賞のメダル。裏面には「大正十二年授柿村重松」。

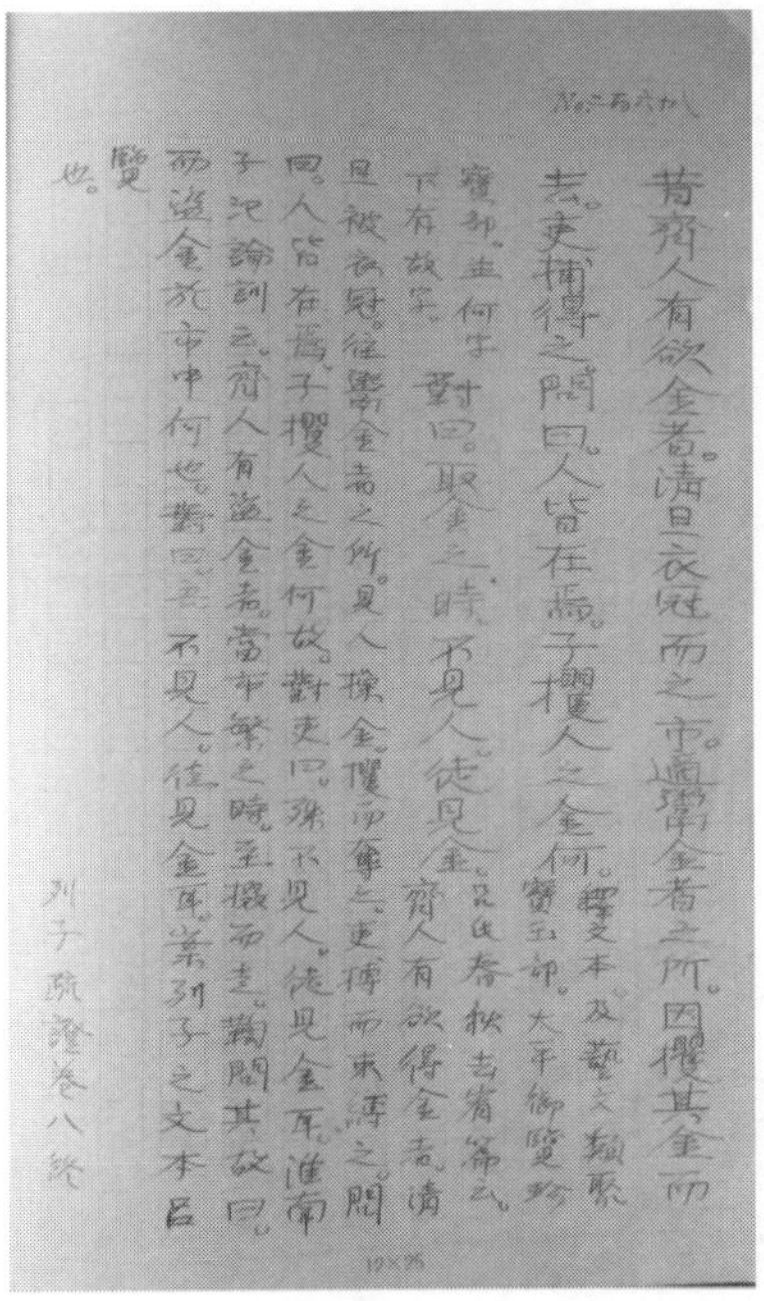

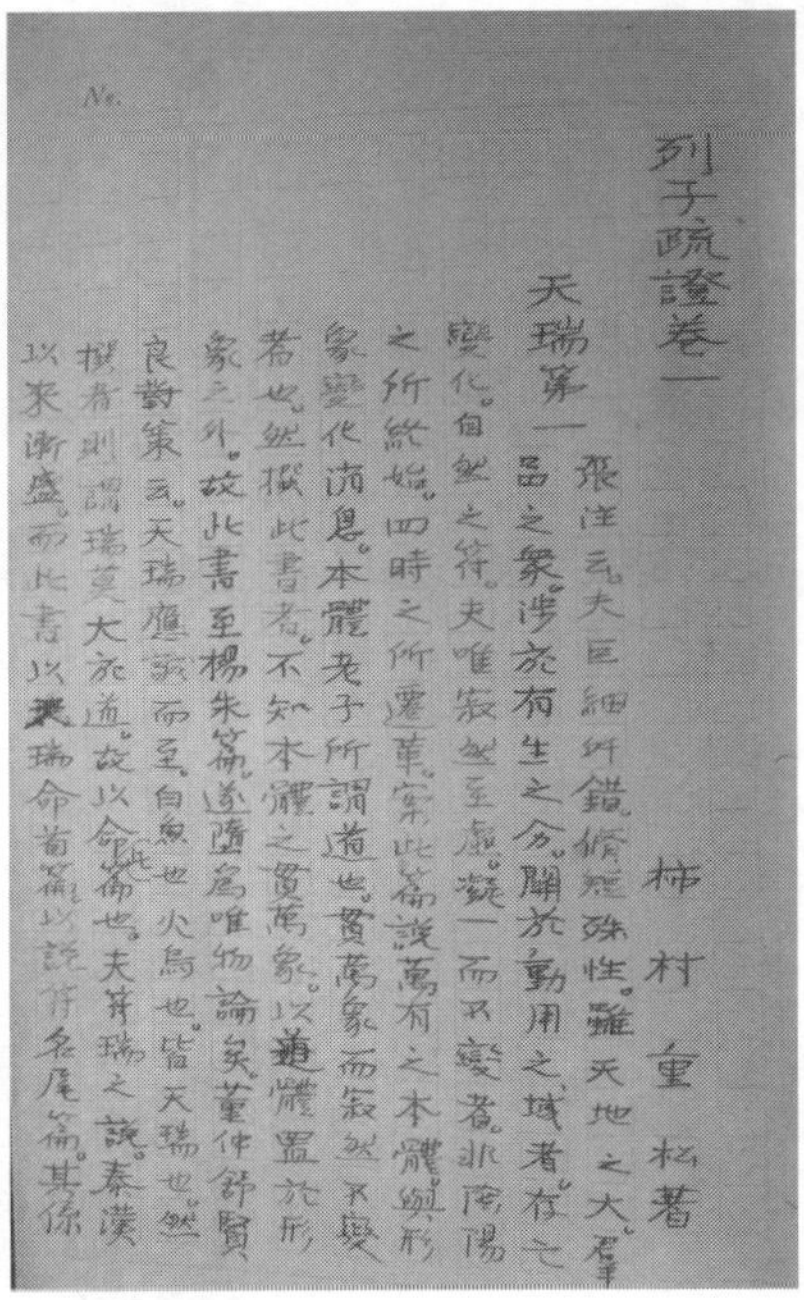

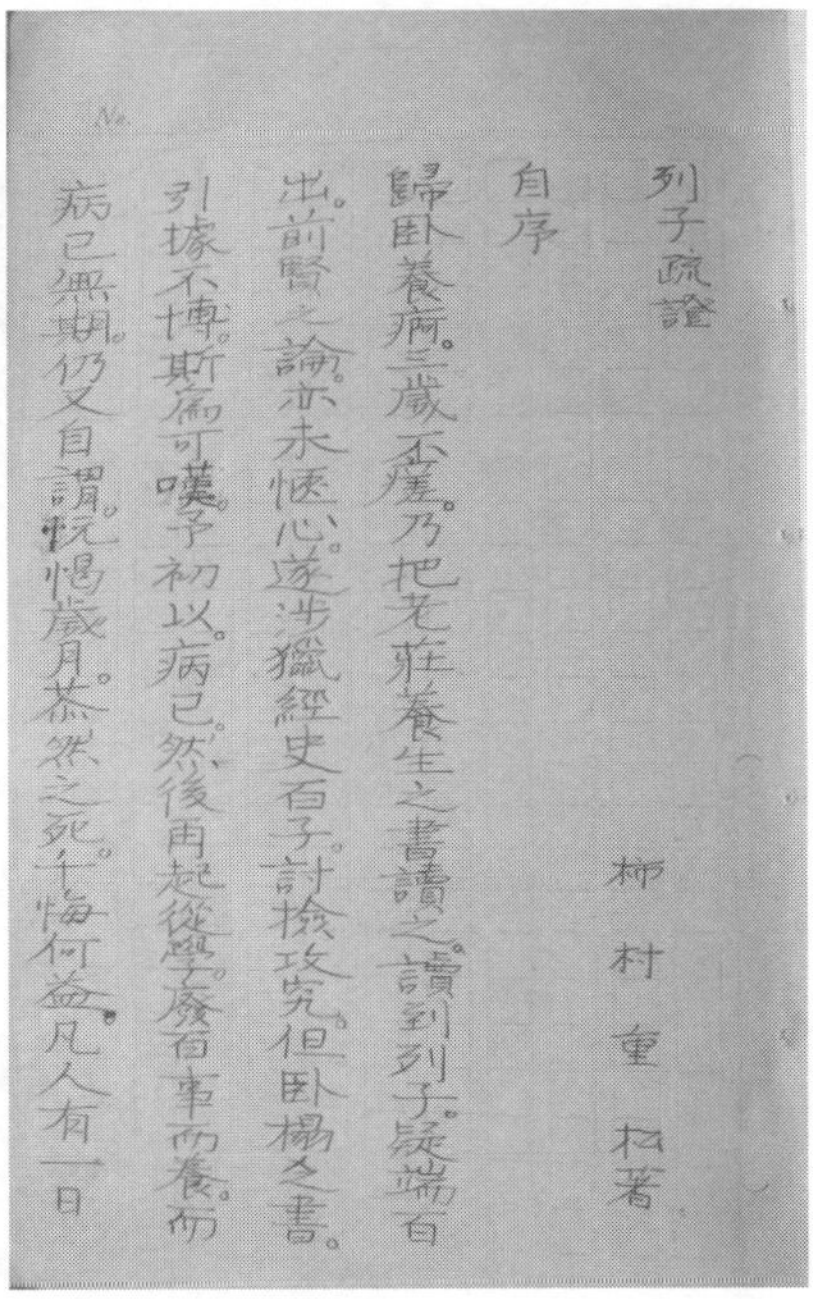

写真 15 － 1、写真 15 － 2、写真 15 － 3（柿村家所蔵）：昭和 2 年（1927）に脱稿した『列子疏証』8 冊の原稿。自序、巻 1 首、巻 8 尾。

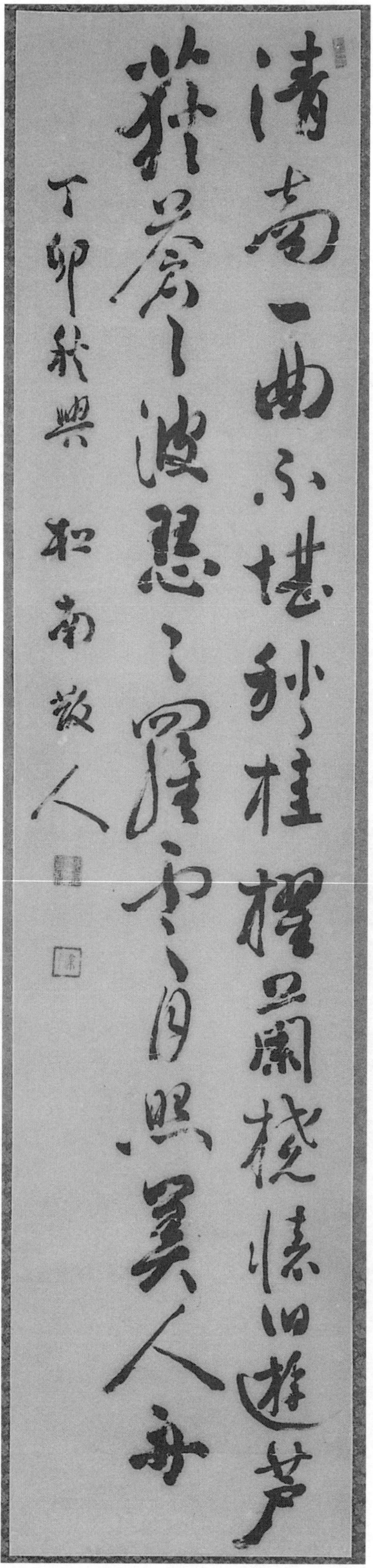

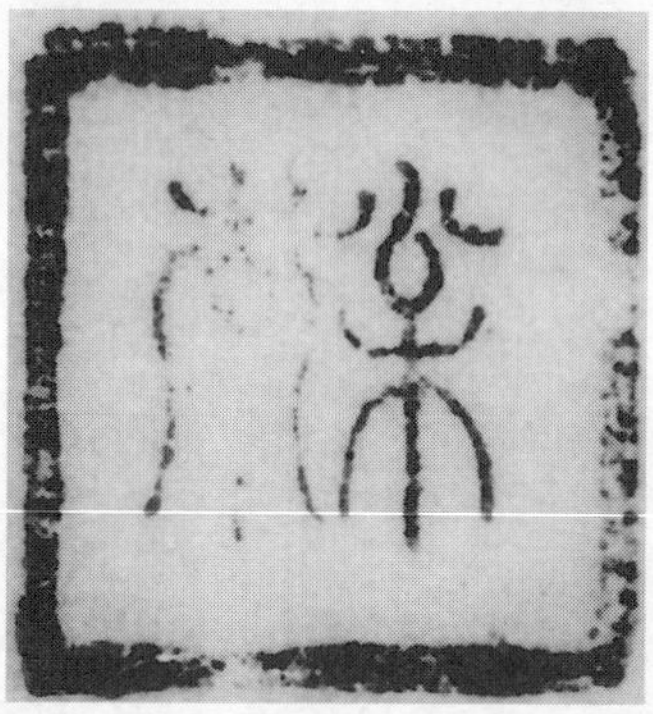

写真16、写真16－2、写真16－3、写真16－4、写真16－5（河村家所蔵）：

昭和2年（1927）秋、重松49歳の書。

「清商一曲不堪秋。桂擢蘭橈懐旧情。

芦荻蒼々波瑟々。羅雲月照美人舟。

丁卯秋興　松南散人」

印章「報國文章」「柿村重松」「松南」

写真17：蔵書印「柹村氏圖書印」（架蔵・服部宇之吉口述『目録学』より採取）

写真 19（河村家所蔵）：昭和 4 年（1929）頃の重松の子女。
長男峻は東京帝国大学文科大学在学中。
次男極は陸軍士官学校予科在学中。
長女灼子（前列右）。二女妙子（前列左）。

写真 18（河村家所蔵）：福岡高等学校在学中の長男峻（大正末期）

写真 21（河村家所蔵）：陸軍士官学校本科（航空士官学校）在学中の次男極

写真 20（河村家所蔵）：熊本陸軍地方幼年学校在学中の次男極（大正末～昭和初年）

写真 22（河村家所蔵）：昭和 6 年（1931）7 月 30 日に重松が大量喀血して絶命した時に使用していた愛用の机

写真 23：柿村家の菩提寺青龍山東雲寺に残る墓石。右は父民治夫妻の墓。左は「柿村重松同妻操 並女粲子之墓」。ともに重松が建てたもの。

写真 24：重松の旧宅、外孫の故河村剛氏（2003 年 5 月撮影）

近代日本漢学資料叢書2

柿村重松『松南雑草』

二〇一七年一〇月一五日第一版第一刷印刷
二〇一七年一〇月三〇日第一版第一刷発行

定価［本体八〇〇〇円＋税］

編　者　町　泉寿郎

発行者　山本　實
発行所　研文出版（山本書店出版部）
〒101-0051
東京都千代田区神田神保町二―七
TEL 03（3261）9337
FAX 03（3261）6276
印刷・製本　モリモト印刷

ISBN978-4-87636-428-2